# 望楼館追想

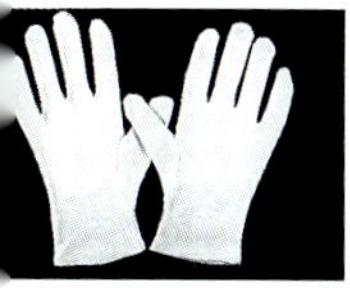

observatory mansions

エドワード・ケアリー

古屋美登里［訳］

文藝春秋

父と母に捧ぐ

手甲をはめ　脚覆いをつけ
心には鎧をまとったので
触られたり
毒をかけられたりするところは
体のどこにも残っていなかった

マリン・ソレスク

# 望楼館追想

装画・影山　徹
装幀・石崎健太郎
本文挿画・エドワード・ケアリー

# 第一章　新しい住人

ぼくは白い手袋をはめていた。両親と暮らしていた。でも、小さな子どもではなかった。三十七歳だった。下唇が腫れていた。白い手袋をはめていたが、召使いではなかった。ブラスバンドの奏者でも、ウェイターでも、手品師でもなかった。大事なものを集めた博物館の学芸員だった。白い手袋をはめていたのは、博物館にある986点の展示品を損なってはならなかったからだ。白い手袋をはめていたのは、素手でものに触れてはいけなかったからだ。自分の手を見てはいけなかったからだ。

ぼくは、どこにでもある、小さな名もない町に住んでいた。住んでいる建物は大きかったが、ぼくの動き回れる場所は限られていた。ほかの住人もいたからだ。その人たちのことはよく知らなかった。

ぼくらが住んでいたのは、新古典主義の五階建ての大きな建物で、望楼館と呼ばれていた。望楼館は汚なかった。外壁には、かさぶたのような大きな黒い染みがいくつもあり、建物を取りまく灰色の塀には赤と黄色の車体用塗料でいろいろな言葉がスプレーされていた。得体の知れない人物が、夜になると現れては書きつけていくのだ。そのなかで、**これであなたも愛される人に**、という言葉がひときわ目立った。地味な外観とその大きさの次に、この建物で人目を引くのは、ポルチコという玄関屋根を支えている装飾のない四本の円柱だった。円柱は傷だらけで、あちこちにへこみがあり、なかの一本はいまにも倒れそうになっていた。特筆すべき特徴はもうひとつあった。スレート屋根のうえ、ちょうど玄関ホールの真上にあるドームだ。昔は天文台として使われていたが、いまでは天体望遠鏡は外され、若い鳩やおいぼれた鳩が居着き、糞と死骸の転がる鳩の聖域になっていた。

ここがまだ田舎だったころ、望楼館のまわりには、いくつもの離れ屋と家畜小屋が並び、庭園の向こうには牧草地が広がっていた。ところが、しだいに迫り来る町に牧草地は年々侵食されていき、木立は切り払われてアスファルトになり、離れ家はつぎつぎ壊され、とうとう灰色の立方体の館だけが残った。そして館を囲むように、高さ三メートルの塀が建てられた。町の進出はここまで、と主張するバリケードのように。それでも町は館をのみこんで発展していき、幾筋もの道路が走り、さまざまな住宅が建てられた。さらに町は膨張し、館を取り囲む道路の幅は広がり、交通量も格段に増え、川は堰きとめられて三日月湖になり、望楼館はいつの間にか孤島になっていた。道路の真ん中にある安全地帯にも似たこの孤島に関心を寄せる人はいなかったが、ひっきりなしに行き交う車にいつも囲まれていた。

この館はがっしりした禿頭のおじいさんのようだ、とぼくはいつも思っていた。このおじいさんは筋肉のたるんだ腕で膝を抱えて座り、なす術もなく見つめている。車の行き交う道路を、小さいけれど現代的な建物を、せわしなく行き来する大勢の人々を。そしておじいさんは深いため息をつく。どうして自分がここにいるのかわからないのだ。おじいさんの体調は思わしくない。死にかけている。数え切れないほどの疾病《しっぺい》をかかえているので、肌の色艶が悪い。絶えず内出血を起こしている。

ぼくらの館はこんなふうだったけれど、住人たちはなんとか幸せに暮らしていた。そう、新しい住人がやってくるまでは。

新しい住人がやってくることを知ったのは、玄関ホールの告知板に小さなメモ用紙が貼られたからだった。

18号室　引っ越しあり。一週間後。

このそっけない告知を見たぼくら住人は、恐怖におののいた。メモを貼ったのは門番だった。門番には、ぼくらが何を知りたがっているかよくわかっていた。18号室に引っ越してくるのはどんな奴なのだろう、とぼくらが想像をたくましくすることを、知っていた。彼が告知板にわざわざメモを貼ったのは、ぼくらがそれを見て動揺することがわかっていたからだ。彼はなにもせずに黙っていてもよかった。その場合ぼくらは、一週間後にいきなり18号室から聞こえてくる人の出入りする音に仰天するだけですんだ。でも、彼はわざとメモを貼ってぼくらを震えあがらせた。ぼくらを震えあがらせるのが彼の本当の目的だったからだ。とにかくぼくらは、18号室に引っ越してくる謎の人物のことばかり考えて、思い思いにその日を待つしかなかった。門番には、謎の人物の正体がぼくらにわかるはずがないということがよくわかっていた。なぜなら彼に話しかけようとする者はひとりもいなかったのだから。

門番は、シッと言うだけで、人と口をきかなかった。たまたま彼の近くに寄ろうものなら、シッと言われた。**あっちにいけ**、と。だからだれも近寄ろうとしなかった。シッと言われるのは愉快なことではなかったし、門番のそばにいくのも愉快なことではなかったからだ。たとえ彼に新しい住人のことを訊こうとしても、シッと言われるのが落ちだった。**あっちへいってろ**。だから、待つしかなかった。ところが、待つのはなによりも苦痛だった。張りつめたままの状態は、ぼくらの不健康な心臓によくなかった。いずれにしても、18号室に引っ越してくる人物について想像をめぐらしながら、その日が来るのを待つしかなかったのだ——まるまる一週間も。

その一週間のあいだ、ぼくらは恐怖におののいていた。夜もろくすっぽ眠れなかった。それで18号室を覗きにいくことがあった。不安の元凶である場所にいけば、引っ越してくる奴の正体がたちどころにわかるとでもいうように。18号室の前で他の住人と鉢合わせしたときには、お互いに恥じ入りながら踵を返した。その部屋で門番が掃除をしているときには、シッと言われて追い出され、身を震わせながら自分たちの住まいに戻った。

望楼館がまだ田舎の大邸宅だったころ、18号室は広い化粧室の付いた寝室だったが、その面影は跡形もない。いまでは四階のほかの部屋とまったく変わらない。できるものなら、ぼくらは18号室の床板を引き剝がし、水道管を壊し、電気の配線を引きちぎりたかった。歓迎されていないことを新しい住人に思い知らせるためなら、どんなことでもやってのけたかった。そうしたいのはやまやまだったが、結局何もできなかった。鍵をかけてバスルームに引きこもり、便座に腰掛けたまま、不安のあまり身動きできず、額に冷や汗を滲ませながらあれこれ考えるばかりだった。ものが喉を通らなかった。一週間が一日でも延びたら、ぼくら全員別人のようにやつれてしまったことだろう。

新しい住人がやってくるまえ、この館は完全に停滞していた。年月は層となって幾重にも積み重なり、各層の区別すらつかない状態だった。住人は毎年歳をとっていったが、毎日顔を合わせていたので老けたことに気づかないでいた。というか、気づかないふりをしていた。まるで申し合わせたように。しかし家に関しては違った。この館が、この住まいが、ゆっくりとではあるけれど確実に崩壊しつつあることはみんな敏感に察していた。各階の床の上には白と青の縞模様の壁紙がはらはらと剝がれて落ちていたし、絨毯は色褪せて穴があき、安い小部屋が並ぶ五階の手すりはすっかり崩れ落ちていた。排水管はあてにならなかった。しょっちゅう停電した。

望楼館の住人は、少人数の風変わりな仲間だった。いや、ぼくらに共通しているのは同じ建物に住んでいるということだけだったので、仲間という言い方は正しくないかもしれない。ただ、ひとりでいる時間が長くなればなるほど人は気難しくなるものだから、長いあいだ孤独に暮らしてきたぼくらはどこか似通ったところがあったかもしれない。ある年齢になって、いつの間にか世を捨てたような生き方をしている人、二度と働くことはないと自覚している人、天涯孤独の人はなんとも不思議な人たちだ。もちろん、生きる手段を考えたり、過去について思いをめぐらせたりして時間をやり過ごしてはいるが、一緒に思い出を語る相手はいない。それに、来る日も来る日も、鏡に映った自分の姿を見ているというのは、なんて退屈でみじめなことだろう。彼らは自分自身から逃れたいと思っている。肉体からだけでなく、その過去、現在、未来から逃れたいと思っている。つまり、自分とつながりのあるものはなにもかも、永久に忘れてしまいたいのだ。

ぼくは、そういう人たちこそ純粋で凝縮した生き方をしている、と思っていたし、仕事や友人や家族を失い、生きるうえで当然すべき最低限の生活活動もしない人は、どんな毎日を送るのだろうと思っていた。そういう人たちには強いこだわりがある。そのため、すぐに見分けがつくときもあれば、ほかの人とまったく同じに見えるときもある。町なかでそういう人を見かけると、その奇異な振る舞いに思わず吹きだす人もいるが、たいていは哀れに思うはずだ。彼らはめったに仲間とつきあわず、陰気なおとぎ話の世界から抜け出してきたような生き物だけれど、でも、ちゃんと存在していて動き回っている。町に溢れるコカコーラの看板や新聞スタンドのかたわらに佇んで、大勢の人のなかに紛れて信号待ちをしていたりするのだ。望楼館に住むぼくら七人は、そういう人たちにちょっと似ていた。

## ぼくらは七人

長いあいだずっと、ぼくらは館を去っていく住人たちにこき使われてきた。荷物をまとめて出ていく住人にも、部屋で死体で発見されて運び出される住人にも体《てい》よく使われてきた。住人がいなくなるとその部屋は空室になったので、明け渡しがおこなわれるたびに館が広くなっていく感じがした。かつては高かった部屋の価値がいまではすっかり下がってしまい、売りたくても買い手がつきそうにないことは、ぼくらにもよくわかっていた。

望楼館は二十四世帯が暮らせるよう設計されていたが、新しい住人が越して来るときに住んでいたのは七人だけだった。この数が減っていくことはあっても増えることはないはずだった。そして住人全員が、自分だけはこの館の最後のひとりになりたくないと思っていた。広い館にひとり取り残され、あてどなく空き部屋を歩き回るなんて、なにがあっても避けたいと思っていた。みんな、ここでの暮らしに満足していなかったし、ほかの住人たちともその場限りのつきあいしかせず、ひとりで暮らしている人のほうが多かったけれど、みじめな思いを味わっているのが自分だけではないことで慰められていた。その思いを七人で分かちあっていたのだ。何の変哲もない人生をもう終えてしまった人たちと同じ屋根のしたで暮らしている喜び、というか、仲間意識があった。

　ぼくらには心待ちにしているものなどなかった。変化もなかった。唯一ともいえる動きは、たまに解体業者が招かれもしないのにやってきて、すぐに帰っていくことだった。十二年前、最初に解体業者がやってきたときは、さすがにぼくらは不安にかられた。解体業者とともに、望楼館の持ち主であり、門番の雇い主である不動産会社の代理人もやってきた。何かが持ちあがるかもしれないとぼくらは思った。だが何もなかった。しかしその不安感を、ぼくらは七人で分かちあうことができた。しばらくのあいだ、部屋を訪ねあっては不安な気持ちを紛らわせた。一定の時間が過ぎて、何も起こりそうにないとわかると、ぼくらはふたたび孤独な暮らしに戻った。ドアを固く閉ざし、次に解体業者が現れるまで話し合うことはなかった。解体業者がやってくる回数が増えるにつれて、不安は薄れていった。実際には何も起こりはしないと高をくくっていた。だから、新しい住人が引っ越してくる前に解体業者がやってきたときも、気にもかけず、ましてや部屋を訪ねあうこともなかった。

　ぼくらはだれかが館の最後のひとりになる瞬間を、そしてだれもいなくなる時を、辛抱強く待っていた。孤独を楽しめるのは、他人に囲まれているときだけなのだ。住人のなかでいちばん心を痛めていたのは、最年少のぼくだった。新しい住人が来たとき、ぼくは三十七歳だった。だから住人が増えるのを歓迎したはずだと思われるかもしれないが、そうではなかった。ほかのみんなも同じ気持ちだった。これがひとりで暮らしている者の最大の矛盾点だ。ひとりぼっちになりたくはないが、ひとりでいる状態から引き剝がされるときに苦痛を味わうのも嫌だった。だって、苦痛を味わったあと、再びひとりぼっちにならないという保証がどこにある？　そんなものはなかったのだ。

ぼくらは必ずしも楽しんでいたわけではないが、少なくともその状態に慣れてはいた。孤独は信頼のできる友人みたいなものだった。変化など望んでいなかった。最後のひとりになるのは真っ平だが、最後まで変化のない平穏な日々を送りたかった。騒ぎはごめんだった。波風を立ててほしくなかった。

新しい住人が引っ越してくる前日、不安にさいなまれたぼくらの心がひとつになるのを感じた。部屋を訪れて慰めあうところまではいかなかったが、意思を伝達するほかの方法はあった。ドアの取っ手がかすかに動いた。ぼくらはまんじりともしなかった。楽天的にこう考えたりした。もしかしたら、新しい住人もぼくらのように人づきあいの苦手なタイプかもしれない。ひょっとしたら年寄りで、死にかけていて、引っ越してきたその夜のうちに死んでくれるかもしれない。館を一目見るなり、さっさとここから出ていこうと思うかもしれない。もしそうなれば、ぼくらはほんの少しのあいだ我慢するだけですみ、そのあとは永久に静かに暮らせる。

ともかくぼくらとしては、新しい住人が到着し、ここで暮らしはじめるのを待つことしかできなかった。もっとも、その滞在はあっという間に終わるはずだし、新しい住人は不愉快な思いをするはずだった。だが、ぼくほど不安を感じている者はほかにいなかったと思う。もし新しい住人が年寄りでもなく、死にかけてもいなかったら、そいつといちばん長くつきあうはめになるのは、最年少にして館の最後のひとりとなりそうな、このぼくだったのだから。

## その日がやってきた

目映《まばゆ》いばかりの朝だった。これは納得できなかった。陰鬱な曇り空であるべきなのだ。それなのに、のどかな晩春の光が降り注いでいた。こんな日に、明るい陽差しはふさわしくない。陰惨な冬の厭世的な空気こそ似つかわしいのだ。

ぼくは早目に起きて母と父に朝食をとらせ、自分も食べた。三十七歳にもなって両親と同居していることについて改めて考えると、不安で仕方がなくなる人は大勢いるだろう。そういう人にとって、両親と暮らすのは息苦しいことなのだ。彼らは息苦しく思うと、ここの空気は汚れている、と口に出して言うようなタイプだ。そういう人は素直な子どもがするように夜になると両親のベッド脇にひざまずいて、悪い子どもがするようにこう祈っているのかもしれない。朝になったら両親が死んでますように、と。でもぼくはそうではなかった。両親と暮らすのはそれほど不幸なことではなかった。

新しい住人がやってくる日の朝、ぼくはドアにへばりついて聞き耳をたてた。でも、物音ひとつしなかった。八時半になったので、仕事にでかけようと部屋を出た。ついでに階段を上って18号室まで行ってみると、ドアは開いていて、なかはからっぽだった。まだ来ていない。四階から聞こえてくるのは、16号室に住むミス・ヒッグの愛してやまないテレビの、いやになれなれしい音だけだった。

ぼくはやむを得ず仕事にでかけた。

## 職場までの道のり

ぼくはいつも仕事場までバスに乗っていく。乗車券をちゃんと買える者ならだれでもバスに乗れるし、かぎ裂きのできた埃だらけの座席だが、座ることもできる。言うまでもなく、埃は白い手袋の大敵なので、乗車中はどこにも触らないよう細心の注意が必要だ。バスはおんぼろだったが、ともかく動いた。動くには動いたがとても遅かった。バスの運転手は若い男で、きっと学校の試験にすべて落ちたあげく、この時代遅れの交通機関を運転するという屈辱の日々を送る羽目になったのだろう。この男は小学生の悲鳴や忍び笑いや悪口や愛憎の言葉にも耐えなければならなかった。というのも、このバスはスクールバスの役割も兼ねていたからだ。学校がある日は毎日、バスは地元の生徒たちで溢れかえった。学校が休みの日になると、このバスを利用しているほかの人々がどんな人たちなのか見えてくる。精神薄弱と診断されたさまざまなタイプの人が乗っているのだ。そのなかにマイケルという、ほかの人よりはるかに感受性が豊かにちがいない、雲突くばかりの大男がいた。マイケルはいつもあたりを観察していた。繊細な青い目で乗客たちをつぶさに観察しながら何かを考えているようだった。精神薄弱者も学校に行く。違う種類の学校に。そこでは歴史や文法や数学や科学は教えない。教えているのは、楽しい時間の過ごし方や笑い方やデジタル時計の読み方、そしてこれがいちばん大事なのだが、くよくよ悩まない方法だ。そのほかの乗客はほとんどが老人だった。連れといっしょにいることもあったが、たいていはひとりだった。町なかに入ると老人たちはバスを降り、カフェに入っていく。そして点滅する看板のしたで紅茶やコーヒーを長い時間かけて啜りながら、退屈な音楽を聴き、ため息をついたりうなだれたりしている。ぼくがいつも気にかけていたのはふたりの乗客だった。ひとりは目も覚めるような金髪の男の子で、その子には必ず黒髪の母親が付き添っていた(母親のほうは地味で、印象にまったく残らなかった)。男の子は眼鏡をかけていたが、片方のレンズが厚いゴムで覆われていたので、そちら側は何も見えないようだった。そんな細工が施されていたのは、男の子が斜視だったからだ。斜視の目だけを使えば、やがて自然に治るというわけだ。それでうまくいったとは思えない。もうひとりは四十代の男で、いつもびくびくしていた。彼は詩人で、子どものときに見た木々や草花や動物を讃える美しい詩を書き、市の図書館にある写真集で昔の記憶をなぞっていた。その図書館の前で彼はバスを降りる。そしてぼくが降りるのもそこだった。

新しい住人が引っ越してくる日は学校のある日だったので、悲しいことにバスは子どもたちでいっぱいだった。そのなかには、やむを得ないことだが、女子も混じっていた。しかも、思春期のまっただなかにいる女子もいた。その手の少女はきまって運転席のそばに座り、運転手の毛むくじゃらの腕を見つめたり、彼に話しかけたり、スカートをつまみ上げたりしてみせ、彼を笑わせ、彼につねってもらいたそうにしていた。

バスは商店街を進み、真新しいプラスチックの看板を立てた、この町に進出してきたばかりのハンバーガー屋の前を通り、大きなスーパーマーケットの前を通り過ぎた。この町にはスーパーマーケットが三軒あり、どの店にも、痛ましいほど痩せて血色が悪く、髪を金色に脱色した店員がいて、異国情緒をそそるものを並べていた。駝鳥《だちょう》の肉やどろどろになったパパイヤ、《浜辺のセックス》という飲み物などだ。その日、仕事に向かう途中で、ぼくは珍しい光景を見た。バスよりゆっくり動く車が対向車線の通行を遮断していたのだ。道路清掃車だ。たしかに、この町は汚れているし不快だ。動いているものにも静止しているものにも、埃は均等に降り積もっている。その町の汚れを、道路清掃車はゆっくりと、しかし確実に、取り除こうとしていた。ぼくはこれまで、町をシャンプーするために設計された車というのを見たことがなかったし、その反応から判断するに、町の人たちも見たことがないようだった。道路清掃車は真新しく、ぴかぴかに輝いていた。人々はその車を不思議そうに見やりながら、車の通ったあとのきれいな道を恐る恐る歩いた。

子どもの一団が降りると、バスは急に静かになった。詩人とぼくは図書館前で降りた。**愚かなのではなく、無教養なだけなのだ**と刻まれた石版が図書館の入り口を飾っている。この脅し文句のせいで人々は猫背になり、眼鏡屋は儲かった。ぼくは図書館に入り、**紳士**と記された扉を開けた。ぼくはたしかに紳士なのだから。そして個室の鍵をかけると、仕事の準備にとりかかった。

# 仕事

多少なりとも金のある人たちが住んでいる町の中心部、町の住人ではない人たちがよく訪れる中心部には、台座がある。彫像を載せる台座だ。もっとも、いまは彫像はない。台座には、そこにあった彫像の名が刻まれていたが、像がなくなるとその文字も消されてしまった。

町の中心部にあるその台座がぼくの職場だった。ぼく以外にこの上に乗る者はいなかったから、台座から消された文字がぼくの名前だったとも考えられる。だとすればそれは、**フランシス・オーム**という文字だったはずだ。台座に立っているのがぼくの仕事だ。つまり、ぼくは彫像なのだ、というか彫像のふりをしている。この職に就けたおかげで、父母と自分を養い、必要に応じてピーター・バッグという名の男を養うにじゅうぶんなほどの収入を得ていた。

ぼくは白装束だった。前にも言ったとおり、ぼくはいつも白い木綿の手袋をはめていたが、仕事中には手だけでなく、身ぐるみ全部白で統一していた。体を白いリネンでくまなく覆い、白くない髪を隠すために白いかつらを被り、白いズボンに白いシャツ、白いベストに白いネクタイを身につけ、顔も白く塗った。仕事にとりかかる前に必ず顔を真っ白に塗るのだ。フランシス・オームであることを示すどんな小さなほくろも皺も、腫れた下唇も、上手に掻き消した。ぼくは個性のない、白い像にすぎなかった。

　地面から六十センチほど高くなった台座のうえにぼくは立った。真下にはブリキの缶が置いてあり、仕事がはかどるにつれてなかに硬貨がたまっていく。そうそう、もうひとつ、忘れてはならないものがあった。右手に持っている白い琺瑯《ほうろう》のポットのことだ。なかには、石鹼水と、針金の小さな環が先端についた白いプラスチックのストローが入っている。ぼくはそのポットを持って身動きせずに目を閉じている。硬貨が缶に入った音がすると、目を開けて、先端に環のついたストローをポットから取り出し、硬貨を入れてくれた人に向かってしゃぼん玉を吹きかけるのだ。しゃぼん玉は扱いにくいが、そこは我慢が肝心だ。人は金を払ったら、その見返りを期待する。しゃぼん玉は、ぼくが思いついたもっとも安上がりな見返りだった。しゃぼん玉をひと吹きすると、ぼくはまた目を閉じてもとの不動の姿勢をとる。そしてまた硬貨の音がしたら目を開けて、同じような動作でしゃぼん玉を吹くのだ。

　目を開けると、目の前に大勢の人が群がっていた。動かずにいる人間を一度も見たことがない人たちだ。ぼくが人間なのか、はたまた石膏の作り物なのか判断しかねて戸惑っている。でもそれも、ぼくが目を開けるまでのことだ。全身が真っ白なために、白目はかえって薄汚く見える。薄汚いが、それが生きている証《あかし》だ。ぼくが目を閉じてふたたび完璧な不動に戻ると、まわりに群がっている人々はたったいま生きて動く目を見たばかりなのに、ぼくが人間なのか作り物なのかを判断しかねて、また戸惑うのだった。それほど完璧に、ぼくは静止しきっていた。かくもみごとな不動性を、なぜぼくは身につけることができたのか？

# 不動の芸術

　子どものころ、ぼくは玩具とばかり遊んでいた。まず、全部の玩具を車座になるように並べる。自分の座る場所を空けておいて、並べたあとでそこに座る。それから玩具を順番に、均等に見つめる。見つめながら、物になるとはどんな感じなのか思いをめぐらせる。テディ・ベア、ブリキの兵隊、ゼンマイ仕掛けのロボット、ぬいぐるみの狐にビニール製の蛙——そういった物にぼくは何度も言葉をかけて、玩具を生きているように扱った。それで、玩具に生きているような感じを抱かせているのだから、ぼくだって物になるとはどんな感じなのかを——玩具に手を貸してもらって——知らなければならない、それが公平というものだ、と思った。じっと動かないでいると、心臓の鼓動が遅くなるのを感じる。目をつむる。

　大人になって、ぼくは町の蠟人形館に働き口を求めた。これは人気の高い職で、蠟人形館は人気のある場所だった。面接試験は、蠟人形に混じって微動だにせずに立ちつづけるというもので、採用者一人のところに五人がおしかけた。不動でいることが仕事なのだ。不動の芸。五人のうち、真の不動性を示せる者がひとりもいなければ、今回はだれも採用されず、翌年までこの職は空きとなる、と言われた。人間そっくりの蠟人形と、蠟人形そっくりの人間を同時に展示しているというのがこの蠟人形館の目玉だった。入館者は展示物をしげしげと見ては、どれが蠟の作り物でどれが生身の人間かを当てて楽しんだ。だが、うまく当たらないほうが多かった。人形そっくりの人間は、いわば不動を会得したエキスパートだったからだ。蠟で作られているはずの人形が動いたときの入館者たちの驚きようといったらなかった。みな息を呑み、それから笑い出した。それが娯楽だった。面接試験では、好きなポーズを決めたら最後までぴくりとも動かずに立っていられることを証明しなければならなかった。ぼくら五人は五体の蠟人形といっしょに面接試験を受けた。五人とも、年齢も種類もまちまちな風変わりな衣装を着せられた。ぼくは、袖口にフリルのついた白いシャツに半ズボン、上着、白い靴下、バックルつきの黒靴、後ろに紫色のリボンのある白いかつらを与えられた。これがとても着心地よかったので、その後そこで働くようになってからも、ぼくはずっとこの衣装で通した。実を言えば、この仕事を辞めた後も、この衣装は大事にしまっておいて、シャツとかつら（リボンは外したが）は台座の仕事着になった。衣装を身につけたぼくら五人は、五体の蠟人形のあいだに立った。好きなポーズをとった。そして面接試験が始まった。クリーム色のスリーピースを着た肥った男が入ってきた。後で知ったのだが、この男はこの国の首都にあるいちばん大きな蠟人形館からわざわざこの試験のためにやってきた面接官だった。男は、一列に並んだ蠟人形と蠟人形のふりをしている人間の前を行ったり来たりしながら、それぞれの前で長い間立ちどまってはじっとのぞき込んだ。それから腰を下ろし、離れたところからぼくらを眺めた。懐中時計を取りだして待った。三十分ほど経ったころに三人が正体を明かしてしまった。動いてしまったのだ。それで、退場した。残り七体になった。四十五分が経過したとき、四人目が気を失った。六体になった。一時間が過ぎると、クリーム色のスリーピースを着た肥っちょは、ポケットからプラスチックの箱を取りだした。なかには蠅がたくさん入っていた。蓋を開けると蠅が一斉にぼくらのまわりを飛び始め、顔に止まり、鼻のまわりを歩き回った。しかしぼくらは動かなかった。

一時間半が過ぎたとき、身動きする者がいた。ぼくではなかった。蠟人形のなかの一体は本物の人間だったのだ。

肥っちょが、人間であることを隠し通せなかった蠟人形に向かってこう言った。残念だが、辞めてもらわなくちゃならんな。ご苦労さんだった。そう言われた人形は、でも私はここで三年間も働いていたんですよ。これからどうやって家族を養っていけばいいんです？　と言った。肥っちょはこう答えた。**動く仕事につくんだな。**

五体が残った。

二時間が経とうというころ、肥っちょは拍手をしながら言った。いやあ、たいしたものだ。もういいだろう、動いてもかまわんよ。しかしぼくは動かなかった。これも罠だ。二時間半が過ぎたとき、蠟人形館の職員が食事の載ったトレイを持ってやってきた。焼いた雉《きじ》肉、じゃがいも、ブロッコリ、赤ワイン、レモン・タルト、スティルトン・チーズ、ポートワイン。トレイを置くと、その職員は出ていった。肥っちょはランチをゆっくり食べた。食事の最中でも、飲み食いしながらぼくらを観察し続けていた。三時間十五分が経つと、肥っちょは居眠りをし始めた。あるいは居眠りをしているふりをしていたのかもしれない。いま思い出しても、あれが罠だったのかどうか、はっきりとはわからない。

四時間が過ぎようとしたとき、肥っちょは体をゆすって眠りから覚めた。あるいは、体をゆすって眠りから覚めたふりをしたのかもしれない。そして男は部屋から出ていき、ドアをバタンと閉めた。そのすぐ後に別の男がやってきて、試験はこれで終わりです、フランシス・オームは蠟人形館に雇われることになりました、と告げた。しかしぼくは動かなかった。さらに男は言った。みなさん、ご苦労さまでした。するとぼく以外の蠟人形たちがゆさっと動き出し、部屋から出ていったのだ。人の手を借りずに、自分の足で歩いて。初めから蠟人形など一体もなかったわけだ。男はぼくのところにやってきた。そして、もういいよ、フランシス。よくやったな。だが、自慢するようなことじゃないぞ。

それでぼくは、蠟人形館に雇われた最年少の生身の人形になった。

この仕事は、聞きしにまさる複雑さだった。しかも、不動性を認められて雇われた者たちは、誇り高い兵士だった。自分たちを半蠟半人だと信じきっていた。これほどのプロ意識を持つためには、外面の不動性ばかりか内面の不動性まで獲得しなければならなかった。内面の不動性こそ、ぼくが父から学んだ技だった。

## 父と内面の不動性

父は有名人ではないし、この先名を馳せることもないだろうし、その過去にしても、一行も書かれなかった日記のように、平穏なものだった。父がこの先有名になることは決してない。父は自分を存在の余り物と思っていた。自分こそ無意味な存在だと確信し、陽の射さないところで、暗闇のなかで毎日を送ることにした。そうすれば、人に生命体だと勘違いされることはないだろうと思ったのだ。決して返事をしないもの、あるいは決して身じろぎしないもの、ほかの者たちが歯牙にもかけないもの、そこにいるのに気づきもしないもの、そういったものと親しくなることに、父は慰めを見いだしていた。

父は若いころ体を動かさなかったが、それは周囲を観察するためだった。体を動かさないでいると、周囲にあるものを根気よく、落ち着いて観察することができた。時間が経つにつれて変化する光の色、波乱に富んだ長旅をする蝸牛《かたつむり》、音もなく積もっていく埃などが父の友だちだった。ところが、ある日、父は外光に捕えられた。ある日突然、彼の妻がカーテンを開けて、彼を教会に連れて行ったのだ。父はすっかり怖じ気づき、壊れ物のように脆そうに見えた。むりやり屋外に引き出され、日に焼けた（父にとってそれは病気になったも同然だった）。妻が新しい玩具に遊び飽きてしまうと、父は見捨てられた。父の意味のある期間はあっという間に終わりを告げ、ふたたび闇の場所に帰った。日焼けはたちまち元にもどった。

それ以来、父は半死半生の状態にいる。死んでいるのに死んではおらず、生きているのに生きてはいない。不動だ。老いた体を不動に保っていた。時を静止させていた。時は移ろう。だから父は移ろいと、用心しつつ、つきあっていた。活動的な日、父は動こうとしたが、考えに考え抜いてからでないと実行に移せなかった。後になると、動くときは人の手を借りなければならなかったし、さもなければその体がしぶしぶ父を動かした。だまされてはいけない。動いているのは父ではなく、父の体だった。父と体は、互いのことは知り抜いていたが、同一ではなかった。父の体は父に前もって知らせずに痙攣を起こした。疲労が重なったあげくの反逆だった。体の内側で父は、自分の体が動くのを驚きと賞賛と恐れをもって観察していた。

活動の世界へ乗り出させるために、ぼくらは父の両手両脚を動かした。父はいわば大人の格好をした不格好な人形だった。ぼくらは父を操る紐をひっぱった。このマネキンは生身だ。何年も前、父は心に決めたのだ。自分の老体を若いころの体よりはるかに不動性の高いものにしよう、と。以来、父は椅子に座ったまま生活している。大きな赤い革張りの肘掛け椅子のうえで、だ。ぼくが父親だと紹介しないでいたら、父はきっと、椅子の男、と呼ばれたことだろう。あるいは、男を載せた椅子、と。一見しただけでは、そこにいる人間より椅子のほうが目立つ。そんなふうに椅子に座っていたので、死神は父を黙殺した。死んだように動かない父のまえで、たとえ死神が一瞬歩みをとめても、おれの仕事はとっくに済んでいる、と思って立ち去った。父は死を恐れて動かなかったのではない。動かないほうが何かと都合が良かったからだ。身動きしないでいることが、居心地のいい椅子に座ったまま冬眠しているように動かない、静寂を愛する男には実に都合のいいことだった。つまり、父は静謐《せいひつ》を愛するあまり動かないことに決めたのだ。父は不動の天才だった。謎の人でもあった。

## とは言っても

とは言っても、新しい住人が引っ越してくる日、ぼくは完璧な不動の境地に達することができなかった。外面の不動性は得られても、内面の不動性は得られなかった。いまごろはもう新しい住人が18号室に住み着いていると思うと、精神を統一するどころではなかった。ぼくの不動性は完璧でなく、完璧でないことでぼくはひどくみじめな気持ちになった。内面と外面の完璧な不動性を得られなければ、ほかの大道芸人にひけをとる。最悪だったのは、缶に硬貨が落ちる音がし、しゃぼん玉を吹こうと目を開けたとき、そこにアイヴァンが立っていたことだ。アイヴァンは蠟人形館で働いていたころの半蠟半人の仲間だ。彼がぼくの芸を恥じているのがわかった。次に硬貨の音がして目を開けると、アイヴァンの姿は消えていた。

ぼくら半蠟半人の人形はもう蠟人形館に雇われていない。機械仕掛けの人形が導入された時点でぼくらはお役ご免となった。機械のほうがずっと安あがりで、しかも不名誉なことだが、お客の受けもずっとよかった。不動は時代遅れの芸になった。それでもときどき、町の通りをうろついたり、悲しみに打ちひしがれた様子で町中を歩き回ったり、彫像や円柱を羨ましげに見つめたりしている半蠟半人仲間を見かけることがあった。かつての仲間だったアイヴァンはぼくを見て、おのれの芸を忘れた見下げ果てた奴、裏切り者、中途半端な芸を披露して金を稼ぐ半人前の哀れな奴、と思ったにちがいない。

ぼくはその日、早めに仕事を切り上げた。

# ピーター・バッグ

新しい住人がどんな奴か知るには、ピーター・バッグ先生の報告を待つしかなかった。バッグ先生は三階の10号室に住んでいた。10号室は、館がまだ静かな田舎に建っていたころ、寝室と教室がいっしょになった子ども部屋として使われていた。元小学校の教師で、その後家庭教師になったピーター・バッグ先生は、いまは引退し、かつての教え子であったぼくの父から支給されるわずかな年金で暮らしていた。もっともこれが暮らしと呼べるものであれば、の話だが。バッグ先生の頭はゆで卵みたいに禿げあがっている。バッグ先生は黒いスーツを着ている。ズボンの裾は広がっている。このスーツは彼の生涯において二着目にして、おそらく最後のスーツだ。学校の教え子たちから贈られたスーツ。感謝のしるしとして贈られたのではない。義務感から贈られたのだ。その昔、教え子たちは教室の白い椅子を白いペンキで塗った。ピーター・バッグ先生の最初のスーツは、やはり黒だったが、バッグ先生がそれを着たまま教室の白い椅子に腰かけたため、骨張った先生の尻の形がそのまま黒いズボンにくっきり白く残った。白黒のスーツになった。

教え子たちは義務感から新しいスーツを買って先生に贈った。バッグ先生の骨張った白い尻のために、生徒たちは小遣いを全部吐き出し、その結果先生の評判は驚くほど下落した。しかし先生は、その当時はまだ気にかけもしなかった。教え子は繰り返しうち寄せる波のように、次から次へとやってきたし、はるか先の水平線まで教育の可能性に満ち満ちていたのだから。バッグは厳しく非情な教師だったが、彼なりに公平だった。お利口さんにもおばかさんにも等しく非情だった。ひいきすることを自ら禁じていた。彼は生徒から恐れられていた。そして、ソムリエのような鼻で、生徒たちの恐れを嗅ぎ取り恐れを吸い込んだ。その後、ピーター・バッグ先生にお気に入りの生徒ができて、何かが狂いはじめた。とんでもなくおかしくなってしまった。それでバッグ先生は最愛の学校を去って家庭教師になり、二十二年が過ぎた。

　ある日、この厳格な男は、自分が涙を流しているのに気づいた。泣くような理由などひとつもなかった。だから、結膜炎にかかったと思った。しかしいくら目薬を点《さ》しても、涙は流れつづけた。医者にはなぜ涙が出るのか説明できなかった。ピーター・バッグは涙を流しつづけた。涙が止まらない人っているんだよ、と彼は言うようになった。そういう人は理由もないのに涙を流すんだ、悲しくもないのに、涙が止まらずに始終泣いているんだよ、そうなる人がいる、ただそうなってしまう、それをどうすることもできないんだよ、と彼は言った。それから一、二年経ったころ、ピーター・バッグは自分が汗をかいているのに気づいた。ほとんどひっきりなしに汗が滴り落ちた。動いていても休んでいても、体中から汗が吹き出た。水分過剰症だと彼は言った。しかしどのような内的な、あるいは外的な治療をしても、ピーター・バッグの汗は止まらなかった。

医者にはなぜ汗が出るのか説明できなかった。ピーター・バッグは汗をかきつづけた。よく汗をかく人がいるんだよ、と彼は言うようになった。そういう人たちは理由もないのに汗をかくんだ、肉体的欠陥があるわけでも、肥りすぎているわけでもないのに、汗がとまらずに始終汗が流れるんだよ、そうなる人がいる、ただそうなってしまう、それをどうすることもできないんだよ、と彼は言った。ピーター・バッグは制汗薬と足脱臭剤とボディ・ローションとアフターシェイブ・ローションを買い込んだ。彼の体からは百種類の臭いがした。ピーター・バッグはそのうち、体毛の生えている近辺がとくに発汗することに気づいた。それで彼は体毛を全部剃った。頭髪を剃り、眉毛を剃り、脇毛を剃った。脚を剃り、胸を剃り、股の間を剃った。そして二度と体毛が生えないようにした。

ピーター・バッグにはわが身に何が起きているかわかっていたが、如何《いかん》せん、引っ込み思案だった。自分のことを人に話すのを苦手とするタイプだ。人に話しかけるのを苦手とするタイプだ。人と言葉を交わすと不安に陥り、人と肉体的接触をするとヒステリー発作を起こす男だ。自分ひとりの世界に閉じこもり、わずかな人間を除いて、まったくだれとも接触しなかった。ぼくはその例外のひとりだ。彼には、わが身に起きていることがわかっていた。それでひどく怯えていた。

体中が涙を流している。

体中がすすり泣いている。

彼にはそれがわかっていた。彼が知りたかったのは、そうなったのはなぜなのか、ということだった。

## 眼鏡をかけたぼんやりとしたもの

仕事から帰ると、両親と暮らしている二階の6号室には行かずにそのまま四階まで上がっていった。18号室のドアは閉まっていた。新しい住人はもう引っ越してきている。ドアが閉まっていたので、わざわざノックして自己紹介するのはやめた。ドアに耳を押し当てた。何も聞こえない。四階で聞こえてくるものといえば、ミス・ヒッグのテレビのなれなれしいくぐもった音だけだった。

ぼくは自分の部屋に戻った。

訪問者がいた。

その訪問者はぼくの部屋の鍵を持っていて、好きなときに出入りすることができた。台所と食堂と居間とを兼ねているいちばん広い部屋に訪問者はいた。大きな赤い革張りの肘掛け椅子の前に置かれた松材の椅子に腰を下ろしている。そして、肘掛け椅子に座っているぼくの父の手を握っていた。訪問者は涙と汗を滴らせ、百種類の臭いを発散している。ピーター・バッグだ。白く光る頭からは、汗の玉がぷつぷつと生まれていた。

ピーター・バッグは18号室に移り住んだ人物のことを話したくてやってきた。そのために来たことがぼくにはわかった。普通なら、この日は彼の来る日ではない。ピーター・バッグは父の体を動かすために、必ず週二回やってくる。そしてぼくが仕事に出かけているときは父の面倒を見ている（ぼくの母は6号室でいちばん広い寝室で暮らしているのだが、ありがたいことに、母は自分で体を動かせる）。ピーター・バッグの訪問は例外的なものだった。ピーター・バッグは言った。

18号室の住人は

**1** 年寄り
**2** 死にかけている
**3** 男

のいずれでもない、と。

1と2はある程度予想はついていた。ぼくらがそれほど運がいいとは考えられないからだ。しかし、3については衝撃だった。新しい住人に対して抱いているイメージには大きな誤りがあるかもしれない、とひそかに思っていたのは事実だ。それを認めるのにやぶさかではない。しかし、新しい住人が女かもしれないとは、一瞬たりとも考えたことがなかった。ところがピーター・バッグは、その女が可愛いとか醜いとか、肥っているとかやせ細っているとか、そばかすがあるとかないとか、肌が白いとか黒いとか、そういったことを一切説明できなかった。その女の年齢すらわからなかった。

見るには見たんだよ。ただね、見ておかなければならないところ、説明しなくちゃならないところをちゃんと見なかったんだ。

何を見たんです?

私が見たのは……見たのは……あやふやな塊だった。ぼんやりしていた。そのあやふやなものは煙草を吸っていた。煙が私の目にしみてね。涙がとまらなかったよ。待てよ! 顔のなかほどに反射するものがふたつあった。そうだ! 眼鏡をかけていたよ。

ほかには? もっと何かあるでしょう。


哀れな汗っかき男の説明によれば、彼は生まれてこの方、女性の姿をまともに見たことが一度も、一回もないという。まったくどうしてなのか自分でもわからないよ、と彼は言った。自分のお母さんの姿も見たことがないんですか? とぼくは尋ねた。そうだね、母のことならかなりよく覚えている。あなたのお父さんと結婚した人でしょう? そうそう、その人が私の母だ、とバッグは言った。ぼんやりした、善意に満ちた霧のような感じだった、と。

ピーター・バッグによると、彼は階段のところで新しい住人に会って言葉を交わした。しかし見たとたんに、と言ってもちゃんと見たわけではないが、ぼくらとうまくやっていけるタイプの住人ではなさそうだとわかったので、バッグはそのことを彼女に告げた。彼は、生徒たちを震えあがらせるときにだけ被る、苦々しさと憎しみに満ちた特別な仮面を被って、女性の人体のなかで顔があるはずだと思える部分に向かって決然と、不快感もあらわにこう言った。

自分の家に帰りなさい。すぐに出て行くんだ。

ピーター・バッグは自分の意思がそのふたつの文句に完璧に集約されたものと信じ、すっかり満足した。ところが、返ってきたのは次のような答えだった。

**いまではここがわたしの家です。**

ここがわたしの家だ、と彼女が言ったというのなら、どうやら実際にそう思っているらしい。彼女がそのまま階段を上っていくと、その返事にびっくりしたピーター・バッグは汗と涙とを滴らせながら自分の部屋である10号室に駆け戻った。

18号室で新しい住人が初めての夜を過ごすことになったその日、バッグのおぼろげな人物描写に納得できなかったぼくは、ほかの住人の部屋を訪ねて、もっと詳しい情報を聞き出すことにした。バッグとぼくは16号室のミス・ヒッグを訪ねるつもりでいた。しかし、いますぐ訪ねるわけにはいかない。この時間ミス・ヒッグはテレビの前に陣取ってお気に入りの番組を見ている最中だ。快く部屋に入れてはもらえない。それでぼくらは、彼女の好きな番組が終わるまで礼儀正しく待つことにした。ぼくらは食事をとった。どうして、とぼくは声に出して言った。これまでそんなこと考えたこともありませんでしたが、どうして先生はミス・ヒッグといっしょにいるのは苦にならないんですか？　あの人だって、一応、女性ですよ。バッグは怯んだような顔つきになり、ため息をついてからこう言った。

クレア・ヒッグに女性らしさの片鱗があるだなんて、考えたこともなかったよ。

## クレア・ヒッグ

クレア・ヒッグは現在にも、過去にも、たいして執着していなかった。ましてや未来のことなどなにも考えていなかった。虚構と呼ばれるまったく別の時間枠のなかに身を置いていた。ミス・ヒッグは虚構のなかで生きていた。虚構のなかにとても長いあいだ住みついてしまっていたため、虚構が彼女にとっての現実だった。ミス・ヒッグのテレビからはさまざまな色が溢れていたが、彼女のまわりには白と黒しかなかった。青ざめてひからびた老いた肌は蛾のようで、身につけているのは薄汚れた地味な服だった。潤いのない女性だ。しかも、クレア・ヒッグは、クレア・ヒッグという女がどんな姿形をしているか完璧に忘れ去っていた。彼女の住む16号室には鏡がひとつもなかった。

16号室には六部屋あったが、ミス・ヒッグが使っているのはそのうちの四部屋だけで、残りの二部屋では埃の絨毯がどんどん厚くなっていた。もしもその二部屋に入りこむようなことがあっても、彼女はきっと自分の部屋だと気づかず、ほかのところにさまよいこんだ、迷子になってしまったと思ったただろう。この二部屋とほかの部屋を隔てる仕切りがあったわけではないが、そこから先には絶対に足を踏み入れないという、目に見えない境界線があった。行く手を遮るものは何もないのに、行こうとしなかった。彼女にとってそこは存在しない場所だった。必要なものは、四部屋のなかにすべてそろっていた。台所と居間とお風呂と寝室。彼女は日がな一日、座り心地のよい、お気に入りの肘掛け椅子に腰を下ろし、テレビと向かい合い、そこから流れてくる優しい世界に身を委ねていた。彼女の毎日は申し分なかった。友人に囲まれて日々が過ぎていった。友人は連続ドラマの登場人物だった。その全員を愛していた。悪役すら愛していた。魔法のようなテレビの箱のなかには、美しい色が溢れ、美しい人々が動き、美しい人生があった。テレビの外の世界には小さなミス・ヒッグしかいなかった。しかし、そんなことは彼女にとってどうでもいいことだった。一日の大半はテレビの美しい登場人物を見ているうちに過ぎ、残りの時間は美しい登場人物について考えているうちに過ぎていったのだから。彼女は頭のなかでその日見た出来事を反芻《はんすう》し、そのたびに登場人物といっしょにくすくす笑ったり舌打ちしたり泣いたりため息をついたりした。彼女は、葬儀や結婚、誕生、スキャンダル、恋愛、プール・サイドでのパーティ、大きなオフィスでの重要会議、浜辺の散策、乗馬、サーフィン、怒り、涙、キス、セックスの前奏曲、といったものをこなしながら毎日を忙しく過ごしていた。そして予定のいっぱい詰まった明日を楽しみにしながら、眠りについた。

ミス・ヒッグの住まいの壁にはマグノリアの花の模様の壁紙が貼られているが、ここが彼女の住まいになる前、窓の外にのんびりと草を食《は》む牛のいる牧草が広がっていたころは、狩猟の図柄の壁紙だった。いまその壁には、ミス・ヒッグが細心の注意を払って雑誌から切り抜いた写真が青い留め鋲や画鋲やまち針であちこちに貼り付けられている。なかでも、ある男の写真がとりわけ多く貼ってあった。髭をたくわえ、にっこりと笑っている日焼けした男の写真だ。この男の写真は暖炉の上にも、写真立ての木枠とガラスのあいだに挟まれて飾られている。男の肩には、別の人の手が置かれているのが見える。切り抜かれたものなので、肩に手を置いた人物は、おそらく女性だろうが、消えている。小さなガスレンジと小型冷蔵庫が置いてある狭い台所にはコルク・ボードがあり、テレビドラマの人物の写真がさらにたくさん貼り付けられていた。

マグノリアの壁に長方形の跡ができているのは、かつてそこに一枚の写真が貼ってあったからだ。その写真こそ、ミス・ヒッグ自身の人生の一こまを実際に彩ったものだ。病みあがりのように見える男の証明写真。19号室のかつての住人、アレク・マグニット。故人。写真の裏にはこう記されていた。――**クレア、クレア、ぼくの愛しい人。**そしてサイン――**A・マグニット、望楼館19号室。**しかし、その写真はもうそこにはない(ロット番号770)。

その夜、大好きな番組が終わり、はなはだ迷惑なだけのニュース番組が始まったので、ミス・ヒッグがテレビの音量を下げたちょうどそのとき、ドアにノックの音がした。

## 九時のニュースに代わる予定外の番組

どなた？　とミス・ヒッグは言った。

ピーターですよ、という声が聞こえた。ピーターとフランシス・オームです。

ミス・ヒッグはため息をついた。彼女の心を占めていたのは、愛を囁き、富を語る、太陽のごとく輝く美しい人たちだ。ぼくらは彼女の素晴らしい人生のなかに入ることはできない。ぼくの下唇は腫れているし、ピーター・バッグは禿げ頭で、涙を流し、汗をかいている。ぼくらの肌は青白く、お金はまったくない。せいぜい、群衆シーンの後ろのほうを横切るエキストラ役がお似合いだ。しかしその夜、ぼくらはテレビの前にしゃしゃり出て、あえて観客の目の前に姿をさらさなければならなかった。ミス・ヒッグの目は、美しいものしか見ない。だから、その状態から抜け出すには、ちょっとした精神統一が必要だった。ミス・ヒッグは、目の前のふたりはテレビから抜け出してきた人物だ、テレビから抜け出してきた人物こそが現実の人間なのだから、と自分に言い聞かせた。不注意にチャンネルを回してしまい、ドキュメンタリー番組が始まったんだわ、さもなければ、日焼けもしてなければ裕福でもないみじめな人たちを描いた、低予算の白黒映画が映っているのよ、と思った。そして、ミス・クレア・ヒッグ役を演じている女優は、実際のわたしとはまったく無関係だということも自分に納得させる必要があった。たまたま、名前が同じだけのこと。だって本物のクレア・ヒッグはいま浜辺でねそべっているのだから。どれほど言い聞かせたらいいのだろう。

忙しいのよ。
九時ですよ。ニュースの時間です。
そのニュースを見ているところ。
ニュース番組は見ないじゃないですか。
お客さまが来ているの。
ほほう、しかし、いまは席を外しているでしょう。
長くいてもらっては困るわ。
すぐにおいとまします。
三十分以上はだめよ。
ニュース番組は三十分間だけですからね。
どうぞ、座って。マティーニでも作るわ。

ミス・ヒッグのマティーニは紅茶と同じ味がした。彼女はお気に入りの肘掛け椅子に座って、話しているあいだずっと日焼け用クリームを顔と腕にぬりたくっていた。彼女は寝間着を着ていた。めったにほかの服は着ない。わざわざ外出する理由はないし、外は彼女にとってなんの意味もないところだ。彼女の買い物はピーター・バッグがしていた。わずかな入用品が書かれたリストには、日焼け用クリーム、ビキニ、シャンパン・グラス、赤い薔薇といったかなり奇異なものも記されていた。ティー・バッグやマリガトーニー・スープ、鮪《まぐろ》の切り身、歯磨き粉といった日用品のなかに巧みに紛れこませて。ごくたまに、彼女は外に出たが、それは停電したときに限られていた。停電すると、ピーター・バッグとぼくは、何をさしおいても彼女の住まいに駆けつける。そしてパニック状態になっている彼女を探し出し、彼女にコートを着せてから、ふたりで彼女を支えて階下まで連れていく。さあ、散歩の時間ですよ、とぼくらは言う。みんな死んじゃったわ、とミス・ヒッグが言う。死んではいませんよ、もうじき戻ってきます、少し新鮮な空気を吸いましょう。すると彼女は微笑んで、あなたはわたしのいい人なのね、わたしを誘惑しようなんて考えちゃだめ、と言う。そんなことしやしませんよ、とぼくらは言う。そしてピーター・バッグとぼくはエスコートする、というよりミス・ヒッグを両側から持ち上げるようにして、望楼館を囲んでいる塀に沿って歩かせる。歩いているうちに館のなかの電気がつくと、彼女はふたたびパニック状態に陥る。するとぼくらはすぐに散歩を打ち切って彼女の住まいに連れ戻る。ミス・ヒッグが部屋から出るのはそのようなときに限られていた。

しかし、彼女がずっとそんなふうだったわけではない。別の時代もあったのだ。人を愛し、人から愛されたときが。クレア、そうですよね？　ええ、たしかにそういうこともあったわ。そういうこともあったわよね？　でもそれはまた別のお話だ。

ミス・ヒッグにも新しい住人を歓迎できない理由があった。新しい住人が四階に住むとなればなおさらだ。ミス・ヒッグはテレビ鑑賞の時間を邪魔されたくなかった。人づきあいはもうごめんだった。人づきあいは危険すぎる。新しいお仲間がテレビとお近づきになって、ミス・ヒッグの美しい友人たちと色恋沙汰を起こすかもしれない。もっとひどいことだって考えられる。新しいお仲間が、テレビばかり見ていないで、外に出かけようと誘いにくるかもしれない。

ミス・ヒッグは、新しい住人が18号室に引っ越してきた音を聞いたと言った。しかも複数の声を聞いた。新しい住人はいったいだれと話していたんです？　とぼくらは尋ねた。門番とよ、と彼女は言った。ありえない。一方が話し、もう一方はシッと言っていたのでしょう。いいえ、一方が話し、もう一方も話していたわよ。ぼくらはその意見を無視し、ミス・ヒッグは集中力を欠いていたと結論づけた。テレビの音を人の声と聞き間違えたのだ。その日の夕方ごろ、だれかが彼女の住まいのドアを叩いたそうだ。そのノックの音は初めて聞くものだったわ。ピーターのノックの音でもなければ、フランシス・オームのノックの音でもなかったわ。

それで？

ノックといっしょに声が聞こえたの。

なんと言ったんです？

こんにちは、って。

それで?

そこにいらっしゃることはわかっています、テレビの音が聞こえていますから、ですって。

どう答えました?

何も。

上出来です。

そうしたらまたノックの音がして、声が聞こえたの。

今度はなんと言いました?

隣の部屋に越してきた者です、って。

それで、どう答えました?

何も言わなかったわ。

よかった。

すると今度は、わたしたちお友だちになれるといいわ、って言ったのよ。

あなたはなんと?

何も。

よろしい。

そうしたら、また、あとでもう一度来てもよろしいですか?

それでなんと?

いいえ、来ないでちょうだい、絶対に、って言ったわ。

申し分ありません。

ミス・ヒッグの説明によれば、それからノックの音と声は去っていき、二度と戻ってこなかったそうだ。ぼくらはミス・ヒッグの応対を褒めちぎった。そして、望楼館のためにとてもよいことをしたと思いますよ、と言った。そう？　と彼女は言った。あなたのプライヴァシーのためにもとてもよかったと思います、とぼくらが言うと、そうね、うまくいったわね、と彼女は言った。ミス・ヒッグに、その声の主はどんな感じだったか尋ねた。ミス・ヒッグは、女性の、しかも二十代か三十代の若い女性の声だと思う、と言った。

ぼくらはできる限り手を尽くして、一週間以内に新しい住人を望楼館から追い出すことに決めた。ぼくは白い木綿の手袋を撫でさすりながら必死で考えた。クレア・ヒッグはできるだけうるさい音をたてるわ、と言った。四六時中テレビをつけておき（もっとも、ドキュメンタリーとニュースと株式速報と天気予報と白黒の自然番組と刑事物は除くのだが）、音量を最大にしておくわ。バッグとぼくは、初動としてはなかなか効果的だと思った。そしてぼくは、その女性を徹底してつけ回し、どうしてこの地区に住みたいと思ったのか、その理由をつきとめ、できるものなら、望楼館から追い出す方法を探し出してみせる、と言った。ヒッグとバッグは、それは素晴らしいと応じた。だが、バッグは、自分が発言する番になっても協力できることを何も思いつけなかった。

それでぼくは手袋を撫でさすりながらしばらく考えるうちに、彼にぴったりの任務を思いついた。地下に置いてある門番の梯子を使って、18号室の窓まで登る。新しい住人が部屋にいなければ忍び込んで、持ち物をすべてメモし、その持ち物の置き場所をすべて変える。まったくめちゃくちゃに変えてしまうのだ。そうすれば、新しい住人は怖れおののくだろう。彼女は自分の持ち物（ぼくらはその置き場所をすっかり変えてしまうつもりでいるが）の安全ばかりか、自分の身（ぼくらはこれには決して手を出すつもりはないが）の安全についても多大な関心を抱かざるをえなくなる。持ち物というのは、ひとりの人間のアイデンティティを形づくっているもので、持ち主の好みに合わせて家のなかに置いてあるものだ。その大事な物を何者かの手で動かされでもしたら、当事者は魂を弄ばれたような、精神をめちゃめちゃにされたような気持ちになる。

ぼくはピーター・バッグに説明した。もし18号室の窓ガラスが全部閉まっていたら、そのうちの一枚をなんとか開けてなかに入ってください。どうしても開けられないようなら、用心しながらガラスを割ればいいんです。しかし哀れなピーター・バッグは神経質に汗を滴らせ涙を流しながら、そういう仕事は私向きではないようだな、もっと別なやり方で協力できるのではないかな、と言った。それから、もし警察沙汰になったら、私の指紋がいたるところから検出されるにちがいないよ、と付け加えた。手袋をはめればいいんです、とぼくは言った。気の毒なピーター・バッグは手袋をひとつも持っていなかったので、ぼくのピンクのゴム手袋を貸すことにした。皿洗いするときに白い手袋の上からはめて使うやつだ。

もう九時半になるわ。

おやすみなさい、ミス・ヒッグ。
おやすみ、フランシス・オーム。
おやすみなさい、クレア。
おやすみ、ピーター。

それからすぐあとで……

おやすみ、フランシス。
おやすみなさい、先生。

## 手袋日記

寝室に戻ってきて、ぼくはほっと一息ついた。行動を起こすことに決めたいまとなっては、なにもかもうまくいくような気がしてきた。脅しが功を奏せば、ぼくらはふたたび穏やかな人物に戻るのだ。望楼館の平和を乱そうとする者は二度と現れることはないし、ぼくらの生活を変えようとする者も、6号室に押し入ろうとする者も二度と現れはしないだろう。ぼくは寝室を見渡し、そこにあるものに慰められた。

　ベッドの足許には、同じ大きさの木箱が三つ並んでいる。大工に特別に注文して作らせた、縦二十センチ、横三十三センチ、高さ七十六センチの箱だ。この箱には厚さ一・七センチの仕切が二つ入っていて、それで内部が完璧に三等分されている。三つの箱のうちの二つはすでに中身が詰まっている。なかに入っているのはぼくの手袋だ。古くなった使用済みの手袋。箱のそれぞれの仕切には手袋が二百枚入るので、一つの箱に六百枚入っている。いまは三つ目の箱の、三つ目の仕切のところまで来ていた。あと二十三組使ったら三つ目の箱は一杯になる。どの手袋の間にもトレーシングペーパーが挟まっていて、五センチ四方の小さな画用紙に、手袋の使い始めと使い終わりの日付を記してある。それがぼくの手袋日記だ。画用紙に記された日付と、番号を振ってベッドの下に順番に並べてあるノートを見れば、手袋が使えなくなった原因がすぐにわかる。ぼくは、ほんのわずかでも汚れた手袋をはめるのを自分に禁じていた。ぼくの両手はいつでも純白でなければならない。

　新しい住人は明日にでもここを去るだろう。そうしたらすべては元通りになる。だれもぼくの手袋日記には触れられない。

## 母を見る

母の寝室は、望楼館のまわりが田舎だったころからずっと寝室だった。古めかしい深紅の壁紙が、六十年間手つかずのまま、壁を飾っていた。その寝室には、ひとりの母親と一台のベッドのほかに、本と絵、写真、帽子、靴、鏡、下着、ブラ、雑誌、レコード、空き瓶、傘、押し花、紅茶カップ、シェリー・グラス、男物の腕時計、杖、そろばん、その他もろもろがあった。母の寝室のカーテンは閉まっていた。昼でも夜でも、いつでも閉まっているのだ。チーク材でできたテーブルの上には、子ども用にデザインされた磁器の電気スタンドが置いてある。消されたことが一度もないこの電気スタンドには、茸《きのこ》形の傘がついていて、真ん中の空洞の部分に小さな磁器の兎が住んでいた。その兎は二〇ワットの電球の入った磁器のランタンを掲げもっている。このスタンドはぼくのものだった。子どものころに人からもらったのだ。

母の寝室にある物は、母が思い出を追いかけるよすがになっている。ひとつひとつが過去の時間の扉を開ける鍵だ。幸せだった時代のことをすんなり思い出せないとき、母は目を開けて部屋のなかにある品々を見つめる。愛おしそうに見てから目を閉じ、瞼の奥にその大事な品物を思い浮かべながら過去へと戻っていく。母が目を開けて見るのは、部屋のなかに集められた特別な品々だけで、人を見ることは絶対になかった。だから、ぼくは母の目を長い間見ていない。かなり前には、その目は青かった。

さて、翌日になって、ぼくは母の寝室に行って新しい住人のことを話して助言を求めたが、母はぼくがだれなのかわからなかった。ぼくはよく母の寝室に行って母に話しかけたり、恐怖心について説明したりする。母はもちろん返事もせず、ただ静かに息をし、決して話の腰を折らずにそこにいるだけなのだが、ぼくはそれでじゅうぶん落ち着いた気持ちになれたし、慰められた。しかしその朝だけは、新しい知らせを聞いた母が何か言ってくれないものか、驚いたという身振りだけでもしてくれないものか、おまえの気持ちはよくわかるよという合図を送ってくれないものか、と切実に思った。だが、母がぼくの手袋をはめた手を握ってくれることはなく、ただ灰色の長い髪を枕の上に広げて目を閉じたまま、規則的に呼吸をしているだけだった。

## 歩き方

その日の午前中、新しい住人が外へ出ていく気配はなかった。足音が聞こえないかと思って一時間も耳を澄ませ、二度も四階まで上がって18号室のドアに耳を押しつけたが、彼女は相変わらず閉じこもっていた。

しかし彼女が動き出すのを待って、一日中家のなかに潜んでいるわけにはいかない。そんな手にひっかかるものか。彼女の後をつけるのはまたの機会にして、ぼくは望楼館をでた。その日は仕事のない日にあたっていて、仕事のない日は必ず公園に行くことにしていた。

ぼくは館を出て、入り口のところで立ち止まった。かつて門があったところには、煉瓦の壁の切れ目があるだけだ。ぼくは陸の孤島と化した建物の境界線上に立ち、めまぐるしく行き交う車を見ていた。あらゆるものが館のまわりで動いているのに、なかに入ってくるものはひとつもない。車の列が途切れるのを待った。これは孤島と化した望楼館から外に出るときに必ず経なければならない手続きだ。車が途切れるまで何分もかかるときもあれば、数秒ですむときもあるが、渡る段になったら必死で走らなければならない。そう、孤島から外に出るとき、この道路を甘く見てはならない。17号室の女の子もそのことは身にしみてわかったはずだ。遅きに失しはしたが。彼女はあわてて道路を渡ろうとして車にはねられ、次にやってきた車に轢かれてしまったのだ。

間合いをはかって、ぼくは道路を走って渡った。そのまま人混みのなかを突っ切り、町の雑踏のなかに入った。ガムを嚙んだ女の子がやってくるのが臭いでわかった。ニキビだらけの若者が歩きながら音楽を聴き、鼻歌を歌っている。その歩き方でどんな音楽を聴いているのかなんとなくわかる。若くてきれいな雌馬たちがハイヒールの蹄《ひづめ》で闊歩《かっぽ》している。スーツを着た男たちは、真面目そうな顔つきでてんでばらばらに歩いていた。ひとりのおばあさんが六歩か七歩進んでは立ち止まって深呼吸している。その口の動きは足どりより速い。キャンディーをしゃぶっているのだ。子どもたちが走ってきた。子どもがいちばんたちが悪い。ぼくにぶつかった。ぼくは文句を言わない。文句を言うのは大好きなのだが、度胸に欠けるのだ。若さほど恐ろしいものはない。

## 世界の重さを測る

公園の入り口に着いた。ここは特別な公園ではない。偽涙公園《ティアシャム・パーク・ガーデン》と呼ばれるごく普通の面白みのない公園だ。公園の敷地に入る前でぼくは立ち止まった。入り口の前に立って、仕事に精を出している男がいるのだ。彼はそこで毎日人々にサービスを提供するという尊い仕事をしていた。銀行が休みの日でも立っている。その男は決して遅刻せず、長時間そこで過ごし、あくまでも仕事に忠実だ。この男の仕事とはなにか？　商売道具とはなにか？　彼のささやかな生計を立てるために必要な道具はたったひとつ。彼はその道具の後ろで胸を張って立っている。この町でこんな類の仕事をしているのはこの男だけだとぼくは思う。彼は創意工夫に富んでいる。彼の道具は体重計だ。硬貨を二つ差し出せば、人はここで自分の体重を知る喜びを味わえる。ぼくは体重計のうえに乗り、そして降りた。男に硬貨を二つ渡した。ぼくは毎週一回、この曜日にこれをやることにしている。男の名前はわからないが、この男は何年も前にこの商売を始めた。こんな金の稼ぎ方はきわめて特殊だし、体重計を人に自由に使わせるなんて突拍子もない発想だ。最初のころ、客は来なかった。驚くにあたらない。体重計はそう珍しいものではない。しかし彼はその場を動かなかった。彼の存在は知れ渡った。人々は人の好い魯鈍に対するような優しさで彼に接し、客はどんどん増えていった。客の大半はおばあさんだった。ときには体重を測るのを面白がる若い男たちも集団でやってきた。彼の客に若い女性はひとりもいない。ぼくは彼の話す声を聞いたことがない。この仕事には言葉は不要だし、ぼくはそこを高く評価していた。

男は客の体重を小さな手帳に書き記している。なぜかはわからない。その理由を彼に訊いたこともない。彼は世の人々の体重を記録している。それが仕事なのだ。彼なら、デブやヤセの流行にいち早く気づいたかもしれない。特定の背丈や特定の年齢、あるいは性別による平均体重を出しているのだろうか。もしかしたら、人のそばにいたいだけなのかもしれない（彼は以前、その体重を記した手帳を失くしたことがある。困り果てたのか、二週間も職場に現れなかった。しかし結局、彼は新しい手帳を買って、職場に復帰した。ロット番号６４４）。

ぼくの体重が手帳に記された。毎週同じように記される。それがぼくらの決まりだった。ぼくが望楼館から出てくると、彼はぼくに気づく。ぼくが笑いかけると、彼は体重計の後ろで笑みを返す。それからぼくは道路を突っ切って、彼のところまでいくのだ。

ぼくは体重計のことも、手帳のことも彼に尋ねたことはない。彼も手袋についてぼくに尋ねたことはない。ぼくらは笑みを通して意思を通わせていた。週に一度だけ。

今日は仕事が休みなので、ぼくは公園のなかに入っていき、ベンチに腰を下ろした。

# 偽涙公園における愛と憎しみ

## 1　愛

　ぼくが偽涙公園を愛しているのは、白くて美しいかわいそうな樹木があるからだ。樹木の表皮は公害ですっかり剝がれ落ち、幹には少年たちが汗の染みついた虫眼鏡で焼いて作った落書きがあった。だれがだれを好きだとか、だれがどこのフットボールチームをひいきにしているとか、だれかが不幸の手紙を燃やしたとかいうものだ。その他の傷はナイフでつけられたものだった。

　そして、ぼくがこの公園を愛しているのは、この日ぼくの前を通り過ぎていったふたり組がいるからだ。三輪車に乗った孫の後ろをおじいさんが歩いていく。おじいさんはとてもゆっくりした足どりで公園の端から端まで歩く（時間はたっぷりあるのだ）。孫はおじいさんの歩くペースに合わせようとするが、いつも二メートルほど先に行ってしまう。孫は三輪車をこぐのをやめてベンチでキスしている男女をじっと観察した。おじいさんも歩みを止めて男女を見つめた。それから孫とおじいさんはまた進み出した。しかし別々に、違うペースで。

公園の真ん中にコンクリートの広場がある。敷きつめられた小石はでこぼこしている。広場の中央にさびついた噴水があるが、この噴水がちゃんと動いていたのはいつのことか思い出せない。雨が降ったときと、大量の雨が降って雨水が溢れるときをのぞいて、この噴水はいつだって干上がっていた。これを噴水と呼ぶのは楽観的すぎるかもしれないが、ぼくなりの哀惜の念からそう呼んでいた。水を噴きあげないさびの浮いた噴水、水もなければ人の目も惹かないこの落ちぶれた噴水のそばに、美しい少女がしゃがんでいた。ぼくは美しい少女を目にするたびに必ず、最大の関心事について思いめぐらす。

十代後半。かぎ裂きのできたズボン。ジーンズ。チェックのコート。漂白した生姜《しょうが》色の髪、茶色のそばかす。丸い顔。きれいだ。彼女は舗道の石畳にチョークで絵を描いていた。たくさんの色を混ぜ合わせて灰色にした。さまざまな色を重ね合わせ、混ぜ合わせた。今日の課題は天使だ。ルネッサンス期の画家が描いた天使の絵を、絵葉書を見ながら模写しているが、あまり上手ではない。四隅に石が置かれたハンカチに文字が記されている。ありがとう、と。硬貨を投げた人へのお礼だ。みんな気前がよかった。もっとも、彼女の絵に感心したからではなく、彼女が大きな茶色の目をしていたからだ。ぼくと彼女が知り合ってから二年になる。

ぼくは一度も彼女に話しかけたことがない。

人々は、老いも若きも病人も健康な人も、だれもかれも彼女に話しかけた。できるものなら、ぼくは彼女がチョークで描いた絵を集めたかったが、絵はあっという間に薄れてしまった。彼女が帰ってしまうと、その絵の上を人が通っていくからだ。雨が降れば絵はすっかり消えて、なにも残らなかった。一度だけ、ぼくは彼女が帰ってから手袋で舗道に描かれた絵をこするという馬鹿な真似をした。手袋は見る影もなく汚れ、いろんな色に染まり、台無しになった。手袋を交換する羽目になり、その後何日か気分が優れなかった。ぼくと目があったとき、彼女がにこっと笑いかけたことがある。ぼくは笑い返さなかった。びっくりしたのだ。彼女は笑みをおさめて、また絵を描いた。

美しい少女を目にするたびに、ぼくの最大の関心事について、ほんの短いあいだだけれど、思いめぐらす。

晩春だ。公園の満開の花が希望のしるしだった。

## 2　憎しみ

公園は昔を忘れられずに憎しみを抱いていた。大勢の人と同じように、この公園も、昔を忘れられずに悲しんでいた。そして大勢の人と同じように、この公園も、その悲しみをほかのものに味わわせて楽しんでいた。だからこの悲しみは、危険な病気ではないが、人に感染した。人の肌の毛穴を通して感染していく習性があった。人々は公園のベンチに腰を下ろしているときは申し分なく幸せだったのに、立ち上がったときにはもう、肺の奥まで悲しみに冒されているのだ。この公園は、かつてここがどんなところだったかを覚えていた。消えた木立のこと、牧草地のこと、庭園のことを覚えていた。牛や羊の歩き方を覚えていた。なにもかも覚えていた。かつて広々とした緑豊かな庭園だったところに、鉄柵が打ち込まれた。庭園の草地はブルドーザーで均《なら》され、そのうえに家々が建ち並んだ。牛は追い出され、人間が群がってきた。そしてぼくもまた認めざるをえない。子どものころぼくは、いまは公園となった場所を自由に歩いていたのだと。ぼくはかつてここにいた。通りなどなかった。その昔、ここはすべて、ぼくの屋敷だった。

　オーム家は何世紀にもわたってこの地に住んでいた。この公園からそう遠くないところに家を構えていた。ぼくがまだ小さいころ、現在望楼館と呼ばれている建物には別の名があって、偽涙館と呼ばれていた。偽涙館は十八世紀に建てられた壮大な館だった。その前に建っていた古い偽涙館は十六世紀の荘園の領主館《マナーハウス》だったが、火事でなにもかも焼失した。大事なものは持ち出すことができたが、建物自体は永遠に失われた。古い館の梁やオーク材の床板はいとも簡単に燃えてしまった。その館跡に建てられた新しい偽涙館は、中央に中庭のある灰色の立方体の邸宅で、玄関ホールの真上にあたるところには、円屋根の天文台があった。

　偽涙館が望楼館になったとき、中央の中庭のあったところにエレベーターが据えられ、その周りの空間は回廊に姿を変えた。そして、一階から五階までを繋ぐ階段が作られた。もとからあったマホガニーの壮麗な階段と、召使い用の裏階段は取り払われた。中庭に臨む窓は、回廊から出入りするドアになった。そして館は二十四世帯に分割された。天文台は外観だけそのまま残された。かつては広い部屋がたくさんあった。図書室、居間、客間、喫煙室、食堂。そうした部屋はみな石膏板で小部屋に分割された。しかしぼくは昔の姿を覚えている。公園もその姿を覚えている。そして父も覚えていた。

　この公園で、といってもそのころはもうかつての広さはなかったが、父は脳卒中を起こして倒れ、家に運びこまれた。肌は漆喰のように真っ白だった。以来、父の片目は開かなくなり、下瞼はピンク色の内側をさらけ出している。その日、父はベンチに座って、かつて自分が所有していた広い土地のほんの一部を眺めていた。人々を眺め、ざわめきに耳を澄ませていた。そして脳卒中を起こして、ベンチからずり落ち、地面に倒れ伏したのだ。

## 犬と犬女

この公園には犬女がいた。犬女は強烈な犬の臭いを発していた。反吐と尿と糞がまじりあったアンモニアのような臭いだ。首に犬の首輪をし、（ぼろぼろの脂じみた）服を着、体中が犬の毛で覆われている。彼女には大勢の友だちがいたが、みな犬だった。犬に飛びかかられた彼女の服は、いやそればかりか手も腿も膝も胸も、犬の爪で引っ掻かれ、引き裂かれていた。傷は時の記憶でもあった。血が滲んでいる新しい傷もあれば、かさぶたになっているものや、治って見分けがつかなくなったものもあった。幸せな時の記憶。至福の瞬間の。

町には犬がたくさんいる。犬は犬なりに社会秩序を作り、階級を形成している。首輪をしている犬と、首輪をしていない犬とに。体中がどろどろに汚れ、駄犬のようにもじゃもじゃの髪をし、口からはゴミ箱の残飯の臭いを発している犬女は、首輪をしていない野良犬を慈《いつく》しんでいた。小便臭いパンティ。よだれまみれの口。犬の愛人。彼女は偽涙公園の犬に餌をやった。そのお返しに、犬たちは彼女に吠えかかり、爪をたて、なめ回し、嚙んだ。彼女は残飯で犬を養っていた。犬のことをよく理解していたので、彼女も犬と同じものを食べた。彼女も吠え、唸り、地面を転げ回り、犬の尻尾の下の臭いを嗅いだ。

彼女は〝偽涙公園の犬女〟と呼ばれ、仲間の犬に忠実で、体が大きく乳房はたっぷりしていて、多産の雌犬そっくりだ。その日ぼくがベンチに腰を下ろしていると、その犬女が、二年前からぼくの顔見知りの美少女が描いたきれいな天使の絵の上をよたよたと横切っていった。少女は何も言わずに、汚されて膨らんだようになった天使の顔をすぐに描き直して、元通りのほっそりときれいな顔にした。

犬女には別名があった。トウェンティとも呼ばれていた。どちらも、パスポートに記される正式な名前ではない。トウェンティと呼ばれていたのは、彼女が望楼館の20号室に住んでいたからだ。公園近くの、理想の犬小屋に。トウェンティは野良犬と野宿するのが好きだ、と思われていたかもしれない。だが、彼女は外で寝なかった。それは、犬の友だちにお腹を剝き出しにされて目を覚ましたくなかったからであり、傷をきれいに舐めたり、大事な骨を隠したりする場所が必要だったからだ。

ぼくらが彼女をトウェンティと呼んだのは、彼女が本名を教えてくれなかったからだ。18号室に新しい住人が越して来るまでは、望楼館でいちばん日の浅い住人はトウェンティだった。彼女が館にやってきたのは、風が町じゅうの壁や通りや木々や人々から埃という埃を剝ぎ取って、くすんだ色をすべて下水溝の暗闇のなかに吹き入れていった珍しい嵐の日だった。

その嵐の日、犬女トウェンティは、望楼館の一階にある空き部屋の窓から侵入してきた。彼女の連れは、哀れなほど痩せ衰えたグレートデンだったが、その犬は傷だらけで、胸郭が毛皮を突き破ってとび出していた。その夜、何時間もあわれな鳴き声とうめき声を発していたグレートデンは、後ろ脚で空《くう》をひと蹴りしたあと、事切《こと》れた。死体は真っ黒で巨大で醜かった。犬の大親分だったのだろう。トウェンティの連れの犬は、トウェンティとまったく同じ大きさだった。犬女とグレートデンはすさまじい犬同士の喧嘩にまきこまれたのだ。その喧嘩から逃げだそうとしてグレートデンは、車がひっきりなしに通る道路に飛び出した。そしてはねられた。車にはねられ、望楼館の煉瓦の塀に叩きつけられ、腰がめちゃめちゃに砕けた。トウェンティは用心して道路を渡ると、急いで犬のところに駆け寄り、息絶え絶えになっている犬を撫でさすり、ぼくらの館に運んできたのだ。

その翌朝、トウェンティは自分の夫をゴミだらけの硬い地面のしたに埋めた。望楼館の、もと花壇だったところに。それからトウェンティはパンティを脱いで墓の上におしっこをかけた。トウェンティは館中を嗅ぎまわって、20号室を選んだ。20号室は最上階の、故障しているエレベーターの横にある小さな部屋だ。このエレベーターは昔はちゃんと動いていた。あるとき、あっという間に下降したせいで、ミスター・アレク・マグニットが死に、彼の計算機（ロット番号737）が粉砕された。しかしトウェンティはそんなことは知らなかった。トウェンティは階段を使った。自分から進んでそうしたのだが、五階に上る手段はほかになかった。

犬女トウェンティは家賃を払わなかった。

トウェンティにしても、新しい住人を歓迎する理由はなかった。望楼館の住人はみな人間なので、彼女は住人全員を憎んでいる。彼女が愛するのは犬だけなのだ。

ぼくらにとってトウェンティは理想の住人だ。家賃を払わないけれど、ぼくらにまったく興味を示さない。人とまったく交わらない。しかも、日中は（夜の大部分も）公園で過ごしている。

その日、公園のベンチに腰掛けながら、ぼくはトウェンティが偽涙公園の草地に腹這いになっているのを眺めていた。彼女はあくびをし、顎を地面につけたまま尻を振ると目を閉じた。

## 子どものおもちゃ

その日、公園でひとりの子どもを目にした。母親に抱かれていた。子どもは地面より高いところに、子どもの背より高いところ、ちょうど母親と同じ高さのところにいた。子どもはおもちゃを握りしめていた。愛の錠前だ。そのおもちゃは、それまではたいしたものではなかったが、地面に落ちたとたんに、注目せずにはおられないものになった。子どもは悲鳴をあげた。しかし母親は、お黙んなさい、と言って歩き続け、子どもをおもちゃから永遠に引き離した。ぼくはそのおもちゃを見た。かつては愛を一身に受けていたのに、いまや見捨てられてひとりぼっちになった愛の犠牲者を。

ぼくは立ち上がり、近寄っていき、足を止め、しゃがみ込んでそれをよく見た。不愉快な汚れがついていないか、子どものよだれや鼻水がついていないかとよく見た。白い木綿の手袋を汚すようなものはないか、手袋の大敵はないか。なにもついていなかった。これは蒐集するにふさわしい物だ。ひとりぼっちで、持ち主がおらず、蒐集家を求めている。それでぼくは鵲《かささぎ》のようにそっけなく、素早くそれを拾い上げた。

子どものおもちゃは公園の地面から救出され、ぼくのポケットにおさまった。小さな金属製のコンコルドだ。コックピットのまわりに歯形がついていて、塗料が剝げおち、プラスチック製の車輪の片方がなかった。きみはどこに向かって飛んでいる？　格納庫はどこだい？　ほらあそこだ、着地するにじゅうぶんなスペースがあるじゃないか（どうせ二度と離陸はしないのだ）。着陸地点に到着。９８６というロット番号が貼り付けられた。

ぼくは落ちているものすべてを拾っているわけではない。それははっきりさせておきたい。資格が必要なのだ。その点、コックピットについた歯形や片方しかない車輪は、この作品の来歴を物語っていた。愛されていた証だ。じゅうぶんに資格がある。

それからぼくは公園を横切り、道路をうまく渡って、看板がかかっている建物に戻った。

望楼館
質の高い設計による広々とした集合住宅

実際は質の低い設計による狭苦しい集合住宅である望楼館のなかに入っていくと、ひとりの男がいた。

## 門番という名の括約筋

その男は鍵をたくさん持っていた。禁欲的な男。忙しく掃除している。埃をすべて駆逐するのに忙しいし、悲嘆に暮れるのに忙しい。ぼくをちらと見たが、挨拶しない。シッという音も出さない。ぼくがそばを通り過ぎるとき、彼はこちらに背中を向けて、ぼくが入ってきたほうへと歩いていった。そしてちり取りと箒を手に戻って来るや、背を屈めてぼくの足跡を掃きとった。鍵がじゃらじゃら鳴った。箒の先で均《なら》している絨毯は、かつては鮮やかな青だったがいまではくすんだ灰色になっている。町のゴミや埃のせいで絨毯の色が褪せたということもあるが、初めに青い色をこそげ落とし、拭い去り、きれいに消してしまったのは門番だ。そうやって彼はあらゆる色を消し去った。あらゆるものをどこででも見かける灰色に変えてしまった。彼は白い色が好みらしい。しかし白はありえない。白は長くはもたない。彼はたぶんこう問うているのだ。白よ、おまえは神話なのか？　と。

ぼくの手には白い色がある。手袋だ。しかし門番はこう思っていた。この町から白は消滅した。

白は何年も前に荷造りして出ていっちまった、たったひとりの悲しいみなしごを、清潔好きなみなしごを置き去りにして。そのみなしごは毎日ちり取りと箒を手に、シジフォスのように階段を上っていき、通ったあとに少しばかりきれいになった絨毯の跡を残していく。蝸牛と正反対に。ぬるぬるした蝸牛みたいな、汚い足跡を残すな——初めて会ったとき彼がぼくに言った言葉だ。

しかしもう長いあいだ、彼が喋るのを聞いていない。彼が最後に言葉を発したのは、トウェンティを20号室から叩き出そうとしたときだ。二年前だ。トウェンティは家賃を払わなかった。トウェンティは門番をがぶりと嚙んだ。

門番はぼくらの下に住んでいる。地下室のゴミの真ん中に。ゴミと埃の真ん中に唯一のオアシスがある。ゴミと埃の真ん中に、整理整頓された三部屋続きの収容室がある。一度ぼくはそのなかを見たことがある。館に泥棒が入った、と門番に告げるために地下まで下りていったときのことだ。ぼくは彼にこう言った。今度の強盗はそう奥までは侵入してこなかったよ。玄関ホールに入ったんだ。玄関ホールの戸棚まで、掃除機が入っている戸棚のところまで入ってきた。掃除機がなくなっているよ。盗まれたんだ。もう戻ってはこないだろうね。にっこりしながらぼくはそう言った。

門番は以前、週に一度、ぼくが父の体を拭くときに手を貸してくれていた。しかし、最後に手伝ってくれたときのことだ。ふたりで父を赤い革張りの肘掛け椅子から松材の椅子に移そうとしたとき、父の口から唾が一滴飛び出して、門番の右頰にかかった。門番は父から手を離し、父は床にひっくり返った。門番は頰をごしごしこすった。門番には二度と父さんの体を拭かせない。

門番には二度と掃除機を使わせない。ぼくは掃除機を失敬した。掃除機には指紋が残っていない。ぼくは白い手袋をはめていた。白い木綿の手袋を。

掃除機がなくなったよ、とぼくは言った。盗まれたんだ。言い換えればこういうことだ。おまえのかけがえのない親友は死んでしまったよ（ロット番号802）。彼のガードが甘くなったそのとき、それまでだれも見たことのないものをこの目で見た。門番は慌てふためいて玄関ホールに駆けつけていき、彼の部屋のドアは開けっ放しになった。ぼくはそのなかに入って、目にしたのだ……。

三部屋の整理整頓された収容室には、蜚蠊《ごきぶり》や蛞蝓《なめくじ》や蠅、蜘蛛《くも》、蛾、紙魚《しみ》、蟻、蝙蝠《こうもり》、溝鼠《どぶねずみ》、二十日鼠《はつかねずみ》、蜉蝣《かげろう》などの痕跡はなにもなかった。しかし、ベッドの下に、光から逃れ、人目を忍ぶかのようにトランクがあった。トランクには四つのかんぬきと、二つの錠がついていた。このなかにはどんなものがしまわれているのだろう？　ぼくは推測してみた。私服、タイプされていない速達、職務と関係のない小冊子、人物の写真——まあ、いわば平均的人生のもろもろ、だ。門番になる前の人生、門番になる前の、本名があったころの人生のもろもろが入っているのだろう。トランクはふたつの役割を果たしていた。これまでの人生を閉じこめることと、その上に載っている硬いマットレスをさらに堅牢にすること。

風呂場があった。その浴槽は一度も使われたことがないようだった。いや、門番は一度も風呂に入ったことがないと言いたいのではない。湯と水の出る蛇口を汚らしい子どもを見下すように睨みつけているシャワーヘッドを見れば、風呂に入っていることは明らかだった。ぼくが思うに、たぶん門番は、浴槽をだらしなさと安逸の巣窟と思っていたのだ。浴槽のなかでは、たくましい肉体をきちんと洗えないと思っていたのだ。浴槽のなかでは、自分が汚した湯のなかに横たわるしかない。しかしシャワーならば、こそぎ落とされた汚れは栓穴にさっさと吸い込まれ、忘却の彼方へと消えていく。

興味深いことに、便器のタンクの真上に鏡があった。つまり、門番は自分の顔をしげしげと見つめながら小便をしているのだ。いや、門番なら排尿行為というだろう。とにかく、門番は鏡で自分の顔を見ていた。鏡に映った顔のなかに門番になる前の時代を見ていたにちがいない。子ども時代やおもちゃの姿を見ていたのだ。もしかしたら幸福の姿を見ていたのかもしれない。その幸福の顔にはあざがあった。あざは重なり合っていた。あざだらけだった。不完全であることの心の痛み。

門番の顔には褐色のそばかすがある。

そのため、ひどく曖昧な顔に見えた。だらしなく散らばったそばかすが鼻と頰と瞼の厳密な線を歪めていた。門番は五十年間ずっと洗顔してきたが、そばかすはいっこうに消えてなくならなかった。そばかすのせいで、子どもっぽい顔に見えた。門番の仕事を辞めて、最後の満ち足りた日を普通の人として迎えるまで、彼の体は子どもっぽい外観を保ちつづけようとしているみたいだった。門番ではない人物、人間らしい人間になることができる日まで。

門番《ポーター》が彼の名前だ。ポーターには、守衛、玄関番、管理人という意味のほかに、胃の幽門の括約筋という意味もある。胃と十二指腸の間にある幽門は、強力な括約筋でできていて、そのおかげで食物が無事に下へと旅していくことができる。この環状の筋肉が、食物をすみやかに通すときと、食物を遮断して通さないときを決める。幽門狭窄症になると、幽門は閉まり、食物を一切通さない。すると、嘔吐が繰り返される。ひどいときには二十四時間前に食べたものまでもどしてしまい、アルカローシスになる。体のなかのアルカリ度が異常に高くなる状態のことだ。括約筋が閉まったままであれば、幽門筋切開という、力ずくでその門をこじ開ける手術をしなければならない。

それでも門番《ポーター》が（この場合人間ではなく筋肉のことだが）開かないと食物を排除したり消化したりできなくなるので、体全体の機能は停止し、悲惨な結果が待っている。

一方、（筋肉ではなく人間の）門番《ポーター》は、望楼館内部の汚れを排除する仕事を一手に引き受けている。ぼくらがゴミの入った袋を毎晩ドアのそとに出しておくと、門番が毎朝その袋を運び去る。そして門番は、トウェンティだけは例外だったが、望楼館へ無断で侵入してくる者を追っ払っている。とくに、一階の空き部屋の窓を割って忍び込んできては煙草を吸ったり、ビールを飲んだり、裸の女しか載っていない雑誌を見たりしている十代の若者たちを追っ払っていた。

もし幽門狭窄が起きたら、つまり門番が掃除しなくなったら、ぼくらはゴミだめでおぼれ死ぬことになる。

たった一度だけ入った門番の部屋から、ぼくは土産を頂戴してきた。衣裳戸棚にきちんとかかっていた染みひとつない替えの制服から、真鍮のボタンをひとつ失敬したのだ（ロット番号803）。そのボタンを頂戴したあと、門番を見かけるたびにぼくは戸惑った。彼が完璧な制服姿で現れたからだ。ボタンはひとつも欠けていなかった。最初ぼくは、彼が替えの服を使わずいつも同じ制服を着ているのだと思った。次に、予備のボタンを買ってきて付けたのだろうと思った。ところがようやく、理解した。三つ並んだボタンをとめている糸の色が微妙に違うのだ。制服を替えるころになると、針と糸を使って、着ていた制服から次に着る制服にボタンを付け替えている門番の姿がぼくの瞼に浮かんだ。

新しい住人が館にやってきた翌日、ぼくの足跡を掃き取った門番が別の汚れを探しにいってしまうと、ぼくは地下室に下りていった。

## 意味への道のり

下まで降りていくと、そこで絨毯は途切れている。住人に対するなんの表示もなく、門番以外はだれひとり入ってこない。埃が厚く積もっている。そのせいで隅という隅はことごとく薄暗い。張りめぐらされた蜘蛛の巣にも埃は積もり、天井も壁も幽霊が出てきてもおかしくないほど不気味に見える。地下室の広さは一階と同じで、煉瓦でできたアーチ型の天井全体が畝《うね》模様で覆われ、巨大な木を支える根幹のように、なんの飾りもない円柱が等間隔で立っていた。館を支える無数の円柱は、身を隠すのにもってこいの場所だ。もってこいといえば、子どものころ、ぼくは円柱と円柱のあいだ、膝くらいの高さに釣り糸を張って、召使いがそれにひっかかるのをわくわくしながら待っていたものだ。地下には地下道もあった。その地下道は八百メートルほど離れた教会の地下に繋がっている。焼け落ちてしまった十六世紀の領主館のもので、唯一残ったのがこの地下道だった。

ぼくが目指していたのはその地下道だ。そここそぼくの目指すところ。門番の部屋の前を通り過ぎ、ボイラー室の前を通り、束ねた石膏板と青と白の壁紙のロール（偽涙館から望楼館に変わったときの名残のものだ）の前を通り過ぎると、ドアがある。ようやくその姿が見えてくると、わけもなく涙がこみあげてくる。ドアにはこう書かれている。**危険——立入禁止**。ぼくのドアだ。どっしりした錠前で封印してあるが、その錠前を開ける鍵を持っているのはぼくだけだ。

そこからは、教会へと続く地下道が延びている。無数の木の梁が天井と壁を支えているが、人ひとり通れるくらいの広さしかない。そこにぼくの大事な９８６点の品が展示されていた。

この展示品を見ればぼくの歴史が理解できる。地層のように、これまでのぼくの年月と節目の出来事が手に取るようにわかる。もちろん、この町の歴史、時代や流行や人々の変化まで知ることができる。

展示品のひとつひとつは、湿気で台無しにならないようポリエチレンの小袋に入れられ、テープで密閉されている。その下には小さな厚紙が置いてあり、黒いボールペンでロット番号が記されている。

展示品の所蔵者にして記録保管人、学芸員にして来館者であるぼくは、数を数えながら歩いていった。いち、に、さん、……すべてここにある。すべての大事なものがポリエチレン袋に入れられて。何年にもわたる業績。すべてがぼくのものだった。

ぼくの誇りであり喜びであるこの蒐集を始めたのは、忘れもしない、十四歳のときだ。この館が偽涙館と呼ばれていたころ、風で飛ばされてきたのだろう、車寄せのところに領収書があるのを見つけた。ぼくは母から外で元気よく遊びなさいと言われ、外に出てきたところだった。遊び仲間がいなかったぼくは、運動用にデザインされた白い編み上げ靴を履いて、小石をあちこちに蹴飛ばしては追いかけるという遊びを夢中になってやっていた。その小石がどこかにいってしまったので腹立ち紛れに地面を蹴っていると、偶然その領収書が現れたのだ。ロット番号1は地下道の入り口そばに置いてある。

| | |
|---|---|
| ファイン・クオリティ・フーズ | |
| 9 | 0.79 |
| 3 | 1.07 |
| 1 | 0.35 |
| 小計 | 2.21 |
| 合計 | 2.21 |
| 受領 | 2.50 |
| 釣り | 0.29 |
| お買い上げありがとうございました。 | |

このがらくたに等しい紙切れにぼくの好奇心は絡め取られてしまったのだ。ぼくはその切れ端を救出した。買い物にいったのはだれなんだろう。いったい何を買ったのだろう。その人物はどこに住んでいたのか。男か、女なのか。既婚者か、独身者か。ブスか、美人か。若い人か、それとも死にかけているのか。ぼくの知り合いなのか。満足な答えが得られなかったので、この領収

書の持ち主についていろいろ思いめぐらした。領収書は食品用のラップに包んでベッドのしたに隠しておいたが、何週間も毎日のように取りだしては眺めていたので、しわくちゃになり、ちぎれそうになってしまった。

それから別の品が、この初めて愛したものに取って代わった。こうして新しい歴史が作られていった。最初は、あまり印象に残らないものばかり集めていた。空き箱やビニール袋や空の瓶や缶、使用済みの封筒、ちびた鉛筆などだ。つまり、捨てられたり、使い終わったものや忘れられたもの、ほかの人ならゴミとして片づけてしまうようなものばかりを集めていた。しかし、ある日、ぼくは新しいルールを定めた。後に展示品目録と呼ぶことになる固い表紙のノートを買ってきて、その最初のページにこう書いたのだ。これからは、愛されていたという証のあるものだけを集めて展示することにする。前の所有者がなによりも大事にしていたもの、かけがえのないもの、二つとないものだけを集めることにする。

そして、蒐集品が多くなりすぎて、とうとう寝室に入りきらなくなったとき、少しずつ地下に移すことにした。すべてを移すのに三ヶ月かかった。最初は、ワインセラーに隠しておいた。ほかのところと同じように、そこが子どもの立入禁止区域だったからだ。親の定めた厳しい決まりのおかげで、かえってこの禁止区域は格好の隠し場所になった。

時が流れた。

そして、ある日突然、というわけではないが、それでも思いがけないほど急に、フランシス・オームはもう子どもではなくなった。それから間もなく、白い手袋をはめたフランシス・オームは、子ども時代が去ったことを知らされた。

時が流れた。

そしてある時、偽涙館が望楼館と名前を変えることになって改装工事が始まった。ワインセラーは地下室に姿を変えた。つまり、埃とゴミに囲まれた三部屋の収容室ができたのだ。

## 肥った瘦身の騎士

昔、肥った優雅な騎士（この騎士もオーム家の人間で、やはりフランシスといった。オーム家では長男はみなフランシスと名づけられるが、この騎士の場合はフランシス・オーム卿と呼ばれた）の幽霊の話をよく聞かされた。彼はあまりに肥っていたために、教会の聖域までつながっている地下道から出られなくなってしまったという。この地下道の設計には計算間違いがあって、先にいけばいくほど狭くなっていたのだ。騎士はあまりにもぴたりと壁のあいだにはまりこんでしまったので、進むことも引き返すこともできず、暗闇のなかで立ち往生した。恐ろしい闇のなかで、頭から血を流し、手の指の骨を折りながらもなんとか体の向きを変えようとしたのだが、結局あばら骨を砕かれて死んでしまった。騎士は何十年後に、地面にばらばらに崩れ果てた骸骨の姿で見つかった。骸骨のまわりにはかつて立派だった装束がぼろぼろになって散らばっていた。騎士は死んで初めて身が細くなり、そこから抜け出すことができたわけだ。子どものころに聞いたこの話は、いま思えば芝居かサスペンス小説のようだが、当時のぼくはすっかり真に受けて、そんなところに行ったら壁に挟まれて身動きとれなくなるから絶対に地下道には行かない、と心から誓った。しかも、こうも言われたのだ。おまえがそこにはまりこんでも、だれも探しにいかれないんだよ、なぜならそこにはあの騎士の幽霊が住んでいるからね、そんな肥った痩身の騎士と会いたいなんてだれも思わないからね、と。

そういうわけで、ぼくは火のついた蠟燭とマッチの箱だけを頼りに、炎が消えやしないかとびくびくしながら、蒐集品を抱えて何度もそこを往復した。ぼくが八〇デシベル級の悲鳴をあげても絶対に両親が探しに来ない場所くらい、安全なところはなかったからだ。だれにも見つからないところ。絶対に。絶対に、この先ずっと。そこは完璧な隠し場所で、門番ですらそんなところまでやってこなかった。汚すぎるからだ。もちろん、ぼくだってそこでは手袋を保護しなければならなかった。これはささやかな譲歩だ。地下道に行くときは必ず、白い木綿の手袋のうえから、父の茶色の革手袋をはめた。そうやって十九年間、その秘密の場所に蒐集品を隠しておくことができた。新しい住人がやってくるまでは。

# 物

いつも移動しているものがひとつだけある。それはぼくのいちばん大事な宝物だ。展示品を増やしていくための霊感。ぼくが知っているもののなかでいちばん繊細で、いちばん複雑で、いちばん聡明なもの。いつもすべてに優先され、いつでも展示品の最後を飾るよう位置を変えている。だからいつも新しく手に入れたもののように見える。かけがえのないもの。それは、展示品の最高の栄誉であり、敬愛と畏怖をこめて、ただ《**物**》と呼ばれている。

その聖なる物の手前に、いちばん新しいロット番号９８６をそっと置いた。傷だらけのコンコルドだ。この品物の歴史について説明はいらない。これが手から離れたとき子どもが涙を流すのをこの目で見たのだから。それでじゅうぶんだ。

ぼくには精神を集中しているとき下唇を舐めるという癖がある。展示品に夢中になっているときはずっと下唇を舐めている。だから、しばらくすると、下唇がきまって腫れあがる。

ぼくは一時間ほど狭い地下道を行ったり来たりして、親しい友に語りかけながら変わりがないことを確かめた。それからようやく後ろ髪を引かれる思いで、地下の世界を後にして、地上の世界に戻った。

玄関ホールに出る階段を上りきったところで、声がした。それはすでに説明したが、眼鏡をかけたおぼろげな人物のものだった。おぼろげな姿はいまや鮮明な姿になっていた。声はこう言っていた。

そこで何をしているの？

それはこう訊いていた。

そこで何をしているの？

# 第二章　集会

## 最初の会話

そこで何をしているの?

ぼくは新しい住人の青ざめた顔を見た。丸顔で顎は引き締まり、耳は形がよく、小ぶりの鼻はちょっと上向きになっている。針の先くらいのそれほど大きくないそばかすが、ひとつは左頰に、もうひとつは鼻のてっぺんにあった。うなじまで垂れた艶やかな黒い髪に、太い眉。ほかにとりたてて印象的なものは見あたらない。ただ、顔のなかでひときわ目だつものがふたつあった。くわえた煙草と、縁がスティール製で分厚い丸レンズの眼鏡だ。そのせいで目が異様に大きく見えた。どうしても目にとめないではいられなかったのは緑色の目で、何かに感染でもしたのか、ひどく充血していた。こうした要素をすべて集めると、(部分部分はそれなりに魅力的と言えるかもしれないが)いささか病的で、恵まれた容貌ではなかった。つまり、新しい住人は愛らしい女性ではなかった。

そこで何をしているの?

新しい住人は身長百五十センチあまり、簡素なダークブルーのワンピースを着て、ゴム底の黒い編み上げ靴を履いていた。手は細く骨張っていた。右手の親指と人指し指の関節のあいだに、ほくろがひとつあった。両手とも不格好で、たこだらけだった。


階下に何があるの?

なにも。

地下室?

きみはここで何をしているんだ?

あら、失礼、わたしの名前は——

名前はいい。知る必要がない。

だったら、あなたのお名前は?

きみは知らなくてもいい。ぼくは言うつもりはない。

あなたはここに住んでいるの?

そうだ。出ていけよ。

いいわ。ちょっと説明させて。わたしは新しく来たの。18号室に引っ越してきたばかりなのよ。

どうして?
わたしの家だからよ。あそこを買ったの。
なぜ?
気に入ったから。
どうしてここに?
町のこの辺に住んでみたかったのよ。
なぜ?
わたしの勝手でしょう。
いつ出ていくんだ?
出ていかないわ。
**週末までに出ていってもらいたいもんだな。**

しかし新しい住人は、言い合いをするでもなく、泣き出すでもなく、ただ笑みを浮かべてぼくを見た。まるでたったいまわかった、理解したとでもいうふうに。そしてこう言った。

あなたが、手袋の人ね。
ぼくに触るな。
あなたがフランシスなのね?

門番が教えたんだな！

わたしにもそのうち慣れるわよ、フランシス。じゃあまたね。

ぼくは魯鈍のようにあんぐりと口を開けたまま玄関ホールにつったって、彼女が望楼館から出ていくのを見ていた。彼女はぼくの言葉にぜんぜん耳を貸さなかったし、ここから立ち去るつもりもなかった。ぼくは口を閉じると、彼女の後をつけていった。

新しい住人は車がひっきりなしに行き交う道の向こう側で、体重計の男に体重を測ってもらっていた。彼女は男に話しかけ、男は彼女に言葉を返していた。ぼくは通りを隔てたこちら側にいたので、ふたりのやりとりを聞けなかった。ぼくはなんとなく裏切られたような気がした。体重計の男とぼくは知り合って何年にもなる。彼が新しい住人との言葉のやりとりを楽しんでいるらしいことに、そして彼女が立ち去ったあともずっと笑みを浮かべていることに、ぼくはとても狼狽《うろた》えた。それでぼくは、急いで道路を渡って体重計の男に笑いかけた。これ以上ないというほどの満面の笑み、これまでもそんな笑顔を人に見せたことはなかったし、これからだって絶対に見せないだろう、というようなとっておきの笑みを。この笑みなら、ぼくが体重計の男に親しみを感じていることを印象づけられるはずだ。ところが、彼はぼくのほうを見もせずに、体重記録ノートを見ながら、ひとり微笑んでいた。

## 公園での奇妙な出来事

公園に入ると、新しい住人の姿はなかなか見つけられなかったが、泣いている息子をなだめている母親がいた。ふたりはなくしてしまったコンコルドを必死の形相で探していたが、結局見つけられなかった。新しい住人の姿を見つけたとき、ぼくはひどく不愉快な気分になった。彼女は壊れた噴水のそばで、ぼくが知り合って二年になる少女がチョークで地面に描いている絵をじっと見ていたからだ。この日はさらなる裏切りを味わった。新しい住人はその女の子に話しかけた。**その女の子は言葉を返した。**

それに続く会話のすさまじさといったら、お喋りとしか言い表しようのないものだった。ふたりは久しぶりに会った旧友のようにお喋りに興じた。ふたりの口から言葉が転がりでていった。実を言えば、ベンチに座って遠くから眺めているぼくからは、ふたりとも、早口で喋りすぎる悩みを抱えているみたいに見えた。ふたりが自由に話し合っていることが面白かった。言葉が体というパイプを通って、口から迸《ほとばし》り出ているみたいだ。この種の人については噂に聞いたことがある。この種の人たちは、何の努力もしないで、あらゆる種類の人間とやすやすと話ができるという。この種の人たちは、ただそこにいるだけで、口の重い人の口をこじ開けることができ、相手になんのダメージを与えることもなく内部を隈なくのぞき込むことができる。それどころか、口の重い人はその体験を楽しんでいる節があった。

ぼくはこの日ほど、人が自由気儘《きまま》に喋っているという物珍しさに心惹かれたことはなかったので、ぼくがフランシス・オームでなかったら、心から面白がって見ていられただろう。笑みさえ浮かべただろう。心が軽くなり、晴れ晴れとした気分になっただろう。だが、実際にはそうではなかった。望楼館のなかにお喋りの楽しさが持ち込まれるようになったら、ぼくらの身に危険が及ぶことは火を見るより明らかだ。ドアが開け放たれ、秘密がこぼれでていってしまう。いま、ぼくが目の当たりにしているように、こうした類の会話は人の心を和ませてしまう。心が和むのは危険なことなのだ。心が和んでいるときには防御がおろそかになる。話に夢中になっているときはなおさらだ。心和む会話をしていると人は率直になる。率直になれば、絶対に明かしてはならないことを明かしてしまうことになる。

ようやく、ふたりのお喋りが終わった。新しい住人は公園のほかの場所へ向かった。喜ばしいことに、彼女が向かった草地は、とりわけ凶暴な人間がいることで有名な場所だ。人間を忌み嫌っている者がいるのだ。四つ足の厭世家。トウェンティ。犬女。

## 犬女トウェンティの世界

　トウェンティほどかわいそうな人はいない、とぼくら住人は思っていた。彼女は人に言えないほど悲惨な家庭に生まれたんだ、とぼくらは決めてかかっていた。田舎からやってきたのかもしれない。静かで閉鎖的な田舎ほど、普通では考えられないような犯罪がいろいろ起きる。だからぼくらは、もしかしたら彼女は、犬小屋にでも鎖で繋がれて育てられたのではないかと思っていた。心を許した相手は犬だけで、残飯を食べて育ち、犬とともに暮らしてきたのだろう。話すことを教わらずに大きくなったのだ。彼女はいわゆる野生児で、あるとき両親なり飼い主なりが亡くなったにちがいない。あるいはトウェンティが飼い主から逃げ出したにちがいない、と。だがこの点に関しては、結論をだせないまま、議論を重ねていた。ぼくらが確信できたのは、トウェンティは悲惨きわまりない状況から犬の伴侶とともに逃げ出して、この町にやってきた、ということだった。その犬は、前にも述べたように、望楼館の一階の一室で死んだ。その後トウェンティは、伴侶の墓のあるこの館で、ぼくらといっしょに暮らすことにしたのだ。

　ぼくらは新聞などで、そうめったにあるものではないが、野生児として育った人の記事を読んでいた。そうした記事を読んでいたため、トウェンティには語るも忌まわしい過去があるものと思っていた。
そう、トウェンティは本当にかわいそうだった。

## 犬女トウェンティを飼い慣らす

犬女トウェンティは、どんな相手であろうと、自分のいる草地を横切らせはしなかった。ときたま、犬が何気なくやってきてトウェンティの臭いを嗅ごうものなら、すぐに追い払われた。人間は、この草地に立ちどまってはならないと察して歩き去った。草地が問題なのではない。草地に横たわっているものが問題なのだ。泥だらけでべとべとで、犬の首輪を首に巻いて、ぼろぼろの服と犬の毛をまとい、下水のような臭いを発している女が。彼女は嗅覚のある者にとってはきわめて不愉快な存在で、彼女に会って喜ぶ人間は、まずいない。近づいていこうものなら、唸り声をたてられる。しかし、犬はその悪臭に魅力を感じるようで、彼女に呼ばれると、嬉しそうに彼女の股の間に鼻をうずめる。そこがいちばん強烈な悪臭を放っているところだとぼくは思っていた。トウェンティはぼくが朝見たときと同じ腹這いの格好のまま、うとうとしていた。新しい住人が近づいていったとき、トウェンティは目を開けて立ち上がった。四つ足で。新しい住人はその草地に座った。トウェンティから三メートルほど離れたところに。トウェンティは最初、びっくりしたようだったが、すぐに尻を振り立て（攻撃態勢に入ったことを意味する）、唸り声をあげはじめた。だが、新しい住人は動じなかった。住人は笑みを浮かべた。その笑みはほかの人間には効き目があったかもしれない。チョーク画家や体重計の男や門番には効き目があったかもしれない。しかし、トウェンティにはまったく効かなかった。トウェンティは唸り声をあげながら尻を上げ、ぎょろりと目を剝いた。彼女は機嫌をそこねている。トウェンティは草地は彼女の場所なのだ。煙草をふかしている眼鏡をかけた二本足の動物がそこにいていいはずがない。この二本足は、本当に驚くべき女だ。他人のプライヴァシーのなかに土足で踏み込んでくるタイプだ。田舎の道を歩いていて**所有地につき立入禁止**という看板が立っていたら必ずなかにはいっていくタイプだ。

しかしトウェンティはそんな真似は許さない。トウェンティは吠えた。歯を剝き出した。歯は黒と黄色だった。彼女はさらに近づいて唸った。もう少しで新しい住人の顔に触れられそうなところまで近づいていった。ぼくは新しい住人に、危ない、と注意すべきだと思った。そこにいたら確実に嚙まれる、立ち去ったほうがいい、と忠告すべきだと思った。そこから出るんだ、二度とここに入ってはいけない、ここはトウェンティの草地だ、だれもトウェンティのところに近づいてはいけない、あんたが犬なら別だ、トウェンティに招かれたのなら別だけどな、と言わなければと思った。ぼくはそうすべきだった。しかしぼくはなにもせずに、黙って見ていた。ほくそ笑みながら、手袋を撫でさすりながら、本当なら考えてはいけないようなことを考えていた。や**れよ！　トウェンティ、嚙むんだ。嚙みつけ。思う存分痛めつけてやれ。**

トウェンティはそうした。トウェンティは彼女の手に嚙みついた。彼女の手から血が滴り落ち、目から涙が溢れたところを見ると、かなりひどくやられたらしい。さあ、これでわかっただろう、とぼくは心のなかで言った。トウェンティにちょっかい出すのはやめるんだ。痛みはじきに消える。傷はそのうち治る。家に帰って手に包帯を巻き、涙を拭けばいい。ところが、この腹立たしい新しい住人は微動だにしなかった。それればかりか、彼女は自分の手を、もう一度嚙んだらどう、と言わんばかりに、犬女トウェンティのほうへ差し出したのだ。まるでこう言いたげに――さあ、嚙みなさいな、犬女トウェンティ。腕一本まるごと嚙み切っちゃってもいいのよ、わたしにはまだもう一本あるんだから。トウェンティはその手をじっと見ながら、この意味について考えていた。もしもトウェンティに尻尾があったら、一瞬静止したことだろう。手を、そして腕までも差し出されたということは、その意味することはたったひとつだ。つまり、新しい住人はトウェンティをまったく恐れてはいない。トウェンティは面食らった。少し離れたところにいるぼくも、面食らった。新しい住人は堂々としている。彼女は手をトウェンティの鼻先にもっていった。すると、なんとも驚くべきことが起きた――トウェンティが後ずさったのだ。

新しい住人が立ち上がると、トウェンティはさらに後ずさった。新しい住人はその手を、トウェンティの顎より上、ちょうど頭のあたりまで持ちあげた。そしてトウェンティの頭のうえ、髪のうえに置いた。さらに、信じられないようなことが起きた――彼女は犬女トウェンティを撫で始めたのだ。そして犬女トウェンティはされるがままになっていた。

その五分後、新しい住人は、トウェンティがさきほど寝そべっていたあたりに腰を下ろし、トウェンティの頭を膝に載せ、その髪を静かに撫でていた。トウェンティは満足そうに微笑んでいた（ぼくはトウェンティの髪の毛に触ることは、絶対に、なにがあってもできない。手袋がどんなになるか考えるだに恐ろしい。新しい住人の手のことを思って震えあがった）。そのままぼくは、かなり離れたところから、幸せに満ち足りたふたりの様子――新しい住人は煙草を吸いながらトウェンティを撫で続け、トウェンティは微笑んではため息をついていた――を三十分ばかり眺めていたが、しまいには頭がおかしくなりそうになった。

## 証明写真にまつわる思い出

ぼくが証明写真を集め始めたのは、町めぐりの習慣が終わったときだった（偽涙館が望楼館に名称を改めた直後だ）。当時、ぼくは家を出ると、町中歩き回って面白そうな人を見つけて後をつけていた。そういう人物が見つかると、ぼくは適当な距離を置いてただひたすら後をつけた。男の場合もあれば、女の場合もあった。えり好みはしなかった。いちばん最初に出会った面白そうな人物の後をついていくだけだ。性別や年齢や人種にこだわらなかった。この人だと決めると、その人物が歩き続ける限り後をついていく。その人を観察しながら、その人がどんな人生を送っているのか、生活の細かなところまで勝手に想像した。その想像が合っていようが間違っていようがどうでもよかった。大事なのは、一日の終わりに、新しい知り合いができたと思えることだった。こうした追跡は何時間も続くときもあれば、ほんの数分で終わるときもあった。時間は問題ではなかった。大事なのは、たとえほんの短い間でも、面白そうな人の人生のある瞬間を見届けた、とぼくが感じることだった。面白い瞬間でなくてもかまわなかった。そんなことはどうでもよかった。ぼくが身近に感じていた面白そうな人物は、ひょっとしたらぼくが友だちになってみたいと思う人だったのかもしれない。しかし友だちというものは非常に虚ろなものだということはわかっていた。ぼくにはひとりだけ心を許した友だちがいたが、そういう相手に出会えたのは蠟人形館に勤めてからだ。町中の通りを歩き回ることは、ぼくにとって、ある意味での慰めだった。通りを歩いていると、面白そうな人物のそばに心ゆくまで近づくことができた。だからといってぼくが町めぐりと追跡をしたのは、彼らと話をしたかったからでもないし、ましてや住所を教えあいたかったからではない。

この町めぐりは蠟人形館に就職が決まった日に終わりを告げた。つまり、ぼくは多忙になったのだ。蠟人形館の就業時間は長く、しかも週に七日間働かなければならなかった。だから、面白そうな人物を追跡することは時間的に不可能だった。嬉しいことではあったのだが、ぼくは一日中蠟人形館のなかに閉じこめられていた。夕方、仕事が終わるころには疲れ果ててしまい、面白そうな人物を探して町中歩き回ることなどとてもできなかった。だが、いまにして思えば、ぼくはそういった人たちに出会えなくなってひどく寂しい思いをしていたのだ。

その寂しさを解決する方法を、ある日、仕事場へ行く途中で見つけた。舗道に証明写真が捨てられていた。ぼくはそれを拾いあげた。その顔をよく見た。その顔に見合った歴史を思い描いた。

その写真を家にもって帰った。それをきっかけに、証明写真がたくさん集まって一大コレクションを形成するようになる。しかしこのコレクションは、ぼく自身は非常に素晴らしいものだと思っているが、主要な展示品にはならなかった――展示品は教会に通じる地下道に並べてある（もちろん、そのなかには証明写真も含まれている。たとえばロット番号７７０）。証明写真なんてものは町の舗道でそう簡単に見つかるわけがないと思われるかもしれない。たしかに、この最初の証明写真を手に入れてから三ヶ月のあいだ、ぼくは仕事場に向かうときに目を皿のようにして探したが、新しく手に入れられたのは一枚きりだった。想像をめぐらすためのもう一枚の顔。作戦を変えなければと思った。だがすぐに解決策を編み出した。

ぼくは自動証明写真撮影機の設置された舗道を通って仕事場に向かうことにした。そこで、人のこらえ性のなさを利用することにしたわけだ。証明写真は、撮ってから三分間待たなければ手に入らない。つまり撮影ブースのなかにある機械が写真を現像するのに三分かかる。このたったの三分間が、善良な人々にはえらく長く感じられる。そこにぼくのつけいる隙がある。ぼくが蠟人形館へ行くときに通る自動証明写真撮影機のまわりにはさまざまな店があった。そうした店のウィンドウにはいろいろなものが飾られている。証明写真が現像されるまでの三分間を、人々はそのウィンドウを眺めてやり過ごす。多くの人は、写真が現像されるのを待って、店のウィンドウを眺めながら三分間を過ごすのだが、たいていそれより長く眺めてしまう。写真のシートが出てきたときにブースにだれも近づいてこない場合、ぼくはその写真を摑み、ぼくのが出てきたと言って（乾きかけの薬品にじゅうぶんに注意しながら）、足早に蠟人形館へと向かう。つかまったことは一度しかないが、そのときはぼくは証明写真の本人に盛大に謝りの言葉を述べた。ぼくの写真だと思ったんですよ、すごく長く待たされているような気がして、と。ぼくはその写真を返し、その人はぼくの謝罪を受け入れた。

この作戦のおかげで、証明写真のコレクションは爆発的に増え、一度も会ったことのない百二十六人の人物の写真を手に入れるところまでいった。百二十六の顔には、百二十六通りの人生が映し出されていた。

公園で新しい住人が犬女トウェンティを手なづけた日にも、ぼくはベンチのそばのゴミ箱に捨てられている証明写真を見つけた。若い男の写真だった。三十代。黒髪は梳《と》かしつけたほうがいいような感じだ。角張った顔。髭を剃るべきだ。デニムのシャツはアイロンをかける必要がある。その顔から彼の人生を思い描こうとした。ぼくが一度も会ったことのないひとりの人物。こいつは何を知っているのだろう。幸せなのか？　残酷なのか？　心が晴れないことがあるのか？　その顔を見つめれば見つめるほど、彼のことがわからなくなっていった。これはいつものことだ。生身の人の顔にしろ写真の顔にしろ、じっと見ていると必ず同じことが起こる。つまり顔をちらっと見ただけなら、その人物がどんな人間なのかを一瞬にしてつかめた気になるのだが、じっくり見れば見るほどわからなくなっていき、人を判断するというのは本当に難しいと痛感させられるのだ。

証明写真から目を上げると、草地にはトウェンティが寝そべっているだけで、新しい住人はいなくなっていた。

## 教会の外で

彼女の姿は公園のどこにもなかった。ぼくは急いで望楼館へと引き返し、ピーター・バッグに彼女を見失ったことを知らせなければ、と思った。しかし、新しい住人が望楼館に戻ってしまっていたらもう手遅れだ。彼女がもし、まだ望楼館に戻っておらず、町のどこかにいるとすれば、ピーター・バッグは邪魔されずに18号室で作業を続けられるはずだ。ぼくはほどなくいい考えを思いついた。新しい住人はひっきりなしに煙草を吸っている。その口や手に煙草がない瞬間を見たことがない。煙草を吸い終われば当然吸い殻は捨てられる。喫煙家はどこにいようと、煙草を吸い終わればその場で吸い殻を投げ捨てる。だから、彼女が捨てた吸い殻を集めていけば、居場所がつきとめられるというわけだ。ぼくはトウェンティのそばまで行って、といっても、そんなに接近できないが、明らかに新しい住人が吸っていたと思われる煙草の吸い殻を拾った（もちろん、手袋に灰がつかないように、いつも携帯しているピンセットでつまみあげた）。吸い殻のフィルターのすぐそばのところ、白い煙草の紙に丸く囲まれた線があり、そのなかに黒いインクで文字が記されていた——**ラッキー・ストライク**。この吸い殻をたどっていって、もう吸い殻の見当たらない地点まで行けば、最後の吸い殻が彼女のいる場所ということになる。しかも、吸い殻には彼女の歯形までついていた。これは助かる。歯形があれば、おなじラッキー・ストライクを愛煙している、新しい住人ではない人物の吸い殻を追いかけて無駄に時間をつぶさずにすむ。

ぼくは吸い殻の後をたどっていった。吸い殻はだいたい二百メートルおきに落ちていた。ひとつ吸い殻が見つかると、次の吸い殻を見つけるために四方を探さなければならなかった。そうするうちに、ぼくはいつの間にか教会の敷地のなかに入っていた。教会の階段に最後の吸い殻があった。しかしそれはただの吸い殻ではなかった。半分まで吸ったところで捨てられていた。ということは、新しい住人は教会のなかに入っていったのだ。教会にはふたつの出入口がある。ひとつは巨大なオーク材の正面扉。もうひとつは、個人の墓所内にある偽の棺の蓋を横にずらすと現れることになっている。棺のなかに粗く削られた階段があって、それが暗闇のなかへと続いているのだ。階段を下っていくと地下道に入る。その地下道は先に進むほど広くなっている。地下道には数え切れないほどたくさんの品物が並んでいる。正確には、987点だ。新しい住人がその出口を利用するとはとても思えない。その出口の存在を知っている者はきわめて少ないからだ。彼女は必ず正面玄関から出てくるにちがいない。それでぼくは教会の敷地内にある墓地で彼女を待つことにした。

この墓地に来るのは本当に久しぶりのことだった。ここに来ると、異様なほど感動したあの日のことを思い出す。ここに埋葬されている人を、ぼくは知っている。ぼくがかつて愛した人だ。ぼくは、埋葬されてさほど時間が経っていない墓に供えてある花を取ってきて、懐かしい友の墓にその花を手向けた。墓石にはきわめてシンプルな文字が刻まれていた。大きな太い文字でたった一言こう記されていた。

**エマ**

ここにはエマが眠っている。

# エマという女性にまつわる短い思い出の旅

望楼館が偽涙館という名前だったころ、ぼくがまだ手袋をはめていない時代、エマの歳月として知られている時代のことだ。

エマは、ぼくが知り合ったときにはすでにおばあさんだった。エマはティアシャム村の救世主だった。ティアシャム村には偽涙館という、ぼくの父が所有する大邸宅があった。エマはぼくらの村の年老いた独身男とオールドミスとを縁付けた。子どもたちに泳ぎ方を教えた。病人を見舞った。死者のために祈りを捧げた。でも、彼女の善行のなかでもっとも評価されていないのが、偽涙館でやってのけた素晴らしい奇蹟ではないかとぼくは思う。

エマはぼくに喋ることを教えてくれたのだ。

ぼくは子どものころ、知恵遅れだと思われていた。もっとも、ぼくがものを喋らなかったのは馬鹿だからではなくて、頑固だったからだとぼくは思っている。喋るのを急がなかったのだ。言葉が喋れることがいいことだとはぜんぜん思わなかった。言葉は他者に意思を伝えるための道具だが、ぼくは他者がいなくてもいつも満ち足りていた。偽涙館には大勢の教師とセラピストが派遣されてきたが、ぼくから一言も引き出せずにすごすご帰っていった。ぼくの両親は湯水のように教師を浪費していたので、見るに見かねただれかが、エマならぼくのだんまりを解くことができると言ったにちがいない。両親はあまり信じていなかったが（とはいえ、ほかにもう手だてはなかった）、その翌日エマを呼んだ。

## エマの容姿

結婚したことのないエマは、ミス・なんとか、とは決して呼ばれず、エマと呼ばれていた。ただ、エマ、と。だからぼくは彼女をそう呼び、だからみんなは彼女をそう呼んでいた。エマは、村はずれの小屋にひとりで住んでいた。黒い服を着ていた。黒ずくめのエマ。いつも黒だった。手作りの黒い服。黒いベレー帽に、黒いシャツ。黒いスカートはくるぶしまで届くほど長かった。夏でも黒くて厚い生地の服を着ていた。暑苦しそうだった。エマは臭かった。ぼくはその強烈な臭いをうまく喩《たと》える言葉を探すのに何日もかかった。台所でそれを見つけた。エマの臭いは茹でた人参の臭いそっくりだった。エマは長い灰色の髪を肩まで垂らしていて、まるで蜘蛛の巣の上に顎が載っかっているみたいだった。最悪なのはエマの肌だった。彼女が初めて偽涙館にやってきたとき、ぼくは彼女がとても恐かった。口のまわりに生えているひげ、服装、臭いもそうだったが、いちばん恐れをなしたのはその肌だった。ぼくは目をつむって彼女の肌を見ないようにした。エマの肌を言い表すのはとても難しい。喩えて言えば、エマの肌はこんなふうなのだ。

オレンジを一個手に取る。その皮をむく。
そのまま真夏の炎天下に数日放っておく。

皮のむかれたオレンジは直射日光に晒されて色が消えて白くなり、表面にくっきりとした分厚い皺が刻まれる。ひからびて縮んでいる。それを二つに割り、しなびてへなへなになった房をひとつ取り出し、半分に裂いてみる。すると真ん中にあるちっぽけな種は、いまだみずみずしく、いまだほんの少しの水気を含んでいる。もしエマをむいてみたら、きっと彼女の内側の、死んだように見える厚い皮膚のその奥に、小さな命を、わずかな血潮を見つけられただろう。

ぼくはエマが好きではなかった、最初のころは。エマに帰ってほしくて、大騒ぎを演じ、うるさい音をたてた。後になってぼくは、彼女が長生きしますように、と祈ることになるのだが、最初のころは、夜のうちに死んでくれたらいいのにと思っていた。それでも、子ども心に、そんなうまい具合にいくわけがないと思っていた。よぼよぼの容姿をしていても、彼女の目は若いぼくなんかよりはるかにエネルギーに満ちていたし、はるかに生命力に溢れていた。

## 甘草《かんぞう》の時間

　黒ずくめでひげをはやしたエマは、子ども部屋に入ってくるなりドアを閉めて鍵をかけた。笑みひとつ浮かべなかった。ぼくをほんのちょっと見つめたが、顔色ひとつ変えなかった。彼女は腰を下ろした。そして（黒い）バッグを開け、煙草の缶と黒い甘草でできた巻紙を取りだした。彼女は煙草を紙で巻いた。座ったまま煙草をふかした。そしてバッグから（黒い）プラスチックの灰皿を取りだすと、自分の前のテーブルのうえに置き、そこに灰を落とした。煙草を吸い終わると（吸い終わるまでにかなり時間がかかった。指が火傷《やけど》しそうになるところまで吸ったからだ）、彼女は指でテーブルをとんとんと叩いた。何かが起こるのを待った。テーブルを挟んで向かいあって座っていたぼくも、何が起こるにせよ、その何かが起こるのを待った。静まり返っていた。エマはバッグから甘草の根を取りだし、音をたててしゃぶった。ようやくそれも終わった。彼女は静かに腰掛けていた。ぼくは待った。何も起こらなかった。彼女はもう一本黒い紙巻煙草を作った。黙ったままそれを吸った。

　最初の日は煙草と甘草の数を数えることで過ぎていった。彼女は一言も喋らなかった。ぼくも何も言わず、ただ見ているだけだった。煙草と甘草が消費されていくのを何時間も見ていただけだった。

灰皿が小さな黒い吸い殻でいっぱいになり、甘草の袋が空になったと思われるころ、エマは立ち上がって椅子をきちんとテーブルの下に押しこみ、窓のところまで歩いていき、窓を開けて灰皿の中身を捨てると、黒いバッグのなかにそれを戻し、窓を閉め、ドアの鍵を開けて出ていき、またドアの鍵を閉めた。それがぼくとエマの最初の一日だった。

## やまびこ

二日目も三日目も、一日目と変わるところはなかった。同じことの繰り返し。四日目で、新しいことが起きた。

エマと過ごす時間はちっとも面白くなかった。ぼくは落ち着かず、いらいらした。エマが何かをしたり何かを言ったりするのを待った。もじもじした。テーブルの下で足を上げて下ろした。そして足を踏み鳴らし始めた。エマは顔を上げて頷いた。ぼくがさらに強く足を踏み鳴らすと、彼女は（黒い）木靴の底を床に打ちつけ始めた。ぼくらはとんでもなくやかましい音をたてた。どしんばたん。エマの木靴は床に当たるとなんとも言えない音がした。ぼくが足を踏み鳴らすのをやめると、エマも木靴を床に打ちつけるのをやめた。静寂が戻った。彼女は煙草に火をつけた。

ぼくは立ち上がってドアに走り寄り、拳でどんどん叩いた。ぼくは呻いた。めそめそ泣いた。少しばかり落ち着いたときに、ようやくエマが手を叩きながら笑っているのに気づいた。彼女は甘草の根を差し出した。ぼくに食べろと言っているのだ。ぼくはそれを手に取った。そして床に放り投げ、足で踏みつけてぺちゃんこにした。エマは甘草をもうひとつ取りだすと、それを床に落とし、木靴で踏みつぶした。ぼくは悲鳴をあげた。エマが同じような声で、同じように慌てふためいて、悲鳴をあげた。ついでにぼくは怒ったような泣き声をたててみせた。エマはできるだけ似せた泣き声をたてたが、ぼくの響きの良さには遠くおよばなかった。ぼくは悲鳴をあげるのをやめ、泣き声をたてるのをやめた。そんなことをしたところで何の望みもなかった。エマはただぼくの真似をして音をたてるばかりで、大きな音を怖がってはいなかった。いずれにしても、ぼくを救い出してくれる者などひとりもいなかったのだ。

エマが口を開いた。

フフフフフ。フフフルルルルル。

ぼくは、腹を立ててエマを見た。そして理解した。この子ども部屋から出ていきたいのならば、彼女が出している音——フフフルルルル——を真似るしかない、と。

## ぼくは話すことを覚えた

フフフフフ、ルルルルル、とエマが言った。
フフフフフ、とフランシスは言おうとした。
ルルルルル。
エルルルル。
ルルルルル。
ルルルルル。
フフフフルルルルル。
フフフフフ。
ルルルルル。フフフルルル。
フフフルルル。
アアアアア。
アアアアア！（この音は得意だ）
フフフルルルルアアアアルル。

フフフアアアルルル。
フフフルルルアアアルルル。
フフフルルルアアアルルル。
フフフルルルアアアルルルンンン。　ンンンン。
ンンンン。
フフフルルルアアアルルルンンン。
フフフルルルアアアルルルンンン。
ススススス。
ススススス。
フルアンスススス。
フルアンスススス。
イイイイイ、　スススス。
イイイイ、　スススス。
フラアアンスィイイススス。
フフラアアアンスィイイイススス。
フランシス。
フランスィイスス。
フランシス。

フランシスス。
フランシス。
フランシス。
(間)
フランシス、フランシス、フランシス、フランシス。
フランシス。
フランシス!

そしてエマはぼくを指さした。ぼくはその音だった。ぼくはフランシス。ぼくは、フランシス、と言って自分を指さした。エマは皺だらけの冷たい手を差し出した。ぼくは尻込みした。エマはぼくの手をとって自分の手で包み込んだ。ぼくらは握手した。フランシスとエマは握手した。

## 母に知らせる

エマは子ども部屋の鍵を開けた。ぼくらは客間にいる母のところに行った。フランシス、とぼくは言った。母はぼくの顔にキスの雨を降らせ、ぼくの髪を撫でてくれた。母は、おかあさん、とぼくに言った。おかあさんよ。おかあさんって言って。フランシス、とぼくは答えた。

それから何ヶ月か過ぎ、無数の甘草が消費された。

ぼくは話せるようになった。文章を言えるようになった。だれとでも話をし、相手の言葉を理解できるようになった。ぼくは、後ろ髪をひかれつつ、コミュニケーションの世界に入っていった。だが、あのことがなかったら、ぼくはそんな世界からすぐに立ち去っていたことだろう……。

## 子ども部屋の楽しみ

どん、どん、どん! お菓子屋、煙草屋、お話図書館がやってきた。彼女が入ってくる。彼女はぼくと握手をし、ぼくらは朝の挨拶をかわした。彼女は腰を下ろし、それから煙草を紙に巻く——焦《じ》らせるようにゆっくりと。ぼくが何を待っているのか彼女にはよくわかっている。彼女は思わせぶりに煙草を紙に巻く。マッチを取り出す。とても、とても、ゆっくりと。一本目のマッチは煙草の先端に届かないうちに消えてしまう。彼女は、一本目のマッチをわざと消えるようにしたのだ。ぼくはそう確信していた。二本目のマッチで煙草に火をつける。彼女は煙を長く長く吸い込む。煙が彼女の口から全部出ていく。静寂。

今日はなにをします？

これだ。ぼくが待ち望んでいたのはこの言葉だ。

お話だよ、お話、とぼくは悲鳴に近い声を出した。お話こそ、ぼくがいつも求めているものだった。

エマが話してくれる物語が複雑で魅力溢れるものになっていくにつれて、ぼくの話し方もどんどん上手になっていった。エマの話は世代から世代へと語り継がれてきたものだった。おばあさんやお母さんから子どもへと、ほんの少し内容を変えながら語り継がれてきたものだった。エマがぼくに語ってくれたたくさんの話は、エマがおばあさんから聞いたものだった。耳で聞いて覚えた話なので、彼女はそれを脚色したり、はしょったり、思い出せないところを想像で補ったりして話してくれた。ぼくはお気に入りの話を何度も何度も話してくれるようせがんだ。エマはお話の終わりの部分を変えたり、ぼくに結末を考えさせてくれたりした。エマの話がどんな素晴らしいものだったか、それをうまく伝える言葉をぼくは知らない。エマの話は生きていた。動いていた。現実のものだった！　エマの話は色彩と匂いが混然一体となり、大きな流れになっていて、それをとらえることはできなかった。話は姿を変え、それぞれがひとつにまとまり、矛盾し、おしまいは始まりへと繋がり、横道にそれ、急展開し、汽車を乗り換えるみたいに別の物語へすり替わり、奇妙な方向へとねじ曲がり、内容を忘れ、思い出し、ロマンスから悲劇へと変わったかと思えば、喜劇へと変わっていくといったふうだった。ぼくは王子さまとお姫さまの話を聞き、継母の話、金の糞をする驢馬《ろば》の話、ドラゴンの話、魔法の国の話、獣の話、青髭の話、魔女の、ゴブリンの、人食い鬼の、トロールの、無数の空想の生き物の話を聞いた。

普通のおとぎ話の登場人物のなかに、エマは自分が作り出した人物を加えた。彼女の創作もあった。その話の舞台はどこかの魔法の国ではなくて、決まって偽涙館だった。そのお話は必ず同じ言葉で始まった――上の子ども部屋にいてはわかりませんでしたが、下の客間では、ミスター・オームの身にとんでもないことが起きていたのです。ぼくの父は心ここにあらずというふうで、とても謎めいた人だった。家のそとでじっと虚空を見つめていたり、屈み込んで目の前にあるものをいかにも興味深げにのぞき込んでいたりする父の姿をよく見かけた。その父が、エマにかかるといちばん魅惑的な人物となってお話のなかに登場してくるのだ。エマは父の冒険譚《たん》を話してくれた。

父が母に命じられて外に散策しにいくと、エマは、お父さんは遠い遠い不思議な国に出かけていきました、と話し出した。その国にはお腹のところに頭がある奇怪な人間が住んでいました。またあるとき、庭で、土竜《もぐら》の盛り上げた土を魅せられたように見ている父の姿を目にすると、エマは、毛むくじゃらの奇妙な人間が住む地底世界に父を送り込んだ。またあるときは、突風を吹かせて父に空を飛ばせ、雲のなかで暮らす体重のない不思議な人たちのところを訪問させた。ぼくはそういったお話すべてを信じた。父を見ていると、そういったことが本当にありそうな気がしたのだ。

## お話の終わり

その日、約束の時間になってもエマはやってこなかった。ぼくは階下にいる母のところに行ってそう告げた。母は、子ども部屋で待っていなさい、エマはじきにやってくるわ、と言った。しかしいつまで経ってもエマは来ないので、ぼくはエマの住む小屋まで出かけていった。玄関の扉は閉まっていたが、鍵はかかっていなかった。なかに入った。エマは暖炉の前に座っていた。暖炉の火は何時間も前に燃え尽きていた。エマは目を閉じている。目を閉じていると、エマのエネルギー貯蔵庫が空になったみたいだった。肌は燃えて灰になった紙のようで、服は煙草の灰のようだった。ふっとひと吹きしたら、彼女の頭が胸のなかに沈み込んで、そのふたつが混じり合い、見分けもつかなくなって足のあったところに崩れ落ちていきそうだった。年老いたエマのすべてが土塊《つちくれ》となって掃きとられるばかりになってしまいそうだった。暖炉の燃えかすがエマの双子の妹のように見えた。しかし、ぼくは息を吹きかけなかった。エマは崩れ落ちなかった。それはあまりに子どもっぽい発想だ。

エマの肘に触れた。エマは顔をあげなかった。

図書館は閉じてしまった。エマの舌はこわばり、もう二度とそこからお話は生まれない。トロールからお姫さまにいたる大勢の人物たち、あらゆる主人公や大冒険が、エマの喉を下り、動くことのない組織の奈落へ、すでに活動をやめてしまった血液のただなかへと落ちていった。エマは死んでいた。唇の真ん中に火傷のあとがあった。エマの命の炎が消える瞬間、甘草の紙で巻かれた煙草は唇のあいだで燃えていたのだ。エマの体が冷たくなっていくあいだも、煙草はエマの唇を温め続けていたのだ。話し方と考え方、想像力の使い方と歴史のとらえ方をぼくに教えてくれた人の体のなかで、最期まで温かかったところが、その唇と素晴らしい舌だった。

暖炉のそばのテーブルの上に、煙草の缶と黒い巻紙の束が置いてあったので、ぼくの友だちのためにそれを手にとってポケットに入れた（ロット番号44と45）。

しかし、エマにはいまでも教会のうらぶれた墓地で会うことができる。その日、ぼくは腰を下ろして墓石を眺めていた。

## エマ

## 二回目の会話

新しい住人が教会の正面玄関に立って、煙草をくゆらせながらぼくを見ていた。

わたしをつけてきたのね？
いや、かまわないでくれ。
わたしのあとをずっとつけていたんでしょう？
友だちの墓に花をあげているんだ。
そうじゃないでしょう。いったいわたしに何の用？
週末までには出ていったほうがいいな。
出ていくつもりはないわ。
気が変わる人は大勢いるよ。
わたしの気は変わらないの。
気は変わらないと言う者ほど気が変わるものさ。そういう奴を大勢知っている。
でも、わたしは違う。

いずれわかる。

脅しているつもり？

思いがけない目に遭うかもしれないな。

あんたって、ほんとにいけ好かない、意地の悪いチビね。

いっそ、敵意まるだし、と言ってもらいたいね。それに、きみより背は高い。

わたしは脅かされたって平気よ。

それはどうかな。

門番が、あなたは軽い知恵遅れだって言っていたけど、本当なの？

こんな会話にはうんざりさ。（ぼくは背を向けて歩きかけた）

本当なの？

門番はぼくのことなんてなんにも知りはしない。（ぼくは急いでその場を立ち去ろうとした）

わたしの名前は――

名前なんかどうでもいい！

いいえ、そのうち知りたくなるはずよ、フランシス・オーム。覚えておくのね。

聞いてやしないさ！

わたしの名はアンナ・タップよ！

## 元教師、元家庭教師ピーター・バッグの見つけたもの

新しい住人――といってもむりやり教えられてしまって、アンナ・タップという名であることがわかってしまったのだが――と二回目の会話をしてすぐに館に戻ると、ピーター・バッグがぼくを待っていた。ピーター・バッグは不思議そうな顔をしていた。汗と涙にまみれた不思議の数々が、ピーター・バッグから滴り落ちていた。アンナ・タップの住まいに侵入しましたか？　したよ。アンナ・タップの所持品のリストを作成しましたか？　した。彼は汗まみれの手に汗まみれのリストを持っていた。持ち物を移動させました？　したよ。彼は請け合った。しかし、非常に骨が折れた、と彼は言った。重かったんですか？　いいや。持ち物が異様にたくさんあったんですか？　いいや。壊れやすいものばかりでした？　いいや。

ピーター・バッグは、発見した持ち物のリストを見せてくれた。

### アンナ・タップの所持品リスト

望楼館18号室　すぐに引き払うはずの住人

ベッド……………………………………………………………1
シーツ、枕カバー……………………………………………各4
枕…………………………………………………………………2
毛布………………………………………………………………2
タオル（どれも白）……………………………………………3
椅子（どれも紺青色、プラスチックで枠が金属）…………2
テーブル（どれも表面が化粧板で金属の枠）………………2
コート（黒）……………………………………………………1
青いワンピース（すべて同じ）………………………………8
黒い編み上げ靴（どれもゴム底）……………………………3
靴下（どれも黒）………………………………………………8
下着（ブラとパンティ）………………………………………8
眼鏡ケース（空、スティール製）……………………………1
歯ブラシ、歯磨き粉、石鹸、シャンプー、デオドラント…各1
薬の瓶（酒石酸ジヒドロコデインのラベル）………………1
スーツケース（黒）……………………………………………1

18号室で見つかったのはこれだけだった。もっとあるはずですよ、とぼくは言った。筆記具とか、手紙類は？　写真や本や雑誌は？　なかった。絵画やポスターやアクセサリーは？　なにひとつなかったよ。だったら、探し忘れたところがあったんですよ。あらゆるところを探したんだ、とピーター・バッグは言った。唯一リストに上げなかったものは、多岐にわたる食料品だ、と彼は言った。台所には電気製品がひとつも見あたらなかったんだよ。冷蔵庫もなければ、レンジもなかった。食料はどれも新鮮なものか、缶詰類だったね。冷たいまま食べられるものばかりだったよ。

気の毒なピーター・バッグは、アンナ・タップの持ち物をもとの場所からまったく予想できないような場所に移すのに苦労したという。まず最初に衣類と靴（それは彼が部屋のなかに入る前から、部屋のいろいろなところにばらまかれていた）を動かしたのだが、移し替えたようには微塵も見えなかったという。まるでピーター・バッグなどそこに来なかったかのようだった。

私は下着類には一切手をつけなかったんだ。しかし、下穿きにとても小さな白いリボンがついていたよ。リボンを見ると私は悲しくなる。なぜなのかわからないのだが。

彼はベッドも動かさなかった。重かったからだ。二脚の椅子は動かした。動かしてみても劇的に位置が変わったようには思われなかった。椅子は二脚とも、まったく同じものだった。結局ピーター・バッグは、ほんの少しだけ動かして、無駄だと悟った。それで毛布と枕を居間に移し、衣類と靴を台所に移した。洗面道具（タオル、歯ブラシなど）を台所に、食料品をバスルームに移し、（空の）眼鏡ケースを納戸に置いた。しかし下着類には触れもしなかったそうだ。

ぼくがはめるよう命じたピンクのゴム手袋のせいで、この作業はさらに困難なものになった。ゴム手袋をしていると、ひどく汗をかくんだよ、と彼は言った。それにこの作業をするのにずいぶん神経質になっていたから、さかんに汗をかいて、幾度となく悲鳴をあげたよ。額や瞼をゴム手袋で拭いてもなんの足しにもならない。ゴム手袋は汗を吸わないからね。

アンナ・タップの持ち物が少なく、おまけに同じものが多いという事実に、ぼくらはひどく動揺した。同じものを揃えているのは彼女が相当きれい好きだからだ、という結論を引き出した。彼女には見栄もなければ、物への愛着もきれいさっぱりないということだろう。だが、アンナ・タップの質素で慎ましい生活ぶりは、急場凌ぎにすぎないと思わざるをえなかった。ほかの荷物は間もなく届けられるにちがいない。もちろんぼくらは、その荷物が届く前にアンナ・タップを追い出さなければならない。荷物が増えれば、彼女は長くここにいようという気になる。自分の持ち物に囲まれていると、人は安心するものだ。彼女の引っ越し作業がまだ終わっていないのがぼくらには嬉しかった。ありがたい、これなら出ていくのも簡単だ。

ぼくらは、アンナ・タップが仮住まいに戻ってきた音を聞いた。そしてしばらく経って、四階の彼女の部屋からいきなり悲鳴が聞こえた。

二階の6号室にいるバッグとぼくはにんまりした。

## 人の死は、遺族よりぼくらにとって痛手だった

約束の時間、つまり夕方のニュース番組の時間になって、ぼくらの成果を報告するためにミス・ヒッグの部屋の前までいくと、なかから話し声が聞こえてきた。テレビの声ではなく、れっきとしたふたりの人間の声だ。テレビ隠者たるミス・クレア・ヒッグと、わずかな間だけ18号室に滞在しているアンナ・タップの声。

その二時間後、次のニュース番組が始まったときにぼくらはクレアの説明を聞いた。クレア・ヒッグはとてつもない喪失感を味わっていた。人が亡くなったからだという。ぼくらはそれを聞いてびっくりした。彼女に友人や身内がいるとは思わなかったし、ましてや、その死を知って彼女があわてふためくような人物がいるとは想像だにできなかったからだ。ともかく、その人物の死を知って、彼女は悲鳴をあげた。ぼくらが最初に思ったこととはちがい、階下で聞いた悲鳴の主はクレア・ヒッグであり、仮住まいに足を踏み入れて驚いたアンナ・タップではなかった。クレア・ヒッグは、その声がピーター・バッグかフランシス・オームの耳に届くようにと、部屋のドアを開けて叫びつづけた。ヒッグはだれかにそばにいてほしかったのだ。慰めがほしかった。だが彼女の求める相手はひとりもやってこなかった。そのかわり、アンナ・タップがやってきた。

クレア・ヒッグは急いでこう指摘した。ピーター・バッグとフランシス・オームとちがって、アンナ・タップはすぐに駆けつけて慰めてくれたのよ。

その死は青天の霹靂《へきれき》だった。拳銃で撃たれたのよ、と彼女は言った。近距離から発射されたの。七発も。彼は地面に倒れたわ。即死だったはずよ。

だれが死んだんです？　だれが撃たれたんですか？

ミス・クレア・ヒッグは、雑誌から切り抜いて壁に貼ってある写真のうち、髭をはやした男の写真を指さした。

ドラマのなかで人が死んでも、すすり泣く人なんかいない、と思う人もいるだろう。たしかに、ドラマのなかで人が死んでも、普通ならせいぜいため息をつくくらいのものだ。しかしミス・ヒッグはちがう。彼女にとって人の死は喩えようもない悲劇なのだ。髭を生やした俳優は彼女にとって現実の人物、彼女の友人だ。その友人が本物の銃弾（と彼女は信じていた）に倒れ、残酷にも彼女の前から永遠にいなくなってしまった。偽の血糊もそれを証明している。ぼくらは、気にすることありませんよ、ミス・ヒッグ、これはただのドラマです、とは言えなかった。この髭をはやした俳優はちゃんと生きていて、元気にやってますよ、とは言えなかった。そんなことを言おうものなら、ミス・ヒッグは、信じられないという目つきでぼくらを見てから、ため息をつくにちがいない——あらあら、かわいそうな人たち、酔っ払っているんじゃないの？　と言って。

ぼくらはいかにも同情しているというふうに見ぶり手ぶりでクレア・ヒッグを慰め、落ち着かせなければならなかった。なぜなら、彼女とアンナ・タップのあいだで何があったのか、どうしても知りたかったからだ。

アンナ・タップはとても親切な人だったわ、と彼女は言った。アンナ・タップはクレア・ヒッグに煙草を一本差し出したという。死んだ男は愛煙家だった。銘柄は違うが、その効果はてきめんだった。ヒッグは髭の男を身近に感じた。アンナ・タップは辛抱強く、ミス・ヒッグが語る故人の思い出に耳を傾けていたという。いや、故人ではなくて死んだ登場人物だ、ぼくまでおかしくなっている。ミス・タップはこうも言ったそうだ。その喪失感がどんなものなのか、わたしにわかればいいんですけど。

いいえ、アニー、ねえ、アンナではなくてアニーと呼んでもかまわないかしら。こんな悲しみを味わったことがないなんて、あなたはとても幸運なのよ。こんなに恐ろしい苦痛を味わわずにいられるなんて。これからわたし、ずっと喪服で通さなければならないわ、ひょっとしたら死ぬまで……

というのはですね、ミス・ヒッグ……

クレア、と呼んでちょうだい。わたしの友だちはみんなクレアと呼んでくれるわ。

つまりですね、クレア、わたしには失うべき人がひとりもいないんです。

失うべき人がひとりもいないですって？　そんなばかなことないでしょう。

ですけれど、わたしは……孤児ですから。

## 新しい住人に退去を迫りながら

翌日、ぼくは早めに家を出て、望楼館から歩いて十分ほど離れたところにある錠前屋で、新しいドアの錠を買った。鍵がふたつついてきた。

バッグとぼくは、アンナ・タップが部屋を出ていくのを確かめてから、ねじ回しと鑿《のみ》とトンカチを携えて18号室に忍び寄っていった。18号室の外側には歓迎すべからざるものがいた。四つん這い姿の、犬の毛だらけの犬女トウェンティが、いつもより少しばかりきれいになってはいたが、それでも不愉快きわまりない臭いを発散させながら、新しい友人のために見張り番をしていた。人間番犬だ。トウェンティは、汗を滴らせはじめたバッグに向かって唸り、それからぼくに向かって唸った。ぼくは両手を背中に隠した。

ぼくらは階段を下りた。

あれじゃあ、もう、手出しはできないね。

ばかなバッグ。血のめぐりの悪いおいぼれ教師、とんまな老先生。本の詰まった頭、本でできた頭、細かな活字がびっしり並んだ紙で詰まった頭。紙でできた皮膚。言葉が焼きついている皮膚。言葉は汗の下できらきら光っている。ピーター・バッグの本を読んだ者は？　ひとりもいない。ピーター・バッグの本を読みたいと思う者は？　ひとりもいない。いまだに図書室の書棚のなか。出版されてすぐに第一巻が書棚に並べられた。でも、そんなもの借り出す奴はひとりもいない。きっと埃まみれだ。いや、汗まみれか。ピーター・バッグの本を借りようとする奴なんてひとりもいない。最後のほうのページは空白のまま。本の黒い羅紗のカバーは反り返っている。タイトルは『**元教師にして元家庭教師ピーター・バッグの生涯**』。図書館の大量の書物のなかに埋もれている。恋愛小説ではない。推理小説でもないし、殺人事件も起こらない。冒険もない。本のなかほどに、退屈な内容を紛らわすかのように何枚かの写真がはさまっている。一枚は先生の父親、その他はすべて学校の写真で、楽しそうに笑っている少年たちだ――その写真はいまどこにある？　それだけだ。正直に言えば、かなり時代おくれの本だ。これまで話題になったこともなければ、この先話題になるはずのない本だ。ピーター・バッグが生まれた、ピーター・バッグが教えた、ピーター・バッグが呼吸した。そんなもの、だれが気にかける？

あれじゃあ、もう、われわれにできることはなにもないよ。

いいえ、先生。そんなことありませんよ、なんだってできますよ、先生。ぼくは彼を送り出した。さあ、町に行くんです。行って、犬を連れてきてください。その辺にいる犬でかまいません。ちょっとばかり凶暴なのを。でも凶暴すぎるのはまずいですよ。嚙みつかれないようにしてひっぱって来ればいいんです。

ピーター・バッグは、盛大に汗を流し、おびただしい涙をこぼし、うめき声をあげながら戻ってきた。彼の繊細な体は、ノミだらけの子犬を連れてくるので精一杯だった。ぼくは生のベーコンを四階の階段のすぐ下に置き、子犬を送り込んでそれを取ってこさせようとした。子犬は取りにいった。ところが、すぐにキャンキャン吠えながら勢いよく階段を駆け下りてくると、そのまま死にものぐるいで走り去った。その後に犬女トウェンティが続いた。

ほらね、先生。なんだってできるものですよ。

その日、ぼくらは18号室の錠を取り換えた。古い錠はバッグが保管した。新しい錠の鍵のひとつはぼくが、もうひとつはバッグが保管した。

ほらね。

これで彼女はきっと出ていくだろうね。

ようやくぼくは仕事にでかけることができた。

## 仕事

午前中の仕事について報告すべきことはなにもない。いつもどおりの異様な格好になったことは別にして。身体と精神の完璧な不動性が得られ、見物客もぼくの精神集中によく報いてくれた。

午後の仕事についていては、報告するのがはばかられるようなことがあった。ぼくは申し分なく幸せだった、硬貨の落ちる音がして（目を開けて）見て、群衆のなかにアンナ・タップがいるのに気づくまでは。目を閉じたときにはもう、内なる不動性などどこかに掻き消えてしまっていた。さらに硬貨の音がして目を開けると、その硬貨を投げ入れた張本人はアンナ・タップだった。ぼくはしゃぼん玉を彼女の方に吹きかけた。そして目を閉じた。硬貨の音がした。目を開けた。硬貨を投げたのはアンナ・タップだった。だが、次の硬貨が投げ入れられるまでにぼくが耳にしたのは、この仕事に就いて以来もっとも不愉快な音だった。アンナ・タップが投げた硬貨は彼女のポケットのなかにあったものではなかった。その硬貨は台座の前に置いてあるぼくの硬貨入れの缶から取り出されたものだったのだ。アンナ・タップは缶のなかから硬貨を取っては、缶のなかに投げ入れた。何度も、何度も。硬貨の落ちる音が聞こえるたび、ぼくはむりやり体を動かして、彼女の方へしゃぼん玉を吹きかけた。アンナ・タップがぼくの才能を恥知らずにも乱用しているあいだ、ぼくの崇拝者の数はしだいに減ってきた。その午後、アンナ・タップはぼくの（必死で稼いだ）硬貨を十回以上も取りだしては投げ入れた。その合間にぼくは、彼女が硬貨を投げるたびににんまりするのに気づいた。ようやく長い間が空き、次に硬貨が投げられる音がして目を開けると、そこに彼女の姿はなかった。

## たまさかの慰め

内面の平和を乱されたことで、そして新しい住人が笑っている姿がどうしても脳裏から立ち去らないことで、仕事から帰る道すがらぼくは、憤懣やるかたない思いでいっぱいだった。そのとき人の会話が漏れ聞こえてきて、ぼくの心は少し慰められた。ふたりの年輩の女性が、歩き、話し、ウィンドウを見るために立ち止まっている。

ええ、とてもよくお似合いよ。

何代も前からあるのよ。わたしのおばあさんはこのセーブルのストールをよく肩にかけてたわ。残念なことに、気候がだんだん暖かくなってきてるでしょう？　そうすると冬になるまでしばらくはこれを着られないってことね。あんまり暑くならないでって、夏に文句を言いたいくらい。

だってこのストールがかけられないんですものねえ。とっても柔らかな肌触りよ。ほら、触ってみて。

気持ちよさそうね。

触ってみてよ。

ほんとう、とても柔らかい。

ほら、持ってみて。もしよかったら、ちょっと肩にかけてみてよ。

いいの？

もちろんよ、さあ。

とっても柔らかいわねえ。素晴らしい着心地だわ。

ちょっと、あそこのウィンドウを見てごらんなさいよ。すてきなシルクねえ！

なんてすてきな色なの！

なかに入ってみない？

ええ、そうしましょう！

ねえ、わたしのセーブルは？

ここよ、わたしの首に巻いて——あら！

どこにやったの？

ここにあったのよ。

どこに消えちゃったの？　わたしのセーブルのストール！　わたしのストール！
わからないわ。
盗まれたんだわ《ストールン》！
もしかしたら、落としたのかも。ないわ、ああ、ないわ。
このばか女！　あんたのせいじゃないの！

というわけで、ぼくはかなりいい気分になった（ロット番号９８７）。

## ピーター・バッグの裏切り

新しい展示品を目録につけくわえてから、アンナ・タップがどんな目にあったかを確かめようと四階まで上がっていくと、実に不愉快な事態が進行していた。もとからあった18号室のドアが面変わりしていた。古い錠がまたそこにあり、新しくつけた錠は消えてなくなっていたのだ。
さらに、ミス・クレア・ヒッグのお気に入りの番組が放映されている時間帯なのに、彼女の部屋からはテレビの音がぜんぜんしていない。聞こえてくるのは、耳障りな話し声だ。話しているのはふたりではなく、四人だ。ヒッグのところにお客が来ているのだ。四つのうち二つの声はすぐにわかった。クレア・ヒッグとアンナ・タップだ。三つ目の声を聞いてぼくは混乱し、四つ目の声を聞いて、ちくしょうと思った。三つ目のほうはだれの声なのかまったくわからなかった。一度も聞いたことのない声だった。しかも、その言葉がまったく理解できなかった。たどたどしく外国語を話していた。急に、その声が笑った。子どものような笑い方だが、子どもが笑っているわけではない。その美しい笑い声はとても自然で、かなりけたたましく、その場にそぐわないものだった。クレア・ヒッグの居間からこのような笑い声が聞こえてくるべきではない。四つ目の声は、三つ目の声よりはるかに流暢に外国語を話し、次にぼくらの言語を話す、ということを交互に繰り返していた。こう言うのは恥ずかしいのだが――ぼく自身を恥じているのではなく、声の持ち主のおこないを恥じているのだ――その声は間違いなく、元学校教師にして引退した家庭教師、かつてのぼくの仲間、百種類の臭いを発している男、ピーター・バッグのものだった。念のため、自宅に戻りしな、10号室と記されたドアを叩いた。返事はなかった。ピーター・バッグは留守にしております。後でもう一度いらして下さい。ピーター・バッグはいない。本当にいないのだ。ぼくの信頼を損ない、自分の部屋から出ていき、ヒッグとタップと外国人といっしょに四階にいるのだ。

みんなアンナ・タップに懐柔されてしまった。みんないなくなってしまった。

**門番**――こいつには興味がない。勝手にやってろ。

**体重計の男**――こいつのポケットの中身は、今日から毎週必ず硬貨二枚分少なくなるはずだ。

**二年前からの顔見知りだが一度も言葉を交わしたことのない少女**――ぼくの目録から抹消。
**犬女トウェンティ**――ぼくが唯一気にかけていた犬だが、ここ何年も死んだも同然だった。
**ヒッグ**――次の停電まで待とう。
**バッグ**――ピーター・バッグのことなどだれが気にかける？

ぼくだ。フランシスが気にかける。ぼくはピーター・バッグの心のなかにある教室で、高く手を挙げた。先生、先生！　先生！

静寂。

待てよ、みんなそのうち戻ってくるはずだ。ひとりひとり、逆の順番で。きっと全員が戻ってくる。待っていればいいんだ。だからぼくは待った。三時間が経った。そしてようやく、部屋のドアを控えめに叩く音がした。その音をたてたのはだれだ？　もちろん、百種類の臭いを発している男だ。

## 犬の首輪

ピーター・バッグはいつものようにおびただしい汗を流し、涙をこぼしてはいたが、ぼくにはそれが神経質ゆえではなく、興奮ゆえであることがわかった。彼は、素晴らしいことが起きたんだよ、と言った。**錠前は、錠前はどうしたんです？**　それはまたあとで話すよ。いまだ、いまだよ！　**ピーター・バッグ、いま話すんだ**（このときばかりは敬語はなしだ）！　いいかね、素晴らしいことが起きたんだよ、20号室に住んでいる女性の身にね。**でも、あの錠前は！**　いいから聞きなさい、座って。

20号室に住んでいる女性が言葉を話しはじめたんだよ。きみは彼女が喋るのを聞いたことがないはずだ。それが、今日、話しはじめたんだよ。五時ごろのことだった。まだ長い文章を話せるところまではいっていない。しかし、意思を伝えることはできるようになった。単語の羅列だけだがね。外国語だ。しかし私は長年、いろいろな科目を教えてきているので――教えてきた、でしょう。

――いくつかの単語をつなげて理解できたわけなんだ。私は彼女を見かけたことはあったけれど、たいして気にもとめなかったんだが、あの女性は犬に大変関心があるんだね。彼女が最初に口にした言葉は、犬、という単語だった。もちろん、彼女の祖国の言葉でだがね。それから、私たちに励まされて、少しずつ単語を思い出していったんだ。まず名前だ。マックスだ。マックスというのは、マクシミリアンの愛称ではないかと思った。私たちがその名を口にすると、興奮して声をあげたよ。といっても、犬の唸り声とは似ても似つかない声だった。そのマクシミリアンがだれなのか、私たちは突きとめようとした。彼女の夫なのか？　いや、違う。父親なのか、ボーイフレンドなのか、兄弟なのか？　みんな違った。彼女は、犬、犬、と言い続けた。私たちは、彼女が犬という単語から離れられないのだと思った。ところが、彼女が犬の首輪を見せたんだよ。その首輪には名札がついていて、そこに**マックス**とあった。大文字でね。マックスは犬だったんだ。彼女はそのことを私たちに伝えようとしていたわけさ。

それは素晴らしい。で、錠前は？　アンナ・タップの反応はどうでした？

そのミス・タップのおかげなんだよ。あの女性が口をきけるのがわかったのは、新しい住人のおかげなんだ。彼女はね、あの女性の言っていることは理解できなかったけれど、女性が言葉を口にしていること、ただしそれが異国の言葉であることがわかった。彼女はクレアに、その言葉がわかるか、その言葉を話せるかと尋ねた。するとクレアがこう言ったんだね。この私、ピーター・バッグが手を貸してくれるかもしれない、私は教師だし、家庭教師でもあるし――

教師だったし、家庭教師だったし、です。

私は女性の言葉がわかった。その国の言葉を知っていた。それで、私たちは、彼女のことをもっと知ろうとしているところなんだよ。どうやら彼女は、ずいぶん悲惨な目に遭ってきたようだね。しかし、いまのところ、マクシミリアンという名の犬を飼っていたということ以外、まったく思い出せないようだ。事実、彼女は首輪を握りしめていて、だれにも触らせないんだよ。首輪が彼女の人生を解き明かす唯一の手がかりってわけだね。あれを盗まれたりしたら、彼女はきっと生きる望みを失ってしまうだろう。

ぼくの耳がそばだった。犬みたいに。

それから、しばらくそういう会話を進めるうちに、20号室の女性が笑うようになった。あれはなんとも形容しがたい笑い声だよ、フランシス。聞いておくべきだった。私たちはもっと聞き出そうとした。彼女はアンナにとてもなついていて、アンナがそばにいないと一言だって喋らないんだ。隙をみてはアンナの顔や手をぺろぺろ舐めているし、アンナが部屋から出ていこうものなら、哀れっぽい声をだすんだよ。私はきみに説明するためにやってきたんだ。さて、そろそろ準備ができるころだから、また上に戻るよ。アンナとクレアが彼女をお風呂に入れているんだ。彼女はとんでもなく汚いからね。ひどい臭いだしね。しかし、なにもかもよくなると思うよ。

それで、錠前は？

ああ、錠前ね。申し訳なかったね、フランシス。きみが仕事に出かけていったあと、私の部屋のドアを叩く者がいたんだ。開けてみると、そこに門番とミス・タップが立っていた。門番はシッと言ってから話しだした。18号室の新しい錠前の鍵をよこせ、とね。

もちろん、知らない、と言ったんですね。

いいや、私は彼に鍵を渡したよ。それから門番はさらに、18号室のもとの錠前をよこせ、と言った。彼には話すことに多少障害があるようだね。明らかに、練習してきました、という話しぶりだったよ。

もとの錠前なんて持っていないと言い張ったんですね。

いいや。私はその錠前を彼に渡したよ。私が肉体的暴力をひどく嫌っているのはきみも知っているだろう。明らかに脅迫だったね、あれは。それで汗は出るわ、涙は出るわでね。

先生！

門番はその鍵と錠前を持って帰っていったんだ。

使えない人だ！

ミス・タップは残って、私と少し言葉をかわした。わたしの部屋の物を動かしたのはあなたなの？　と訊かれたので、私は認めた。二度とそんなことはしないと約束してくれる？　私は約束した。ありがとう、と彼女は言って立ち去ろうとした。私はなにか、気のきいた言葉を言おうとして、しどろもどろ、申し訳なかったと述べた。彼女は振り返るとこう言った、思ったより優しい方ね——そう言ったんだよ——もう何もおっしゃらないで。それでそれについては水に流すことになったんだ。なかったことにしたんだよ。さらに彼女は、私がやったのはきみにそそのかされたからだろう、と言った。それから、さよなら、と言って帰っていった。あとでまた彼女はやってきたんだが、今度は私の外国語の知識を借りたいということだった。きみが気にしてないといいんだがね、フランシス。20号室の女性の問題が浮上してきたいまとなっては、もうどうでもいいことじゃないかな。きみは絶対に気にしないと私は思っていたんだ。急に、鍵や錠前のことなんて取るに足らないことに思えてね。そうは思わないかね？

ようやくぼくも、ミス・タップが18号室にいるのはほんの短い間だけだとは思えなくなってきた。彼女がやってきたおかげで望楼館の時間はすっかり変わってしまった。キリストが誕生した瞬間に時間の流れに裂け目ができて、いきなり紀元前と紀元後に分かれてしまったが、それと同じように、アンナ・タップがここにきて暮らし始めた瞬間から、望楼館に住む人たちのひび割れていた時間がつなぎ合わさってしまった。そうするつもりはなかったにせよ、そうなったからには、地獄を見ずにはすまされない。アンナ・タップはキリストと違って、時間を司ることに関しては素人だ。ぼくらに向かって、さあ、昨日のことはすべて忘れ、今日から新しい一歩を踏み出しましょう、と言ってぼくらをひとり立ちさせることなんかできっこない。彼女にそんなことができるわけがない。彼女にできるのは、せいぜい、ぼくらを過去の時間へと引き戻すことくらいなものだ。

ぼくは早めにベッドに入った。

あの白。

あの木綿。

ぼくは眠ったが、上の階では記憶が花開きつつあった。

# 第三章　四つの物

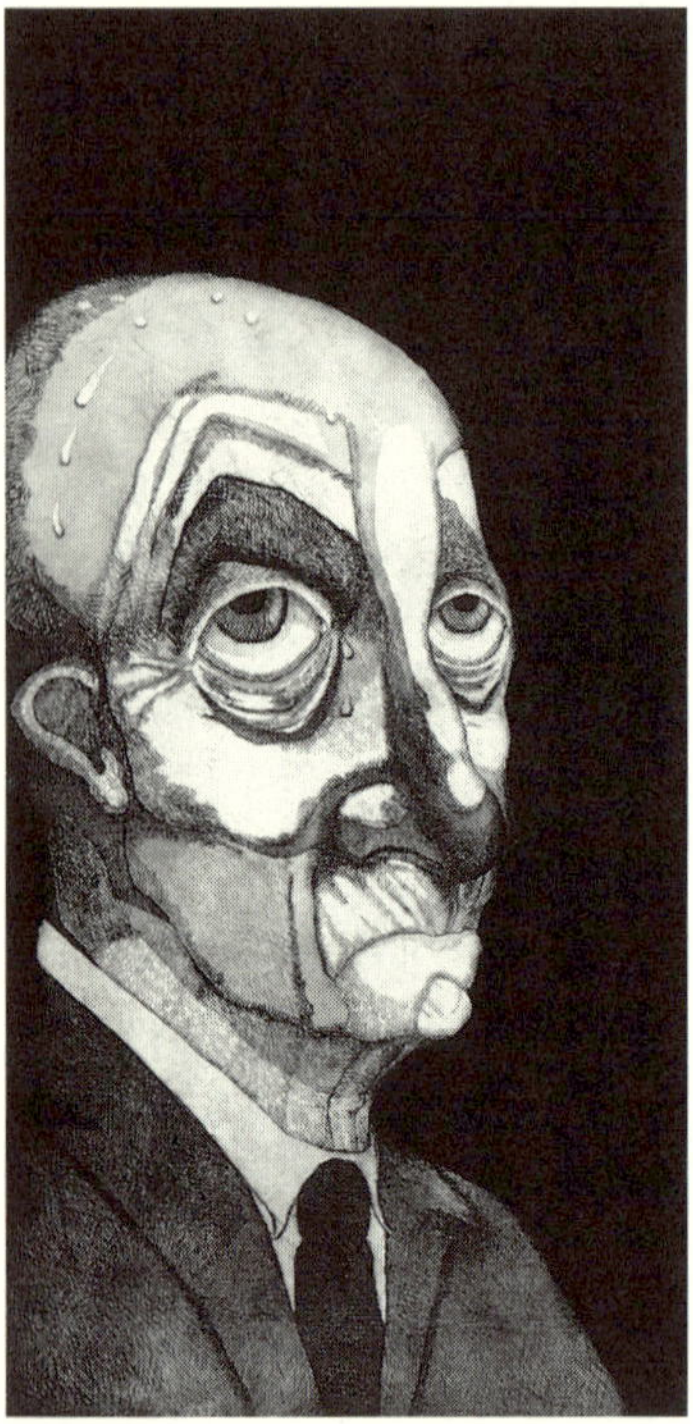

## 追憶の時代

こうしてぼくらはついに、《追憶の時代》と呼ばれる不思議な時代に突入していった。追憶の時代のあいだ、望楼館の住人たちは思い出を吸い込まざるをえなかった。ぼくらひとりひとりの内から飛び出していった無数の思い出は、それぞれの部屋を訪問しあい、部屋から部屋へと飛びまわり、ぼくらが眠っているときも鼻孔の奥へと入りこんだ。追憶の時代のあいだ、思い出はいたるところにあった。涙もろそうな目をしたり、けだるげな格好をした思い出は、衰えることのないエネルギーを発散させながらドアの取っ手や窓枠やベッドヘッドでぼくらを待ち伏せ、かまってくれとせがんだ。ぼくらは無視することができず、思い出に耳を傾け、思い出を飲みこみ、飲み干したが、それでも思い出は立ち去ろうとしなかった。追憶の時代には、思い出が溢れかえり、現在がどこかに消えてしまった。いまが何月何日の何時なのかわからず、なかには暦の読み方を忘れる者もいた。追憶の時代には、それぞれの部屋の様子や持ち物や自分自身でさえも、立ちこめる過去の歴史のなかであやふやな姿になっていった。あてにできる物などひとつもなかった。なぜなら、望楼館にあるすべての物が、ぼくらの人生におけるこの不思議な出来事に関して大きな役割を担っていたからだ。たとえば、そこにある椅子に座ろうと近づいていけば、実際にはその椅子がそこに存在していないことに気づいたはずだ。椅子がそこにあったのははるか昔のことであり、ぼくらはその椅子を思い出しているに過ぎないことに。

## 四つの物の時代

追憶の時代は、四つの物の時代に細かく分けられる。この四つの物への執着心が、頭のなかに入り込んできて、とうとうぼくらはそのことしか考えられなくなった。その四つの物とは、(マックスと記された名札のついている)革製の首輪、分厚いレンズの入った丸いスティール縁の眼鏡、病弱そうな男の黒白の証明写真(その裏側には——**クレア、クレア、ぼくの愛しい人**——そしてサインだ——**A・マグニット、望楼館19号室**)、そして横に一センチずつ刻み目がつけられたマホガニー製の物差しだった。

館の大気には思い出がたちこめ、息をするのも一苦労だったし、深呼吸するとよぶんな思い出まで吸い込んでしまうありさまだった。だれもかれも思い出していた。子どもたちが望楼館の階段を駆け上がり、死者がベッドに横たわっていた。部屋の埃のなかには、ぼくらの体から何年も前に、あるいは数日前に剝がれ落ちた微小の皮膚の粒子が含まれていた。それらの粒子が互いにくっつきあって皮膚となり、その皮膚がぼくらの姿、かつてのぼくらの姿となってぼくらのまわりを彷徨《さまよ》うようになった。過去の皮膚の幽霊だ。確固たる不動性のなかにいる父だけは、足許にまとわりつく思い出や過去を優雅に跨いで、くるくると踊っていた。そんなことができたのも、父の心が空っぽだったからであり、確固とした不動性を獲得していたからだった。内面が空白であれば、思い出は窒息して死に絶える。

追憶の時代は、新しい住人ミス・アンナ・タップの到来とともに幕を開けた。ぼくらのなかから過去を掘り出したのは彼女だった。そしてあまりに大勢の声が、あまりにたくさんの物の怪《もののけ》が現れて、しまいには彼女の手にあまるようになる。しかし厳密に言えば、追憶の時代は、20号室に暮らしていた女性が身につけていた犬の首輪から始まり、ひとりの人間の死で終わりを告げた。思い出はときとして人の死で終わる（あるいは始まる）ものだが、この場合は思い出のなかの死ではなく、実際の人の死で終わった。ぼくらがその人物の過去に触れたとき、そこへ引きずりもどされるのを拒んだ人物の死によって。その死体はつめたく、頑なだった。

望楼館の住人たちは、現在のわびしい生活に過去の人々を住まわせようとした。そうすればふたたび賑やかな生活が戻ると思ったのだろう。思い出が人を傷つけることに、住人たちは初めのころ気づかなかったが、じきに身に染みてわかるようになる。思い出は頭蓋骨の奥に、あるいは先に行くほど狭まっていく地下道のなかに、しっかり鍵をかけて閉じこめておくべきものだ。最初ぼくは、上の16号室でくりひろげられていることに対し、必死で無関心を決め込もうとしたが、その翌日、かなり実入りのあった仕事から引き揚げてくると、またもや百種類の臭いを放っている男が訪ねてきて、解き放たれた思い出の数々をぼくにどうしても話して聞かせたいと言った。

## トウェンティの追憶 一

トウェンティとぼくらが呼んでいた女性は、風呂に入って全身を洗ってもらうと、顔も髪も体も見違えるようにきれいになった。そしてクレア・ヒッグのワンピースを着せてもらうと、彼女は別人のように見えたという。彼女は昔を思い出し、何度か声をたてて笑った。

トウェンティは20という数字を思い出した。彼女が望楼館の最上階にまで上がってきてそこに住むようになったのは、その数字のせいだった。20は、2と0がその順番で並んでいる。それが彼女にとってはどういうわけか気になったという。彼女は異国の地、彼女の祖国に住んでいたころのことを思い出した。彼女は祖国でも共同住宅に住んでいた。そしてその部屋のドアに同じ数字が記されていたのだ。20と。

## クレア・ヒッグの追憶 一

追憶の時代の一番目の物がきっかけとなって、トウェンティは自分が何者であったのかを思い出し、自分についてわかるかぎりのことを思い出すことができた。しかし、ひとりがいったん回想を始めると、別の人間もすぐに同じことをしたいと思うのは人間の本性として当然である。それで次にクレア・ヒッグが求愛の日々を思い出した。アレク・マグニットという名の男に恋いこがれていた、何年も前の恋の時代を。アレクは美男子ではなかった。髭もはやしていなければ、魅力的な笑みも浮かべなかった。しかし彼はクレア・ヒッグの思い人だった。彼は19号室に住んでいて、クレアは仕事から帰ってくる彼のあとをつけた。マグニットが会計士だったことをクレアは思い出した。どこにいくにも計算機といっしょだった。彼女はアンナ・タップとトウェンティとピーター・バッグといっしょにいるときにこれだけのことを思い出した。

ヒッグは黒い服を着ていた。彼女は、トウェンティが思い出をたどるのに夢中になっているあいだずっと部屋のなかを歩き回って、死んでしまった髭の男の写真を眺めていた。そうこうするうち、マグノリアの壁面に浮かび上がっているように見える、汚れの少ない四角い跡があることに気づいた。そこに、かつてアレク・マグニットの写真が貼り付けられていたことを彼女は思い出し、声に出して言った。あれはいったいどこにいってしまったの？　わたしはアレクを愛していたんだわ、彼女は三人の訪問者に訴えた。アレクもわたしを愛していたのよ。しかし彼がはっきり口に出してそう言ったのを思い出したのではなかった。そう、彼は口に出さなかった。証明写真の裏に一度だけこう書いたのだ――**クレア、クレア、ぼくの愛しい人**。そうよ、あの人はちゃんと書いてくれたのよ、とクレアは言った。アレクの言葉は、脂肪に覆われたクレア‐クレアの心臓に刻みつけられたのだ。サインまでしてくれたんだわ、彼女はまざまざと思い出した。証拠よ、思い出の証拠。でも、その証拠はどこにいってしまったの？　そうよ、あの証明写真はどこにあるの？　そこにあったのよ、とクレアは三人の訪問者に向かって言い、壁のところを指さした。そして、クレア・ヒッグが愛されていたという紛れもない証拠が貼ってあった壁の聖なる空間を三人に順番に確かめさせた。三人はクレアの言葉を信じたのでそんな証拠はいらなかった。しかし、彼女には必要だった、そう、クレア自身には証拠が必要だったのだ。あなたはどこにいるの？　愛しいアレクの写真は、どこにあるの？　それは彼女が持っている唯一のアレクの写真だった。そしてクレアは急にパニックに襲われ、悲鳴をあげた。アンナ・タップはクレアに煙草を差しだしたが、今回はなんの助けにもならなかった。いったいどうしたの？　三人は彼女に尋ねた。

**あの人の顔が思い出せないのよ！**

クレアは目を閉じたが、瞼に浮かんでくるのはマグノリアの壁に貼られた完璧な笑みを浮かべている健康そうな髭面の男の顔ばかりだった。

アレク？　彼女はそう呼びかけてみたが、彼の顔は、その青白い顔はどうしても思い出せない。マグノリアの壁の四角い跡は彼の顔が存在していたという証拠だ。脳裏にもたしかにその証拠はあるのに、すっかり信用することができない。昔のことを思い出そうとするたびに、過去は煽情的なものになり、若いころ住んでいたオフホワイトのくすんだ部屋を思い出そうとすると、目映いばかりに輝く海岸に変わってしまう。自分の頭が信じられない。彼女はようやく気づき、思い出し、考え始めていた。この頭はたくさんのことを覚えているけど、それはなにひとつ、わたしの体験したことではなかったんだわ。

彼女は証拠がほしかった。三人の訪問者に示すためにではなく、自分に示すために。あの証明写真はどこにいってしまったの？

## トウェンティの追憶　二

クレア・ヒッグが少し落ち着くと、アンナ・タップはもう一度トウェンティから話を聞こうとした。辛抱強く待っていたトウェンティは、ふたたびすてきな笑い声をあげて、過去のことをもう少し思い出した。彼女は岩だらけの荒野をグレートデンと歩いていた。荒野には木も生えていた。頭からは血が流れていた。トウェンティは、頭を怪我していた、と言った。だが怪我したときのことを思い出してそう言ったのではなかった。アンナ・タップがトウェンティの頭を調べて、たしかに傷が残っているわ、と言った。そして三人は、トウェンティが頭を怪我したことを推測できたのは立派だ、と褒めちぎった。それは記憶がはっきりしてきたからだ。それだってそれは進歩じゃない？

## クレア・ヒッグの追憶　二

トウェンティがそこまで思い出すと、しばしの沈黙が流れた。するとクレア・ヒッグがその沈黙のなかに飛び込んで、わずかな沈黙を最大限に活かして自分の過去を語りだした。彼女はこの国の首都で働きながら暮らしていた。首都のいちばん大きな百貨店に勤めていたのだ。彼女はその百貨店を誇りに思いながら二十三年間働いた。その二十三年の間に、百貨店の評判はどんどんあがり、売り上げも伸びていった。彼女は靴下売場に勤めていた。ストッキングとガーターとタイツを売っていた。彼女がその売場の担当だった当時は、商品の種類は少なかった。ストッキングがおもな商品で、それもウールとナイロンとシルクに限られていた。顧客もおもに自分と同世代の女性たちで、趣味のよいものを買っていた。やがて時代が変わり、別の商品も売るようになった。それらはどう見ても醜悪だとしか思えなかった。とくに赤いサテンの靴下はがまんできなかった。顧客も変わっていった。急に下品になり、軽薄になった。顧客の年齢が下がってきたばかりか、胸を堂々と見せびらかし、分厚い化粧をする者が増えた。クレアは首都の人々が繰り広げる性の冒険に手を貸しているような気持ちがした。それが彼女には悲しかった。とりわけ動転したのは、男たちが売場にやってきて、バックルや紐や留め金のついたこっけいな品物を買うようになったことだ。自分の売らなければならない品が性的な意味合いを含んだものになればなるほど、クレア・ヒッグは侮辱されているような気がした。というのも、クレア・ヒッグは性的なものとは無縁な人間だったからだ。売場の責任者や経営者はクレア・ヒッグが売場にいては靴下の売り上げに差し障りがあると思うようになった。内気というより絶望に打ちひしがれた彼女の顔つきや、萎びたような体つきでは、売り上げ増加は望めない、と上層部は判断した。それで彼女は小切手を渡されて解雇された。その金にわずかばかりの預金を足して、もはや自分がなじめなくなってしまった首都から遠く離れた町に家を買うことにした。首都よりはるかに小ぢんまりした、できれば親切な町に引っ越していけば、落ち着いた生活ができるかもしれないと思った。そして彼女は、共同住宅に変わったばかりの、望楼館と呼ばれる古い建物の16号室を買った。

## トウェンティの追憶　三

クレア・ヒッグがここまで語り終わって悲しみに沈んだとき、16号室には物憂い、哀愁を帯びた雰囲気が立ちこめたが、ミス・ヒッグの話を通訳してもらっていなかったトウェンティが、だしぬけに笑い出し（それでミス・ヒッグはすっかり気分を害してしまったが）、頭に怪我をしたあとのことは何も思い出せない、ということを思い出した。トウェンティは自分が何者かを知る手がかりがひとつもないこと、マックスという名札のある首輪をつけていたグレートデンだけが、頭に怪我を負う前の彼女の人生がどんなものかを知る手がかりだったことを思い出したのだ。

## 門番の追憶

望楼館の別の場所で、門番は思い出していた——彼はその午前中に目にした、きれいに身を清められて新しく生まれ変わったトウェンティのことを考えながら、かつて、汚れ放題だったトウェンティを20号室から立ち退かせようとしたことを思い出していた。そのとき彼女に嚙まれたのだ。その傷は、丁寧に手当てした甲斐あって、いまやすっかり治り、トウェンティの歯形がくっきり残っていたところにはなんの痕も見あたらない。あの汚れきったトウェンティが望楼館に入ってくるのを見て、門番は昔の住人たちのことをまざまざと思い出したのだった。思い出すのが楽しいような住人はみな去ってしまった。彼らはきちんとした身なりの、ちゃんとした階級の人々だった。それをきっかけにして彼は望楼館が満室だった時代、二十四部屋すべてに人が住んでいたころのことを思い出し、悲しい気持ちになった。当時の望楼館は人々の憧れの住まいだった。彼が自分の名前を門番《ポーター》に変えた直後のころだ。門番は、塵ひとつ落ちていない絨毯が美しい青だったことを、壁紙は染みひとつない美しい青と白の縞模様だったことを思い出し、郷愁にかられた。大きな鍵束の感触と、その鍵で大勢の人々の部屋に通じるドアを開けることができた時代を思い出した。そのころの彼は幸せな門番だった。しかしいまの彼には、幸福な気分を味わっていたというぼんやりした記憶しか残っていなかった。

## 母の追憶

ベッドに水平に横たわっていた母は、垂直に立っていた時代のことを思い出した。ちょうど門番が思い出していた時代、望楼館が憧れの住まいだったころを思い出した。しかし母の思い出には、塵ひとつ落ちていない青い絨毯も、染みひとつない青と白の縞模様の壁紙も含まれていない。そんなものは思い出したくもなかった。母が思い出したのは、8号室にほっそりした独身男が住んでいたときのこと。ほっそりした独身男の部屋には大きなダブルベッドがあり、独身男と女とがゆったり横たわれるほどの大きさだった。相手の女はオールドミスもしくは未亡人だった。彼女は夫がまだ存命だったのに、自分を未亡人と呼んでいた。ここでぼくの母の回想は一時《いっとき》中断された。ぼくの父が母の回想の場面にしゃしゃり出てきたからだ。母の脳裏に父の顔が現れるのは、エンドマークが出てくるのと同じだ。なぜなら父の顔は母の回想を消し去り、干上がらせてしまうからだ。父の顔が現れると母は十まで数を数える。二十まで数えるときもあれば、五十まで、ときには千まで数えることもあった。たいてい、数を数えると父の顔は消える。母は、父が回想場面に登場人物として現れてくるたびに回想を中断させた。母は垂直に立っていた時代に父を入り込ませたくなかった。いや、水平になっても。母はふたたび8号室の独身男のベッドのことを思い出した。裸でそのベッドに横たわり、独身男もとなりに裸で横たわっていた。彼女は回想するうちに気持ちが高ぶってきて、手を伸ばし、独身男の股の間を探ろうとしたが、男はそこにいなかった。ああ、そうよね。悲しいことに、あの人は出ていってしまった、そうよね？　8号室から、望楼館から、アリス・オームを残して出ていったのだ。そして、男が出ていく前に、ろくでなしと男を怒鳴りつけたことを母は思い出した。

前にも述べたが、母は物を見て昔を思い出す。今回の思い出は、母の寝室にある椅子の上に載っているYフロントの男物ブリーフから始まった。かなり前のことだが、母はそのブリーフを脱がしたものだった。男はそのブリーフをはき、その上にスーツのズボンをはき、それから身支度を整えると、すべてのブリーフといっしょに（一枚だけ残していったが）出ていった。しかし母は彼をろくでなしと怒鳴りつけたことをもう一度思い出して涙に暮れた。ろくでなしと口に出して言ったのは一度きりだったのに。反復運動だ。その日母は、独身男にろくでなしと言ってから泣く、ということを十二、三回も繰り返した。記憶のなかでその場面は観覧車のように回り、ブリーフのところで停止した。母は、Yフロントのブリーフで始まり、ろくでなしで終わる回想の環にはまりこんでいた。

## 父の追憶

しかし父は何も思い出さなかった。父は赤い革張りの肘掛け椅子に座ったまま、時計の文字盤のように微動だにせず、長針と短針と秒針が自分のまわりを（反時計回りに）動いているのをじっと見ているだけだった。もし父に思い出すことがあるとすれば（父に思い出すものがあるとは考えられないが）、それは自分が何も覚えていないということくらいだった。

# アンナ・タップの追憶　一

16号室で訪問客とともにいたクレア・ヒッグは黙り込んだが、まだ落ち着かない気持ちだった。そして、ぼんやりと昔の靴下売場のことを考えながら、アンナ・タップに、あなたの仕事場はどんなだったの、と尋ねた。それでアンナ・タップは自分の仕事場のことを思い出した。それは市立博物館の三階にある織物管理部だった。作業場のドアがあった。ドアの向かい側には、作業台と顕微鏡と台付きの拡大鏡、染料、蠟、綿、有機溶液、樹脂、昆虫採集用のピン、外科手術に使われる曲がった針、絹とポリエステルの合成繊維や、その他彼女の仕事に必要な数多くの物が並んでいた。どんな仕事をしていたの？　アンナ・タップはクビになるまで、市立博物館で織物の修復師として働いていた。ドレス、タペストリー、椅子、カバー、着物、ベッドカバー、シーツ、刺繡作品、スーツ、ネクタイ、ハンカチ、レースのヴェール、旗、人形の衣類、シャツ、ブラウス、靴下、上着、ダブレット、タイツ、パンタロン、司教の冠、ズボン、スカート、帽子、手袋といったさまざまな物を修復した。馬の毛、人毛、毛皮、羽、レース、ウール、木綿、ナイロン、ベルベット、フェルト、絹、麻といったさまざまな素材で作られた物を直した。素材によって手触りが違っていたが、それらをみなきれいにし、修復したため、物はこの先ずっと人々の記憶に残ることになる。その物たちの上に身を乗り出して作業しながら、物の持ち主やそれを身につけていた人物は何十年も前に、あるいは何世紀も前に亡くなっていることを考えていた。物は持ち主より長く生きながらえた。いつでも勝利を収めるのは物だった。そして何世代経ってもずっと物が勝ち続けていくように、彼女は苦労しながら手助けしていた。彼女は、いわばその勝利を不動のものにするために手を貸しているようなものだった。修復師の仕事には、織物を掃除することも含まれていた。掃除をして、織物に残されたさまざまな歴史の痕跡をすべて取り去っていく。彼女は染みや汚れ、持ち主が残したあらゆる痕跡をすべてこそげ落とした。汗や口紅、食べ物の滓、泥、ワイン、血液、精液、その他の思い出の数々を取り除いていった。彼女はこびりついた秘密をすべて取り去って、清潔で、皺ひとつない本来の織物の姿に戻した。人間が使っていた証拠にほかならない皺や折り目も消し去った。彼女は歴史を洗う洗濯機そのものだった。

しかしこの織物たちは、自分たちを大切にしてくれ、人間に勝つために手を貸してくれた女性に感謝するどころか、その女性に復讐を果たした。彼女はあまりにも多くの秘密を知りすぎた、どんな小さな秘密も暴いてしまったと、織物たちは思いこんだ。

多くの織物の上に覆い被さり、眼鏡をかけた目で極小の繊維を見続けたアンナ・タップは、目が見えなくなっていった。彼女の眼鏡はどんどん分厚いものになっていき、とうとう視力より触覚に頼らなければならなくなった。これだけですまなかった。細い繊維一本でもぷつんと切ってしまったら、染みをつけてしまったら、ここから出ていけ。織物の安全が何より優先されるんだ。そして彼女の目はよく見えなくなり、彼女は解雇された。

仕事にあぶれたアンナ・タップは、目のこと以外は考えられなくなった。最後に診た目医者は、残念ですが、私にできることはもうありませんね、と告げた。お気の毒だが、あなたは失明するでしょう。繊維柱帯切除手術《トラベクレクトミー》が失敗し、降圧剤のアセタゾラミドとピロカルピンが効かないのですよ。眼球内の内圧を減らすことができないんです。つまり、房水を外にだすことができないので、目の組織が引き伸ばされているので、結膜が極度に肥大してしまい、そうなると眼球はふたつの石のように固くなっていくでしょう。もっとも絶対にそうなるとは言えませんが、そうなってしまえば必ず失明するでしょう。完全に失明するまで激しい痛みがともなうはずです。眼球を取ってしまえば楽になりますがね。そして医者は、**酒石酸ジヒドロコデイン**と記された薬の瓶を彼女に渡した。強力な鎮痛剤ですよ、と医者は言った。痛みを和らげるんです。アンナ・タップは、これまでに大勢の目医者に診てもらったことを思い出し、医者たちがこんなに重症の目を見たことがありませんよと言い、あなたのためにできることはもうなにもありません、と言ったのを思い出した。間もなく、アンナ・タップは神に祈るようになった。目が見えるようにしてください、と彼女は祈った。祈りはいまのところ聞き届けられてはいないが、そのうちきっと聞き届けられる。万が一の時にそなえて自分の持ち物を売って、管理しやすいように最小限のものだけを残し、新しい住まいに注意深く並べておいた。そうしておけば、たとえ失明しても、どこに何があるか思い出すことができるだろうし、真夜中がずっと続くようになる時にそなえて練習もできる。もっとも、祈りが聞き届けられなかった場合のことだ。しかし、絶対に聞き届けられる。そうなれば、いくら強力な鎮痛剤であろうと、酒石酸ジヒドロコデインなどを飲まなくてもすむ。信仰の強さに匹敵する薬なんてあるはずがない。

## クレア・ヒッグの追憶　三

アンナ・タップが思い出を語っているあいだずっと見捨てられていたクレア・ヒッグは、もう一度みんなの注意を引きたくてやきもきしていたが、ようやく毎朝七時にドアの外に、中身の入った未開封の牛乳瓶を置いておいたことを思い出した。そして、七時半にまたドアをあけて、牛乳瓶を取り入れたことを思い出した。牛乳瓶を取りに出る時間こそ、仕事にでかけるために部屋を出るミスター・アレク・マグニットの姿が見られる時間だった。ふたりはエレベーターの鉄格子の扉越しに目を見交わした。たいていふたりは笑みを交わした。おはよう、と言葉を交わすときもあった。天気について短い意見を言うときもあった。それだけだった。しかしそれでじゅうぶんだった。彼女は少なくとも、毎日彼に会えた。自分で用意した牛乳瓶のおかげだった。愛の牛乳瓶、とクレアはそれを呼んでいた。かわいそうなアレク・マグニット、あの人は牛乳配達人が望楼館には来ないことを知らないままだった。

# ピーター・バッグの追憶　一

その回想が語られた後、アンナ・タップは少し休憩しましょうと言い、落ち着きをなくしてきたトウェンティを自分の部屋に連れていって食事を与えた。ピーター・バッグも、きちんと整理されて清潔ではあるけれど百種類の臭いに満ちている自分の部屋に戻り、人々の思い出からしばし離れてお昼を食べながら、自分の過去など（いまのところはまだ）思い出したくもないと思っていたが、やはり思い出した。いちばん広い部屋には、いかにも奇妙で似つかわしくない拡大写真が壁紙代わりに使われていたが、それは遠い異国の港に停泊する異様な形の船と裸同然の漁師を撮ったものだった。ピーター・バッグはそれを眺めているうちにしだいに思い出していった。

彼はまず、額に入れられた自分の教え子たちの写真を見た。卒業記念の顔写真がまとまって額に入れられている。その男の子たちの写真は船や漁師や港の写真の上に整然と掛かっていたが、彼が見ていたのは港の風景ではなく、人生のなかで出会った教え子たちだった。笑みを浮かべているその少年たちの顔を見ているうちに、ひとりひとりの名前を思い出した。部屋の隅には決して目を向けないようにしていたが、つい誤って、白黒の父親の写真を見てしまった。すると、父親の表情の動きを思い出した。それで普段よりいっそう汗が滴り、目から涙が流れ落ちた。汗と涙を流しながら、彼は汗とも涙とも無縁だった時代のことを思い出した。しかしいったん、父親のことを思い出してしまったが最後、父親は彼を自由にしてはくれなかった。父親は、息子を席につかせたまま、しだいに身を縮ませて石のようになっていく息子の様子をじっと観察していた。その恐怖を忘れるなよ、ロニー。父親はいつも彼のことをロニーと呼んだ。思い出したらもう忘れることはできなかった。はい、ロニーはこの恐怖を忘れません。

その恐怖は、彼自身が自分の教え子たちに味わわせた恐怖と同じものだった。とりわけひとりの教え子にその恐怖をとことん味わわせた。その子の名はアレクサンダー・ミードといった。いや、その名前は忘れるんだ！　とピーター・バッグは（いまや声に出してはっきりと）叫んだ。彼は突然恐怖に身がすくんだ。心臓がどきどきしてきた。汗と涙が容赦なく流れ落ちた。その名前をしまえ、と彼は叫んだ。思い出すな、頭の奥の深い谷間に押し戻すんだ。その暗闇から出してはいけない。しかし、名前を思い出してしまったことで、その少年は動き出した。金髪の男の子。身だしなみがよく、隙がなく、並はずれて聡明で、友だちのいない教え子。向こうへいってるんだ——その少年を教えていた元教師は大声で言った。向こうへ行って宿題をしなさい。しかし少年は、もう宿題はすませました、先生、と言った。ピーター・バッグは居間の窓を大きく開け放ったが、少年は百種類の臭いに満ちた重苦しい大気といっしょに外へ出ていってはくれなかった。出ていかずに、少年はピーター・バッグの頭の上に腰を下ろし、汗でぬらぬらしはじめた頭から滑り落ちて、ピーター・バッグの目のなかに入ってきた。

そう、ピーター・バッグも思い出したのだ。

# トゥエンティの追憶　四

みながお昼を食べて16号室に戻ってくると、トゥエンティはアンナ・タップに励まされて、何日も何ヶ月も、彼女にはどのくらいだったか知りようもないことだが、ひょっとしたら何年間も、ずっと歩き続けていたことを思い出した。どのくらいだったか、このぼんやりした頭ではよくわからないんです、とトゥエンティは言った。しかし、歩き続けているあいだに出会った犬のことは覚えていた。家々の外に置かれたゴミバケツから食料をあさって食べたことも思い出した。なかには犬を飼っている家があった。そして、犬と喧嘩をしたことを思い出した。猛烈な戦いばかりだった。彼女は喧嘩をしたあとでマクシミリアンの傷ついた体を舐めてやったことも思い出した。犬の血の味を、彼女は思い出した。

トゥエンティは思い出すたびにしだいに自信をなくしていった。

# アンナ・タップの追憶　二

アンナ・タップは、長い間雇われていて、取り返しのつかないほど目を悪くしてしまったその博物館に、生まれて二度目に行ったときのことを思い出した。生まれて初めて行ったときのことはまったく覚えていない。初めて博物館に連れていかれたのは、生後まもない赤ん坊のときだったからだ。毛布にくるまれて女性トイレの洗面台のなかに捨てられていたんですって、洗面台の蛇口《タップ》の下に頭を向けてたらしいわ、とアンナ・タップは説明した。おそらく、熱湯が出るほうの蛇口だったんじゃないかしら。そこで彼女は、だれなのかはわからないがある人に発見され、保護された。自分が博物館に初めて行ったときのことは人が教えてくれたのだが、聞いた話のなかで覚えているのはこれだけだった。

しかし、二回目に行ったときのことは人に聞かずともよく覚えていた。そのとき、十六歳だった。博物館の女性トイレに捨てられていた話を聞いて、是非ともこの目でその場を見てみたいと思った。それでそこへ行って、ママを身近に感じたくてそのなかで二時間過ごした。気が済むと、彼女は博物館のなかを歩き回った。博物館の展示品を、わたしの兄弟姉妹、と彼女は呼んだ。そこにいると本当に兄弟に囲まれているような気がしたわ。彼女は市立博物館で働きたいと思うようになった。かつて母親が訪れた場所であり、兄弟姉妹と親しくなれる場所にいたいと思った。だから、わたしは女性トイレが大好きなの、と彼女ははっきりと言った。

## フランシス・オームの追憶 一

その日遅く、ピーター・バッグが教えてくれた他の人たちの思い出の数々に触発されて、ぼくも過去のある場面を思い出した。そういえば同じようなことがあったのだ。アンナ・タップの博物館の話を聞いて、ぼくが最初に博物館を訪れたときの記憶が蘇ってきた。同じ博物館でも、ぼくのほうは蠟人形博物館だった。エマが亡くなった直後、父親に連れられて蠟人形館に行った。おそらく、ぼくを元気づけるためだったのだろう。エマが死んで、ぼくは身も世もなく悲しみ、エマのことしか考えられなくなっていた。甘草を買いたい、と言い張ったりしていた。

しかし、展示品を集め出したころは別にして、のしかかられるほど大きな蠟人形たちのあいだを歩き回ったあの日の午後ほど、わくわくどきどきしたことはなかった。ぼくには友だちがひとりもいなかったから、蠟人形館は友だちを探すにはうってつけの場所だと思った。ここで蠟人形たちに囲まれて一日中過ごしていれば、ひとりぼっちになることはない。人形たちに話しかけたり、声をかけたり、自分も動かずに目を閉じていたりできるじゃないか。これまで家で玩具相手に練習してきたように、自分が蠟でできた人間だと想像することができるんだ。

その日の印象があまりにも強烈だったため、ぼくはエマの死を忘れていった。父も蠟人形館にとても感動していた。ぼくは、子ども時代が過ぎて大人になったら、絶対にこの蠟人形館で働くんだ、と誓った。

## トウェンティの追憶　五

その日、ぼくが蠟人形館のことを思い出す前に、トウェンティは祖国からずっと歩いて望楼館までやってきたことを思い出していた。旅に出るとき、トウェンティは犬のマクシミリアンにそう言ったわけではなかった。望楼館に着くまでがんばりましょう、と言ったわけではなかった。望楼館に着いたのはまったくの成り行きだった。その夜、トウェンティが20号室に居を構える前に、トウェンティとマクシミリアンはすさまじい喧嘩に巻き込まれた。その夜トウェンティとマクシミリアンが出会った犬は特別に凶暴だった。その犬はトウェンティの体のあらゆるところをひっかいた。だが、マクシミリアンに対しては容赦なく嚙みついた。その戦いから逃れようと、マクシミリアンは道路に飛び出し、車にはねられた。車にはねられたときマクシミリアンは遠吠えをした、とトウェンティは涙を流しながら語った。それからマクシミリアンは悲しげにくんくんと鳴き、すがるようにクンクン言いながら体をぶるぶる震わせた。ピーター・バッグに通訳してもらいながら、異国の言葉で説明したところによれば、彼女はマクシミリアンの傷を舐めるための避難所が必要だった。しかし哀れなグレートデン、マクシミリアンは、その夜のうちに息絶えた。彼女はマクシミリアンを望楼館の乾いた土の下に埋めた。しかし、そのあと自分がなにをしたらいいのかまったくわからなかった。どうしてこんな遠くまできたのか、どこの国にたどり着いたのかさえわからなかった。望楼館のなかを歩き回るうちに20という数字がドアにあるのを見て、どこか懐かしいような気持ちがした。それで彼女はそこに住み着くことにした。20号室に。

ここまで思い出したとき、トウェンティはもう笑ってはいなかった。

## クレア・ヒッグの追憶　四

クレア・ヒッグは促されずに思い出した。ある朝、アレク・マグニットは仕事に行くために部屋を出て、愛の牛乳瓶を取ろうと戸口に出てきたクレア・ヒッグにいつものように笑いかけた。しかし、その日アレク・マグニットは何か言葉を喋った。彼はこう言ったのだ――牛乳を配達してもらえるとは知りませんでしたよ。ええ、配達してもらえますよ、とヒッグは嘘をついた。ヒッグははっきり思い出した。配達してもらいたいのなら、わたしがそのように手配しますけれど。

よろしいんですか？　とマグニットは言った。もちろんです、とヒッグは言った。そして彼女はそのように手配した。彼女は毎晩牛乳瓶を余分に買うようになった。自分用に一本、マグニット用にもう一本。そして毎朝七時になると、クレアは自分の部屋のドアの前と、マグニットの部屋のドアの前にその牛乳瓶を置くようになった。その朝のことははっきり覚えているわ、と彼女は言った。だって、アレク・マグニットは牛乳瓶にかこつけてわたしの気を引こうとしたんだと思うのよ。わたしに牛乳瓶のことを訊く必要なんてなかったわけでしょう？　と彼女は言った。その質問にだれも応じないことがわかると、彼女は台所へ行き、ガラスのコップに牛乳を注いだ。彼女は台所から戻って来ながら言った。

わたしは牛乳をコップで飲むのが好きなの。

わたしは、コップで飲むのが大嫌い。

## アンナ・タップの追憶　三

そう言ったのは、牛乳が大嫌いなことを思い出したアンナ・タップだった。クレア・ヒッグはそれで気分を害したようだった。アンナ・タップはクレアに煙草を差し出してから、孤児院に送られたときのことを話しはじめた。たった十人しか収容されていない施設もあれば、五十人以上もいるような施設もあったわ。とりわけある施設のことをはっきり覚えているの。そこは人で溢れ返っていたので、女の子たちはベッドにふたりずつ寝ても収まりきらずに、ベッドとベッドのあいだの床や、通路で寝てたりしたわ。床に寝る子はマットレスが使えるけれど、ベッドに寝る子はマットレスが使えないの。だから、冷たくて固い台の上に薄いシーツ一枚だけ敷いて横にならなければならなかった。そのシーツはいつも汚れていた。そして一台のベッドごと、一枚のマットレスごとに枕はひとつしかなかったから、力の弱い子は枕をしないで寝るしかなかった。ベッドでふたりで寝る場合、それぞれ、たがいちがいになるように寝なければならなかったの。並んで横たわったり、頭をくっつけて寝たりしているのを見つかったらひどく殴られた。宿舎には窓があったけれど、掃除もしてなかったし、鍵ががっちりかかっていて、鉄格子がはまっていた。夜のあいだ、宿舎のドアには必ず鍵がかけられた。ベッドは木製だったのでベッドヘッドと脚には子どもたちの名前とか憎悪や愛の言葉が刻みつけられていた。自分で文字を書けない子どもたちは、傷を付けたり穴を開けたりして自分がそこにいる証を残した。子どもたちはその施設にずっといる場合もあれば、よそへ移っていく場合もあったので（四分の三は移っていったわね）、施設を経営している聖職者たちは、一時的に身を寄せている子どもたちにあまり手をかけることはなかった。子どもたちは自分の名前を書けるようになるまえに、別の場所に送られてしまうこともあった。聖職者にしてみれば、椅子に座って子どもの話に耳を傾け、ハンカチを渡して、泣きやむまで慰めているのがいちばん楽な世話の仕方だった。それぞれの話には似たような迫力と熱意がこもっていたため、聖職者たちは子どもたちの話に耳を傾けて一生を過ごすこともできた。もしひとりの子に特別目をかけでもしたら、ほかの子たちが黙ってはいないので、結局みんな放っておかれた。ひとりでめそめそ泣いた。大勢の鼻水と涙のこびりついた汚れきったシーツを頭からかぶって。母親代わりではあっても頼りにならないこのシーツは、引っぱられ、破かれ、抱きしめられ、染みをつけられたあげく、さよならも告げられずに置き去りにされ、次の新しい子に引き継がれ、また乱暴に扱われた。ときどき、子どもたちは夜も昼もずっと横になっている日があった。そういう日は、ドアはずっと開けっ放しにされた。ドアの向こうには石造りの廊下が見えた。その廊下を、わたしたちよりずっと身なりのいい子どもたちが、ときおり通り過ぎていったものよ、とアンナ・タップは言った。聖職者、身ぎれいな女性、医者といった大人も通り過ぎていったのよ。部屋のなかに入ってきたのは身なりのいい子どもたちだけだったけれど、わざわざ立ち止まってわたしたちに話しかけたり、慰めの言葉やさげすみの言葉を口に出したりすることはなかった。というのも、戸口に置いてある木製のスツールに看護士が座っていたからよ。看護士は体格のいい二十代の男だった。彼は、わたしたちが宿舎のなかに閉じこめられているあいだはいつもそこに腰を下ろしていた。新聞を広げて座り、スポーツ欄から順番に読み進んでいく、ということを何度も繰り返していた。わたしたちのひとりがドアに近づいたときだけ新聞から目を放した。そして、その子のベッドを指さすか、立ち上がって戸口を体で塞ぐのよ。

なにもかもがその場しのぎだった。三ヶ月以上そこにいる子はいないの。染みと、ベッドと看護士だけがまったく変わらなかった。看護士が新聞を広げて定位置にいるその日のあいだは（わたしたちは外に出たり、教室に行ったりできなかったから）、どこもかしこも静まり返っていた。看護士の存在がそのまま**静かに**の看板だったので、聞こえてくるものといえば、毛布やシーツのこすれる音と息を殺した囁き声だけだった。でも、夜になって、コップ一杯の牛乳（アンナ・タップはクレア・ヒッグを見ながら、いきなり記憶が蘇ったのは、このコップに入った牛乳のせいだったのよ、と言った）とスープとパンとビスケットを食べた後、ドアに鍵がかけられ廊下が静まり返ると、小さな音がしだいに聞こえるようになるの。

最初は、あちこちのベッドやマットレスでひそかに囁きあっているだけだった。こっちのベッドでひそひそ、あっちのマットレスでひそひそ、という感じでね。ふたりで囁きあっているだけだから、ベッドやマットレスの外へとひろがっていくことはなかった。だから、最初のやりとりはふたりの間だけのものだったの。しかも、相手がどのような反応をするのかわからないから、暗いわね、とか、寒くない？　とか、起きている？　といったためらいがちなやりとりから始まるのよ。それから反応が返ってくる。そのうち慣れるわよ、とか、わたしのほうが毛布をかけすぎていない？　とか、起きているわ、少しなら話してもいいわよ、とか。そしてふたりは互いの名前を教えあい、出身地を告げ、次にどこの施設に行くのか知っているかとか、ここにどれくらいいるのだろう、とかいったことを話した。話し声はしだいに大きく、言葉はしだいに早くなっていき、考えなしに思いつくままに喋るようになっていった。宿舎中で、個人的なことを大声で話しあうようになり、最初は話すのをこわがっていた者もやがて地声で話すようになった。そのため、言葉はベッドからベッドへとこぼれだし、列から列へと流れていき、隅から隅へと進んでいった。言葉の源は一箇所や二箇所ではなく、数え切れないほどに増えていった。アンナ・タップはこう言った——だれもが興奮して話をしたり、ベッドの上に起きあがったり、離れたところにいる見知らぬ子どもに呼びかけたりしているの。そういうときの音が、わたしはいちばん好きだったわ。それは仲間の声であり、純粋に仲間を求めるざわめきだった。その宿舎にいる女の子たちは握手をし、大人の真似をし、暗闇のなかで仲間の気配を感じ、互いの声を確かめ合い、これまで体験したことなどを語った。そしてひとりの子がきわめつけの悲しい話や恐い話、とりわけ面白い話や心温まる話をしたりすると、その子は、部屋の向こうのベッドに行ってほかの子たちにもその話を聞かせてあげて、と頼まれた。このように身の上話を選り分けたり取り換えたりする作業は、そこに着くのが何週間か何ヶ月か早かった先輩がおこなった。先輩たちは編集者やまとめ役のようなことをしたが、それは夜の時間をなにがなんでも支配したかったからではなくて、みんなに協力したくてのことだった。入ってきたばかりで心細い思いをしている子に、身の上話をするよう励ましたりもした。しかし、どの夜も、悲惨な結果に終わった。

先輩と呼ばれていたのは、年上だからではなく、施設にいる時間が長いからだったが、そういった女の子たちは毎晩たくさんの話を聞いてきたので、夜の時間をとても楽しみにしていた。先輩は優れた聞き手であり、自分の記憶力に絶大な自信をもっていた。余計なことを言わずに話に耳をすませ、ちょうどいいところで頷《うなず》いたり、共感のこもった眼差しをおくったり、ここぞというときに笑ったりした。しかしひとつの話が終わって何日か経つと、同じ話がもう一度繰り返されることになる。今度は、当の先輩がその話を自分の身の上話として話すのだ。そして、それに疑問を差し挟まれると、先輩はこれは命に賭けて本当に自分の身に起きたことなのだと誓った。問題が起きるのはそういうときだった。名前やこまかな出来事を変えたり、夜起きたことを昼間に起きたことに変えたりしても、他人から拝借した話であることは歴然だった。それで、その身の上話をした当の本人は、先輩がその話は自分のものだと言うのを耳にして激怒する。その身の上話が本当にあったことにせよなかったことにせよ、そのなかに真実が含まれているのは確かなことだったし、えてして神聖にして侵すべからざる人物や動物、宝物のように大事にしている物や出来事がその話に含まれていたから、自分の大事な話が他人の口から語られるのを聞くと、自分の人生を盗られてしまったように思うのだった。アンナ・タップはこう言った。あの子たちは自分の物は、何ひとつ持っていなかったのよ。着ている服でさえ孤児院のものだった。自分の服を着て孤児院にやってきた子がいても、必要なら力ずくで服を脱がされて、二度と目にすることはなかった。いじめは前からあったけれど、力の強い子が、これはあたしのものなんだから、と言って衣類をひっつかんで持っていってしまえば、それっきりだった。人格すら自分のものではなかったのよ。

うまくだまされて話してしまった身の上話を盗まれてしまうと、その子たちは、肌身離さず持っていた写真や手紙を失ってしまったような気持ちがして、急に、自分には過去も故郷もなく、たったひとりぼっちになってしまったように感じる。身の上話と思い出は、その子たちに残された最後の持ち物だった。だから、それが盗まれたとわかると、あらん限りの力で相手に組みつき、噛みつき、髪を引っ張った。同じ身の上話を二、三人の先輩たちに盗まれるということもよくあった。というのも、自分の身の上話を語るのに飽きた先輩たちは、週に三度も四度も話の中身を変えたからだ。盗んだ話の所有権をめぐってふたりないしは四人の先輩が、壮絶な喧嘩を繰り広げることになると、その話の本物の持ち主はその喧嘩に入っていくこともあれば、ただ涙をためてじっと喧嘩を眺めているだけのときもあった。

喧嘩が始まると、その夜の身の上話の交換は中断された。人の諍《いさか》う声が高くなり、悲鳴が混じるようになり、ベッドをじゃけんに扱う音や喧嘩に巻きこまれそうになって泣き叫ぶ子どもたちの声や、ベッドヘッドに頭を叩きつけられる音が聞こえてくる。そして傷を負った者と勝者がそれぞれのベッドにゆっくり引きあげると、すすり泣きが聞こえてきてもそれはしばらくのあいだのことで、すぐに水を打ったように静かになる。もしそのときに、新参者や先輩が、たとえ囁き声でも何か言おうとすると、まわりから一斉にお黙りという声がとんできて、黙らされる。その静けさは次の夜まで続き、それからまたすべてが始めから繰り返される。

宿舎は身の上話と独創的な物語と盗作と拾い集めた物語の博物館だった。そしてその学芸員というのは、作品の目録を作ることより作品を混ぜ合わせ、たくさんの大事なものを捨て去り、失くしてしまうことに熱心な先輩たちだった。

## フランシス・オームの追憶　二

ミス・タップの回想に出てきた、子どもの持ち物についての話（持ち物がないということ）を聞いて、ぼくは別の子どもたちの持ち物のことを思い出した。偽涙館にはいくつもの屋根裏部屋があった。それは五階の、召使いが使っていた四部屋の先、階段からもっとも遠いところにあった。ぼくはそこで死者の持ち物をあさって何時間も過ごしていた。死者の持ち物がすべてその屋根裏部屋にしまわれていたのは、そういった大勢の死者の持ち物は、階下に暮らしている生者には扱いにくいものだったからだ。だが、屋根裏部屋にしまってあった物のなかには、その持ち主だった死者のことを秘密にしておきたくて隠してあるものもあった。狭い屋根裏部屋のひとつに、鍵のかかった木のトランクがあったが、そのなかにはひとりの子どもの持ち物がたくさん入っていた。そのひとつに、口の取れたテディ・ベアがあった（ロット番号１７４）。

## ピーター・バッグの追憶　二

宿舎でのお喋りについて聞くうちに、ピーター・バッグは、少女ばかりの宿舎ではなく、少年でいっぱいの別の宿舎のことを思い出した。彼はその宿舎で、夜になると明かりを消してまわり、少女たちのことで妄想をたくましくしている少年たちに暗闇を提供したものだ。何人かの少年の名前が、ピーター・バッグの脳裏にまた蘇ってきた。そのなかに、死んだ少年の名前もあった。その少年が死んだのは、ピーター・バッグの卑劣さが原因だった。涙がピーター・バッグの顔を伝って落ちていくと、禿げあがった頭に載っていた少年は汗まみれの表皮を滑りおりて、ふたたび彼の目のなかに入ってきた。アレクサンダー・ミード。ピーター・バッグはあまりに大勢の子どもたちのこと、あまりに長かった教師生活のことを思い出してしまい、その少年の顔を目から取り除くことができなくなった。その少年はそこにいて、瞬きすると、バッグの脳裏に笑みを投げかけた。

これはバッグがヒッグとタップとトウェンティには話せなかった思い出だ。しかし、彼はそのあとで、この少年ばかりの宿舎のことをぼくに語ってくれ……

# フランシス・オームの追憶　三

……それで、ベッドで眠っている少年少女の姿を思い浮かべていたぼくは、磁器の人形を五十四体持っていたころのことを思い出した。《人形の時代》には登場人物がいる。《白手袋の時代》に突入したばかりのぼく、フランシス・オームと、五十四体の磁器の人形だ。この人形は父方の祖母のもので、非常に高価な珍品だということだった。母は、ぼくにその人形を触らせようとしなかった。薄紙に包まれたその人形たちは、さまざまな形をした白い段ボール箱に入れられて、偽涙館の屋根裏部屋の奥まったところにしまってあった。しかし偶然にも、《人形の時代》と《母の悲惨きわまりない不幸な時代》は時期的に重なっており、自分の寝室に鍵をかけて閉じこもっていた母は、ぼくが屋根裏部屋にあがっていくのに気づかないでいた。ぼくは人形を箱から出して、その優美な脚で全員を立たせると、想像の世界に浸った。想像の世界では、ぼくは人形ひとりひとりと結婚し、偽涙館の屋根裏部屋で幸せな結婚生活を送っていた。さらに、結婚の重圧にさらされながらものんびりと暮らし、ぼくの行くところならどこにでも五十四体の小さな磁器の人形たちはついてくるのだった。この《人形の時代》の第二期に、ぼくは人形の服を脱がせてその体を入念に調べあげた。それでぼくは、人形の体に関する解剖学の権威になった（蠟人形館に勤めていたとき、蠟人形の服の下にある体をつぶさに調べたことがあったが、蠟人形の体は蠟でできてはいなかった。ポリエステルとファイバーグラスでできていた。おまけに、長いドレスを着た人形の脚には、木の義足が使われていた）。《人形の時代》は悲しいことに第三期で終わることになるが、この第三期になると、ぼくは服を脱がせたままの人形を白い段ボールのなかに戻して、それぞれに番号をつけた。ある時、偽涙館のどこかでぼくの体にぴったりな大きさのとても白い段ボール箱を見つけた。その箱に５５という番号をふった。ぼくはその箱のなかに裸で横たわって、もちろん手袋ははめたままだったが、目を閉じて瞑想にふけった。《人形の時代》は突然中断される。前より青ざめ、やせ細った母が、ふたたび自分の部屋から出てきて、（裸の）五十四人の磁器の妻といっしょにいる（裸の）ぼくを発見し、即刻彼女たちと離婚させられてしまったからだ。ぼくが五十四人の妻たちを最後に見たのは偽涙館の芝生の庭で開かれたオークションのときだった。服を着せられた彼女たちは、驚くほどの高値で買われていった（たったひとりを除いて。そのひとりはうまく逃げおおせた。ロット番号１９２）。

## トウェンティの追憶　六

記憶喪失からめざましい回復を遂げていたトウェンティが次に思い出したのは、偽涙公園で出会ったたくさんの犬のことだった。彼女は、自分が犬とどのように時間を過ごしていたかを語った。そして、口にするのがはばかられるようなことを詳細に述べた。口にするのがはばかられること、とぼくがここで言うのは、度を失ったピーター・バッグがぼくにその話をするのを拒んだからだ。トウェンティはそういった卑猥な行為をしたことを悔いて、涙を流したという。わたしはいつもそんなことをしていたわけではないでしょう？　そのとおりだ。それから、トウェンティは20号室とドアに書かれた部屋のことを思い出した。彼女はいつでも偽涙公園の犬女だったわけではなかった。わたしはひどく忌まわしいことをしてきたのね。彼女がそんな忌まわしいことをしたのはマクシミリアンを愛していたからだ。彼女はマクシミリアンに会いたくてたまらなかったのだ。

## クレア・ヒッグの追憶　五

トウェンティがつい最近まで犬として生活していたことを思い出したのをきっかけに、クレア・ヒッグは何年もずっと時間を無駄に使っていたことを思い出した。もっとも、彼女の場合は口にするのがはばかられるようなことをしていたわけではなく、毎日テレビと向き合って過ごしていただけだった。時間をずいぶんと無駄にしてきたわ。彼女は髭の男の写真を壁から引きはがしながら言った。わたし、いったいなにをしてきたの?

　彼女はこの七年間というもの、厳密に言えばなにもしてこなかった。そのことに衝撃を受けた彼女は、いきなりテレビのプラグをコンセントから引き抜き、もう二度とふたたび、一秒たりとも、絶対にテレビを見ない、とはっきり誓った。

　わたしにはあの人の顔があるもの、とクレアは髭の男の写真をこまかく千切りながら言った。青白い顔なのよ。その顔は壁に貼ってあった。ほら見て、あそこにあるわ! しかし、もうそこにはなかった。

## トウェンティの追憶　七

　そしてトウェンティは、クレア・ヒッグが雑誌から切り取った髭の男の写真を千切るのを見て、別の髭面の男のことを思い出した。その髭面の男のほうは、きれいな歯並びをしてなかった、と彼女は興奮して少し笑いながら言った。その男は、20という数字のついた部屋の外でも見かけたし、なかでも見かけた。その男は、わたしの夫だったんだわ、トウェンティは感情を高ぶらせて叫んだ。しかし彼女が思い出せたのは、その男が夫だったということと、髭を伸ばしていたのは一時期だったということだけだった。

みんなはすっかり疲れ果てたので、しばらく回想から抜け出して、もう一度休憩をとったほうがいい、ということになった。それで三人は、プラグを抜かれて真っ黒な画面をさらしているテレビのところにクレアを残して部屋を出た。ピーター・バッグは、いったん自分の部屋に戻ってから、オーム家のドアを叩いた。このときに、ピーター・バッグは、16号室を席巻しているさまざまな思い出についてぼくにすべてを語ってくれたのだ。ピーター・バッグはひとりの男の写真を持ってきた。彼の父親の写真だった。もうこれを部屋に置いておけなくなったよ、と彼は言った。しかし、破り捨てることもできないんだ。だから、フランシス、しばらくでいいから、この写真を預かっていてくれないかな。いいですよ。それからね、私はある出来事にずっと苦しめられてきて、そのために一瞬たりとも気持ちの安らぐことがなかったんだが、まだそれを人に話すことができないんだ。しかし、フランシス、もし話せるときがきたら、きみは喜んで耳を傾けてくれるだろうか。かまいませんよ。

そのとき、体中から涙と汗を滴らせ、戸惑いの表情を浮かべたピーター・バッグは、恐ろしいことを囁いたのだ。

ケイロンがどこにいるか、きみは知っているかね?

それだけ言うと、彼は返事も待たずに出ていった。

## ピーター・バッグの教育論にまつわる短い思い出の旅
## フランシス・オームの追想による

エマが亡くなると、ぼくの母がおもに言い出して、ぼくに読み書きを習わせることが決まった。父は自分の恩師のことを話した。すると母はその恩師に手紙を書いて、バッグ先生が（バッグの言い分では）当時一時的に職を離れていることがわかったので、母は彼を雇い入れた。ぼくの両親はぼくを学校に入れないことにした。というのも、ぼく自身が学校に行くのがいやで、両親がぼくを知恵遅れだと思っていたからということもあるが、おもな理由は、父は学校に行ったことがなかったので息子も学校に行かなくてかまわないという雰囲気があったからだ。つまりぼくは、父が子どものころに教わったことをそのままそっくり教わることになった。父の時代に比べるとぼくの時代には文明が格段に進歩していることは、一切無視された。というか、重要視されなかった。それで、ぼくは長い時間をかけて、いまでは存在しない世界にしか通用しない教育を受けることになった。

ぼくの新しい教師、ピーター・バッグは歴史の臭いを芬々《ふんぷん》とさせていた。彼には現代的なところなどなにひとつなかった。肌はながいこと棺桶に入っていたかのように青白く、着ている服といえば、白黒写真に写っている二、三世代前の人たちが身につけていたと思われるようなものだった。バッグは小柄な男だった。ちっぽけでひょろひょろした体の四隅からマッチ棒のような手足が突き出ていた。真ん中からぴっちりと分けた髪は真っ黒で、その黒さのせいでよけい肌の青白さが目立った。そのくせ顔だけは異様に大きく、まるで他人の頭を借りてきたかのようだった。彼がこんな体つきになったのは、頭ばかり使って体を動かしたことがなかったせいだとぼくは思っていた。

第一日目に、広い客間で彼のしゃがれ声を聞いたことをいまでもはっきり覚えている。

ほほう、これが私の生徒ですな。気をつけ。顎をあげて。今日からわれわれは切っても切れない間柄になるわけです。きみの手、きみの薄汚れた指は、間もなく作文をどんどん書き出すようになりますよ。私はきみのことをきみと呼びます。きみは私を先生と呼びなさい。きみが異を唱えたら、私の物差しに物を言わせます。物差しがきみを叱ってくれるはずです。さあ、握手しましょう。次に握手するときは、私の仕事が終わったとき、あるいはきみが卒業するときです。

お父さん?

バッグ先生だよ、フランシス。先生は父さんの先生だったんだ。今度はおまえの先生になられる。先生が父さんを教えにみえたときは父さんよりお若かった。父さんは先生の大人の生徒だったんだ。十歳ほど父さんのほうが年をくってた。バッグ先生の学校が休暇に入ったときだけ、私は先生に見ていただいていたんだよ。先生は聡明な方だよ。『教育における体罰の効用』というパンフレットをお書きになった。

つまらないものですよ。

先生は三千六百三十三冊も本をお読みになっている。

正確には、三千八百六十九冊になりました。あなたが最後にケイロンに会ってから、私はずいぶんと知識の海を航海しましたよ。

ケイロンというのは先生の物差しなんだ。ケイロンもここにいるよ。

ケイロンに会いたいかね？


そしてケイロンが初めて登場したのだ。ケイロンは長くて太いぴかぴかのマホガニー製の板だった。ぼくはバッグ先生の質問に頷いて答えた。そのほうが礼儀正しいと思ったのだ。礼儀正しかった。しかし、ばかばかしくもあった。


両手を出せ、平らにして、掌を上に。

ぼくはケイロンにまみえた。ケイロンがぴしっと打った。

次は手の甲にいくぞ。これがケイロンだ。

お父さん！

さあ、お昼の時間だよ、フランシス。授業は明日からだ。それまで自由を堪能しなさい。

朝七時きっかりに始める。

## 教育における体罰の効用

ぼくの父は目をそらし、そしてぼくの教育が始まった。父はわかっていた——記憶のなかで手がぴしりと痛んだことだろう——ぼくがどうなるかということを。大人になっていた父は、頭をいつも回転させておくために、震えながら幾夜も過ごした。父は自分の教師と対等な立場になろうとがんばったが、後れをとってケイロンが父を捕まえにやってきた。父は綴り字の嵐のなかで格闘し、涙でにじむ単語を書いた。授業が終わると、父は何時間も打擲《ちょうちゃく》に耐えた両手にキスをした。授業が終われば苦しみから解放されたが、赤く腫れあがった手の甲のせいで、授業の苦しみが立ち去ることはなかった。でくの坊、うすのろ、馬鹿、間抜け、物知らず、怠け者、と父は呼ばれた。父はヒステリーを起こして子ども部屋の床にはいつくばり、机の脚に歯を立てながら、苦悩と心痛からなる果てしないブラックホールへ入り込んでいった。父は吐くまで泣きわめいた。明日がまたくるということを考えると、恐ろしさのあまり眠れなかった。時計が朝の七時を告げると、恐ろしさのあまり髪を引きむしって呻いた。そして、ピーター・バッグが彼の無知蒙昧な生徒に知識を授けようとまたやってくるのだった。

頭の上や体のまわりを飛び交っているケイロンにびくつきながら、ぼくはAやBやCの震えた文字を書いた。学習帳で、「更に」や「如何に」や「故に」の文字をなぞった。毎日学習帳の隅に余白を残しておいて、ずきずきと痛む手でゆっくりと習った文字を清書した。朝食から昼食まで、ぼくは芯の丸まった鉛筆を武器に文法の世紀のなかに分け入り、昼食から五時までは、沈んだり浮かんだり水しぶきをあびたりしながら算数の荒波の海を泳いでいった。もちろん、ケイロンという名の物差しの監督のもと、ときおり稲妻のような痛みを味わいながら。

そして毎晩、茫然自失のあまり身をこごめているぼくは、耳たぶをひっつかまれて客間まで引っ張っていかれ、そこでぼくの先生が母に向かって、お坊ちゃんは私の指導を受けるにふさわしくありませんな、としつこく言うのを聞かされるのだった。それでぼくは、**お母さま、ごめんなさい。ぼく、もっと、がんばります**、と言わなければならなかった。先生はときどき、ぼくの物覚えの悪さに腹を立てて、ぼくに二十枚の紙の束をわたしてよこした。一枚目の第一行目には、**ぼくはばかで弱虫の恩知らずです×1000**と記してあった。ぼくは台所に駆け込んで、その紙を料理人や使用人たちに振り分け、いっしょになって空白を埋めた。一字一字が離れていて文字も大きいぼくの筆跡は実に真似しやすかった。みんなでこの罰を簡単にやりおおすと、大きなオークオ材のテーブルを囲んで、手に手に鉛筆を持ちながらいっしょにホットチョコレートやペパーミント・ティーを飲んだ。このやり方を考えついたのはぼくではなかった。父だった。父は子どものときに同じことをしていたのだ。父もときおり面白がってこの書き方ゲームに参加した。父はばかで弱虫で恩知らずになることを引き受けてくれた。

台所でみんなで忙しく鉛筆を走らせていたある日、落ち着いた声が聞こえてきて、ぼくらの髪の毛が恐怖に逆立った。

ここでなにをしているね?

ピーター・バッグだった。

ぼくは子ども部屋に鍵をかけて閉じこめられ、延々と続くひとつの文章からなる小説を書くよう命じられた。その文章は、ぼくは狡《ずる》くて邪《よこしま》で忌まわしい子どもです、というものだった。その前にぼくは、マホガニーの板と、いわば一方的で、長い長い対話をした。

ともあれ、ぼくはものを覚えるようになった。

読み書きができるようになった。

ぼくは進歩していた。

## ピーター・バッグの失墜

ピーター・バッグが来てから半年が過ぎ、もうじきクリスマスというころ、おもに母が言い出して、ぼくのがんばりにご褒美を与えるということになった。なにがいいの？　と訊かれてぼくは間髪を入れず、また蠟人形館に行きたい、と言った。それでピーター・バッグの付き添いのもと、タクシーに乗り込んで凍りついた牧草地を抜け、町へと入っていった。

バッグは町でいちばん大きな玩具屋の前でタクシーを停めた。ぼくは玩具屋には行きたくないと言ったのだが、バッグはちょっと見るだけだから、と言った。彼は正確にはこう言ったのだ。どんな子どもも玩具屋が大好きなものだよ、とりわけクリスマスの時期はね。その日、玩具をいじって嬉々としていたのはピーター・バッグのほうで、ぼくはと言えば、奇妙なことに大人の役を引き受けて、次から次へと玩具を手にとっては感極まったように笑っているバッグの様子を見ていた。**これをごらんよ、これをごらんよ、これをごらんよ。**バッグはすっかり人が変わったみたいで、とても幸せそうだった。彼の顔からは苦渋がすっかり消えていた。久しぶりで思う存分楽しんでいるというような感じだった。バッグは人形を動かし、玩具の拳銃の引き金をひき、小さなテレビゲームでは魚雷を発射するボタンを押した。テディ・ベアを抱き寄せ、矢を的に当て、凧を飛ばそうとした。バッグは興奮のあまりにやにやしたり、奇声を発したりしながら、ぼくの腕をつかんでつぎつぎに玩具を見せてまわった。**これをごらんよ、これをごらんよ、これをごらんよ**。先生は体の具合が悪いのか、何かの発作でも起こしているのかと思った。あるいは、この尋常ならざる振る舞いは、玩具好きの子どもの真似をしようとしているだけではないのか、そしてたちまちもとの先生に戻って——いいかね、フランシス、きみはこういうことをしては絶対にいけないんだよ、きみは必死で勉強しなくてはならん、本当ならしっかり勉強していなければならないときにこんな子どもだましのものにうつつを抜かしていると目も当てられないようなことになるんだ、そういった子は落ちこぼれになって、行き着く先は刑務所と決まっているのだよ、とでも言い出すのではないかと思った。

しかしバッグはいつまでも嬉しそうに遊んでいた。**これをごらんよ、これをごらんよ、これをごらんよ**と言いながら。バッグは、掛け値なしに幸せの絶頂にいた。ぼくらが玩具屋をひきあげたのは、揺り木馬にまたがっていたバッグに店員がこう言ったからだった。

申し訳ありませんが、お客様、こちらの玩具はお客様にあうように作られているとは思えませんのですが。

その瞬間、バッグは一挙に歳を取り戻し、彼の顔からすべての希望と愛が消え失せた。ピーター・バッグが泣き出したので、ぼくらは急いで店を出た。蠟人形館にたどり着き、蠟人形の前に立っても、まだピーター・バッグは泣きつづけていた。蠟人形の友人のそばに立つたびに、ぼくは外側だけだけれども、不動性を獲得することができるのだが、今回ばかりはバッグの泣き声のせいですっかり調子が狂ってしまった。彼に比べたら、蠟人形はいかにも大人で、理性的で勇敢だった。しかし、ぼくの先生は蠟人形に一瞥もくれなかったと思う。先生は蠟人形館にいるあいだじゅうずっと身を震わせながら泣き続けていたのだから。ぼくは蠟の友だちの前で醜態を演じているような気がしてたまらなくなり、家にかえりましょう、と言った。彼がのろのろと頷いたので、ぼくは彼の手をひっぱって蠟人形館を後にした。

家に帰るタクシーのなかで、バッグはどうにか泣きやんで、ぼくの両親の前に出たときには平静さを取り戻し、何も変わっていないように見えた。しかし、どうしてこんな奴を前はあんなに恐れていたんだろう、とぼくは思い始めていた。こいつは玩具遊びが大好きで、その玩具を取り上げられたら子どもみたいに泣きじゃくったじゃないか。そのうちぼくは、子ども部屋でうまく感情を抑えることができれば、そしてあんな物差し目じゃないよという態度をとることができれば、このチビのピーター・バッグをやっつけられるかもしれない、と思うようになった。

それを達成するまで何ヶ月もかかった。ぼくは手の関節がすりむけて血が流れても、平気な顔をしていた。手をかばおうともせず、血だらけになっても手当てをしなかった。ピーター・バッグは、打擲されてもまったく動じないぼくを見て、最初はさらに強く打ったり、別のところを叩いたりした——頭のてっぺんとか、うなじとか、肋骨などを。しかし、しだいにぼくの鈍感さに腹を立てるようになり、彼はいつまでもどこまでもぼくを痛罵するようになった。その憤怒のありさまは、見ていてほれぼれするほどだった。彼は鼻を鳴らし、青白い顔をセピア色に変え、罵り文句のあいだで奥歯をぎりぎりと鳴らし、口角泡を飛ばし、一言言うたびに足をどんどん踏みならした。言葉それ自体が憎悪にあふれ、唾にまみれた。愚かしさという主題のまわりに、彼の吐き出す憎悪の言葉が果実のようにどっさり実ったが、彼はじきに言葉を口にするのに疲れ果て、足を踏みならすことも、愚痴をこぼすこともやめざるをえなくなった。この憤怒《ふんぬ》の様子はなかなかの見物だったので、むしろ、ラテン語や数学がそれで一時的に中断されてありがたいくらいだった。彼はとうとう、椅子に座ったままぼくに背を向けて動かなくなり、お気に入りのジュリアス・シーザーの遠征の章を消え入りそうな声で読んだり、複雑に入り組んだ方程式をひとりで手際よく解いたりした。そのうち彼の沸騰した肌が見慣れた青白い肌になると、授業が再開されるのだった。

ぼくの手の甲の傷は治っていった。

ケイロンは積もった埃で灰色になった。

## 口のきけないケイロン

ときたま、思いがけないときに、バッグはもとのやり方に戻ってぼくを打擲した。もしかしたら、体罰を与えることが彼の教育方針の一部と化し、それが当たり前のことになってしまい、彼は自分のしていることに気づかなかったのかもしれない。だが、これは寛大すぎる見方だ。彼は罰を与えることを楽しんでいたのだと思う。体罰を受ける側の反応を見てとてつもない喜びに浸っていたのではないか。これまで経験したものとは比べものにならないくらいの喜びを、体罰は与えてくれたのではないか。もしかしたら、それこそだれにも言えない快楽だったのかもしれない。いまになって見れば、寛大な見方なんかできるものじゃない。

ケイロンが終身刑を宣告されたのは、そんなふうにバッグがもとのやり方に戻って突然暴力をふるった日のことだった。

ぼくはその日、いつものことだが、たるんでいると非難された。と思ったら、埃をきれいに拭われたケイロンが瞬く間に現れて、たったひと振りでぼくの右手の甲の皮膚を裂いた。ぶたれないものと高をくくっていたぼくは、今回ばかりはさすがにその痛みに声をあげた。バッグはにんまりした。

深夜の三時に、ぼくは暗闇のなかを忍び足で書物に埋まった寝室に入りこんだ。書物のことしか考えられない紳士は、書物の夢を見ている最中だった。ヘアネットで固めた黒髪のピーター・バッグは熟睡中で、遠い昔の王様や貴族たちと夢の中で語らっていた。彼の部屋のドアが開いたのに彼は気づかなかった。彼の瞼は歴史の重みでしっかり塞がれ、活字の詰まった頭は、図書館のような寝室に侵入者が現れたことを察知できなかった。侵入者は文明を根こそぎなぎはらう野蛮なゴート人ではなく、その丸い顔に善良そうな仮面をつけた、パジャマとガウンとスリッパ姿の小さな教え子だった。

ピーター・バッグには同衾者《どうきん》がいた。架空のものではなく、そこに実在していた。彼の横で居心地よさそうに眠っていた。男でもなければ女でもなかったが、紛れもなく彼の事実上の妻だった。そいつに口があったら、きっと主人の腕のなかでよがり声をあげていただろう。しかし、残念ながら口がなかったので、ベッドから持ち上げられたときに主人に助けを求めることもできず、書物の溢れた部屋から偽涙館の地下へと連れ出され、冷たく湿った地下道のなかへ放り投げられ、永遠にそこに閉じこめられることになった。その地下道はやがてぼくが展示品を並べることになる場所だ。物差しはロット番号52が付けられた。

小さな執行者は満面に笑みをたたえて自分の部屋に戻ると、物差しを抹殺する楽しい夢の世界に入っていった。

ご機嫌よう、ケイロン。虫に這いずり回られ、虫に喰われ、ただのちっぽけな木端《こっぱ》になって、何年もずっとひとりぼっちで置き去りにされ、本もなく、声も聞こえず、生徒の手の甲もなければ、することもない。そういう孤独ってのはどんな感じのものだろうね?

## ピーター・バッグのまわりで

もちろん、先生は悲鳴をあげた。誘拐された！　と。当然、唯一の容疑者はぼくだった。もちろん、家中が捜索された。しかし、ケイロンは見つからなかった。そしてぼくは無実を主張した。物差しを取ったのはぼくだということは全員が知っていたが、いかんせん証拠がなかった。ぼくは身の潔白を訴え、身体検査まで申し出た。使用人の部屋、父の書斎、母の客間も調べられた。子ども部屋にあるものはすべてひっくり返された。庭をスコップで掘り返し、牧草地を調べた。物差しはいったいどこにいった？

あらゆる場所がくまなく調べられた。出てこなかった。授業を二日間潰して、みんなで全員の身体検査をおこない、あらゆるものを念入りにチェックした。バッグ先生は湯たんぽの入ったベッドに起きあがり、悲しみのあまり押し黙ったまま、喪失感となんとか折り合いをつけようとしていた。しかし、あの地下道まで行って探そうとする者はひとりもいなかった。立入禁止の聖域だ。そこには肥った痩身の騎士の幽霊が住んでいた。あの場所は、そっとしておかなければならない。あそこにいってはいけないよ、フランシス、わかっているね？

三日目に、ぼくはバッグ先生の部屋に行かされた。ぼくは勉強を教わるつもりで行ったのだが、先生はベッドで横になって喪失感と闘っていた。このときばかりは優しくて思いやりのあるピーター・バッグだった。彼は落ち着いた声で話した。

フランシス、きみがケイロンを持っているなら、返してくれないかね。私はもう二度と彼を授業に連れてこないことを誓うよ。

ぼくがケイロンを持っていたら、喜んでお返しします。ですが、彼がどこに行ったのか、ぼくにはぜんぜんわからないんです。ぼくだって、彼がいなくなって寂しいんです。彼にはいろんなことを教わりましたから。

あれは私の父からの贈り物なんだよ。あの写真が私の父だ。

バッグ先生は銀の額にはいった写真を指さした（それから何年も経ったあの夜、ピーター・バッグがぼくに預かってくれないかと差し出した写真と同じものだった）。ほおひげをはやした黒髪の意地悪そうな男が写っていた。

私の父も教師だった。並はずれて優れた教師だった。父の右に出る者はいなかった。本をたくさん読んでいたよ。大学で教えていたんだ。本物の教授だった。父が亡くなったとき、葬儀には三百人が参列したよ。あんな素晴らしい人物はいなかった。慎ましく、善良で、聡明だった。父の授業中、たるんだ学生は皆無だった。みな背筋をしゃんと伸ばして耳を傾け、それによって触発され、偉大さとは何かを学んだんだ。父には七冊の著書があった。すべてが傑作で、どれもその分野では草分け的なものだった。きみが理解できるようになったら、見せてあげるよ。ケイロンは父の物差しだった。ケイロンはギリシャ神話に出てくる半獣半人のケンタウロスだが、野蛮で凶暴なほかのケンタウロスとは違っていた。ケイロンは聡明で優しかった。ケイロンも教師だった。有名な教師で、イアソンやアキレス、アスクレピオスを教えた。父は授業中に大事な言葉がでてくると、それを示すためにあの物差しを使っていたんだ。父はあれで教え子を叩いたりしなかった。そんなことをする必要がなかったんだ。父は教え子たち全員をちょっとした天才に変えた。あの物差しは父が遺言で私に残してくれたものでね。運が向くように、とね。父が残してくれたのはあれだけだった。財産も蔵書もみな大学の図書館に寄付された。ケイロンがどこにいるか、知っているかね？

いいえ。

ここには、父の蔵書もあるんだ。私が盗んだんだよ。もちろん、私だってそんな行為を許すことはできないが、父の知識の幾ばくかを手に入れなくては、と思ったんだな。ブリーフケース片手に大学の図書館に行って、本をそのなかに入れて出てきた。間もなく図書館では、閲覧者が帰るときに持ち物を検査するようになった。それで私はやり方を変えたよ。ゴミ袋を用意しておいて、本をそのなかに入れて図書館の窓から下にあるゴミ箱に投げ入れるんだ。私が盗んだものは、本来遺産として私に残されるはずのものだった。とはいっても、父は物差しを残してくれたのだから、本を盗むのはもちろん犯罪だ。ケイロンがどこにいるか、知っているかね？

いいえ、先生。

ぼくらはその日一日、勉強をせずに話をして過ごした。バッグはたくさんの本をぼくに見せてくれたが、どれも彼の父親の書いたものではなかった。彼は、手に負えない息子をイカリアの海で失ったダイダロスの話をした。迷宮のなかに義理の息子を閉じこめたミノス王の話をした。自分の父親を殺したオイディウスの話をした。父と息子の物語ばかり話した。ピーター・バッグという名の自分の父親のこともよく話した。ぼくの先生であるピーター・バッグは正式名はロナルド・ピーター・バッグだったが、ピーターのほうを好んでいたので、ロナルドを割愛した。それぞれの物語や回想を話し終わるたびに、彼は必ず、優しい静かな声でこう訊いた——ケイロンがどこにいるか、知っているかね?

書物と写真とで雑然となった彼の部屋を片付けているとき、洗面器の横にある書棚の上に大きなインク壺があるのに気づいた。ぼくがそれを机の上に置くと、ピーター・バッグがそれを元に戻すように言った。そして、そのインク壺を書棚に置いておかなければならない理由を説明した。

悲しい話なんだが、きみには知っておいてもらいたいからね。自信の代わりになるものは自信しかないんだ。実際、ばかばかしいことだが、こういうわけなんだ。私の父が初めて本を出版したのは二十六歳のときだった。髪は漆黒でまだ若く、人生にも未来にも限りない可能性が広がっていた。私は父のように、若くして本を出版しようと決意した。しかし二十六歳になっても、私は何も書いていなかった。それで目標をさらに先へ延ばした。白髪になる前に必ず本を書く、と誓ったんだよ。きみが見ているこの髪は黒々としているだろう。しかし、本当はとっくの昔に白くなっていたんだ。私は三十になったときにはもう白髪が目立ってきていた。髪の毛にからかわれているような気がしたよ。ある夜、私は学校の自分の部屋で、誓いを守れなかったという恐怖から息が詰まりそうになった。鏡の前に座って白髪を一本一本抜いていった。うまくはいかなかった。厄介な作業だったよ！　いらいらが募ってね、私は机の上にあった黒いインクの瓶を摑んで頭に塗りつけたんだ。濡れても消えないタイプのインクだった。それ以来、私は定期的にそうやっているんだ。インクで髪を染めて、締め切りを先延ばしにしている。いつか本を書き終えたら、髪を染めるのをやめて、太陽の下で思う存分深呼吸するつもりだよ。インクがそこにあるのはそういう訳なんだ。さて、フランシス、私はきみに隠さずにちゃんと話をした。だからきみも話してほしいんだ。どこにいけばケイロンに会える？

ぼくは知らないんです、先生。どうか信じてください。

明日起きたら。明日、目が覚めたら、私の横にあのマホガニーの板があるにちがいない。そうは思わないかね？

さあ、どうでしょうか。

今日はこれでおしまいだ。行っていいよ。私は休まなければならん。いつものように、明日七時に。

では七時に、先生。

もしかしたら、私は本など書けないのかもしれない。きみはどう思うね、フランシス。だめなのかもしれないな。

どういうことです？

きみはまだ子どもだ。きみにわかるはずがないな。私も昔は子どもだったんだ。

下がってもよろしいですか？

父は私の玩具をぜんぶ取り上げてしまったんだ。昼も夜も勉強に身が入るようにね。ある日、父は私を摑んで、私の頭を軽く叩きながらこう言った——おーい、大丈夫か、ロニー。ちゃんと脳味噌はあるんだろうな？

では、先生、七時に。

しかしバッグは聞いていなかった。神話と化した父親のピーター・バッグの骨張った膝の上に息子のピーター・バッグを置いたまま、ぼくは部屋を辞した。

その夜、ピーター・バッグは机の前に座っていた。梟《ふくろう》の目をした大量の書物だけが彼をじっと見ていた。容赦なく睨みつけていた。彼は一枚書いて、それを破り捨てた。また一枚書いて、また投げ捨てた。そして苦しみがやってきた。翌朝七時に、ピーター・バッグは授業にやってこなかった。彼の部屋に行くと、バッグは机にうつぶせになって眠っていた。丸めて捨てた紙が彼の足許に小さな雲のように堆積していた。ぼくは大きなインク瓶を手に取り、子ども部屋に隠した。

それから数時間が過ぎて……

ねえきみ、私の染髪用のインクを取ったのはきみだね？

はい、先生。そうです。

即刻返しなさい。

いいえ。それはできません。中身を捨ててしまいました。

なんだって！

そのほうがいいと思ったんです。本当のご自分の髪の色を知るために、そして時間通り授業においでになるために。


バッグの顔がふたたびセピア色に変わった。

私にはできない、と思っているんだな？　それとも私にやめさせようとしているのか？　そうだ、そうにちがいない、そうなんだろ？　しかし、私はやめないぞ。いいか、見ていろ。絶対に私は書く……。そうとも、素晴らしい本を！　いまに見ていろ、いまに見ていろよ。

ピーター・バッグは自室に戻った。四時間後、バッグは書物を入れたすべてのトランクといっしょにタクシーに乗り込んだ。最初に約束したのに、彼は別れ際にぼくと握手をしなかった。彼の別れの言葉は、ケイロンはどこにいる？

というものだった。彼はタクシーのドアを閉めると、偽涙館を後にし、ティアシャム村を出て、彼の未来が待つ町へと向かっていった。

やがて彼は染髪するのをやめて丸坊主になる。年取った赤ん坊のような、丸坊主のバッグを初めて見たときの衝撃を、ぼくはいまでも覚えている。彼は、ほかに行くところがなくなってぼくの家にやってきたのだ。そのときはもう、バッグは別人になっていた。打ちひしがれた、臆病なバッグだった。あらゆる権威を失ったバッグだった。ぼくらは望楼館の空き部屋に彼を住まわせることにした。バッグはここに来る前、絶対に書くと誓った本を書けずに何年も無駄に過ごし、あげくに大家から立ち退きを迫られたのだった。いまに見ていろ、いまに見ていろよ！　しかし結局、見るものなんてなにもなかったんですね、先生。そうでしょう？

## 思い出の重圧

数日経って、思い出の重圧がのしかかってきた。ピーター・バッグは、前より足が遠ざかったがときおりぼくのところにやってきて、帰るときには必ず、なくなった物差しのことを尋ねた。彼から、トウェンティが前に住んでいた祖国の住まいの電話番号を思い出したことを聞いた。トウェンティがその電話番号のところに電話をかけてみたが、部屋の持ち主は変わっていて、彼女の夫はもうそこにはいなかったという。クレア・ヒッグは最後にアレク・マグニットの写真を見たときのことを思い出した。そのころたびたびフランシス・オームの来訪を受けていたので、彼女は愛しい人の写真のありかをぼくが知ってるのではないか、と思い始めた。

しかし間もなくピーター・バッグの夕方の訪問が途絶えた。そのため、台座の仕事から帰ってくると、ぼくは母と父と三人で過ごした。しかしそれは、たったひとりで過ごすのとなんら変わりなかった。ぼくは階上で盛大に吐き出されている記憶に窒息させられそうな気がしたので、仕事が休みの日には、公園のベンチに腰掛けたり6号室にいたり、地下道を行ったり来たりして時間を過ごすより、町のもっと別な場所、親しみのない場所に行ったほうがいい、と思った。と同時に、爪が長くなりすぎていることを思い出し、すぐに爪を切らないと白い木綿の手袋を台無しにしてしまうと思った。

## 同業者たちの前を通って

ぼくはバスに乗らずに町なかを歩いていくことにした。目的地にたどり着くまでに大勢の同業者の前を通った。わが町の大道芸人たちが、限られた才能を駆使して金を稼いでいた。彼らは、一様に自信溢れる笑みを浮かべて、心に大きな穴を穿《うが》った絶望をうまく隠しながら、大勢の観客の前に生身の自分をさらけ出すことで生き延びていた。彼らは、人間の不滅の回復力を示す、傷ついて衰弱した展示物だった。

ぼくは体重計の男の前を通り過ぎた。その少し先には、マッド・リジーと呼ばれる神経質で落ち着きのない、チック症を患っている女性がいた。彼女は一日中写真を撮って過ごしているのだ。マッド・リジーの写真には、町なかを歩いたり走ったりしている人々しか写っていなかった。彼女は、町の本質をとらえるために写真を撮っているの、とぼくに語ったことがある。彼女はのちに屋台に写真を並べて、この写真は偉大な芸術だと叫びながら道行く人々に売るようになった。彼女の写真があまり売れないのは、彼女のおかしな論理によれば、この世界が不公平である証であり、彼女の写真に価値がある証だ、ということになる。盲目のアコーディオン弾きのパスカルがいた。鎖裂きのサミュエルが（鎖を体に巻き付けて）いた。大声で神託を述べるモーゼ（本名はフィリップ）が十字架を背負って立っており、その前には硬貨三枚で買える訓話のパンフレットが並んでいた。赤い薔薇を売っているサッド・エディがいた。さらに、小柄なチェロ奏者クラウディア（彼女の傷だらけのチェロには看板がついていて、それには彼女がかつて町のコンサート・ホールで演奏していたがひどい目に遭ったと書かれてあった。だが、コンサート・ホール側は、もっと正確な事情を教えてくれるだろう）、片足の白い鳩を手にした梅毒患者の手品師ハーバート（しかしこの鳩は町のどこにでもいるありふれた鳩で、彼が漂白したのだ）、火噴き男のハミシュがいた。ハミシュの火膨れになった唇と火傷だらけの体を見ると、アマチュア時代の彼の苦労が偲《しの》ばれる。大道芸人の最年長のカルロが一本足で立ち、足場を組むときに使う柱で作ったねじれた松葉杖をついていた。カルロは昔、人前で木の義足を着けたり外したりしてお金を稼いでいたのだが、悲しいことにその義足をだれかに盗まれてしまったのだ（ロット番号634）。ぼくはひとりひとりに会釈しながら歩いていった。ついに蜘蛛少年と呼ばれている軽業師《かるわざし》のコンスタンチンのところに来た。コンスタンチンの前を通り過ぎれば、ぼくの目指す場所だった。

## 蠟人形館

蠟人形館は大きいことは大きかったが、赤い煉瓦造りの実に平凡な建物で、それに円柱と女像の柱がくっついているのだが、これは軽く叩いただけでなかが空洞だとわかるファイバーグラスのまがい物だった。コンスタンチンが長年仕事をしているのがこの蠟人形館の外で、そこは人気の場所だったので、彼は小柄なチェロ奏者クラウディアと縄張り争いをしたのだが、類い稀れではあるがいささか品に欠ける彼の見せ物のほうが勝った。

この蠟人形館に、ぼくのたったひとりの親友が蠟彫刻家として働いていた。

## たったひとりの親友との出会い

蠟彫刻家は自分たちが彫る蠟人形の頭部だけに細心の注意を払っていればよかった。頭部は有名人に似せて非常に巧妙に作られなければならなかったが、他の部分、たとえば人間にそっくりであるはずの腕や脚や胴体は、ぼくら半蠟半人の体から型を取って作られていた。ぼくらの仲間には男も女もいたし、若者から年輩の者までいたので、型を取るには最適だった。蠟人形の各部分は蠟人形館の最上階で作製されていたが、そこで長い時間をかけて型を取られるぼくら半蠟半人に対し、蠟彫刻家たちはちょっとした埋め合わせをするのが習わしだった。その埋め合わせはお金のときもあれば、食事をおごったり、小物、つまり安っぽい装飾品やライターを贈ったりするときもあった。ともかく、半蠟半人には見返りに何かをあげるのが通例だった。

蠟人形館に勤めはじめたばかりのころ、ぼくはそんな習わしのことは一切知らなかった。ぼくら半蠟半人は、仲間内で話すことはめったになかった。ぼくらは動かないから給料をもらえたのであって、人づきあいがよければ給料はもらえなかったのだ。ぼくが蠟人形館に雇われていたとき、たった一度だけ、その非社交の原則がすっかり覆されてしまったことがある。ある男女が、大展示場の端と端から互いに見つめ合い、ときには目配せしたり投げキスをしたり、意味ありげに瞬きしたりしたのだ。もちろん、ふたりの関係はすぐにばれて、解雇された。行き過ぎた好意表現にはそのような罰則が与えられた。だからぼくは、最初のころ、仲間たちが蠟人形制作部のある謎めいた最上階まで上がっていき、**関係者以外立入禁止**という文字のあるドアの向こうに消えていくのを見たとき、彼らがなぜ最上階に行くのか、ドアの向こうになにがあるのか、知りようもなかった。

蠟彫刻家たちは食堂にいても、ぼくたち半蠟半人が繊細であることなど斟酌せずに、大声で話をする非常にやかましい集団だった。実際、蠟彫刻家たちはぼくらのことを、非熟練労働者で劣った人種と見なしていたようだ。彼らはよく笑い、ナイフやフォークをうるさく皿に当てながらよく食べた。彼らのおかげで昼休みはきわめて不愉快な時間だった。

ある昼休み、蠟彫刻家たちがぼくのことを話しているのがわかって、ぼくはひどく嫌な気分になった。新人とか手袋という言葉が繰り返し聞こえてきても、単なる偶然にすぎないと自分に言い聞かせて取りあわないようにしていたが、しかしそのとき、ひとりの蠟彫刻家が仲間の環のなかからぼくをじっと見て笑いかけてきたのだ。意図的に。間違いなくぼくに向かって。ぼくはいつも、ほかの人たちとできるだけ離れて、ひとりでテーブルに座るようにしていた。だから、その蠟彫刻家がぼく以外の者に向かって笑いかけたとは考えられないことだった。彼はこのぼくに笑いかけた。ほかの人間ではなく、わざわざこのぼくを選んで笑いかけた。だしぬけに好意を示されたぼくは、それ以降、昼休みを静かなロッカールームで過ごすことにした。そこなら人から笑いかけられるような恐れはなかった。

蠟人形館で働きだすずっと前から白い手袋をはめていたが、その当時からぼくは、爪を切るという行為にほとほと手を焼いていた。爪を切るためには手袋を脱がなければならず、そうなると素手をさらすことになる。それは耐えられないことだった。爪切りは恥ずべきことであり、手袋をはめていることに対する最大の侮辱のように思えた。しかし、切らないでいると白い木綿を突き破ってしまうので、これ以上伸びたら危険だというところまでになると、やむを得ず手袋を脱ぎ、絶対に素手を見ないようにして、癪《しゃく》に障る爪を切った。

そのときは、そういう非常に不愉快な状況だった。ぼくはロッカールームでひそかに自分の爪を切りながら絶望感と嫌悪感でうめき声をもらし、おのれの身を呪っていた。そこにいきなり声をかけられてぼくは慌てふためいた。声はこう言った。

爪を切ってあげようか？

その声の主は、ぼくに意図的に笑いかけた蠟彫刻家だった。ぼくは両手を背中に隠すと、出ていってくれと言った。しかし彼は出ていこうとせずに、こう言ったのだ。


私が爪を切ってあげるよ、そのほうが助かるだろう。上に来いよ。よく切れる鋏があるんだ。

この手は人に見せてはいけないんだ。

すぐに終わるさ。そうしたらまた手袋をすればいい。

そんなことはできないんだ。

困ってるんだろう。私が切れば痛くはないと思うよ。

でも、みんなに見られる。

いや、そんなことはない。用心深くやればだいじょうぶさ。


それでぼくは、期待と不安の入り交じった思いを抱きながら、手袋をはめてその男のあとについて禁断の最上階まで上がっていき、**関係者以外立入禁止**のドアの向こうに足を踏み入れた。

そこはとても細長い部屋で、前後ふたつの部分に区切られていた。前の方には、おびただしい数の作業台があり、作りかけの蠟人形の頭や手足が大量に置いてあった。まるで大学の医学部の教室、あるいは解剖学の授業や移植工場のような様相を呈していた。蠟人形館の最上階ではいまだに残虐な処刑がおこなわれているかのようだった。作業台の後ろの方には、小さく仕切られた小部屋が並んでいて、蠟彫刻家たちはそこで静かに作業していた。彫刻した粘土を石膏で覆って型を作り、その型に蠟を流し入れるのだ。蠟彫刻家は小部屋にぼくを連れていった。

座って。深呼吸して。気を楽にするんだよ。そう長くはかからない。

彼は手袋を取る前に親切にもぼくの目を布で覆ってくれた。そして、みごとな手際でやすやすと手袋を外した。彼はできるだけ優しく切ってくれようとしたのだが、爪はとても長く、固くなっていて、そう簡単には切れなかった。一回一回切るごとに、大きな音が聞こえてくるので、ぼくはあやうく気を失いそうになった。しかし彼はうまくやりおおせて、爪は短くなり、ぼくの手袋はもとの場所に戻った。

さあ、終わった。いい感じに短くなった。コーヒーでも一杯どうだい、フランシス。

いいえ、おかまいなく。

私は飲みたいんだ。

どうしてぼくの名前を？
ここにいる者は全員の名を知っているよ。もうしばらくしたら、きみもわかるようになる。私はウィリアムだ。

コーヒーは濃くて苦かった。頭をはっきりさせるためにコーヒーを濃くして飲むんだよ、と彼は言った。深夜まで彫っているときもあるからね。彼は若者の頭部を作っていた。見たところ、その人形はぼくと同じくらいの年齢だった。この若者がだれかわかるかい、とウィリアムは言った。ぼくは首を横に振った。彼は少しがっかりしたようだったが、モデルが写っているさまざまな写真を見せてくれた。粘土の頭部はそのモデルに生き写しだった。それでぼくは彼にそう言った。写真を見ても、その男がだれかわからないのかい？　粘土の頭部と写真はどうやら最近亡くなったとても有名な若い俳優のもので、彼の人形が蠟人形館に展示されることになったらしかった。話をしているうちに、ウィリアムはぼくが蠟人形たちがだれであるのかまったく知らないことに非常に驚いた。そしてぼくも、自分が住んでいる場所を打ち明けたとき、同じ驚きを味わった。

どこに住んでいるんだい、フランシス？
偽涙館に。でもいまは望楼館になっているけれど。
その二軒はどこにあるんだ？

望楼館や偽涙館のことを一度も聞いたことがないの？　あんたこそ、いったいどこに住んでいるんだい？

ウィリアムはぼくの住んでいる館の名前を聞いたことがなかった。ぼくは生まれて初めて、ぼくの存在の中心である館がありふれた住宅にすぎないことを思い知った。偽涙館、望楼館。なんの変哲もない場所なのだ。

コーヒーを飲み終えるとぼくは繰り返しウィリアムに礼を言った。彼は、どうってことないさ、と答えた。嘘だった。それには底意があったのだ。しかもとんでもない重要な底意が。ウィリアムは、爪が伸びたらいつでも喜んで切らせてもらうよ、と言った。

彼が有名な俳優の頭部に専念できるように、ぼくはその小部屋を辞した。若い俳優の享年は、ウィリアムに初めて爪を切ってもらったときのぼくと同い年だった。

## 蠟人形館の創設者との短い遭遇

ぼくらの創設者（ぼくらは彼女のことをそう呼んでいた）は何十年も昔に亡くなっていた。玄関ホールに彼女の蠟人形が飾られていた。ぼくはその人形が創設者だとは知らなかったが、ウィリアムが彼女について詳しい話をしてくれた。ぼくらの創設者は画家であり彫刻家で、当時のたいへん有名な人たちと交流があったという。そのうちのひとりに、高齢で間もなく他界しそうな有名人がいた。彼女はその友人の思い出を大切にとっておこうと思った。それで石膏で友人の顔の型をとって蜜蠟を流し込んだ。その友人が亡くなると、ぼくらの創設者はその友人の人形を話し相手にした。そのうち少しずつだが友人全員を蠟で表現するようになり、彼女の蠟人形は有名になっていった。家にとっては気の毒なことだが、彼女の家は人（というか人形）で溢れ返るようになり、やがて訪れたいと言う人が引きも切らずやってきたので、彼女は自分の奇妙な持ち物をお金をとって見せるようになった。驚いたことに、彼女の有名な友だちを見るためなら、もっと高いお金を払ってもいいと思う人が大勢いた。それで、ぼくらの創設者の家は展示館になった。裕福な老人となったぼくらの創設者は、友だちの蠟人形のあいだを歩きまわっては時間を過ごした。彼女は友人のだれよりも長生きしたが、友人ひとりひとりの背丈や顔の形、目や髪の色、身につけていた服や靴のことを忘れることはなかった。また、人形として残したいと思う友人の年齢も彼女が自分で決めたので、若い姿のままの友人もいれば、年寄りになってからの姿の者もいた。彼女は亡くなる直前に、自分の蠟人形をそのときの姿のままつくった。それを友人たちのなかに置いた。蠟人形となった友人たちを見つめている自分の蠟人形を、彼女は見つめた。友人を懐かしみその友人たちの死を悼む自分の姿が、蠟で完璧に表現されていた。間もなく彼女は心臓発作を起こして亡くなった。百二歳だった。

## 人間の愚かしさについて

蠟人形館にある蠟人形はすべて有名人で、年齢は多岐にわたっていた。ひとりひとりの歴史をウィリアムからしつこく教えられたぼくは、しだいに彼らを理解するようになっていった。蠟彫刻家は自分の彫る人形を選択できるわけではない。だれを彫るかは、国中の蠟人形館によって組織されている、首都に設立された蠟人形館委員会が決めた。だれが有名であり、だれが無名か、だれを人形にするか、だれを無視するかはその委員会で決められた。そして、ときにはだれも聞いたこともないような人物を人形にすると言い出したり、ある人形を排除するよう命じてその人形を辱めたりして委員会の評判を落とした。

しかし、ぼくが非常に不愉快に思ったのは、来館者たちが自分の知っている有名人の人形を見て興奮することだった。そうやって侮辱した蠟人形の横で彼らは必ず写真におさまった。来館者たちには、蠟人形に生身の人間とはまったく別の人格があることが理解できなかった。つまらない人間のくせに、ぼくの大事な蠟人形たちの肩に薄汚い手をかけて写真に写るなんて、絶対にあってはならないとぼくは思った。こうした思いあがりは、人間の愚かしさを如実に物語っている。彼らは、有名人に実際に会えたと勝手に思いこもうとする。有名人の蠟の複製に近づけば、有名人の人柄が自分のほうにも移って、急に少しばかり有名になったと錯覚するのだ。そして、情けないことに、なんともお粗末な洞察をひけらかす。

彼女がこんなに背が高いとは思わなかったぞ！
ぼくのほうがこいつより背が高いぜ。これは思ってもみなかったな！
考えてもみてよ、彼女がこんな近くにいるなんて！

来館者たちは、蠟人形館がどういうところなのかまったくわかっていなかった。栄誉の殿堂だとでも勘違いし、いっしょに写真を撮ることで、自分がいっときにせよ、有名人と仲良くなれると錯覚していたのだ。蠟人形はそんなことのためにあるのではなかった。まったくちがう。蠟人形は、人間の一般性を雄弁に物語る膨大な資料なのだ。名声などどうでもいい。大事なのは、ここに大勢の人間が集められているということだ。たくさんの鼻や耳や目や口を、赤ん坊から皺だらけの老女まで、さまざまな年齢層の人間を展示しているということだ。たまたま有名であったから人形として選ばれはしたが、本来、そんなことはまったく無意味なのだ。
蠟人形のいいところは、人間の形《なり》をつぶさに観察できる点だ。虫眼鏡をもってきて、いろいろな顎の違いを観察することもできる。しかし来館者たちはそういった点に見向きもしない。ここではほかでは絶対にできないことができた。**それは、人間の形をしたもののそばに行けること、触れられるほど近くにいけることだ**。その人の行く手を遮ってこう言わせてくれるほど度量の広い人物がこの世の中に何人いるだろうか。すみません、ちょっとあなたの唇を見せてもらえませんか、動かないでくださいよ、どうか気になさらないで、ほんの二十分ほどですみますからね、だからしばらく動かないで、じっくり観察させてくださいよ——こんな申し出を快諾し、喜んで見せてくれる人が何人いるだろう？　答えは、皆無に近い、だ。どんなに自由気儘な生き方をしている人でも、他人からじっと見つめられたら気まずい思いをするものだ。しかし、蠟人形が相手なら、いくら丁寧に調べ、じっくり観察しても文句ひとつ言われることはない。

## フランシス・オームのいくつもの手

初めて爪を切ってもらった日のウィリアムの優しさに心動かされたぼくは、そのときから、爪を切る必要がないときにも彼を訪ねるようになった。ある日、ウィリアムがさりげなくこう言った。有名な若い（死んだ）俳優の頭部に見合った手が必要なんだが、この俳優はちょうどフランシスと同い年だな、と。本当かい？　ああ、すてきだろう？　ぼくは帰ったほうがよさそうだ、とぼくは言った。

ぼくはそれからウィリアムのところには行かなかったが、手袋が危うくなりそうなほど爪が伸びたので、彼のところに出かけていった。するとウィリアムは、手の型をとらせてくれなければ爪は切ってあげない、と言った。取引をするのか？　いや、そうじゃない。帰ったほうがよさそうだ。

とうとう、爪が手袋を突き破りそうになったので、ぼくは渋々ウィリアムのところにいって爪を切ってもらい、手の型をとらせた。

初めてぼくの手の蠟型ができたとき、ぼくはそれを見なかった。それは素手と同じだから、とぼくは言った。ぼくの目に触れないよう、手はどこかにしまわれていた。だが、ウィリアムの作業部屋にあるときには見ないでいられたが、若い俳優の蠟人形が展示室にやってくれば見ないわけにはいかなかった。

最初にその手を見たとき、ぼくは吐き気を覚えた。しかし時間が経つうちに嫌悪感は薄れ、蠟人形館を解雇される間際には、その手に触れられるまでになった。

見も知らぬ人々がぼくの素手が展示してある蠟人形館に来るのを眺めているのは、なんとも奇妙なことだった。もちろん、ほとんどの人たちは、ぼくの手になど注意を払わなかったし、注意したとしても、ちらっと見るだけで通り過ぎていったので、それはたいしたことではなかった。要は、ぼくの手がそこにあるということ、人々がそれを指さして体を折り曲げて大笑いしなかったこと、そしてその手がごく普通のものとして受け入れられたことが、不思議なくらいぼくに自信を与えてくれた。しかし、そのうち、ぼくの手の複製がそこらじゅうで見られるようになった。男の蠟人形ばかりか、女性のドレスの袖口から覗いていたりもした。ウィリアムは、きみの手はまったく特徴のない手だよね、と言った（ケイロンが残した傷はあったのだが）。体に比べてきみの手は少し小さいね、まるで長い間陽に当たらなかったので、植物みたいに成長するのをやめたって感じがする。とても繊細だから、女性の手にうってつけだよ、と。ウィリアムは男の手には人毛を植えつけ、女の手には長い爪をくわえることがよくあった。実際には、蠟人形に髪の毛と爪と目を付けるのはウィリアムの担当ではなく、別の部署でおこなわれていた。やがてぼくは、他の部署のこともすべてわかるようになった。頭髪は双子のリンダとローラが担当していた。爪はジュリアンという名の男が受け持っていた。そして三つのなかでもいちばん魅力的な部位である目を担当していたのは、オッティラという名の女性だった。オッティラは蠟人形館に雇われる前は人形の目を作る工場で働いていた。そのため彼女の作った目は本物そっくりだったので、瞬きをしないのがぼくには不思議でならなかった。

## ウィリアムとの友情

ウィリアムはぼくのたったひとりの親友になり、蠟人形館に勤めているあいだにしだいにぼくは彼と親しく口をきけるようになっていった。ぼくはよく最上階に行っては、彼の淹れる濃くて苦いコーヒーを飲んだ。表だって友だちと呼んだことは一度もなかったけれど、彼はぼくの友だちだった。彼が蠟人形館の外でどんな暮らしをしているのか、なにも知らなかった。たとえば、結婚しているのかどうかも、子どもがいるのかどうかも知らなかったし、この仕事に満足しているのかどうかということも知らなかった。もちろん、彼がぼくの手の型をとりたくてぼくの爪を切るというチャンスを利用したことも、利他的な性向だから爪を切ってくれたわけではないこともわかっていたが、そんなことはもうどうでもよかった。ぼくがウィリアムを親友と思ったのは、ぼくらが互いを必要としていたからだ。彼は信頼できたし、彼はぼくのことが好きだなんていう嘘はつかなかった。手の型を取りたくてぼくの気を引くようなことを言ったり、おだてたりしなかった。ましてや、ウィリアムはぼくから好かれようなどという気はさらさらなく、ぼくの肩に顔を埋めて泣くこともなかった。ぼくはそういったさっぱりしたつきあいを大切に思っていたし、それが彼とのつきあいには向いていると感じていた。たとえウィリアムが恩着せがましいことを言ったり、ぼくの考えを嘲笑ったり、あるいは仲間の蠟彫刻家にぼくのことをあれこれ言って面白がっても、彼がぼくのたったひとりの親友であることに変わりはなかった。ぼくの爪を切ってくれる大切な男だった。

## いくら信頼している友でも腹が立つことがある、というひとつの例

その日、ぼくは望楼館を支配している思い出の重圧から逃れて、ウィリアムに会いに行った。

彼はぼくのために使い慣れた椅子を引いて、鋏をとりだした。ぼくが目隠しをすると、ぼくの手袋を外して爪を切った。爪を切り終わると、ぼくの手袋は無事に元に戻り、ぼくは目隠しを取り、そしていつものようにふたりで腰を下ろして、ウィリアムの濃くて苦いコーヒーを飲んだ。

ぼくはどうしても話をしたくなり、望楼館で起きている恐ろしい出来事について、ぼくのたったひとりの親友に語った。ミス・アンナ・タップにまつわることは全部彼に話した。その時に応じて、彼女のことをミス・タップと言ったり、新しい住人とか、みなしごとか言った。

彼女はどんな顔をしている？

生気がなくて、丸顔で、眼鏡をかけているんだ。鼻が尖っている。

ぼくがそう説明すると、彼は彼女の特徴を厳密にとらえながら、粘土に彼女の顔を彫り始めた。ぼくらは彼女の表情をそこに写すことに夢中になった。ぼくの言葉にしたがって、ウィリアムは、鼻を高く、顎を丸く、額を広く彫っていった。彼女の顔をとてもよく覚えていることに自分でもびっくりしたが、ふたりで作り上げた頭部はアンナ・タップにぜんぜん似ていなかった。

フランシス、怒らないで聞いてくれよ。尋ねたいことがあるんだ。きみはこの女の子のことをばかに熱心に話すじゃないか。きみはこの子に特別な友だちになってもらいたいんじゃないのかい、フランシス？

どういう意味だい？
ひょっとしたら、彼女を抱きたいと思ってるんじゃないのかい？　キスをしたいと？
帰ったほうがよさそうだ。
ぼくは濃くて苦い飲み残しのコーヒーを作業台の上に置いて、部屋を後にした。

## 煙草の吸い殻

ウィリアムのところから帰る途中、偶然、教会から出てくるアンナ・タップの姿を目にした。彼女は墓地を通って望楼館へ向かっていた。ぼくはいつものように数メートルの距離をおいてそのあとをつけながら、彼女が落とす煙草の吸い殻を拾い集めていった。無事に自分の寝室に着くと、集めたラッキー・ストライクの吸い殻四本を机の上に広げ、黄土色のフィルターに番号をふった。ぼくはウィリアムの奇妙な質問に答えるために、つまりぼくが彼女と仲良くなりたいのかどうか知りたくて彼女の吸い殻を集めたのだ。もちろん、ぼくは仲良くなりたくなかった。そんなことできるはずがない。しかしその確証が必要だと思ったのだ。それで煙草の吸い殻のことを思いついた。アンナ・タップの唇に触れ、その歯で噛まれた吸い殻、彼女ともっとも親しいこの吸い殻と、ぼくは仲良くなりたいのだろうか？　とんでもない、とぼくは思った。

煙草の吸い殻はちっとも魅力的ではなかった。

## ロット番号988と989

ぼくらはすっかり《追憶の時代》にはまりこんでしまい、四つの物の時代にも足を踏み入れつつあった。前にも言ったように、ぼくは仲間である望楼館の住人に強い関心を寄せていたが、彼らはぼくのことなんてちっとも考えていないようだった。

追憶の時代を終わらせたくて、そしてアンナ・タップがやってくる前の平和な時代が懐かしくて、それから吸い殻を集めたことで少しばかり心乱れたこともあって、ぼくはその夜仕事にとりかかった。

望楼館の住人の部屋は静まりかえり、聞こえてくるのは深夜三時に彼らがたてる深い眠りの音だけだった。だが、だれかがこっそり寝室から抜け出していった。フランシス・オームという名のその人物は、暗闇のなか、足を忍ばせて夜の庭に降り立ち、18号室の窓に梯子をかけた。ぼくは18号室まで登っていき、煙草臭い部屋に入りこんだ。そして寝室に忍び込むと、三十歳前後の女性がひとり、孤児院と博物館と織物の微細な繊維の夢を見ながらぐっすり眠っていた。ベッドの横に置かれた眼鏡ケースのなかには眼鏡が入っていた。丸いフレーム。スティール製。分厚いレンズがはまっていた（ロット番号988）。

それから、いつも鍵がかかっていない20号室のドアを勇気を出して開けると、トウェンティが眠りながら鼻を鳴らし、唸り声をあげていた。前脚でしっかり摑んでいるのは、マックスという名が書かれた名札のついた犬の首輪だ。ぼくが犬のふりをして（楽しいことではなかったが）彼女の頭と手に鼻を寄せると、喜ばしいことに、トウェンティは手を首輪から放してぼくの肩に載せ、嬉しそうにくんくんなきながらぼくの顔をぺろぺろと舐めたのだ。トウェンティが気のすむまで舐めた後、ぼくは首輪を手にした（ロット番号989）。

## アンナ・タップの目で見れば

トウェンティの犬の首輪を透明なポリエチレン袋にきちんと入れて展示品目録に記載してから、ぼくは眼鏡に注意を向けた。煙草の吸い殻を口に差しこみ、眼鏡を鼻の上にかけて、アンナ・タップになるのはどんな感じなのか知ろうとした。目の前に霞がかかった。厚い霞しか見えなかった。色もにじみ、明暗の境があやふやだ。これはたぶん、彼女が眼鏡をかけずに見ている世界と同じなのだろう。そうやってアンナ・タップになって、彼女の吸った吸い殻を吸い、彼女の眼鏡を通して世界を見ていると、三十分ほどしたら彼女に対する自分の気持ちが手に取るようにわかってきた。そしてウィリアムは間違っていた、とぼくは結論づけた。眼鏡をかけ、吸い殻を吸いながらさらに十分ほど経つと、もっとはっきりした。何の感情もなかった。

ぼくは眼鏡を目録に記載し、ポリエチレン袋に入れてから地下を抜け出し、ベッドに入って安らかな眠りについた。

翌朝はいつもより少し早めに仕事場に向かった。住人たちが目を覚まさないうちに望楼館を後にしたかったのだ。ぼくはみんなのためにとてもいいことをしたと思っていた。もちろん、アンナ・タップを除いてだ。偽涙公園の犬女だったときのトウェンティは幸せな日々を過ごしていた。それがいまでは悲しみに暮れ、自分がだれなのかわからなくなった。クレア・ヒッグは、テレビを見て楽しく過ごしていたのに、アンナ・タップがやってきたせいでテレビを消し、アレク・マグニットのことを思い出してしまった。ピーター・バッグも自分の人生となんとか折り合っていたのに、いまや父親のことや父親の物差しを思い出し、はるか昔に終わりを告げた中学校での生活を思い出してしまった。トウェンティの犬の首輪をとったのは、過去を思い出す手がかりである犬が死んだという証拠をすべて消して、彼女にもとの幸せな犬の日々を返してあげたかったからだ。そしてクレアをテレビの前に戻し、ピーター・バッグに不安のない、汗と涙だけに満ちた人生を戻すことで、16号室に出現した追憶の時代を一刻も早く終わらせてしまいたかった。アンナ・タップの眼鏡を失敬したのは、いまも望楼館では歓迎されていないことを彼女に思い知らせたかったためだ。もしトウェンティが公園に戻り、クレアがテレビの前に戻り、バッグが不安な思いから解放されたら、アンナ・タップは気づくはずだ、はっきりと。自分がここにいる必要がないということを。そして、自分の部屋に戻り、土竜《もぐら》みたいに見えない目で、それについてじっくり考えればいい。そうすれば、どこか別のところに行くこともできる。

まだ人が集まってこない時間に、ぼくは町の真ん中の台座に立ちながらそんなことをあれこれ考えて満足していた。硬貨が投げられる音を待ちながら。

## 手袋ハルマゲドン

その日、仕事から帰る途中、教会からでてくるアンナ・タップの姿を見かけなかった。教会のなかにもいなかった。しかしそこにいたのは確かなことだった。歯形のついたラッキー・ストライクの吸い殻が点々と望楼館まで続いていたからだ。ぼくはその吸い殻を拾い集めながら歩いていたが、間もなく歩みを止めた。偽涙公園の塀の忍び返しの先に、白い手袋の片方が串刺しになっている。ぼくの使っている手袋の銘柄。ぼくの手袋だ。それを手に取った。やっぱり、ぼくのだ！　それから少し離れたところ、今度は汚い舗道の上に、別の白い手袋が片方落ちていた。二つとも左手だった。さらに、道路の向こう側にふたつ、望楼館の看板のところに打ちつけられていた。「質の高い設計による広々とした集合住宅」のところに。

**望楼館**
質の高い（**手袋**）設計による広々とした（**手袋**）集合住宅

ぼくの手袋だ、ぼくのだ！　ぼくの目の前で、キリストのように掌に釘を打ちつけられている!!　ぼくの手袋だった。ぼくはそれを引き剝がした。手袋が破れた。手袋は汚れていた。一階の床では、手袋の片方が泥まみれになっていて、白手袋ではなく、黒手袋になっていた。門番が雑巾として使ったのだろうか？　望楼館の入り口の階段をのぼり、門番の机のまえを過ぎて二階にいくあいだにも、手袋がぞろぞろと落ちていた（そのなかのいくつかは、考えるだにおぞましいが、踏みつけられていた）。階段にある手袋は、貧血気味の哀れな蜚蠊《ごきぶり》がはいつくばって巣へと戻っていこうとしているかのような姿だった。ぼくの部屋！　そしてぼくはこの目で見た。6号室の玄関ドア！　新しい錠がついている！　ドアの下から白手袋の五本の指が覗いていたが、6号室のドアは鍵がかかったまま開かなかった。ぼくは何度も悲鳴をあげた。ぼくは階段に腰を下ろし、手袋を握りしめ、膝の上に別の手袋をおいて、震えていた。しかし木綿の白い色を見ているうちに、ぼくは平静さを取り戻し、この新しい錠が、アンナ・タップのドアに取り付けるためにぼく自身が買ってきたものであることに気づき、その鍵はぼくのポケットに入っていることに思い至った。ぼくは部屋のなかに入った。だが、入らなければどんなによかったか。目の前に広がっている光景は、繊細なフランシスが絶対に見てはならない、あまりに残酷なものだったからだ。

白い手袋。白い手袋の海。白い手袋が6号室の床全体を覆っていた。ぼくは用心しながら手袋を拾い集めようとしたが、踏んでしまうのを恐れて身動きできなかった。ぼくは手袋を床より高い物の上に置いた。かわいそうなしもべ、かわいそうな皮膚。母の寝室にあるナイト・スタンドの兎に、白い手袋がすっぽり被さっていた。母の頭が載っている枕のなかにも、白い手袋は押し込まれ、母の椅子の上のブリーフにも白い手袋がたくさん詰まっていた。バスルームでは白い手袋が風呂に入っていたし、トイレの便器のなかにも手袋が捨てられていた。洗面台とバスタブについているお湯と水の両方の蛇口には、手袋がしっかり結びつけられていて、水を入れられてぱんぱんに膨れ、牛の乳房みたいになっていた。6号室でいちばん大きな広間の台所部分では、冷蔵庫のなかに冷えた手袋が、冷凍庫には凍った手袋が入っていた。ガスレンジのうえでは手袋が煮立ち、オーブンのなかでは手袋が焦げていた。6号室でいちばん大きな広間の食堂部分では、食卓の中央に置かれた皿のなかにオリーブオイルできらきら輝く白い手袋だけのサラダがあり、蓋つきの深皿の蓋をとると、なかには白い手袋のスープが、銀の盆のなかには、玉葱が詰まった手袋が互いちがいに入っていた。

いちばん大きな広間の居間の部分には、父がいた。父の耳には手袋がひっかけられ、父の手には指のない手袋がはめられ、その手袋から切られた指の部分は、父の足指にはめられていた。ぼくの寝室には、からっぽになった手袋日記の箱が三つ転がっていた。机のうえには片方の手袋があり、その手袋はペンを持って何かを書いている格好になっていた。ペンの先にある一枚の紙には次のような文字が書いてあった。

返してください。

1　マホガニー製の物差し、ケイロンという名。
2　アレク・マグニットの証明写真、裏に愛の言葉。
3　犬の首輪、マックスと書かれた名札付き。
4　丸い眼鏡、スティール製の縁で強力なレンズ入り。

よろしく。

ぼくらは《四つの物の時代》の深みにはまっていた。

## 夜の訪問者

ぼくはようやく手袋を救出した。いくつかはすでに手袋日記の箱のなかにおさめ、いくつかは風呂場に干した。そして、父の両手両足にはめてあった切断された手袋を縫い合わせるのにやっきになっていたときに、6号室のドアが開いた。ドアを叩く音もしなければ、入ってもかまいませんかという声もなかった。ドアの鍵を勝手に開けて入ってきたのだ。一言の断りもなく。そして彼らは戸口で止まらずに、ぼくの寝室までまっすぐやってきた。

ぼくの部屋にこれまでこんなに大勢の人がやってきたことはなかった。ヒッグとバッグとトゥェンティ、その後ろにはアンナ・タップと、その肘に手を添えた門番がいた。眼鏡をかけていないアンナ・タップの目は小さく見えた。なんとも厭わしいことに、ヒッグはぼくの白い木綿の手袋を身につけていた。それも、ブラを服の上からつけて、そのブラのなかに手袋を押し込んでいたのだ。ぼくの白い木綿の手袋をちっぽけな乳房代わりに使っているとは。ブラのカップから白い指先がはみ出ていた。**ぼくの手袋がミス・ヒッグの乳房に触っているなんて。**

まず、門番が口を開いた。


おれはべつに文句を言う筋合いはないんだ。ミス・タップの案内役としているだけでね。ミス・タップは目が見えないんだよ。

出て行けよ。

この人たちは、大切な物をあんたが借りていったと信じているんだがな、フランシス・オーム。

ぼくじゃない。あんたたちはぼくの部屋を調べて、なにも見つけられなかったんだろ。だったら、ぼくが持っていないことははっきりしているじゃないか。ぼくは潔白だし、だからぼくに非はないはずだろう？

じゃあ、返すつもりはないと？

持っていたとしても、絶対に返さない。

持っていないのか？

　ぼくの手袋を動かしたのはどいつだ？　どうしてそのことを調べないんだ？　手袋日記を元に戻すのに何週間もかかる。しかも完璧には元にはもどらないだろう。こっちのほうがよっぽどひどい犯罪だよ。だれがやったんだよ？　だれだ？


　バッグがくすくす笑った。

　ヒッグがくすくす笑った。

　門番がシッと言った（これはくすくす笑いだ）。

　クレア・ヒッグは牛乳瓶のことをぼそぼそと言いだし、トウェンティは吠え始め、ピーター・バッグは自分の父親のことを何やら口走りだし、アンナ・タップは見えなくなった目をこすり始めた。


　ちゃんと話せ。ちゃんと話すんだ。そうだ、話せ。

　そう言ったのは門番だった。門番は、汗と涙を滴らせ百種類の臭いを振りまいているバッグに、ぼくを椅子に押さえつけるよう命じてから、白い手袋をはめたぼくの手をとると手首をしっかり摑んで掌を上に向けさせた。クレア・ヒッグはピーター・バッグのものらしい万年筆を取りだし、ぼくの染みひとつない白い手袋の真上一ミリメートルのところでペン先を止めて、次のように囁いた。

話すのよ。

本当のところ、もしもトウェンティがいなかったら、ぼくはその瞬間、展示品のことなどどうでもよくなり、すぐにでも口を割っていただろう。だが、トウェンティのおかげでぼくは筆舌に尽くしがたい苦痛を味わい、それで口を割らずにすんだ。ヒッグが、話すのよ、と言うや、トウェンティは鋭い唸り声をあげた。それに驚いて、ミス・ヒッグの手がぶれ、ぼくの真っ白な木綿の手にインクがぽたりとこぼれたのだ。

**ああ、なんてことを！** なんてことをしてくれたんだ！ 物差しや眼鏡や証明写真や首輪が何千何万集まったって、この損害には及ばない。ぼくは体中を切り刻まれたような痛みを感じた。ぼくの手袋に、インクの染みが！

ぼくはその染みを、クレア・ヒッグとピーター・バッグと門番とアンナ・タップとトウェンティに見せた。

あんたたちがしたんだ。ひどいよ、ひどい！ これはひどすぎるよ！

ぼくは床にあぐらをかいて座り、震える両手を膝の上に置いた。手は大やけどを負ったみたいにぶるぶると震えていた。ぼくは何度も目を閉じては開けた。開けるたびに、目を閉じていたあいだにインクの染みが魔法のように消えてなくなり、もとの美しい手袋に戻っているのではないかと期待したが、無駄だった。

しばらくそこに座ったまま、体を前後にゆらし、頭を小刻みに動かし、小さな声でハミングして自分を慰めていたが、その間五人の殺人者たちは、ぼくを囲むようにただぼけっと突っ立っているだけで、おのれの行為を深く恥じることもなければ、プライドの欠片《かけら》もなかった。吐きそうだった。

心臓は悲鳴をあげていた。目を閉じるたびに、気を失いそうになった。そして心臓は、肋骨を内側から強打し、そこから出て行こうと絶望的な努力を続けていた。

気分が悪いんだ。どきどきしてる。

《白い手袋の十箇条》と呼ばれる聖なる文句を思い出そうとしたが、気持ちが集中できなかった。ぼくは立ち上がった。動かなくちゃだめだ。ぼくはトウェンティのまわりをぐるりとまわり、クレア・ヒッグのまわりをまわり、ピーター・バッグの、門番の、アンナ・タップのまわりをぐるりとまわった。それでも落ち着くことができず、ぼくの心臓は体のなかで謀反を起こしたようにどんどんと鳴り続けた。

心臓がしずまらない。

ゆっくり鼓動しない。心臓の鼓動が遅くならないんだ。どうしてゆっくりにならないのだろう。どうして、遅くならないんだろう。どうやったらゆっくりになるんだ？　死にそうだ。死ぬってこんな感じなのか？

落ち着くのよ、フランシス・オーム。

無理だよ！


アンナ・タップはぼくを落ち着かせようとした。


座って、フランシス。

動いてなくちゃだめなんだ。

いいえ、動かないほうがいいのよ。座れば、気分が楽になるわ。そうよ。深呼吸して。

だめだよ！

息を吸って。

心臓が！

数を数えて。ゆっくりと。

一二三四五六七八九十十一十二……

もっとゆっくり。

一、二、三、四……無理だよ!
いいえ、だいじょうぶよ。
いったいどうしたっていうんだ?
どうもしてない。すぐによくなる。静かに。
助けてくれ!
横になったほうがいいわ、ね?
できない。
できるのよ。どう、よくなった?
少し。
息を深く吸い込んで。
気絶しそうだ。
だいじょうぶよ。眠くなっただけ。目を閉じて。深く息を吸って。
眠い。
目を閉じて。
心臓が!
目を閉じて。ゆっくり息を吸い込んで。

ぼくはとうとう眠りに落ちた。

目を覚ますと、みんないなくなっていた。

その夜遅く（新しい手袋をはめていたとき）、ドアがノックされて、バッグの臭いがした。

フランシス、きみがしたことはほんとうにいけないことだよ。しかし、しばらくきみと話をさせてもらえれば、私の件に関してはきみを許すつもりなんだ。みんな寝てしまって、話し相手がいないんだよ。だれかと話をしなければならん。考えずにはいられないんだ、あの子が私から離れないんだよ……ここ数日ずっとあの子は私に笑いかけていたんだが、今日は大声で笑っているんだ。フランシス、アレクサンダー・ミードが戻ってきて私を苦しめているんだよ。なかに入れておくれ。この錠の鍵は持っていないんだ。門番が持っていて、彼はもう寝てしまった。入れておくれよ。今夜はひとりにさせないでくれ。

ぼくは返事をしなかった。ピーター・バッグはさらに何度かドアを叩き、さらに切々と訴えた（もっと哀願すればいい、バッグを許すわけにはいかない）。それから彼は汗を滴らせ涙を流し臭いを発しながら、アレクサンダー・ミードのもとに帰っていった。

## ティアシャム教会の祭壇像

その翌日は訪問者はなかった。ぼくは午前中はずっと、台無しにされた手袋を繕《つくろ》って過ごした。午後になって、門番とアンナ・タップが連れだって階段を下っていく音を聞いた。ふたりはこんなやりとりをしていた。

目の病院へ？
いいえ、教会へ。

それでぼくは地下の展示場まで降りていき、狭まった地下道を通り抜けた。そして父の古い革の手袋をはめて偽の墓石の蓋をおしあげた。蓋を元にもどし、少しばかり息を弾ませて外に出ると、そこはティアシャム教会内部の、オーム家の礼拝堂のなかだ。礼拝堂には、先端の尖った、背の高い棒がいくつも並んだ門があって、それが教会内部と礼拝堂を隔てていた。その門の鍵を持っているのは司祭とぼくだけだった。

この教会は長い間ほったらかしになっていた。いまでは訪れる人もほとんどおらず、ぼくにしてもここに来たのは何ヶ月ぶりのことだった。司祭はここのほかにも四つの教会を担当していて、かつてティアシャムと呼ばれたこの教会をいちばん軽んじていた。礼拝はここ何年もおこなわれたことがなく、教会内部も徐々に荒れてきていた。ステンドグラスの窓は割れている箇所があり、板を打ちつけてしのいでいたが、鐘塔などからはいりこんできた鳩は、いったんなかへ入るとそこらじゅうに糞を落とし、結局外に出られなくなった。教会の隅で死んだ鳩は、鼠の格好の餌になった。町の不良たちは教会への侵入口を探し出した。それで菓子の包み紙や錆びた空き缶やタブロイド新聞が散乱している。両側に並んでいる礼拝堂には、かつて美しい宗教画やタペストリーが飾られていたが、そういったものはすべて、祭壇と燭台と聖杯と鐘とともに、はるか昔にすっかりなくなっていた。いまや残っているものといえば、埃にまみれた会衆席と、壊れた古いポンプ式のオルガンと、ぼろぼろになった巨大で不格好な祭壇画だけだった。

祭壇には、等身大より大き目の八体の木像が飾られている。聖母と幼子キリストと六人の聖人だ。聖母は膝のうえに幼子キリストを抱いて玉座に座っている。その両側に聖人が三人ずついた。かつて木像はみな、人形のような美しい衣装をまとっていたが、いまでは朽ちはてた布きれしかない。虫が喰い、色あせてすっかりほころび、体から落ちて、石の床に奇妙な形でひとかたまりになっていた。かつては鮮やかに彩色されていた木像の腕も手も顔も、いまでは塗りが剝がれ落ち、殉教者たちは至福を現す像になってもなお皮を剝がれるという苦しみを味わっているように見えた。聖人たちの頭には本物の髪が植えつけられていたが、それもすっかり抜け落ち、なかでも聖母マリアは禿げ坊主になっていた。聖人は、向かって右から、殉教具の車輪を持った聖カタリナ、『神学大全』を抱えた聖トマス・アクィナス、石打ちの刑に処せられたので大きな石を抱えている初殉教者聖ステファヌス、教皇の印である三重王冠を被り、鍵を手に持った聖ペテロ、雀か花鶏《あとり》の幻覚でも見たのか、両手を握りしめて天を仰いでいる聖フランチェスコの順で並んでいた。この聖フランチェスコは手に何も持ってはいない。物を持つことを、この聖人はもっとも卑しい行為と思っていたのだ。栄養失調のこの男の両手と両足の真ん中には聖痕が印されている(手袋をするようになってからこの教会に来るたびに、ぼくはフランチェスコの傷ついた手に手袋をはめてあげたくて仕方がなかった)。そしていちばん左側に、木製の二つの目が載っている盆を持った聖ルチアがいた。聖人のなかでこのルチアだけが驚くほどよい状態を保っていた。そして、頭にはきれいに髪が生えそろい、背中まで垂れていた。体は人間らしい肉付きをしていた。彼女だけはきちんと身なりを整えられ、その衣類は驚くべきことに鮮やかな色を保ち、染みひとつなく、真新しかった。この教会に初めて足を踏み入れた人がいたら、おかしな格好をした生身の人間だと思ったことだろう。だが、ルチアが身動きひとつしないのを不思議に思って近づいていけば、彼女と並んで立っているほかの像に気づくはずだ。ほかの像は木食い虫にやられてレプラそっくりに朽ち、衣類も色あせてぼろぼろで、幽霊さながらであることに。

この祭壇をここに設置したのはぼくの曾祖父、フランシス・オームだった。曾祖父は旅の途中でこの木造の祭壇を偶然に見つけた(このことについては『オーム家の歴史』に詳しい)。曾祖父は尋常ならざる困難を乗り越え、尋常ならざる資金を投入して、この祭壇を聖なる場所に設置せよという条件をのみ、やっと手に入れた。そしてティアシャム教会に寄贈した。聖母マリアは、当時はもちろん禿げ坊主ではなかったはずで、曾祖父の死んだ妻に驚くほどよく似ていたという。だから彼が毎日のようにこの救世主の母の前に跪《ぬかず》いていたのは、敬虔な気持ちからではなかったとぼくは思う。彼は、自分の妻と聖母の区別がつかなかったのだ。ある日、曾祖父は、真っ裸になって聖母に馬乗りになっているところを発見された。聖母の大事な息子はむりやり引き剝がされたらしく、教会の床の上に転がっていたそうだ。ぼくの祖先は木像の聖母と愛を交わそうとしていたのだ。結局彼は病院の一室でその生涯を閉じた。

門番とアンナ・タップがやってきた。ぼくはオーム家の墓の陰に隠れて、ふたりの会話をすべて聞いた。

## 聖なる独白

何が見える?
木像だ。あの鍵を手にしているのはだれなんだ?
聖ペテロよ。天国の門番ね。

あいつも門番か。

聖なる門番よ。いちばん左にいる聖人はだれなのかわかる?

若い娘だよ、ミス・タップ。

あれが聖ルチア。何を持っている?

お盆だ。

何が載っている?

ふたつの目だ。

その目があるから、わたしはここにくるのよ。ここ数ヶ月ずっと聖ルチアの世話をしてきたの。初めてあの像を見たときは、他の像みたいにぼろぼろで、塗りは剝がれ落ちてそこらじゅうに散らばっていたし、全身が染みとひび割れでおおわれていた。わたしはあの八体の木像の衣類と髪を修復保存することになっていたのよ。市の教会と文化財を保存してくれと市議会から要請を受けたの。ところがわたしが仕事に取りかかる前に、この教会はもう使われていないということで計画は中止されてしまった。でも、遅すぎた。わたしはもう聖ルチアにすっかり魅せられてしまっていたの。眠っていても、聖ルチアの悲しげな顔が夢に出てきたわ。彼女がわたしを呼んでいると思った。それで図書館に行って彼女の歴史を調べた。彼女についてわかる限りのことを調べたわ。

わたしはかなり前から目の病気で苦しんでいたの。検眼医は、町じゅうの目医者のところにわたしを送り込んだ。目医者たちはわたしの目のなかに空気を吹き込んだり、液体を噴射したり、注射したり手術までしたけど、視力は回復しなかった。わたしの目は固くなっていく、と医者は言ったわ。だんだん固くなって見えなくなっていく、と。だから、そのために聖ルチアがわたしのところにやってきたように思えてならなかった。聖ルチアは目の悪い人の守護神なの。彼女は目を二組持っているのよ。一組はお盆のうえに、もう一組は顔に。その一組をわたしに貸してくれるかもしれないと思った。伝説ではね、ある異教徒の青年が彼女の目に恋をしてしまい、結婚してくれと迫ったの。ルチアはそれを断ったので、男が彼女の目をえぐり取ってしまった。でも奇蹟が起きて、すぐに別の目が生えてきたんですって。

聖ルチアを修復してあげよう、もとの姿にもどしてあげよう、と思った。何ヶ月もかかったけれど、毎日仕事が終わったあとも仕事場に残って、彼女の衣装に手を入れ、必要とあらば新しい生地を買ってきて直した。髪の毛は手の施しようがなかったから、全部抜かなければならなかったわ。それで新聞に小さな広告を出したの――**あなたは金髪の長い髪ですか**？　その髪を売ってくださいませんか。連絡先は……ってね。大勢の人から連絡があったけど、ほとんどが使えなかった。でも、ひとりだけ、とても長くて光沢のある、美しい金髪の娘がいたの。彼女はルチアの生まれ変わりみたいだった。首には小さな金の十字架のネックレスまでしていたのよ。かなりの大金で買い取ったわ。彼女は髪を短く切ってくれた。それを集めて一本一本、ルチアの頭に縫いつけていったの。博物館の絵画保存係にお金を払って、彼女の目と肌を元のようにきれいにしてもらった。そんな折りに手紙が届いたの。聖ルチアは教会の所有物だから、四日以内に像を教会にもどさないと、しかるべき手段に訴える、って。そんな手紙、放っておいたんだけれど、五日目に警官がやってきて、彼女を持っていった。彼女を必要としている人なんかいるの？　とわたしは警官に向かってどなった。わたし以外に、だれに彼女の世話ができるのよ！　そんなことは問題じゃない、これはティアシャム教会の物だ、と言われたわ。これ、ですって！　じゃあ、彼女と言いますよ、それで気がすむのならね、と警官は言った。それ以来、週に四、五回はここに通ってくるようになったのよ。わたしの目を治してください、と祈るためにね。でもそれだけでは足らない、もっと頻繁に彼女に会わなければ、と思って、ここに引っ越してきたのよ。他の像に比べて彼女はとてもきれいでしょう？

八人とも一列に並んでいるわね。みんな互いに目を見交わすこともなく、話し合ったりもしないんだわ。昔の宗教芸術ってみんなこんなふうだったのよ。でも、そのうち変わっていった。後に聖人たちは聖人同士や、聖母子と話をしている姿で表現されるようになった。そういう祭壇画は聖会話と呼ばれていてね、その絵のなかには、祭壇を寄進した人が、跪いて祈っている姿で描かれていることもあるの。わたしはときどきね、この木像の聖人たちは孤立しているのではなく、みんなで話し合っているのだと思う。そしてわたし自身も、聖ルチアに祝福され、ふと気が付くと、寄進者としてこの祭壇の一部になっているといいなと思うのよ。聖ルチアの祝日は十二月十三日なのね。昔はその日を冬至として祝ったの。日がいちばん短くて夜のいちばん長い日よ。暦のなかでいちばん光の射さない日。聖ルチアに会って以来、十二月十三日には必ず彼女の前に蠟燭をともし、視力を戻してくださいって祈ることにしているの。毎年毎年、蠟燭をともしていると、光ではなく温もりを感じるようになった。彼女はまだ救いの手をさしのべてはくれない。でも、きっと救ってくれるはずよ。絶対に。そしてね、今年の十二月十三日には必ず彼女はわたしの視力を戻してくれると思うの。だって、今年がだめなら、もう手遅れになってしまう。目は見えなくなってしだいに固くなっていく。わたしを彼女のところまで連れていってくれる？　門番さん。そうしたら、彼女に触れることができるから。

彼女は聖ルチアのところに一時間あまりいた。それから門番が彼女を望楼館に連れて帰った。ぼくは聖母子と六人の聖人をそこに残して、展示場へと戻った。

## 借り手

その数時間後、地下道の通路に鍵をかけてから階段をあがり、6号室までくると、アンナ・タップがドアのそばでぼくを待っていた。

フランシス？　フランシスね？

どうしてぼくを放っておいてくれないのかなあ。

何度もドアを叩いたのよ。

ドアを開ける人間はぼくしかいないんだ。そしてぼくは外出していた。

フランシス、眼鏡を返してもらいたいの。

だったら、探したほうが早い。

どこにあるのか、わかっているわ。

それならなおのこと、そこへ行って持って来ればいいさ。

地下にあるんじゃない？　フランシス、あなたがあそこに隠したんでしょう？　だから初めて会ったとき、わたしを地下へ近づけまいとして、あんなそっけない態度をとったんでしょう？

ほかに何を隠しているの？

あそこにあるのは門番の部屋とボイラー室と――

門番に言って連れていってもらってもいいのよ。

ぼくならそんなことしない――

眼鏡を返してほしくないんだな――

**あそこにあることはわかっているのよ！**

取ってきてちょうだい。

それはできない相談だ。

フランシス、取引をしましょう。わたしの眼鏡を返して。わたしの目がちゃんと見えるようになったら、眼鏡をもっていっていいから。

しかし、もし目が見えなくなったら？

そんなことにはならないわ。

でももし、そうなったら、やっぱり眼鏡をもっていってもかまわないのか?

お願いよ、フランシス。

約束するなら。

眼鏡がないと何も見えないの。

これは例外的な処置だよ。ぼくは自分の展示品を人に貸したことがないんだ。そういうことをしていいものかどうかわからない。目が見えなくなったら、必ず返してくれると約束する?

ええ。でも見えなくなることはないわ。

そうか、ちょっと待てよ。どのくらいかかると思う? きみの目が本当に見えなくなるまで。

わからないわよ!

だいたいでいいからさ。
四、五ヶ月。でも絶対に、そんなことにはならない。
四、五ヶ月ねえ。期間が限定できないという条件での貸し出しか。よく考えてみないといけないな……しかし、きみはぼくのことを知恵遅れと言った前例もあるからな。あれは気に入らなかったなあ。
冗談で言ったのよ。

ならいい。しかし、もう少しちゃんと謝ってもらいたいもんだな。

門番を呼びましょうか。

取引成立だ。きみに眼鏡を貸し出してやるよ。四、五ヶ月して、目が見えなくなったら、きみは眼鏡を返すこと。門番が介入してくることじゃない。

それから犬の首輪は？　クレアの写真とピーターの物差しは？

いいや、彼らのところには戻らない。みんなぼくが壊してしまった。

そんなこと、信じられないわ。

きみの眼鏡だって壊してもいいんだぜ。

やめて、フランシス。ごめんなさい。


ぼくは展示場まで行き、展示品を借り出してきた。期限付きではないが、いずれぼくのもとに戻ってくるのは明らかだった。

一階にまで上がってきて玄関ホールに出ると、三階から悲鳴が聞こえた。クレア・ヒッグ、門番、トウェンティ、アンナ・タップが10号室にいた（ピーター・バッグもいた）。

## 追憶の時代の終焉、元教師にして元家庭教師ピーター・バッグの離脱

ピーター・バッグ先生は部屋にいたが、もう汗をかいておらず、涙も流していなかった。だが

百種類の臭いはまだ発散していた。ピーター・バッグ先生は生徒がつけるネクタイを身につけていた。紺色の地に赤い縞模様が入ったネクタイだ。だが、そのネクタイのつけ方が間違っていた。結び目が首の後ろのほうにあった。正確には、ネクタイがピーター・バッグを吊り下げていたのだ。冷たく静まり返ったピーター・バッグは、もうアレクサンダー・ミードのことも自分の父親のことも父親の物差しのことも考えることなく、床から六十センチほど離れたところで垂直に垂れ下がっていた。ぶら下がっていた。宙に浮かんでいたのではない。

首を吊って。

喉を絞められて。

死んだ。

門番はネクタイを切って彼を下ろし、ベッドに横たえた。完成することのない本を書き続けていたの机の上には、五通の封筒が置かれていて、それぞれに望楼館の門番様、20号室にお住まいの方様、アンナ・タップ様、フランシス・オーム(年下)様、クレア様、と書かれていた。ピーター・バッグの遺書だった。どれも短い手紙だったが、決して完成することのなかった幻の傑作よりはるかに長いものだった。

ぼくらは封筒を開けた。

## 望楼館の門番様へ

拝啓、門番様

もっと親しみをこめた名前でお呼びできないのは残念至極です。しかし、こうしてこの手紙を認《したた》めているとき、貴殿の御本名をまったく存じ上げていないことに気づきました。お許しください。

衣類や身の回り品などをこのように取り散らかしたまま旅立ち、その清掃を貴殿に託すこと、申し訳もありません。そして厄介なこの後始末を引き受けてくださるのも貴殿でありましょう。そのご苦労に報いるために紙幣を同封いたします。重ねてお詫びいたします。

敬具

ピーター・バッグ

二十号室にお住まいの方様へ

拝啓

ああ、貴女にはまだお名前がありませんでしたね。でも、必ずやお名前を思い出されることを私は信じてやみません。貴女のためにささやかではありますが、二カ国語の辞書を同封いたします。きっとお役にたつものと思います。お国の警察署の電話番号リストも入れておきます。その番号に電話をなされば、探索の手助けになることでありましょう。時を置かず、ふたたび本来の貴女に戻れることを祈ってやみません。

ご健康とご多幸をお祈り申し上げます。

敬具

ピーター・バッグ

(この手紙は後になって、アンナ・タップがピーター・バッグの古い辞書を片手に一語一語翻訳したものだ)

# アンナ・タップ様へ

拝啓、タップ様
私のことでさぞかし気落ちしていらっしゃることでしょう。お許しくださいますね？
実はお願いがございます。この三、四年の間、私は望楼館での日々の暮らしに必要な雑用を引き受けておりました。その雑用のなかにはミス・ヒッグのための買い物（食品がおもなものでしたが、ときには変わった品物もありました）と、こちらはもっと厄介な仕事ですが、フランシス・オーム様のお世話（氏の子息が家を留守にしている日中のあいだだけです）が含まれておりました。それを引き受けてはいただけませんでしょうか。大変申し訳ありませんが、貴女ならきっとおできになるものと信じております。
お知り合いになってまだ日も浅いのに、貴女は私のことをよく理解してくださった。ありがとうございました。

敬具
ピーター・バッグ

# フランシス・オーム（年下）様へ

拝啓、私の教え子

昨夜私と話をしなかったことで自責の念にとらわれる必要はない。今日でなくても、いつかは私はこうなっただろうからね。私は長年ある思い出に苦しめられてきたのだが、その不安からこんなに汗をかくようになり、良心の呵責《かしやく》から涙が止まらなくなったのだということが、ようやく最近わかったのだ。きみの教師がこんなことで苦しんでいたとは、きみにはわからなかっただろうね。いや、優しいきみのことだ、わかっていて口に出さなかったのかもしれない。少年の名前はアレクサンダー・ミードといった。私と少年は友だちだった。非常に頭の良い生徒だった。教室の外ではふたりでチェッカーや、ティドリーウィンクをやり、ビー玉を転がして競ったものだった。彼こそ、私の本物の大親友だった。教室の外では、彼は私をピーターと呼んでいた。何でもわかりあえるような関係だった。私は彼に早く大人になってほしかった。そして彼は、私に子どもになってもらいたかったのだ。しかし、私たちは年齢の差を越えて心から信頼しあっていた。ある日、私が授業をしているとき、彼は課題に熱中しすぎてしまい、私に向かって、先生ではなく、ついピーターと言ってしまった。教室中が静まり返り、生徒たちは私の反応を窺っていた。私に何ができただろう？　私は彼の落ち度を見逃すわけにはいかなかった。私はやるべきことをやらなければならず、教室は生け贄を求めていた。アレクサンダーは、とても驚いたようだった。とても、弱々しく見えた。私はケイロンを手に取ると、彼を五分間打ち据えた。手を、頭を、肋骨を。私はそうしなければならなかった。この社会で生き延びるために。教師は授業中に生徒から呼びすてにされるなどということがあってはならない。無礼きわまりない。彼は罰を受けなければならなかった。もし彼を打ち据えなければ、しかも強く、何度も打ち据えなければ、私のほうが生け贄にされただろう。生徒たちは私の気弱さに気づき、私に権威がないことを看破しただろう。生徒たちは私に従わなくなり、笑いものにしただろう。だから、彼を打ち据えなければならなかった。そして打つたびに、ふたりの友情が少しずつ壊れていくのがわかった。五分後には、ふたりの友情は完全に死に絶えていた。授業が終わったあと彼と話をしようとしたが、彼の寝室の扉には鍵がかかっており、その向こうからは何も聞こえなかった。翌朝、彼は教室に来なかった。それで、私はひとりの生徒を呼びにやった。扉にはまだ鍵がかかっていた。むりやりこじ開けると、あの少年は制服のネクタイで首を吊っていた。彼が亡くなって何週間か経った頃、私の小部屋にネクタイが置かれるようになった。絞首刑のときの縄のような結び方をしたネクタイが、大きな書物の下敷きになっていたり、食器棚のなかにあったり、引出しや、風呂や、ときには料理のなかにまで入っていたりした。私の生徒のなかで、いったいだれがこんな嫌なことを夢中になってやっていたのか、結局わからずじまいだったが、数人の生徒だけだったと思う。彼らは私が少年の死に関わりがあることをそれとなく教えていたのだろう。私はあまりにも悲嘆に暮れ、生徒を教えることができなくなった。それで、学校を辞めたのだ。校長は私が去ることになって心からほっとしていたよ。

このネクタイのことがあったから、昨日、私はきみの手袋のコレクションをあんなひどい目に遭わせたのだと思う。

いつも私のそばにいてくれた唯一の生徒であるきみに、私の蔵書を遺したい。偽涙館で教えていたころに比べたらだいぶ減ってしまった。この体を養うために大量に本を売らなければならなかった。私の父が書いた貴重な本も売った。私がきみに預けた写真だが、私の墓に入れてはもらえないだろうか。

ネクタイはきみに遺すことにする。きみがこれを読んでいるときにはすでに切れているだろうが、きみには人の大事にしていたものだけを集めるという立派な方針があることを知っているのでね。このネクタイを使って私がやりおおせたら、後はきみのものだ。このネクタイを最初に使った人は、私にとって、本当にとても大事な人だった。

きみのお父上が奮起して病から立ち上がったときには、どうか、伝えてほしい。ご親切にも長い間年金を支払ってくださったことを、私が心から感謝していた、と。私はアレクサンダー・ミードのところに行って謝ることにする。しかし、生あるときも死しても、私はきみの家庭教師であることに変わりはない。

ピーター・バッグ

追伸　ケイロンがどこにいるか知っているかね?

## クレアへ

愛しのクレア

あなたのことをこんなふうに親しげに呼ぶことをお許しくださるとありがたいのですが。あなたは私がいちばん親しくつきあえた女性でした。私はあなたに告白しなければなりません。それであなたがひどくお困りにならなければいいのですが(もしお困りになったら、許してください)、私は長い間、ずっと――正確にはどのくらい長い年月だったのかはわかりませんが、こういうことについてはいつ始まったという明確な断定はできないものです――あなたを愛しておりました。私の思いが報いられるなどとは一瞬たりとも考えたことはありませんでした。そのため私はこの思いをひた隠しにしておりました。私はあなたのおそばにいられるだけでよかったのです。あなたのかつての恋人たち――実在の人物にせよ架空の人物にせよ――にひどく嫉妬していました。ですから、私が恥知らずにも、幸福だった時代の、まだ髪が生えていたころの自分の写真をあなたに遺すことを、どうぞ大目に見てください。もしもこの写真をお手元に置きたくなければ、それならそれでいいのです。でももし、お手元に置いていただけるのなら、この写真をあなたの居間の、かつてミスター・マグニットの写真があったところに貼り付けてくださいませんか。昨夜、ふたりで階段をのぼってあなたの部屋まで行ったとき、あなたはエレベーターが動いていれば便利なのにとおっしゃった。その言葉で、あなたはミスター・マグニットの不幸な最期のことを思い出したのではありませんか。もし私の写真が、別の写真をなくしたことの（その写真が戻ってくることはなさそうです）埋め合わせになるのであれば、どうか、お手元に置いてください。

変わらぬ愛をこめて
ピーター・バッグ

こうして、《追憶の時代》は終わった。

# 第四章　望楼館と偽涙館

## ピーター・バッグとの別れ

トウェンティとアンナ・タップとぼくは立会人としてそこにいた。ピーター・バッグはお粗末な合板の棺に入れられて市営の葬儀場へ運ばれた。ぼくらが案内された礼拝堂には四十脚以上の椅子が並んでいたが、人で埋まったのは三席だけだった。会葬者でいるのがなんとも場違いな気がしたので、ぼくらは二列目の席に座った。まるでほかの人がやってくるのを期待しているかのように。司祭は棺の担ぎ手を急がせながら側廊を走ってくると、苛立たしげに腕時計を見た。彼は皮膚病を患っていて、頰に大きな鱗状の痕があった。棺が所定の場所におさまると、ぼくはピーター・バッグの父親の写真をその上に置いた。司祭はとがめるような目つきをしたが、取り除《の》けはしなかった。司祭はピーター・バッグの出生証明書の写しを手に、ロナルド・ピーター・バッグという名の人物について、もごもごと意味のないことを喋った。こんなに悲しい思いをしていなかったら、ぼくはきっと笑い出したことだろう。賛美歌を一曲歌ったが、三節目にはいったときに、電子鍵盤楽器――こんなものはオルガンとは呼べないだろう?――を弾いている男がかすかに音量をあげたので、ピーター・バッグとはとうとうこれでお別れだということがわかった。賛美歌が終わった瞬間に、ぼくらが入ってきたドアとは違うドアからぼくらは追い出され、入ってきたドアから別の棺が別の司祭に急かされながら慌しく入ってきた。ぼくらは家に帰った。

クレア・ヒッグは16号室から出なかった。葬儀場はあまりに遠いもの、と彼女は言った。クレアがピーター・バッグの写真を彼が望んでいた場所に貼ったのかどうか、ぼくは知らない。それ以来ぼくはクレアの部屋に入ることが許されなかったからだ。永遠に入ってはだめ、と彼女は言った。そして事実、ぼくは二度と彼女の部屋を見ることはなかった。ミス・ヒッグは約束をたがえて、テレビのプラグをコンセントにさしこみ、以前の娯楽へと舞い戻ったが、ぼくの感じるかぎり、番組への熱意はずいぶん薄れたようだった。停電になると、前と同様に外に出て散歩したが、彼女を外に連れ出すのはこれまでとは違うふたりだった。アンナ・タップと門番だ。門番もピーター・バッグの葬儀には欠席し、ピーター・バッグの部屋の窓の下に置いた大きなゴミ容器に、だれにも相続されなかった持ち物をすべて投げ入れていた。いかにも短い、決して書き終わることのなかった本の原稿もそのゴミのなかに入れられた。バッグの遺したものは、大きな容器一杯にもならなかった。半分ほど入った容器は運ばれていった。

望楼館のそれぞれの住人は、この容器何杯分の物を持っているのだろう。ぼくには大量の容器が必要だ。母もどう見ても容器ひとつでは足りないほどの物を持っている。クレア・ヒッグは容器ひとつでじゅうぶんだろう。ミス・タップは容器の四分の一ほど。門番は、ぼくの知らない物がつまっているトランクと制服だけだから、容器の八分目くらいだろう。そしてトウェンティは、もはや首輪もなくなったわけだから、容器などいらない。ゴミ袋ひとつもあればじゅうぶんだ。普通の人は一生にどれくらいの物をためるのだろう?

さて、ふたたびぼくらは七人になった。新しい住人が来る前と同じ数になったわけだ。

## トウェンティの出発

トウェンティは祖国の警察署に電話をかけたが、警察からはなんの音沙汰もなかった。ところが、一週間後に彼女の資料が見つかったという知らせが来た。彼女の名前はトウェンティでもなければ、犬女でもなく、アンカという名前だということがわかった。アンカはステファンという男と結婚していた。ステファンとアンカには子どもがなかった。失踪したときアンカは二十六歳だった。ということは、いまは三十九歳になる。だが、自分が何者であるかようやくわかったとき、彼女を探している者はひとりもいなくなっていた。父親と母親はとうに亡くなっていた。父親は自殺し、母親は病死した。このことはアンカが彼女の妹から聞いた話だ。アンカは自分に妹がいることを覚えていなかった。アンカは妹に、ふたりは仲良く暮らしていたのか、と訊いた。妹は、そうじゃなかった、あたしたち、憎みあっていたのよ、と言った。ふたりは同じ男に恋をした。だが男が結婚した相手はアンカで、妹ではなかった。


彼はいまどこにいるの？

知らないの？


そう、アンカは知らなかった。しかしその男のことは思い出した。髭を生やしていたことを、20号室と書かれたドアのところに立っていたことを。しかし、アンカの妹はこう言った。彼はお姉さんのことなんか忘れちゃったわよ。


あの人は再婚したのよ、姉さん。

あなたと？

まさか。あの人はあたしに興味を持ったことは一度もなかった。

どうしてわたしが戻るのを待っていなかったの？　どうして待てなかったのかしら？

姉さん、幸せな結婚じゃなかったのよ。

まあ、そうだったの。

姉さんに暴力をふるってたの。

そうだったの。

姉さんは自分の身を守るために犬を買ってきたわ。できるだけ大きな犬を。マックスって呼んでた。マックスのことも覚えていないんでしょうね。大きいけれどおとなしい犬だった。あの狭い部屋には大きすぎる犬。でも、あの犬は姉さんの助けにはならなかった。近所の人の話では、ものすごい喧嘩のあと、急に姉さんの姿が見えなくなったのよ。姉さんとあの犬が。それで近所の人たちは、姉さんの夫が殺したんじゃないかって疑った。それで彼は裁判にかけられたわ。でも、ちゃんとした証拠がそろわなくて、懲役十年がせいいっぱいだった。

十年ですって！

でも、六年で出てきたわ。それで再婚したのよ。あたしが姉さんだったら、じっと静かにしてるわね。ステファンだって、無実の罪で六年間も刑務所にいたことを思い出したくないでしょうから。みんな彼が姉さんを殺したものとばかり思っていた。あたしだってそう思ってた。彼だって自分が殺したことはわかっているはず、ただ、どうやって殺したのかを思い出せないだけだわ、あたしはそう思って納得していたのよ。

わたしは頭を殴られて、それからずっと歩き続けたの。

みんな姉さんを捜していたのよ。

わたしたち、仲良くなれるかしら？

さあ。あんなに憎みあっていたから無理だと思う。

あなたはわたしの妹よ。わたしにはあなたしか身内はいないわ。仲良くなれるんじゃないかしら？

そう思うなら。

ありがとう、ありがとう。

家に泊まるところはあるわ。ここで暮らしてもいいのよ。でも、ずっとってわけにはいかないわ。姉さんの仕事が見つかるまで。


アンカはピーター・バッグが残していった辞書をめくって、時間をかけて一言一言繰り出しながらアンナ・タップに自分の過去の出来事を伝えた。

それで、アンカ、トウェンティ、犬女はぼくらのもとを去っていった。門番とぼくは彼女をバス停まで見送り、アンナ・タップが駅までついていった。アンカはバスにのるときに笑顔を見せた。バスの窓から門番とぼくに手を振りながら笑っていた。バスが動き始めても彼女は笑っていたが、その目には涙がたまっていた。それでぼくらは六人になった。数ヶ月後に、アンカからの葉書がぼくらの、というか正確にはアンナ・タップのもとに届いた。ぼくらの国の言葉で書かれてはいたが、文字は間違いだらけだった。アンカは、妹に会った瞬間に、自分が妹を憎んでいたことを思い出し、とてもいっしょには住めないことがわかったそうだ。それで缶詰工場（ドッグ・フードの缶詰だ）に職を見つけ、以前の持ち物を全部引き取ってひとり暮らしをしているということだった。彼女は猫を飼うことにし、アンナと名づけた。犬が恐くなって、いまでは近づくこともできない、とも書いてあった。かわいそうなアンカ。彼女はいまでも自分が何者であるのかわからないのだ。しかし自分の正体を知るために昔の持ち物をよく調べているのだ。アンカは、果たして戻るだけの価値があるのか考えることなく、かつての人生に戻っていった。ほかにどうすればいいかわからなかったのよ、とアンナ・タップは言った。

それっきり、彼女からの連絡は途絶えた。

門番はトウェンティの部屋を掃除した。天井から雨が漏るので、部屋のなかはじめじめし、腐臭を放っていた。というのも、ゴミ箱からあさってきた食料が部屋中に散乱し、骨や犬の毛、乾いてこびりついた血や尿や糞がそこらじゅうにあったからだ。門番はそれをこそぎ落としてきれいにした。

## 沈黙の時代

ピーター・バッグとトウェンティがいなくなり、《追憶の時代》が終わりを告げると、ぼくらは《沈黙の時代》に突入した。思い出は尽き、終わりを迎える。永遠に続く思い出などありえない。永遠であり続けるには、現在と繋がりを持たなければならない。現在のことはだれにも思い出すことができない。現在は思い出を殺す。ぼくの父は、その現在に、記憶のない場所に住んでいる。おびただしい思い出が語られたあと、ぼくらは苛立たしく窮屈な思いにとらわれるようになった。ぼくらは互いの顔を見ながら、思い出を語ってくれた仲間の住人たちを見ながら、こう思っていた。それで全部なのかい？　それで全部吐き出したのかい？　それだけ？　ははあ、それでおしまいだというのなら、それがあんたのすべてだというのなら、もうあんたには興味を持てないな。あんたは過去を全部話してしまった。ならば、もうこっちが知りたいようなものはないわけだ。してみると、あんたになんて言っていいかわからないな。実を言えば、あんたにはいささかうんざりだ。なにもかも話すべきじゃなかったんだ。こっちの興味をつなぎ止めておくために、いくつか秘密を残しておくべきだったんだよ。しかしあんたのことを全部知ってしまったからには、もうあんたに話しかける必要もない。黙っていたほうがましだね。

沈黙の時代はだれもなにも話さなかったので、別段報告するようなことはない。沈黙以外、なにもなかった。だれも言葉を発しなかった。沈黙を抱え、沈黙を育み、沈黙とともに眠りにつき、沈黙を静かに吸い込んでいた。とはいえ、ときたま、ほかの住人たちと階段や玄関ホールや公園や通りですれ違うことがあった。そんなとき、ぼくらは会釈くらいはしただろうが、黙って歩き続けて相手の顔を見ないようにした。言葉は一言も出てこなかった。喋れなかったのだ。ぼくらの舌は強力な麻酔薬を注入され、動かないようにしっかり固定されてしまった。食事をし、飲み物を飲むとき以外、口は開かなかった。ずっと固まったままだった。

ぼくはいつものように仕事にでかけ、外面と内面の不動性を獲得した。仕事のない日は公園に行った。そんなある日、公園の入り口で体重計の男がぼくに話しかけてきて、ほんの一瞬沈黙を破ったが、すぐに沈黙の時代の重みに負けて彼は唇を閉ざした。あの女の子は——そう体重計の男は言ったのだが、ぼくが察するに、アンナ・タップのことらしかった——痩せてきたね。それだけだった。なんとも短い言葉だと思った。

ミス・タップは聖ルチアのところに通い続けていた。聖ルチアの祝日に備えて、祈りを捧げていた。ぼくは仕事から帰る道で、ところどころに落ちている彼女の吸い殻を見つけ、相変わらずそれを拾い集めていた。ミス・タップと門番がいっしょに歩いている姿をよく見かけたが、歩いているときも、ふたりは沈黙の時代に従順だった。実際、門番はとても長い時間アンナ・タップと過ごしているようだった。ふたりはめったに話をしなかったが、会釈や微笑みを交わすとき、一種の優しさがにじみ出ているように思えた。門番は満ち足りた門番となって、シッと言うことも少なくなり、几帳面さも薄らいでいった。

ミス・タップはピーター・バッグの代わりに雑用をこなした。クレア・ヒッグのために買い物にでかけ、ぼくの父の面倒を見た。門番はミス・タップに6号室の鍵を渡した。もちろん、合い鍵を作って渡したにちがいない。ぼくはミス・タップにメモを残しておいた。

一　母の部屋には入らないこと。
二　フランシスの部屋には入らないこと。

アンナ・タップは6号室を訪れたとき、母の部屋に入ったことがあった。ぼくが仕事から帰ってくると、食堂の食卓の上に、ペットの鼠を両手に載せているぼくの子どものころの写真が置いてあった。写真の両手は白く塗られていた。ぼくがかなり前に白く塗ったのだ。この二匹の鼠が死んだのは、ぼくが手袋を着ける前のことだった。手袋をつけるようになって、それまで撮ってあった写真を全部探し出し、そこに写っている手を全部白く塗った。その写真を母の部屋から持ち出してきたのはミス・タップで、写真の下に挟んだメモ用紙には次のような言葉が書いてあった。

なぜ？

その同じ日、ぼくが写真をもとの場所に戻すと、母が回想の時間から現実の世界にちょっと顔を出し、沈黙の壁を破った。

フランシスなの？
母さん！
フランシス、あの子にここに入ってきてほしくないのよ。入らせないでちょうだい。
それだけ言うと、母はふたたび押し黙った。ぼくは、なぜ？　のメモ（これはしまっておいた）が置いてあった場所に次のような言葉を書いたメモ用紙を残して置いた。

どんなことがあっても絶対に、二度とふたたび、母の部屋には入らないこと。

それ以降、仕事から帰ってきてミス・タップのメモを見ることはなかった。静寂がもどってきた。唯一の音といえば、体が発する音を別にすれば、四階から聞こえてくるテレビの音だけだった。しかしその機械の音はもともと、ぼくらを黙らせるように設計されているのだ。

何週間か過ぎた。ぼくらは時計をよく見た。追憶の時代と違って、沈黙の時代には時間に敏感になり、ぼくらはいまが何月何日の何時何分かを正確に把握していた。沈黙の時代は一ヶ月と三日と十四時間続いた。それはある日、まったく予期せぬところからいきなり突き破られた。ぼくは仕事に出ていた。台座の上に立って静止していた。缶に硬貨の落ちる音がした。目を開けると、ぼくの目の前にアンナ・タップが立っていて、次のように書かれた大きな紙を掲げていた。

あなたのお父さんが話し始めた。

その日ぼくは早めに仕事を切り上げた。

## 父の最初の言葉

もちろんぼくは、最初はアンナ・タップの言葉が信じられなかった。しかしよく考えてみれば、父が話し出すのはいまをおいてほかにないかもしれない、そういうことは大いにあり得る。父は《沈黙の時代》に足をすくわれたのだ。沈黙の時代なら、父が守備を怠るのもあり得ることだったし、すっかりリラックスした頭のなかに、ある思いが入り込んでくるのも大いにあり得ることだった。追憶の時代のあとに捨て去られたはずの思いが、父の鼻孔から脳のなかへと入り込んでいったにちがいない。沈黙しているときの父はいつも穏やかだったが、攻撃されやすい状態でもあった。そこにつけ込まれたのだ。父の脳のなかに入り込んだ思いは、脳のなかを飛び回り、そしてとうとう父の重い口を開かせたのだ。

ぼくが仕事を早めに切り上げてミス・タップといっしょに部屋に帰ってきても、父はぼくの名を呼ばなかった。ぼくの顔を見もしなかった。ミス・タップは家に戻る道すがら、ぼくらのあいだに横たわっていた沈黙の壁を跨いで、こう話しだした。あなたのお父さんは、ひしゃく、と言ったのよ。何度も何度も。どうやらあなたのお父さんは昔ののどかな日々のことを思い出したのじゃないかしら。望楼館が偽涙館と呼ばれていたころのことを。そうではない。しかし、これはいい兆候だった。ぼくは父の前に座った。父は笑みを浮かべていた。父は言葉を口にしていた。というより、呟いていた。最初の二、三日にぼくらが耳にしたのは、かろうじて聞き取れるほどのおずおずした言葉だった。でも、言葉にはちがいなかった。それでじゅうぶんだった。父はまた話し始めた。今度は小さな声ではっきりこう言った。

ひしゃく。ひしゃく。ひしゃく。ひ……。ひ

父さん、こんにちは。

ひしゃくだ。

フランシスですよ。

ひしゃく、ひしゃく。

それにオリオンもありますね、父さん。

オリオン、そうだ、オリオン。元気かい?

元気ですよ、父さん。

オリオン、きみは元気なのか?　オリオン、ひしゃく……

すばる。

すばる!

アンドロメダ。
大熊座！　北斗七星！
射手座。
カシオペア座！
ペルセウス座。
シリウス、大犬座！　おお、よかった、よかった。

父は星座や星の名前を思い出していた。星の名前を思い出しながら、父はおそらく、天文台にいる昔の自分を思い描いていたのだろう。《天文観測の夜》、あるいは《父の至福の時代》と呼ばれる時期、父は隠遁生活に入って宇宙を観察することに愛情のすべてを注ぎ込んだ。はるか昔、天文台が作られる前に父は、不動性と英知とを取り違えていた。その当時、父はまだ、後にぼくが学ぶことになる内面の不動性を獲得してはいなかった。

父は子どものころ、誕生日のプレゼントに顕微鏡を買ってもらった。そのときから父の大胆な生命分析の時代が始まった。

## 小さな父と顕微鏡の冒険

顕微鏡が届くと同時に、父の姿は屋外から消えた。子ども部屋に閉じこもり、すてきなおもちゃのうえにかがみこんで、髪の毛や潰した蟻の内部や酵母菌や水蚤《みじんこ》を魅入られたように観察した。当時の父の世界は極小だった。父の考えも極小だった。あまりにちっぽけなために、とても考えとは呼べないようなものだった。生半可な考え、未熟な考えだった。その小さな考えが目ざすものは、自分のまわりにあるもののすべてを最小の成分に、ひとつの細胞に還元していくことだった。父は両親（つまりぼくの祖父母）の姿を見ると、額にしわを寄せて、ふたりを血球と同じ大きさと色になるまで還元した。それでようやく落ち着いた気分になれた。父は頭のなかに、人の目では見ることのできない極小のものばかり集めた小辞典を作った。頭のなかで、あらゆるものをこれ以上細かくならないところまで解剖した。父は最強の千倍レンズで見える世界に隠れ住んでいた。父がまともに生きられる場所はそこしかなかった。そしてすこぶる危険なことに、父自身の大きさも、最小の分子ほどになっていった。そして父は、人の姿があまりにも巨大に見えるようになり、人を避けて暮らすようになった。たまたま、窓から外を見たりすると、あまりにも広大な地平線に圧倒され、恐怖にがんじがらめになった。鼠などは、食べられてしまうどころか、鼻の穴のなかに吸い込まれそうな大きさに見えた。家蠅がこちらにやってくるのを見ると、ごわついた足一本で簡単に踏み潰されてしまいそうに思えた。血球一個が惑星の大きさほどに見えてしまう父にしてみれば、危険きわまりない生活だった。

## 大きな虫眼鏡で見た父

ぼくの祖父母は最初、父が顕微鏡に夢中になっているのは科学への情熱のせいだと信じ切っていた。だから、しばらくのあいだは、父が一日中子ども部屋に引きこもって葉肉や上皮の細胞を飽かず眺めているのを喜んでいたくらいだ。次の誕生日には実験セットを与えたが、実験セットが開かれることはなかった。父は相変わらず子ども部屋に引きこもって、部屋の片隅にうずくまってぶるぶると震えながら何かぶつぶつ言っていた。動きでもしようものなら体全体が揺れだし、目からは涙が流れだした。顔は恐怖を滲ませたままこわばった。そこにいたってようやく祖父は、名案を思いついた。虫眼鏡をあげればいい。祖父は自分のことを、自慢すべきところのない、完璧なまでに凡庸な人間だと思っていたが、人生に二度だけ自分を天才だと思った瞬間がある。このときがまさしくその瞬間だった。祖父は父に虫眼鏡を与えた。父はその虫眼鏡を覗いて、たちまち大きくなった。相変わらず小さいことは小さかったが、恐怖心を拭えるほどには大きくなった。分子ではなく、マッチ棒くらいの大きさになった。鼠も蠅もまだ恐かったが、まわりに動物や昆虫がいなければ落ち着いていられるようになり、おどおどとではあるが、人と会話もできるようになった。祖父は死ぬ直前に、またまた名案を思いついた。ある夜、父が眠りについたとき、祖父はそっと子ども部屋に忍び込み、父の虫眼鏡を拝借した。そして分厚い凸レンズを普通のレンズに取り換えてから戻したのだ。

こうして父は、いよいよ生命分析における第二段階に入った。父はそのとき、百八十五センチという、普通の人間の大きさになっていたが、それでも、物の近くににじり寄って素通しの虫眼鏡で観察していた。父が集中力を身につけたのは、虫眼鏡のレンズのまわりにある丸い枠のおかげだったとぼくは信じている。

## 天文観測の夜

天文観測の夜は、生命分析の時代のなかで、もっとも豪快かつもっとも金のかかる時期にあたる。天文観測の夜は、一夜にして到来したわけではない。何ヶ月もじっと様子を窺いながら、父を永久に変貌させられる時期を見計らってやってきたのだ(のちに新しいぼくらの家にはそれにちなんだ名前がつけられることになるが、その時はまだ古い名前で呼ばれていた)。双眼鏡を手に入れた父は、図書室のお気に入りの椅子（赤い革張りの椅子）でくつろぎながら、双眼鏡を目に押しあてて外の世界を見るのが習慣になっていた。双眼鏡で見ると、はるか彼方の木々がいきなり大きな幹となって眼前に出現する。この時期、父は自分の体が木の大きさくらいだと思っていた。父は偽涙館のまわりを、大股でのしのし歩く自分の姿を思い描いていた。ある日のこと、図書室で双眼鏡を目に当てて橅《ぶな》の木の枝を夢中で観察しているうちに、いつの間にかあたりはすっかり暗くなった。必死で目を凝らしても、木々の姿はしだいに闇に紛れていく。なおも双眼鏡で眺めながら窓まで近づいたときだ。夜空が目のなかに飛び込んできた。月だ。星も見えた。それでじゅうぶんだった。とうとうその時期がきたのだ。父は突然、図書館には、偽涙館には、この国には収まりきれないほど大きくなった――父は突然、地球と同じ大きさになった。あっという間に、父の驚異的な脳は、父を惑星ほどの大きさに変えてしまった。父は一時的に普通の大きさにもどって望遠鏡を買いにいった。その小さくてちっぽけな望遠鏡で天文観測することを思い立った。間もなく、オーム家の金をつぎ込んで父は屋根にドームを取り付けた。緑色の銅板が取り外され、金属の枠が慎重に高くあげられ、ガラスが取り付けられた。一枚の大きなガラスには蝶番がついていて、そこが開くと父の強力な新しい望遠鏡がせり上がっていく仕組みになっていた。

## 父と宇宙とのつながり

父は毎日星の運行表を眺め、惑星の模型で遊びながら過ごした。隣人たちと知り合いになる、と父は表現した。父は星々と友だちになり、星を名前で呼ぶようになり、惑星から恒星へ目を移しながら一晩中過ごし、太陽が顔を出すと父の楽しみは跡形もなく消え去った。父は宇宙を知ったのだ。

ともかく、必死で喋ろうとしたものの、言葉を取り戻した最初の晩に父の口から出てきたのは、星々の名前だけだった。そして、赤い革張りの椅子からなんとか離れようともがいたが、椅子のほうが父を離そうとしなかった。ミス・タップとぼくは父を引っ張り上げ、6号室のいちばん広い部屋のなかを足許に注意しながら歩かせた。だが、すぐに疲れ果てて、父をもとの椅子に戻した。目を閉じると、父の思いはたちまち宇宙の彼方へ飛んでいくようだった。父の目が閉じるのを目にして、ぼくははっとなった。父がなぜぼくらのいる世界に戻ってきたのかわかったからだ。それは、いつも虚ろだった父の目が突然、アンナ・タップの拡大された目に遭遇したからだ。眼鏡の凹レンズが父に命を吹き込んだのだ。父がなによりも愛していたのがレンズだった。

## 家族の和解

父がかつての同胞だった星のことを思い出した夜、ぼくはよく眠れなかった。父の寝言で起こされたからだ。いや、初めは寝言だとばかり思っていたのだが、そうではなかった。父は同じ言葉を繰り返し口にしていたのだった。アリス、アリス、アリス、アリス、と。

ぼくが自分の部屋から出ていくと、父は松材の椅子に腰を下ろしていた。何年も容赦なく閉じこめられていた革張りの肘掛け椅子から、たったひとりでなんとか抜け出したのだ。その新しく座った椅子を、父はじりじりと前へと進ませていた。まるで蝸牛のようにゆっくりと、廊下を目指して。ぼくはその場に佇んで、一心不乱な父の様子を見つめていた。ぼくが、父さん、父さん、だいじょうぶ？　と訊いてもこちらを向こうとせず、ただ体と椅子を前へ進めることしか頭にないようだった。進みながら、呼吸のリズムにあわせて、父はか細い声でこう呼んでいた——アリス、アリス、アリス。廊下に出ると、ゆっくりと母の部屋に向かっていった。そしてようやく母の部屋のドアまでたどり着き、やっとの思いでドアを開け、椅子に座ったまま母のベッド目指してにじり寄っていった。アリス、アリス。母は起きていた、とぼくは思う。眼球が瞼の下で動くのが見えたからだ。しかし、母は身動きしなかった。アリス、アリス。だが母は、フランシス、フランシス、フランシス、と夫の名を呼ぼうとしなかった。老いた父はようやく、母のベッドに触れられるほど近くまでいった。そして大胆にも、慣れない動作で、父は母のベッドに両手をついて体を引きあげ、とうとう母のかたわらに横になった。だが、母に触れようとはしなかった。アリス、アリス、ともう一度言った。それから頭をあげると、静かに横たわっている母を見つめてこう呟いた。

アリス、アリス。私たちにはもうひとりフランシス・オームが必要だよ。アリス、アリス。あの子が長くもつとは思えないんだ。アリス、アリス。オリオン、カシオペア。

母の瞼のなかで膨れあがった涙は睫《まつげ》からこぼれだし、たるんだ頬を伝って落ちていった。

自分の部屋に戻って眠られぬ夜を過ごす前に、ぼくはしばらく母のベッドのそばにある椅子に腰を下ろし、父が目を閉じて安らかな寝息をたてるのをじっと見ていた。父の顎が左右に動いた。

その昔、父は昼間は静かに過ごしていたのだが、その代償のように、夜になると歯ぎしりという凶暴な音を始終たてた。それはすさまじい音だった。ぼくらは、こんなに強く歯を軋ませなければならないどんなことが父の頭のなかで起きているのだろう、と不思議に思った。母はその音を嫌悪し、ふたりで寝る夜は一睡もできないとこぼした。母は父に向かって、自分の歯くらいなんとかしなさい、と怒鳴りつけた。目を覚ましていつもの穏やかな様子に戻った父は、打ちのめされ、目に涙を滲ませながら、私にはどうすることもできないんだよ、だから、私を責めるのはやめてくれ、と頼んだ。それで母はテープレコーダーを買ってきて、父の眠っている間に歯ぎしりを録音し、翌朝になって父に聞かせた。父は衝撃を受けた。昼間のうちは礼儀正しく静かな自分の体が、どうして夜になると急に暴れ回り、不快な音をたてるのか、まったく理解できなかった。それで父はこう結論づけた。この体が夜になると自分を欺くのは、体というのがまったく信用のおけないものだからだ、と。父は、自分の体がもっと大胆にぬけぬけと裏切りを働くようになるのを辛抱強く待った。自分の体が、動くなと厳しく命令してもなお、勝手に動き出して館の外へ出ていく時をじっと待った。そしてある日、父の体は父を公園まで運んでいった。その体に勝つために残された唯一の手段を、父は行使した。父はまわりにいる人々を眺め、音を聞き、公園のベンチにくずおれるように座った。そして父は自分の意志で脳卒中を起こした。それ以来、父の左目の下瞼は垂れ下がったまま、内側の赤い色をさらけだすことになった。父の体と精神とのあいだで繰り広げられた壮絶な闘いの名残として。しかしそれはかなり前のこと、父が歯を全部抜いて入れ歯にしてしまう前の話だ。

父が眠りに就き、母の涙が乾いたとき、この夜に起きたことを表すのにふさわしい言葉があることにぼくは気づいた。家族の和解、だ。

## 母と父に朝食を食べさせる

実はその夜、ぼくの知らないところでもっと動きがあったのだ。それがわかったのは、翌朝目を覚ましたときだった。台所で朝食を作っているると、だれかに見られているのをはっきりと感じた。赤い革張りの肘掛け椅子に人影があった。しかし父ではなかった。母だ。ぼくの母さんだった。その目はしっかりと見開かれ、ぼくをまっすぐに見ていた。

母さん！
おはよう、フランシス。
母さん！
朝食はどこ？
すぐにできます、すぐにできますよ。
よく眠れたの、フランシス。
はい、おかげさまで。
それはよかったわ。

母さんはいかがです？　よく休めましたか？
それがぜんぜん眠れなかったの。わたしのベッドに知らない男がいるんですもの。

母とぼくは食卓でいっしょに朝食をとった。もう何年もそんなふうに朝食をとったことはなかった。ふたりとも押し黙って食べた。そして食べ終わると、ぼくが（ピンクのゴム手袋をして）皿を洗っているのを眺めながら、母はこう宣言したのだ。わたしは着替えることにするわ、この寝間着を脱いで、普段着に着替えようと思うの。でも、あの知らない男の見ている前で着替えることはできないわね。母の部屋に行ってみると、父は起きていて、ベッドに横になったままなにごとか呟いていた。ぼくは父を動かそうとした。父をひっぱりあげ、声をかけながら松材の椅子に腰掛けさせようとした。だが父はあまりにも重く、ぼくひとりの力では無理だった。助けが必要だ。しかし母は手伝おうとはしない。父がだれであるか知ろうともしない。門番は問題外だ。以前父の面倒を見ていたとき、父の唾が頰にかかったというだけで父を床に落としたので、金輪際父に触れさせるつもりはない。クレア・ヒッグでは弱すぎて力になれない。第一、もうぼくと話もしてくれないのだ。となると、ひとりしか残っていない。ぼくはミス・タップの部屋のドアを叩いた。彼女はぼくについて部屋までやってきてくれた。父は母のベッドにいる、母は着替えをしたいそうだ、とぼくは言った。それだけだった。
ミス・タップとぼくが母のベッドから父を下ろし、父を引きずるようにして部屋から連れ出すあいだ、母は急いで化粧室に駆け込んだきり出てこなかった。そして、父が無事に台所までたどり着いて、その姿が見えなくなると、母は一目散に自分の部屋に駆け込んでドアをばたんと閉めた。

ぼくらがいつもの赤い革張りの肘掛け椅子に父を座らせると、父はまたパニックに襲われた。弱った体を左右にずらせながら、苛立たしげに唸った。それでぼくらは父を松材の椅子に移して、朝食を食べさせた。

## 鏡のなかの母

母は鏡に映った自分の姿を眺めながら静かな声でこう言った。

この醜いばあさんを見てごらんなさいな。

母は体を洗い、寝間着を脱いで赤いドレスを着た。髪を梳《と》かし、化粧をほどこした。それからまた鏡を見てこう言った。

おはよう、アリス。可愛い可愛いアリス。

実際、母は、時間をかけてその醜さを取り除きさえすれば、とてもきれいな女性だった。

## ぼくらの日課が始まった

ぼくらの世界に戻ってから数日間というもの、父はよほど必死にならないと体を動かすことができなかった。アンナ・タップとぼくは父を励ましながら、時間はかかったけれど、なんとか少しずつ、親が赤ん坊に教えるように、父に歩き方を教えた。ひとりが父の後ろに、ひとりが父の前に立って、一歩一歩、歩かせた。倒れ込むときもあったが、必ずどちらかが抱き留めた。父はなんとも重たい子どもだった。しかしたちどころに歩き方を呑み込んで、間もなく6号室から外へ出られるようになり、廊下づたいに歩けるようになった。四つん這いになれば階段をゆっくり登ることができた。しかし下りる段になると、恐ろしく大変だった。父は関節が白くなるほどきつく手すりを握りしめて、絶対に階段を下りようとしなかった。だが、辛抱強く説得を重ねるうちに、一段一段時間をかけて下りられるようになり、ようやくぼくらは父を部屋まで連れ帰ることができた。

母の進歩については、目を見張るばかりだった。母はぼくらの世界に戻ったその日に、6号室から出ていった。一週間もすると、付き添いがあれば公園を散歩できるまでになった。しかしたいていは望楼館のなかで過ごしていた。母は空き部屋から空き部屋へと歩き回り、門番にシッと言い返し、クレア・ヒッグといっしょにテレビを見た。

父の入れ歯が引出しに入っているのを見つけたので、埃を払い、きれいに洗って父にこう言った。口を大きく開けて。夜になると、ぼくらは赤い革張りの肘掛け椅子にシーツと枕を載せて即席のベッドを作り、父を慣れ親しんだ場所に横たえた。しかし父はあまりよく眠れないらしく、星に呼びかける声がぼくのところまで聞こえてきた。

ぼくとアンナ・タップは交替で母と父の面倒を見た。おもにぼくが母を、アンナ・タップが父を見ていたが、ふたりでいっしょにどちらかの世話をすることのほうが多かった。初め、母はアンナ・タップを嫌っていた。写真どろぼう、と呼んだ。しかし、アンナ・タップがそれでも親切にしてくれるのを知って、ようやく母は、辛抱できる相手だと判断したようだ。しかし父のことは一貫して知らない男と呼んでいた。その知らない男はあなたの夫なんですよ、と言われると、決まってこう答えた。そんなことはありえないわ。わたしの夫は何年も前に脳卒中で死んだんですもの。

その翌週から、時間はふたつに分断された。母と父は同じ館に住みながら、違った時間を生きていると思いこんでいた。父は自分が偽涙館にいるものと思いこみ、どうしてこれほどまでに館が変わってしまったのかまったく理解できないでいた。母のほうは、自分が望楼館に住んでいることはわかっていたが、そこは母が幸福だったころの望楼館ではなかった。現在の、崩壊している望楼館、わずかな住人が住んでいる現実の望楼館だった。母にはそれがわかっていた。母は現在に生きていたが、過去を彷徨《さまよ》うのが好きだった。人の住んでいない多くの部屋の壁に手を触れては、そこにかつて掛かっていた絵に思いを馳せた。母は思い出を追いかけながら、しだいに過去へと遡っていったが、そこには父の居場所はなかった。一方、父は、自分が長い間、死んだように動かない時間のなかにいたことを知らなかった。いまも偽涙館に住んでいるものと思っていた。そしていつの間にか偽涙館が自分によそよそしくなったと思いこんでいた。そして、いまはただ館の内部が一時的に自分を避けているだけのこと、部屋の正確な位置をつきとめれば、よそよそしさも消えていくはずだと思っていた。悲しいことに、行く先々で新しい石膏板の壁を目にした父は、素っ頓狂な声をたてた――**ここは召使いの部屋だ、この壁の向こう側にちゃんとした部屋があるんだ**。そのたびにぼくらは肩をすくめ、父の手を優しく叩き、こう諭した。いいえ、父さん、違いますよ。しかし父さんは正しかった。父さんはいつも正しかった。

母と父は、ともにこの世界に復活してきた。そしてふたりとも、偽涙館と呼ばれ、望楼館と呼ばれた建物を、過去の人々と物で埋め尽くそうとし始めたのだ。

# 望楼館及び偽涙館の歴史
ぼくの母と父の目を通して語られたもの
(フランシス・オームとアンナ・タップの協力により再構成)

## 第一部

### 望楼館

母は、だれも住んでいない8号室の空っぽの寝室に入っていった。蜘蛛の巣を手ではらいのけ、蝿の死骸を部屋の隅に吹きはらってから、絨毯のない埃だらけの床の真ん中に腰を下ろした。ここよ、いまわたしの座っているところに独身男のベッドがあったの、と母は言った。大きなダブルベッドでね、ミシリとも鳴らなかったわ。あの人は毎晩ベッドのこのあたりに横になって眠ってたわ(そう言いながら、母は埃の上を手で撫でた)。ここに横になっていても眠らない夜もあった。となりに女性が寝ている夜もあった。ときには昼間でもそうだった。ここにくると、この部屋に最後に来たときのことを思い出すわね。ここに立っていたの(母は部屋の内側に片脚で立つと、もう片方の足を擦り切れた廊下の絨毯の上にそっと置いた)。彼は部屋に入れてくれなかった。ドアの隙間から見ると、荷物がすっかりまとめられて部屋のなかがきれいに掃除されていたわ。その翌日、あの人は出ていったのよ、さよならも言わないで。

あの人に言いたいことは山ほどあった。でも、あの人はわたしのことなんかどうでもいいと思っていたし、いくら彼の気を引こうとしても無駄だった。気を引こうとやっきになればなるほど、あの人はわたしを煙たがったわ。この廊下に立って、ほんのわずかだけこの部屋に体をいれて、わたしはこう思った。何がいけないの？　どうしてこうなったの？　それでわたしはそう強い口調ではなく、ろくでなしとだけ言って、立ち去った。それから6号室の自分の部屋に戻り、寝間着に着替えて、カーテンを引き、ベッドに入った。そのときからすべては始まったのよ。

フランシスがわたしの様子を見に来てこう言ったわ。母さん、起きてください。まだ夜ではありませんよ。よくお聞き、フランシス、とわたしは言った。目を閉じたら、わたしはどこへでも好きなところに行ける。望み通りの時間に戻ることができる。その気になれば、ずっと夏のままよ。永遠に渇ききった日々を送るより、そのほうがよっぽどいいわ。ふたりがとても幸せだったころ、あの人と初めて会ったころに戻りたければ、8号室にあの人といっしょにいる自分に戻りたければ、目を閉じるだけでいいの。でもね、あの人を思い出すよすががあれば、もっといいかもしれないわ。ねえ、フランシス、あなたがどろぼうだってこと、わたしは知っているのよ。はいはいしていたころから、あなたはずっとどろぼうだったもの。持って生まれたものなのね。だからわたしは文句を言ったこともないし、人に言いつけたこともない。あなたを叱らなければいけないとわかっていても、あなたから物を盗られた人が涙にくれ、絶望していても、わたしは何も言わないできた。責めることもできたのに、一度も責めなかった。だからね、フランシス、わたしはあなたのために長いあいだ罪を犯してきたのよ。だから、あなたはその借りを返さなくちゃね。わたしのために、あの人のＹフロントのブリーフを盗んできてくれない？

## フランシス・オーム、アンナ・タップから離れて

ある時期、母とぼくはとんでもないことを企てた。ぼくは、母の思い出の品すべてを一室に集めることに手を貸したのだ。母が人に贈った物をぼくは全部盗み、それを母の部屋に積み上げた。母は、物を盗んでくるたびにお金をくれた。ぼくが母の思い出をすべて盗み終わると、ぼくらふたりは、母の部屋で手を握りあって大笑いした。《母の思い出の品》は、ぼくの人生における偉業のひとつだ。教会へ通じる地下道に展示されている品々に次ぐ、ぼくの傑作だ。でも、お母さんはぼくの才能にどうやって報いてくれるの？　母はそれについては重く口を閉ざし、自分の過去と思い出の品を愛するばかりだった。母は自分の幻を追いかけていた。

一方、父は匂いがぜんぜん違うと文句を言っていた。

望楼館にはゴミの臭いが満ちていた。黴《かび》の臭いも、鼠の臭いもした。こんな臭いはしないはずなんだがな、と父は言った。いつも磨き抜かれた木の匂いがしているはずなんだ、召使いたちはオーク材の床板をいつも磨いているわけだし。それに、台所からは美味しそうないい匂いが漂ってきていなくちゃおかしい。偽涙館の部屋をまわって再度確認しようと思い立った父が目にしたものは、黄ばんだ壁とぼろぼろになった壁紙だけだった。それで父は最初からもう一度やり直すことにした。つまり、自分の子ども時代のことから始めて、論理的に順序だててゆっくり思い出すことにしたのだ。そのように思い出していけば、必ずや偽涙館の全体像が、その慣れ親しんだ家のすべてが明らかになると思ったのだ。それに、どうしてこんなことになったのか、それを説明できる大切なものをひょっとしたら思い出せるかもしれない、この建物は複雑なパズルなのだから、私が解きほぐさなければならない、と思いこんだ。

母は言った。さあ、三階の12号室の前に来たわ。右側が13号室で、左側が11号室ね。12号室には、母親がひとりで住んでいるの。その両側の部屋にはその母親のふたりの娘が住んでいるわ。12号室のドアを開けるわよ。ほらね、この人がお母さん、エリザベスという名前よ。13号室のドアを開けるわね。この子はクリスタという名前。11号室のドアを開けるわね。ほら、エヴァという名の娘よ。この姉妹は双子なんだけれどね、こんなにも似ていない双子には後にも先にも会ったことないわ。だって、クリスタのほうは背が高くて痩せていて、エヴァは背が低くて肥ってるのよ。ふたりの母親のエリザベスは背が高くて肥っていたけれど、恐ろしい癌にかかり、だんだん背が低くなって痩せていった。12号室のドアを閉めるわ。エリザベスが死んだ。12号室のドアを開けるわ。エリザベスは埋葬された。さて、12号室にはふたりの娘がいる。以前はとても気だてのいい姉妹だったのよ。でも、いまは、ほら、金切り声をたててとっくみあいの喧嘩をしている。母親の遺品をふたりで分けているところなのよ。この姉妹はとても仲が良くて、ふたりで病気の母親を心を込めて看病していた。あんなに献身的な娘を後にも先にも見たことはなかったくらいよ。ところが、どう？　母親が亡くなって、形見分けの段になると、ふたりは、とても恐ろしい、鬼みたいな姉妹になった。いま、部屋のなかを歩き回っているわ。ひとりは小さな丸い赤のシールが並んだ紙を持っている。もうひとりは小さな丸い緑色のシールが並んだ紙を持っている。ふたりは部屋のなかを歩き回りながら、いろいろな物にそれぞれのシールを貼っている。やかましく言い合ってるわ。自分の欲しい物に赤いシールが貼り付けられているのを見ると、それを剝がして緑色のシールを貼っている。その逆もあるわ。緑か赤のシールが遺品の上や裏側や、表からは見えないところに貼り付けられている。さて、ふたりはいま、ひとつの形見のまえで立ち止まっている。その形見は、昔亡くなった父親が母親に送った結婚指輪よ。とても素晴らしい指輪。銀のどっしりした台座にとても高価なダイアモンドがついている。エヴァは、このダイアモンドはわたしのよと言い、クリスタはわたしのものだと言ってる。ダイアモンドが緑と赤のシールで覆われてしまったわ。ふたりはわめき散らし、罵りあっている。その声が建物中に響きわたったので、ほかの住人たち全員が部屋から出てきて、もっとよく聞こうと戸口に立って耳をそばだてている。ふたりともこう言っている。この指輪は愛のあかしとしてママがもらったものなのよ、あんたなんかよりわたしのほうがずっとママを愛してたわ、パパを愛していた。だからこの指輪はわたしがもらうべきなの。ふたりは憎悪の言葉を投げつけあっている。あら、頰をひっぱたいた。あんたはママを愛してなんかいなかったじゃないの、と非難している。自分勝手で我が儘で欲張りだと言い合っているわ。でもその指輪をどちらが取るのか、決めることができない。とうとう、ふたりは明日の朝になるまで、喧嘩を延期することにした。それで12号室のドアに鍵をかけているわ。じゃあ、12号室のドアを閉めるわね。ふたりはそれぞれ、11号室と13号室に戻っていく。そのふたつのドアも閉めましょう。ドアの向こうで、ふたりはひとりぼっちですすり泣いている。さあ、夜になったわ。目を閉じて。さあ、開けていいわ。朝よ。11号室のドアを開けるわよ。13号室のドアもね。ふたりは冷ややかに、おはようと挨拶をかわしている。12号室のドアを開ける。姉妹は12号室に入った。あら、結婚指輪がなくなっているわ。夜のうちに消えてしまったのね。クリスタはエヴァに、わたしのダイアモンドを返して、と言っている。エヴァはクリスタに、すぐにわたしの指輪を返しなさい、と言っている。それから何時間もふたりは口汚く罵りあいながら、相手のポケットをひっくり返し、相手の部屋を探し回った。結婚指輪は見つからない。警察が来たわ。警察も指輪を見つけることができないの。三日後、11号室と12号室と13号室にはだれもいなくなった。12号室にあった物はすべて、弁護士の立ち会いのもとでふたりの間で分けられたのよ。姉妹はそれぞれ自分の持ち物と、死んだ母親の遺品の半分を持って望楼館を出ていった。ふたりはそれ以来二度と口をきかなかったの。

## 偽涙館

1号室に入っていって父はこう言った。ここは客間だ。私がひどい勘違いをしていないなら、ここは確か、この三倍くらい広いはずなんだがな。それにしてもなんて汚いんだろう！　このがらくたや空き缶や古新聞は、いったいどこから入りこんできたんだね？　しかも窓ガラスが割れているじゃないか。ここには薔薇と葉の浮き彫りがほどこされた天井があって、ちょうどこのあたり、ちょうどこの上に、一六八七年と書かれていたのだがね。それにここには、と言いながら父は壁を蹴った。ちょうどこの上に、一六八七年と書かれていたのだがね。マントルピースを支える円柱で囲まれた立派な大理石の暖炉がね。同じ暖炉がもうひとつ、数メートル離れたところに、この壁のここにあるべきなんだ。これは、偽の壁だな！　そうとも、そうとしか考えられない。ここにはタペストリーがかかっていなくちゃならないんだ。それに、ここはあまりにも、あまりにも狭い！　ここにソファがあると思おうじゃないか。いまは見えないそのソファに、私はお母さんと座っている。お父さんは向こうのソファにひとりで座っている。お父さんは『オーム家の歴史』の最後の巻を読んでいるところだ。その本はお父さんが書いたんだ。お父さんが笑っている。私は虫眼鏡で遊んでいる。お父さんが本を閉じた。読み終えたんだね。

フランシス、とお父さんが言う。おまえは古くから続く名家の跡取りだ。わしがいなくなったら、おまえがこの家を継ぐんだ。大事にしなければならん。結婚して、自分の息子を、少なくともひとりは持つことだ。無駄遣いしてはならんぞ。オームの土地を増やすんだ。それができないのなら、せめていまの状態のまま存続させること。一センチでも土地を失ったら、先祖に恨まれると思えよ。

お父さんは私を連れて屋敷中を歩き回り、代々続くオーム家の財産を見せてくれている。これをごらん、とお父さんが言う。みごとなものだろう？　これを失ってはならんぞ、フランシス、いいな。

父はアンナ・タップとぼくを玄関ホールに連れてきてこう言った。この偽涙館の玄関広間にはたくさんの肖像画があるんだよ。剝き出しになったこんな薄汚い壁紙などではなく。そして床は黒と白が交互に配された大理石であるべきで、ぼろぼろの絨毯などあってはならないんだ。ここに油絵の肖像画がたくさん並んでいるねえ。偉い人たちの肖像だ。代々続くオーム家の人々だよ。一枚の肖像画の上には別の肖像画が掛かっていて、それが上に向かって五枚続いている。肩車をしているみたいに、ずうっと上の暗闇の先まで続いている。大勢のオーム家の死者たちだ。いつもきれいに埃を払われている死者は、そのまま歴史の証人だ。私を思い出すんだという肖像画の囁きがちゃんと聞きとれるように配置されているんだよ。すべてが非の打ちどころのない歴史だ。この人たちは私を見ている。とがめるような表情をしている。

お父さんは私にこう言うんだ。わしがしてきたように、おまえも毎日ここに来るんだぞ。そして先祖の顔を見るんだ。ちゃんと顔を見られたら、それはおまえがきちんと義務を果たしている証拠だ。しかし先祖の顔をまともに見られないときは、おまえは何か間違ったことをしている証拠だ。だったらすぐにそれを正さなければならんぞ、フランシス。土地を買うときには、あるいは買うつもりになったら、ここに来て先祖の顔を見てごらん。きっとみんなが微笑みかけてくれるはずだ。絶対に土地を売ってはならんぞ、フランシス。広げて、増やしていかなければならん。あそこの、いちばん上に掛かっているのが初代のフランシス・オーム。フランシス・オーム卿だよ。地下の地下道のなかで亡くなった人物だ。われわれはみなこの人の子どもだ。この人がわれわれを作った。それに敬意を表して、われわれはこの人の名前を生きている間だけ預かる。そして、次の世代にその名前を引き渡すんだ。途切れさせてはならんぞ。引き渡していくんだぞ、フランシス。永久に引き継いでいかなければならないのだ。図書館にある『オーム家の歴史』を読みなさい。そして自分でも歴史を書くんだ。われわれを失望させてはならんぞ。失望させないと約束しなさい。この肖像画に、そしておまえの父親の命にかけて誓うんだ。絶対に失望はさせない、と。さあ、約束しろ、フランシス、約束しなければならん。

わかりました。約束します。

## 望楼館

母――ここが16号室よ。クレア・ヒッグが住んでいるの。クレア・ヒッグはテレビを見ているわ。クレアは最近テレビを見るのが日課になっていて――

母の言葉はそこで急に途切れた。父がとなりの部屋にいる物音を聞いたのだ。それで母は三階へ駆け下りていった。

## 偽涙館

父が15号室に入ってきた。ここがピーター・バッグの部屋だよ。あの黒々とした髪の厳格な男は、学校が休みのあいだだけ、私の家庭教師をしているんだ。彼はいつもこの部屋を使っているんだが、おや、おかしいな。四部屋になっているじゃないか。三つの部屋は偽の部屋だな。無視しよう。壁じゅうに学校の写真が貼ってあるんだ。

## 望楼館

母——この10号室にはピーター・バッグが住んでいるの。禿げ頭のこの男はいつも汗をたらたら、涙をぽたぽた流しているんだけれど、わたしの夫と息子の家庭教師だった人なのよ。ここに来てまだ間もないわ。前に住んでいた部屋を返してくれと家主に言われてね。彼は人づきあいをせずに、一日中机に向かって書き物をしているわ。何を書いているのか、わたしにはぜんぜんわからない。窓のそばに紙屑入れがあるんだけれど、丸めた書き損じの紙でいっぱいになっている。ここの壁紙は、大きく引き伸ばされた写真でできていてね、漁師たちがおかしな格好の船の上で働いている港の風景なんだけど、ピーター・バッグとはまったく関わりないの。前からここにあったのよ。鮮やかなウルトラマリンの海の上にミスター・バッグの学校の写真が貼ってあるなんて、ちょっと異様な感じね。このおかしな港の写真を壁紙にしたのは、10号室の前の住人でね、何十年も外国で働いてきた老人だった。この写真は、その人が外国に住んでいたときに家の窓から見えた風景なんですって。その家をひどく懐かしがっていたわ。このおじいさんはミスター・ウィルソンといって、外国での仕事が終わって帰って来たんだけれど、ここにいるのが嫌で仕方がなくて、それで自分の部屋を昔の思い出の品でいっぱいにしたのよ。だから、ここは外国から持ってきたもので溢れていたわ。ある日、一週間も部屋に閉じこもっていたミスター・ウィルソンは、外に出ようと思った。でもいざ動こうとすると、全身の筋肉が引きつって、ぜんぜん動けないことがわかって愕然とした。それで絶叫したの。絶叫し続けて、止められなくなった。門番は医者を呼んだわ。医者は救急車を呼んだ。ミスター・ウィルソンは病院に入ったまま、二度と戻ってこなかったのよ。

## 偽涙館

かつての客間だった1号室に戻ってきた父は、目に涙をためながら言った。あそこにいるのが(そう言って父は、汚れた部屋の隅を指さしたが、そこにはもちろんなにもない)私のお父さんだ。お母さんと私は、お父さんが眠っているのだと思っている。お母さんはお父さんを起こそうと近寄っていく。夕飯の準備が整ったことを知らせる銅鑼《どら》が鳴った。でもお父さんは起きない。お母さんは私に向かってこう言うんだよ。ひとりで夕食をとりにいきなさい。それ以来、私はお父さんの姿を見たことがないんだ。

それから間もなく、いろいろな人が私たちにお金を要求するようになった。とんでもない額のお金をね——お父さんが亡くなったために支払わなければならない相続税だの、所得税だの。あんまり多額の金を要求するんで、お母さんは泣き出した。結局、食堂に飾ってあった油絵の風景画を二枚売ることになった。絵があった壁を見ると、その絵のことをまざまざと思い出すよ。お母さんが喫煙室の机に腰を下ろしている。そこにお父さんは出納簿をしまっておいたんだ。お母さんがこう言う。あなたのおじいさまの時代には、二十七人もの人を使っていたわ。執事や召使い、下男、女中、それにランプ係までいたのよ。でも時代はすっかり変わってしまった。もうこれまでのようにはいかないのよ。

お母さんはため息をついて、使用人の数を減らさなければならないわ、と言っている。家を管理してくれている人たちに辞めてもらわなければならないわ。女中もそば仕えの者も。配膳係も掃除婦も、もう雇えない。この家をきれいにしておくための人がいなくなってしまう。床を磨く人がいなくなってしまう。

## 望楼館

母はクレア・ヒッグの部屋に戻った（父が階段を下りて一階に行ってしまうまで、母は四階には上がろうとしなかった）。クレアは大事な人を亡くしてとても悲しんでいるの。ひとりぼっちで一日中泣いているわ。外に行こうと誘ったり、公園を散歩しましょう、カフェでホットチョコレートを飲みましょうと声をかけても、誘いにぜんぜん乗ってこないの。毎朝、わたしたち、部屋のドアを叩いて誘っているのよ。でも彼女はこう言うばかり。通りの端に雀の死骸があるのが見えるから外に出られないわ。悪いことが起こる兆《きざし》だもの。また別の朝には、通りから車のクラクションが聞こえてくるから外には出られない、あの音は、ひどい運転をしている凶暴な運転手がいるってことだから、外に出たらはねられてしまうに決まっているわ、と言うの。またある時には、もうじき嵐がやってくるからとても外には出られない、って言う。空には雲一つないのによ。彼女は窓のそばに立って、通りを走っていく車の列をずっと見ているのよ。

## 偽涙館

1号室にいる父は、急に狭くなってしまった、もと広い客間にいるものと思っていた。この部屋に娘たちが大勢きている。お母さんがその真ん中に座っている。お茶を飲んでいるんだ。私は、女性たちからちょっと離れて、あそこに座っている。お母さんは、私を娘たちと話させようとするんだけれど、私はびくびくしている。だからひたすら黙っているんだよ。娘たちは毎日やってきては楽しそうにお喋りしていく。みんな幼なじみなんだ。娘たちは私には話しかけない。お母さんは私の奥さんを見つけようとしている。私はお母さんに、奥さんなんかほしくない、と言う。お母さんは私の頬をぴしゃりと打った。また娘たちがやってきて、今度は私はみんなといっしょに座らされている。お茶の時間に、私はカップを持ち損ねて、ひとりの娘の服にお茶をかけてしまった。その娘は急にいきりたって、新しいドレスなのよ、と言う。わざとお茶をこぼした、と私を罵るんだよ。その娘はすてきな顔をしていて、見とれるような笑みを浮かべていた。でもみんなと話しているときに浮かべていた笑みは、とりつくろったものだったんだね。その娘が私を罵り、わざと服を台無しにしたのだと喚いている。きれいな笑みは跡形なくかき消えた。次に娘たちが集まったとき、その子はいない。お母さんのお茶会から娘たちはひとり去り、ふたり去りしていった。とうとうみんな来なくなった。私は心からほっとしているんだ。

## 望楼館

まだ四階にいる母は、エレベーターの金属製の扉を開けて、そのなかの暗闇をのぞきこんだ。これがそもそもの発端だったの。このせいでミス・ヒッグがこの世界から引きこもることになったのよ。あのワイヤを見てごらんなさい。エレベーターを優しく引っ張り上げたり、ゆっくりと下ろしたりしていたワイヤの一本よ。その先端を見てごらん。ちぎれているでしょう。噂では——その噂のもとはフランシスなんだけれど——門番がエレベーターのワイヤを切ったそうなの。警察は、ワイヤのちぎれ目がきれいすぎると言っていたわ。あのワイヤがエレベーターの重みで切れたのなら、ちぎれ目はもっとぎざぎざになっているはずでしょうって。でもなんの証拠もなかった。

偽涙館

父は1号室と書かれた、狭くなった客間にいた。私はここに座っている。ほかにだれもいない。ドアが開いて、といっても、こんな番号がふってあるドアではないぞ。こんな安っぽいドアじゃない。叩いてもこんな虚ろな音はしなかった。私には別の立派なドアが見える。そのドアが開いて、ひとりの娘が客間に入ってくる。ドアが閉められた。しかも鍵がかかる音までする。私は娘とふたりだけで、鍵のかかった部屋に閉じこめられたんだ。その娘が私の妻になるんだがね。彼女は町からやってきた人間で、わが家みたいな古い名家の出ではない。でもお母さんによれば、わが家と同じように立派な家だということだ。その娘は私のところまでやってくると、こんにちは、と言う。私は目をそらす。彼女はさらに近づいてきて、私の唇にキスをした。私はドアに走り寄って、開けてください、とお母さんに頼んだ。その娘は私を追ってドアのところまで来る。ドアを開けてもらえないことがわかって振り向くと、目の前に娘の顔があって、また私にキスをしてくる。三回目のキスは前の二回とは違っていた。私は恐怖にがんじがらめになって、そこに突っ立っているだけだ。唇に彼女の舌を感じる。その舌は私の口を割って、くねらせるようになかに入ってくる。しばらくして彼女は舌を引き抜いて後じさりする。ようやく私は息を継ぐ。長い間息を止めていたので、めまいがしそうだ。大きく息を吸い込む。私がひどく狼狽《うろた》えているように見えるらしく、娘は私から離れて向こうに並んだソファのひとつに腰を下ろし、泣き出した。ようやく私は彼女のところにいき、隣に腰を下ろす。そして彼女の手を軽く叩く。彼女は私を見上げる。にっこりする。抗うことができない笑みだ。その娘はとても美しい笑みを浮かべてこう言う。ここにいてもかまわない？　私は言う。はい。しかし私は彼女にここにいてほしいからそう答えたのではなく、彼女の笑みに逆らえないからそう答えたんだ。鍵が外される音がする。お母さんがドアをノックしている。ドアを開けると、お母さんが私にこう尋ねる。いかが？　私はなにも考えずにすぐに、好きになった、と言う。たったいま自分の口から出てきた言葉に私は衝撃を受ける。その言葉の意味を考えて、ようやく、たしかに私は好きになった、と思う。私はもう一度口に出して言う。好きになった……そこでやめる。娘の名前を知らないんだよ。私は彼女に尋ねる。きみの名前は？　彼女は、アリス、と答える。私はお母さんの方を向いてこう言う。はい、私はアリスを好きになりました。

## 望楼館

母は四階の16号室と19号室のあいだにいた。16号室と19号室のドアの外には牛乳瓶があるわ。

いまはちょうど朝の七時三十分ね。16号室のドアが開いたわ。ほら、ミス・クレア・ヒッグが寝間着姿で立っている。今度は19号室のドアが開いて、ミスター・アレク・マグニットが出てくるわ。野暮ったい灰色のスーツを着て、やっぱり野暮ったい灰色の靴を履いて、きちんとした身なりをしている。片手には計算機を持っているわね。彼はドアの外に置いてある牛乳瓶を取り上げて、ドアを開けたまま冷蔵庫に入れに行く。クレアは彼の部屋のなかを見る。開いたドアから見られる範囲のところをね。それ以外のところは見たことがないのよ。額に入った老女の写真が見える。きっとアレク・マグニットのお母さんなんでしょう。ミスター・マグニットは廊下に戻ってくると、ドアに鍵をかける。クレア・ヒッグはまだ16号室のドアの外側にいて、彼に愛らしく笑いかける。彼も神経質そうに笑みを返すのよ。アレク・マグニットはクレア・ヒッグのところにやってきて、彼女の手に何か手渡したわ。それからエレベーターのシャッターを開けて、エレベーターのなかに入り、それからシャッターを閉める。クレア・ヒッグも自分の部屋のなかに入ってドアを閉める。それから手のなかを見た。アレク・マグニットの証明写真が入っているのよ。裏側には、愛の言葉が書かれている。アレク・マグニットはエレベーターのなかで、一階を示すボタンを押す。エレベーターの外でなにか恐ろしげな音がする。重みに耐えかねて何かが落ちていくような音。それからいきなり轟音が響きわたる。二階と三階のエレベーターの昇降路から埃がもうもうと立ち上がる。ミス・ヒッグはドアを開ける。もうその顔は笑ってはいないわ。彼女は四階のエレベーターの入り口に駆け寄って、金属のシャッターを引っ張り開ける。そこから下を覗く。引きちぎられたワイヤが目の前でぶらぶらと揺れている。クレア・ヒッグは悲鳴を上げるのよ。

## 偽涙館

父が階段をゆっくりと上がっていくと、その音を聞きつけた母が急いで五階へと駆け上がっていった。父は16号室のまえで立ち止まった。その部屋からは人の声が聞こえている。父は話し出した。このドアにどうして16という文字が貼り付けられているのかわからないな。このドアは16という数字とはまったく関わりないんだ。この向こうは私の寝室なんだからね（父はドアをどんどんと叩いた）。私は寝室に鍵をかけた覚えはないのだがな（クレア・ヒッグがなかから文句を言った。父はドアを蹴った。ぼくらは父に、そんなことをするのはやめて、その寝室の様子を思い描いてください、と頼んだ。父はちょっと不服そうにドアに触れてから目を閉じて笑みを浮かべた）。このドアの向こう側にはね、四本の柱と天蓋のついた大きなベッドがあって、そこで私は横になっているんだ。ひとりでね。真夜中だ。この日、私が好きになった女性アリスと結婚式を挙げたんだよ。ティアシャム教会でささやかな式をね。アリスが偽涙館に泊まる最初の晩なんだ。彼女の寝室は二階下にある。私が天井をじっとにらんでいると、音が聞こえてくる。手で木を叩くような音だ。だれ？　と私は尋ねる。アリスよ、という声がする。断りもなくドアが開いて、アリスが私の部屋に入ってきてドアを閉める。身につけているのは寝間着だけだ。ところが、すぐに何も身につけない状態になる。素っ裸になったアリスはこちらにやってくると、シーツと毛布を引き剝がす。そしてベッドに身を滑りこませて、シーツと毛布を裸の体にかける。彼女は私のパジャマのボタンを外して私の上にまたがる。アリスは上へ下へと動く。彼女が上へ下へと動いているうちに、私は少なからぬ喜びを感じてくる。しばらくして、アリスは私を見下ろし、こう訊くんだ、**もう?** 私は彼女の言っている意味がわからないので、その問いかけを無視する。アリスは自分の部屋に帰っていく。彼女はそれから何日か、夜になるとやってきては同じことをするようになるんだ。私はそのうち夜を待ち遠しく思うようになる。間もなく、彼女は、**もう?** と訊かなくなり、私のところにもっと長くいるようになる。

## 望楼館

五階に行った母は、人気のない23号室へ入っていった。ここはこの建物のなかでいちばん狭い部屋でね、アロイシャス・ピアソン卿のお住まいだったのよ。ピアソン卿はひとりで暮らしていたわ。この人は昔、とても大きなお城の持ち主だったの。豪華な財宝がどっさりあったお城でね、毎年八月になると卿はお城を公開して、入館料をとって来館者たちを案内していたわ。でもね、そのお城は修理に大変なお金がかかるような状態だったのよ。さらに悪いことに、嵐の日に倒れてきた松の木が城の屋根を直撃して、とんでもないありさまになったの。ピアソン卿個人の資産ではお城を修復することができなかった。選択肢はひとつしかなかった。すべての財産を信託会社に預けること。この信託会社がお城を修理して、一年中城のなかを公開することになった。その条件というのが

a　ピアソン卿は城のなかに留まることはできないものとする。

b　ピアソン卿は来館者を案内することはできないものとする（附記参照）。

附記　信託会社は、人々を楽しませることを職業として学んだ、歴史と建築の専門家による特別チームを編成する。

というものだった。ピアソン卿が自分のお城を出たのは、その城を修復して、代々伝わる財宝をそこに留めておきたかったからなのよ。卿は町にやってきて、手元にあるお金で買える部屋を探し、望楼館の23号室を買った。この建物には歴史が感じられますな、それに、この部屋は（むかしは召使いの部屋だったのよ）手頃な値段です、と卿はおっしゃったわ。卿はここで暮らし、ここで亡くなった。亡くなる前、卿はたびたびここの住人をこの部屋に招待して、まるで大邸宅ででもあるかのように案内していたわ。こうおっしゃりながらね。ここがピアソン卿がくつろいでテレビを見ていた応接間ですよ。ピアソン卿がレモンの香りのする石鹸で体を洗っていたのが

このバスルームと浴槽です。これが、ピアソン卿が腰掛けてコンソメスープを飲んでいた台所と食卓です。そんなふうだったわ。ピアソン卿は睡眠薬の飲み過ぎで亡くなったの。お金はすっかり使い果たしていた。卿はお金を稼ぐ方法をまったく知らなかったのね。身につけていたスーツにね、あの粋な着こなしをしていたツイードのスーツに、こんなメモが貼り付けてあった。

その始まりを尋ねれば今世紀初頭まで遡る、威風堂々たる遺物
ピアソン卿。
一族の地下納骨所に埋葬してください。

## 偽涙館

父は空き部屋の12号室にいた。ここは私の母の部屋だ。お母さんはベッドに横になっている。部屋中に置かれた陶器の人形が、じっと私を見つめているよ。昼間だ。お母さんはベッドから二度と起きあがれないんだ。お母さんは私に、オーム家の血筋を守るのを忘れないように、と言っている。『オーム家の歴史』をよく読みなさい、そうすればあなたの子どもたちにその本を引き継がせることができるでしょう。それからお母さんは泣きだした。お母さんは、アリスにずっと

苦しめられているのよ、と言う。アリスは偽涙館にある物の置き場所を、わざとみんな変えているの。わたしの権威を貶《おとし》めるために変えているのよ。わたしがどこに物があるかわからないでいると、アリスがほらあそこにありますよ、と自分がわざと変えた置き場所を指さして言うのよ。わたしが知るかぎり、あれはずっとそこに置いてありましたけど、って。そういうことが頻繁に起きるようになって、召使いたちは陰でわたしを嘲笑うようになった。とうとうこの前、わたしが失くし物のありかを尋ねたとき、アリスは召使いの前でこう言ったのよ。ご気分が優れませんの？　でしたらベッドで横になっていたほうがよろしいんじゃありませんか。

お母さんは私にこう言うんだよ。そこにお座り、フランシス、わたしの可愛い坊や。私は、だめだよ、これから散歩にでかけようってアリスに言ってあるから。その次の日、お母さんは私に、アリスが召使い全員に、わたしに楯突くようにしむけているのよ、と言うんだ。私はお母さんに、それはアリスに対してあんまりな仕打ちじゃありませんか、あとでアリスを連れてきますから、彼女に謝ってください、と言う。するとお母さんは、出て行きなさい、二度とここには来ないでちょうだい、と命令する。その夜、お母さんは眠っているうちに亡くなったよ。私たちは亡骸を埋葬した。お母さんの陶器の人形をすべて屋根裏部屋の納戸に移した。妻がこう言ったからだ。わたしを睨みつけるあの人形には耐えられないわ。どこかにやって、フランシス。わたしがめちゃめちゃに壊してしまわないうちに。

## 望楼館

母は19号室に入った。エレベーターが転落する前の晩よ。アレク・マグニットは机の前に座って計算機のボタンを押しているわ。そのとき、廊下から声が聞こえてきたのよ。彼は玄関のドアまでいき、その鍵穴に耳をおしつけた。門番がクレア・ヒッグに話しかけているわ。ドアを叩きながらね。

入れてください。
だめよ。
どうかぼくとちょっと外を歩いてください。
いいえ、歩きたくないわ。
あなたにキスがしたい。あなたを愛しています。
ほっといてちょうだい。
開けてください。あなたにキスしたい。
向こうへいって！

門番は16号室のドアの前から立ち去るときに、階段そばの幅木《はばき》を蹴りあげたわ。ほら、ここにその痕が残っているでしょう。門番はひどい言葉を吐きながら去って行くわ。わたしがこのことをこと細かに知っているのは、クレア・ヒッグといっしょに16号室にいたからよ。それから、アレク・マグニットが自分の部屋からでてきて、16号室のドアの前まで来た音がした。部屋のなかではクレアがひどく興奮している。でも、その足音は離れていき、19号室のドアが閉まる音がした。クレアはすっかり気落ちしたみたいね。その夜、アレク・マグニットは自分の証明写真の裏に愛の告白を書いたのよ。

## 偽涙館

父は6号室にあるぼくの母の部屋に入っていった。ようやく！　そうだ、ここはおかしくないぞ。ここは私の妻の部屋だ！　同じ赤い羅紗紙の壁紙が貼ってあってまったく変わっていない！　心なしか、以前よりも取り散らかっている感じがするが、なに、気のせいだろう。ここは間違いなく、妻の部屋だ。向こうにナイト・スタンドがあるな、あれはフランシスのものだった。ベビーベッドを付け足そう。ほらここに、明かりのそばに。ベビーベッドのなかには、安らかに眠っている赤ん坊。男の子だ。フランシスという名の。オーム家の長男はすべてフランシスと名づけられるんだ。この子はとてもちっちゃくて、とても色が白い。私たちの子だ。アリスと私が作った子だ。

肖像画は笑みを浮かべているぞ。

## 望楼館

母――わたしは玄関ホールにいるわ。夜よ。アレク・マグニットが仕事から帰ってきたわ。彼はエレベーターに乗り込んで四階に向かっている。すぐにクレア・ヒッグが玄関ホールに現れる。彼女はアレク・マグニットの後をずっとつけてきたのね。彼女は階段を使って四階まであがっていく。次に第三の人物が登場するの。門番よ。門番は、アレク・マグニットの後をつけていたクレア・ヒッグの後をつけてきたわけ。門番の顔は真っ赤になっている。嫉妬しているのよ。彼は階段を使って地下へ下りていく。そして最後に、四番目の人物が登場するわ。それがこのわたし、アリス・オーム。わたしはずっと、アレク・マグニットの後をつけていたクレア・ヒッグの、その後をつけていた門番の後をつけていたの。門番がわたしの友人クレア・ヒッグを好きになりだしたのよ。この男には危険なところがあるわ。彼はクレアのことなんて何とも思っていなかったのよ。アレク・マグニットがクレアを愛していることを知るまではね。この男は、すでに人に愛されている人しか愛せないというタイプの人間なの。愛されていることがわからないと、その相手が愛すべき価値があるとは思えないのね。愛とはどういうものか知るために、人に愛されている相手が必要なのかもしれない。ともかく、門番は他人の愛を見て、どうしてもその愛を盗みたくなった。

クレアはアレクを追いかけ、門番はクレアを追いかけ、わたしが門番を追いかける。そういったことはわりと頻繁にあったのよ。一週間に何回かそういうことがあった。それに気づいていないのはアレク・マグニットただひとり。

不思議なことに、マグニットが亡くなったとたんに、門番はクレアにまったく興味を示さなくなった。マグニットがいないと、門番はクレアを愛する価値のある相手だと思えなくなって、たちまち関心をなくしたのね。

## 偽涙館

14号室の父。ここは子ども部屋だね。私をからかおうと思って、だれかがここにあったテーブルと椅子をどこかに持っていってしまったようだけれど、すぐにわかるよ。青蝿の色に似たタイルが床と壁の中程まで敷き詰められているんだ。この壁のこのあたりに、おかしいな、あるはずなんだが、私は自分の名前を刻みつけておいた。またた！　石膏板の壁だ！　この石膏板の壁の向こうにあるにちがいない。わたしの名前は絶対にここにあるんだ！　ここが子ども部屋だ！　ここで私は顕微鏡を見ていた。しかしいまとなってはそれもだいぶ昔のことだな。いまは私たちの子どもがベッドに寝ている。医者はたったいま帰っていった。この数ヶ月というもの、何人もの医者がやってきた。私たちの子どもは五歳だ。その子の具合がよくないんだ。病気になっている。頭が膨らみはじめて、ひどく青白い顔になっている。頭がいたいと訴えている。でもいま私の子は眠っている。白くてやせ細った体を見ているうちに、私は泣き出してしまう。瘦せた身体のうえにのっている頭がいかにも大きい。バランスがまったくとれていない。ほっぺたも膨れあがっている。顔の肉がぱんぱんに腫れあがって、まるでいまにも破れてしまいそうだ。

## 望楼館

母は独身男の住んでいた8号室にいた。わたしはここの寝室にいるの。ひとりじゃないわ。わたしは微笑んでいる。

# 偽涙館

14号室にいる父。私の息子の病状はどんどん悪くなっている。頭がどんどん大きくなっていき、体はどんどん痩せ細っていっている。息子が微笑んでいるよ。いま、息子は笑っている。目尻に皺ができる。息子は片手でテディ・ベアをしっかり抱えている。テディ・ベアの口を引きちぎってしまったんだ。その顔から笑みをむしり取ってしまったんだよ。息子は笑いたくなんかないんだ。息子の顔が笑っているように見えるのは病気のせいだ。腫れあがった皮膚が口元を引っ張るので、笑っているように見えるんだよ。私の息子はとても細い金髪をしている。両側に分けられている。とても細いので、その下の頭皮が透けて見えるほどだ。私は見つめている。五歳なのにこの子はまるで老人だと思っている。

## 望楼館

まだ8号室にいる母。わたしはここの寝室にいるの。ひとりじゃないわ。わたしは微笑んでいるの。

## 偽涙館

父は6号室の母の部屋にいた。私の妻がベッドにいる。いまや妻は、一日中ベッドから出てこない。彼女はもうずいぶん長い間、私たちの息子を見ていない。私はパジャマを着ている。してみると、夜だな。私は妻のいるベッドに入る。妻にこう言っている。アリス、ずっと肖像画を見ていたんだよ。アリス、私たちにはもうひとり、フランシス・オームが必要だよ。あの子が長くもつとは思えないんだ。

## 望楼館

母はまだ8号室にいる。わたしは寝室にいるのよ。ひとりじゃないわ。わたしは微笑んでいるの。独身男に恋をしている。こんなに幸せな気持ちになったことはないわ。

## 偽涙館

6号室の母の部屋にいる父。このベビーベッドのなかに、ふたり目の子どもが眠っているんだ。この子も男の子だ。トーマスという名だ。アリスはこの子の面倒をとてもよく見ている。そして一時間おきにその頭を両手で包んでは、膨れていないかどうか調べ、安堵のため息をつく。もうひとりの息子も来ている。いつもなら病気のせいで子ども部屋から出られないんだ。この子はいまも笑みを浮かべている。しかし、その目のなかには、喜びのかけらもない。この子はずっと赤ん坊を見ている。赤ん坊を熱心に見つめている。赤ん坊の顔を見ながら、自分の頬を手で撫でている。妻は上の息子に赤ん坊を触れさせようとはしない。息子が赤ん坊に近づこうものなら力いっぱい押しもどす。息子はいまや私たちに背中を向けて、子ども部屋へと通じる階段を登っていく。あの子は六歳なのに、六十歳のように見える。

ふたりの医者が私の息子のベッドのまわりにいる。息子は泣き叫びながら頭を摑んでいる。私は医者に尋ねる。なにか手をうってください！　こんなに痛がっている。私は悲鳴をあげる。どうにかしてください！　医者は、手の施しようがありません、と言う。ふたりは息子にモルヒネを注射する。私の息子は熱に浮かされたように自分の頭をかきむしっている。なにか手をうつんだ！

## 望楼館

12号室にいる母。わたしはふたりの姉妹、エヴァとクリスタにプレゼントをあげたばかりよ。レコードプレイヤーをあげたの。これが最後のプレゼントになるわ。今日、唯一の空き部屋だった8号室を、とてもハンサムな独身男が買ったのよ。その男はドミニクといって、部屋を見に来たときにわたしににっこり微笑んだの。意味ありげな微笑みだった。そして彼はわたしの名前を尋ね、結婚していますか、と訊いた。名前はアリス、未亡人よ、とわたしは答えた。姉妹は包みを開けてレコードプレイヤーを取り出すと、早速レコードをかけているわ。ありがとう、アリス、あなたって本当にご親切な方、こんなすてきなプレゼントをくださるなんて！　とお礼を言われた。わたしたちは有名なラブソングに耳を傾けた。音楽を聴きながら、わたしは独身男のことを考えているの。

## 偽涙館

父は14号室を出た。父の足は、まったく違った絨毯が敷いてある階段の感触を覚えていた。父は両手を、まるで何かを運んでいるように前に持ち上げている。その瞬間、ぼくは父が一挙に若返って、黒くふさふさとした髪になり、背筋もすっと伸びたのをたしかに見た。

父は言った。この子がフランシス・オームの長男のフランシス・オームだ。もっと体が重ければどんなによかったか。まるで何も抱えていないみたいだ。この子はまるで小さな老人のように見える。この子は息をしなくなってしまった。この大きな頭はもう動かない。これが私の息子だ。これが私の息子だった。私の息子は死んでしまい、私は絶望に打ちひしがれている。

## 蚊に刺された痕とリップクリーム

ぼくの両親が望楼館のなかを走り回って自分たちの歴史を遡ったり回想しはじめたからといって、ぼくらは自分たちの生活を中断するわけにはいかなかった。ぼくはミス・タップに両親の面倒をみてもらっているあいだ、一日のうち何時間か、町の真ん中にある台座の上に立ったり、展示品が並んだ地下道を歩いたりしていた。ミス・タップも、ぼくがいるときは暇をみてティアシャム教会の祭壇の木像を訪れ、視力が戻るよう聖ルチアに祈っていた。いちど、台座の仕事から帰ってくると、アンナ・タップが6号室の台所のテーブルにひとりで座っていたことがある（そのとき父は、かつての図書室の一部だった4号室にいて、母は自分の部屋でうたた寝をしていた）。アンナは両手に白い手袋をはめていて、ぼくが戻ってきた瞬間、両手を後ろに隠した。これについてはぼくの見間違いでは絶対にない。一瞬のことだったが、彼女は絶対に白い木綿の手袋をはめていた。ぼくの手袋日記の箱のなかから持ってきたものではなかった。あの恐ろしい手袋ハルマゲドン体験の後、手袋はまだ全部元通りになっていなかった。

季節は夏になっていたが、夏はぼくのいちばん嫌いな季節だ。暑いので手に汗をかく。さらに悪いことに、夏は一年のうちでいちばん蚊が出没する季節だ。

ぼくは蚊を恐れていた。日中のうちに蚊は6号室に大挙して押し寄せてきて、ぼくの部屋の天井に列をなして憩っている。それが夜になると一斉に下りてきてぼくの体を刺しまくった。脚や腕や顔を蚊に刺された。蚊に刺された痕は非常に手ごわい。蚊に刺された痕はしだいにぷっくりと赤くふくらみ、尋常ならざる痒さをともなう。そうなると、無性に掻きむしりたくなる。掻きむしること以外にはなにも考えられなくなる。しかしぼくは掻くことができない。掻くのは手袋の大敵だ。蚊に刺された痕を掻きむしって傷がついたりすると、手袋の指の先に染みが残る。だから夏のあいだ、ぼくは望楼館のなかを惨めな思いで歩き回っては、腕を窓枠のでっぱりにこすりつけたり、脚をドアの端に押しつけてこすったりしていた。それにもっと悲惨なのは、台座の上に立って目を閉じているとき、外面の不動性はなんとか達成できても、蚊に刺された無数の痕の痒さばかりに気をとられて、この仕事になくてはならない内面の不動性が得られなかったことだ。

しかしこの夏は違った。蚊に刺されっぱなしのいつもの夏ではなかった。この年の夏は、例年と同じくあらゆるところを蚊に刺されたが、掻きむしりたいとは思わないですんだ。刺されたときはちょっと痒いと思ったが、それも長くは続かなかった。アンナ・タップが、痒みをぴたりと止める魔法のスプレーを買ってきてくれたからだ。ぼくは体中にそれを吹きかけた。ひんやりして、滑らかだった。

その夏の終わりごろ、アンナ・タップが6号室にいるぼくのところにやってきて、下唇が腫れあがっていると言った。そのことはぼくだってよくわかっていた。ぼくは自分がハンサムかハンサムでないかを始めとして、三十七歳のこの体のことはすみずみまでよくわかっていた。アンナ・タップの差し出した手のなかには、クリームの入った小さなチューブがあった。あなたのためにに買ってきたの、と彼女は言った。あなたの唇に塗るために。そうすれば腫れはおさまるわ。ぼくはそのリップクリームのチューブを白い手に収めた。しかし、ちょっと考えてから、こう言った。これはつけられないよ。白いものであれ透明なものであれ、指でクリームを塗るわけにはいかないんだ。

アンナ・タップはリップクリームを取った。

アンナは素手の指先にクリームを少しだけ載せた。

アンナの指がぼくの下唇に触れた。彼女がクリームを下唇につけ、クリームをこすりこむように唇をなぞった。そのうち、とうとうぼくは気を失いそうになり、腰を下ろさなければならなかった。

その夜、ベッドに横たわってぼくはこう思った。**アンナ・タップの指がぼくの下唇に本当に触れたんだ。**彼女がぼくの唇に触れているとき、彼女の顔がとても間近にあった。そのことをぼくは思い出した。彼女の息の匂い、煙草の匂いを嗅ぎ、彼女の鼻のてっぺんにあるそばかすをとてもはっきりと見ることができた。それに、アンナ・タップの唇も、触れることができるくらい間近に見ることができたのだ。

二週間にわたって毎日、アンナはぼくの唇にクリームをつけてくれた。クリームを塗られている間、毎日、ぼくは彼女の顔のすみずみまでじっくり観察することができた。ぼくは彼女の顔を見ながらその目をのぞき込むことがあった。そして一度だけ、ぼくがのぞき込んでいるとき、ちょうど彼女もぼくの目を見て、ふたりの目が合ったことがあった。そう長いあいだではなかった。ぼくはまた気を失いそうになった。二週間が経つと、ぼくの下唇の腫れはおさまった。そしてアンナもリップクリームをぼくにつけるのをやめた。

ぼくはこのときのことを思い出すたびに後悔する。

ぼくがアンナのことを考えるようになったのは、このあたりからだと思うからだ。最初、ぼくはアンナのことを可愛いとは思っていなかった。しかしそれは間違いだと気づいた。彼女の鼻は可愛いし、唇も魅力的だし、彼女の笑みは心やすまるということがわかった。その瞳でさえも、ひょっとしたらその痛ましさのせいだったかもしれないが、それなりに捕らえがたい美しさだった。それに、彼女の肩胛骨は、ぼくがこれまで見たなかでいちばんすてきな形をしていた。彼女が本を読んだり、テーブルに身を乗り出したりするとき、彼女の肩胛骨は小さな鳥の折りたたまれた翼のように見えた。

## 夜の舗道

ある夜。母が眠りに就き、父がアンナと壊れてしまった天文台に登っているとき、ぼくは外に出て舗道を散歩した。夜に向かって、ぼくは彼女の名前を囁いた。アンナ、アンナ。通りに向かい、公園に向かい、家に向かってそう囁いた。ぼくの唇から彼女の名前がこぼれでた。ぼくのなかから静かにその名が立ちのぼっていき、夏の夜の大気のなかでとても小さく、はっきりと響いた。

アンナ。

アンナ。

アンナ。

# 手袋のことを話してくれ、アンナ。

手袋のことを話してくれ、アンナ。

　これは時間をつぶすにはいい方便だった。ぼくがたとえ一日に十回も手袋のことを話してくれと頼んでも、彼女は笑いながら、きまってこう話し始めるのだった。

　手袋職人はまず手の大きさを測るの。小指の付け根から人指し指の付け根までの幅、親指と小指を思い切り伸ばしたときの横の長さ、手首の真ん中から中指の先までの縦の長さ、そして掌の厚み。それから紙の上に手の形をかたどるの。ひとつの手袋を作るには、ふたつの型紙が必要なのよ。まず大きい方の型紙から取った布には、親指を抜かした手の部分があるの。それには指が七本ついているのね。どういうことかというと、たとえば手の皮膚を剝いで平らに伸ばすとするでしょう。そうすると、小指は他の指の二倍の幅になるわけね。というのも、小指だけは表側と裏側がくっついているからよ。その小指の部分を中心にして半分に折って四本の指を裏表に揃えて縫うの。この段階でこれを手にはめると、親指だけが裸のまま突きだすような格好になるわね。

そこで二番目の小さな型紙からとった布を半分に折って縫うと、親指ができるわけ。そのふたつの部分を縫い合わせて完璧な手袋ができるの。最後に、手袋が緩まないように余分な部分をたくしこんで縫うのよ。二本以上縫うときもあるわ。それがダーツね。

しかし、アンナから手袋の話を聞けば聞くほど、ぼくがこの話を聞くのが好きなのは彼女の専門家らしい感情のこもらない話し方が気に入っているからではなくて、彼女がぼくに話をしているという事実が気に入っているのだということに気づくのだった。この気持ちに終止符を打つために、何かの手段を講じなければ、とぼくは思った。ぼくは自分の気持ちに恐れをなしはじめていた。

## ウィリアムに仕事を依頼する

ぼくはウィリアムに会いに行った。爪はかなり伸びていたが、実際にはまだ切るほどではなかった。でもぼくはウィリアムに爪を切ってもらった。その後で濃くて苦いコーヒーをふたりで飲んでいるとき、ウィリアムが言った。また来てくれて嬉しいよ。もう来ないかと思っていたんだ。

ぼくはこう言った。じつは仕事を依頼したくて来たんだ。胸像だよ、蠟で作ってもらいたいんだ。しかも、できるだけ早く。いくらかかるか教えてほしい。一括でも、週給という形でも、ちゃんと料金は払うよ。きみがそうしたいのなら、契約書を交わしてもいい。急がせる分の料金も余分に払おう。でも、完成が遅れてもきみはなんの制裁も受けない。金はあるから、それについては心配しないでほしい。

いまはとても忙しいんだよ。
フランシスのために時間を作ってほしいんだ。
フランシス、蠟の頭部を作るのにいくらかかるか知っているのか？
金はある。

ぼくは貯金すべてをウィリアムの作業台の上に置いた。台座の仕事で得た硬貨と、母の思い出の品を一部屋に集めたときに報酬としてもらった紙幣だった。ウィリアムは金を数えた。

これじゃ足りないな。
まさか。ちゃんと数えたのかい。

ぼくがひどくがっかりしたのを見て、ウィリアムはため息をついてこう言った。

だれの頭部なんだ？

女だよ。三十歳前後の。

写真がいるな。

手に入れてくる。

その人は生きているのか？

その人物の生死はきみの仕事にはまったく関係ない。

その女性が生きていたら、実物から胸像が作れるじゃないか。フランシス、その女性ってのは、このまえ話していた子だろう？

死んでいるものと思ってくれ。

どうしてそんなものがほしいんだ、フランシス？

それはきみには関わりない。

細かなところまで写った写真が必要だ。あらゆる角度から、アップで撮ったものだ。

わかった。それからもうひとつ、頭部の髪を作るのにローラとリンダを、目を作るのにオッティラを雇うことになるんだろう？

禿げで目無しにしてくれというのでなければな。

それで、オッティラに伝えてほしいんだけれど、写真に写っている目をそのとおりに作ってもらっては困るんだ。もちろん、写真を見てその人物の目の色がわかると思うが、もうじきその目を取ってしまうという情報を得ている。その目はひどい状態なんだ。充血しているし、黄ばんでいる。瞳孔は曇っている。そういった細かな点はぜんぶ無視してもらいたい。像には完璧な目をつけてほしいんだ。わかったかい？　数日中に写真を持ってくるから、そうしたらすぐに仕事にとりかかってくれ。それでいいかい。じゃあ、またな、ウィリアム。時間を割いてくれてありがとう。

できるだけのことはするよ、フランシス。だが、金はこれだけじゃ足りない。
これからかき集める。

## マッド・リジーに仕事を依頼する

その日ぼくはてきぱきと仕事を処理する精神状態になっていたので、そのまま次に仕事を依頼する人物のところに向かった。アンナ・タップの写真がいるのだ。人混みをかき分けながら走り回っては猛然と風景を撮りまくっているマッド・リジーの姿を見つけた。ぼくは彼女の行く手を遮って、とっておきのカフェに彼女を誘った。ぼくはときたまそこで、必死になって働いた金を無為に使っているのだが、このカフェにはとりたてて変わったところはない。コーヒーは申し分なく美味しいが、そのためにわざわざここにやってくるわけではない。ぼくがここによく来るのは、ジョージという若いウェイターがいるからだ。彼は痩せていて神経質そうで、人を喜ばせるのが大好きだ。ぼくがジョージを気に入っているのは、彼が嘘を言うからだ。あるひとつのことに関してだけ、嘘をつく。マッド・リジーとぼくのところに注文をとりにきたときも、予想にたがわず、彼はこう嘘をついた。

フランシス、またあなたのすてきな白い手袋を見られるなんて、嬉しいったらないですよ。それに今日会えてほんとうによかった。おかげでお別れを言うことができます。明日、首都に行くんですよ。新しい生活をそこで始めるんです。コーヒーひとつとフライド・ポテトをひとつですね、すぐにお持ちしますよ。

なんとも不思議な巡り合わせなのだが、ぼくがこのカフェにやってくる日は、きまって彼が首都に旅立つ日の前日なのだ。ぼくは彼が首都に行くとは思っていない。しかしジョージはほんとうにそう思っているのだろう。おそらく、朝起きるたびに、鏡に映った細面の顔に笑いかけてこう言っているのだ——おいおい、明日だぜ、明日はここを出ていくんだ。

どうしてフライド・ポテトをおごってくれるんだよ、フランシス・オーム？
やってもらいたいことがあるんだよ。
忙しいからだめだ。
お金は払う。

余分な時間なんてない。大事なものを撮りそこなってしまう。

ぼくらは店の外に座っていた。リジーはフライド・ポテトをつまんでいたが、急にそれを投げ出すと、カメラを構えてたて続けに七枚写真を撮った。三人の旅行客がそばを通り過ぎただけだった。リジーの体は激しく動いた。そしてこう言った。

やった！　イッヒッヒッヒ。これで永遠にこの瞬間を閉じこめた。今夜これを現像してこの通り専用の写真帳に貼り付けるんだ。いい写真が撮れた！

そして彼女は自分の太腿をぴしゃりと叩いて喜びを表した。

やってもらいたいことというのはね、マッド・リジー……。
いいかげんにしろよ。
外で撮るものなんだ。
どこ、どこで？　屋外で？　この町の外で？
屋外だよ。偽涙公園だ。
だれ？　だれをよ？　町の人？　それとも町にやってきた人？
この町の住人だ。

金は？　金だよ。金をリジーによこしなよ。ありがと。それでいい。

ぼくはマッド・リジーに料金の半分をわたし、アンナ・タップの風貌を詳しく説明し、彼女の顔だけをあらゆる角度から、しかも彼女になるべく気取られずに撮らなくてはならない、と言った。十一時に偽涙公園で。相手はすぐにわかるさ、ぼくがその横にいるからね。

わかった、わかった。じゃあな。バイバイ、ブラックバード。

マッド・リジーは、異様に目立つ風変わりな動きをしながら去っていった。マッド・リジーはいつも独楽鼠《こまねずみ》のように動き回っていたが、大事件が起きた瞬間をカメラにおさめることは絶対にできそうもなかった。彼女は一日中、町の生活を捕らえるためにかけずり回っている。しかし町をピンで留めておくことはできない。町は絶えず変化しつづけ、いつも大事件がもちあがっているが、彼女の身はひとつしかないから多くのことを見逃している。彼女は、自分の作品を完成させるために大勢の人の生活を撮らなければならない。しかし最悪なのは、彼女が町の写真を撮るのは自分がこの町の一部だと感じるためだというのに、町の写真を撮れば撮るほど、自分の感覚とは離れていくということだった。町全体を写真におさめようと通りをかけずり回っているが、自分を消耗させているだけなのだ。

翌日の十一時に、ぼくらは母に付き添って偽涙公園を歩いていた。アンナ・タップは写真屋につきまとわれ、カメラのシャッターの音に悩まされていた。ぼくが、リジーはいささか頭がおかしいので、大目に見てあげてくれ、とアンナ・タップに言うと、彼女はぼくの説明に納得したようだった。その三日後、ぼくは写真を受け取った。非常によく撮れていた。アンナの顔があらゆる角度からはっきりと写っていたし、偽涙公園もたくさん写っていた。ぼくはウィリアムにその写真をわたし、彼は仕事にとりかかった。

## 望楼館と偽涙館

さて、ぼくの父と母の話に戻ろう。母の思い出はちょうどプレゼント攻勢の日々のところまで遡っていた。父のほうは、4号室の、かつての古い図書室だった部屋にこもりきりになった、というところまでだった。母が望楼館で経験したことを思い出しながら時間を一気に遡り、父が偽涙館の時代を思い出しながら足どりおぼつかなく時間の坂を下ってくるうちに、このふたつの旅がかち合う瞬間が必ずやってくるとぼくらは敏感に感じとっていた。しかしいまのところはまだ、そうはならない。だが、いずれそうなるはずだった。

# 望楼館及び偽涙館の歴史
## ぼくの母と父の目を通して語られたもの
## (フランシス・オームとアンナ・タップの協力により再構成)

# 第二部

### 母のプレゼント攻勢の日々

望楼館の歴史におけるこの時期には、まだわずかしか人が移り住んでいなかった。その望楼館の全室を、母はせわしなく歩き回っていた。母は、館が名を変えてからの一年間、人に物を贈ることに取り憑かれていた。新しく引っ越して来た住人はひとり残らず母からプレゼントをもらった。そのプレゼントのお返しをしたり、母にいくらかの親しみを抱いた人は、一週間に二度は母の訪問を受け、さらにプレゼントをもらった。母の説明によれば、プレゼントを渡せば、そのときは必ず部屋のなかへ入れてもらえたからだという。やせこけた両親といっしょに住み、バレエ教室に通っていた1号室の肥った娘にバレリーナの本を贈った。2号室の若い夫婦にはユッカの鉢植えを贈った。3号室の人づきあいをしない切手蒐集家にはパイプ煙草の入れ物をあげた。4

号室の醜い三兄弟には鏡をあげた。5号室の孤独な老女にはラジオを贈った。6号室にはなにもあげなかった、自分が住んでいたところだからだ。ひどく背中が曲がっているので直角さんと呼ばれていた7号室の老人には分度器を贈った。8号室にはまだだれも住んでいなかったのでなにもあげなかったが、やがて独身男が引っ越してくると、母は自分を彼に与えた。9号室の若い新婚夫婦には、遺言書の書き方を綴ったパンフレットを贈った。長い間異国に暮らしていて、異国のものしか愛せなかった10号室のミスター・ウィルソンには、動物園の入場券を贈った。11号室の肥ったエヴァには四客のティーカップ。12号室で死にかけていた老エリザベスには四客のシェリーグラス。13号室のクリスタには四客のタンブラーを贈った（この三人の母娘に贈った物がみな四客だったのは、三人からいっしょに飲もうと誘われることを期待してのことだった）。14号室の聖位を剝奪された司祭には祈禱書。町のバーでピアノを弾いている15号室の若い独り者にはウォッカの瓶。母はこの男に惹かれていたと思うが、毎週のように違った女を部屋に引きこむようになって、熱は冷めたようだ。16号室のミス・クレア・ヒッグには『好いセックス入門』という本。望楼館のすぐ前の通りで幼い娘を交通事故で亡くした17号室の母親には写真立て。母は18号室のドアを叩いて、そこに住む退役した軍人夫妻にプラスチックのおもちゃの戦車を渡した。19号室のドアを叩いても、アレク・マグニット（計算機を持っていないときがなかった）というとても内気な住人はドアを開けなかったので、ドアの外にそろばんを置いた。20号室と21号室の住人にはデオドラントの缶と、『様式のある装飾』という本をあげた。22号室の肖像画家には肖像画の描き方について書かれた本。23号室のピアソン卿には近代建築の本を、階段からいちばん遠い24号室の住人には、火事の時に逃げ遅れた人たちがなぜ家のなかで焼死したのかをレポートした本を贈った。母が贈ったプレゼントのなかで痛烈な皮肉が込められていないものはなかったが、住人たちはだれひとりそのユーモアを解さなかった。母は6号室に戻ってくると、自分が見てきた部屋の様子をひとしきり話してから、こう言った——わたしは生きている、わたしは生きているわ！

ほとんどの住人は、最初の母の訪問が終わると母のことなど相手にしなかったが、なかにはもう一度部屋のなかに招き入れる人もいた。そうやって母は友だちを作った。母は幸せだった。母は人に物を与えることに喜びを感じながら、日々を過ごしていたのだ。

## 偽涙館

父は空き部屋の4号室にいた。ここだよ、いま私が立っているここに、赤い革張りのソファがあるはずなんだ。その向こうには赤い革張りの肘掛け椅子が二脚。もうひとつの肘掛け椅子は、『オーム家の歴史』が並んだ書棚のそば、ほら、ここにあるはずなんだ。きっとその肘掛け椅子は、妻の化粧室にもっていかれてしまったんだ。私にはそれがわかっている。

だから、ここにあると仮定して、おまえたちにも協力してもらって、私はその肘掛け椅子に腰を下ろしていることにしよう。私は本を読んでいる。『オーム家の歴史』を勉強しているところなんだ。私の長男が亡くなってもう何年にもなる。私たちはあの子のことをようやく思い出さなくなった。あの子の短い人生のなかでたまったほんのわずかな物を、出生証明書と死亡証明書とともに箱のなかにいれた。その箱を鍵のかかったトランクにおさめ、屋根裏部屋の見えないところにしまった。私たちが撮ったあの子の写真はすべて破棄された。しかしたった一枚だけあるんだ。妻の目を盗んで、『オーム家の歴史』の一巻のなかに私が隠しておいたものがね。栞にして使っているんだ。顔の腫れた幼い子が、口のないテディ・ベアを抱いている写真だ。

私たちは二番目の息子を、トーマスではなくフランシスと呼ぶようになった。フランシスは、いや、元トーマスだったフランシスは、死んだ兄のことは聞かされていない。フランシスは知恵遅れなんだ。村に住んでいるある女性が力を貸してくれなかったら、読み書きを覚えないままだったろうね。つい最近、家庭教師のピーター・バッグがここから出ていったんだが、それっきり戻ってこないんだ。

先生が出ていってから、フランシスは一日中、ティアシャム村の真ん中にある戦争記念碑のそばのベンチに座っている。そこに座って、小学校の校庭を眺めている。自分と同い年の子どもたちの様子をね。二週間前、そうやってひとりぼっちでぽつんといるのを見かねて、息子に鼠を二匹買ってやった。ペットなら友だちになれるだろう、とね。息子はその二匹にピーターとエマという名をつけた。その鼠を抱いている息子の写真を撮った。とても幸せそうだった。何日かはそれでうまくいっていたんだが、そのうちまた校庭の子どもたちを眺めて過ごすようになった。私は息子に、鼠がいても楽しくないのかい、と尋ねた。息子は、そんなことないよ、と言った。とても幸せだよ、そう言って戦争記念碑のそばのベンチに戻っていった。息子がいないとき、子どもも部屋に入ってみたのだが、鼠がどこにもいないんだ。檻の扉があいていて、なかは空っぽだった。ははあ、きっと誤って逃がしてしまったんだな、と思ったよ。ところが机の引出しの紙束の下に鼠が隠されているのを見つけた。二匹は、二枚の木板の上に鋲でとめられていた。それぞれの気の毒な生き物の下に、まるで紙の上に清書されたような乱れのない文字で、名前が書かれてあった。ピーター、エマ、と。

## 望楼館

今日の午後から夕方にかけて、息子の姿が見えなかったのよ。門番の話では、何時間も前にでかけていったということなの。わたしは6号室の食卓のそばでずっと待っているわ。息子はさっき帰ってきて、食卓についている。息子はわたしたち、つまりわたしと、息子の父親だという部屋の隅の椅子にうらさびしそうに座っている男に向かって、すごい知らせがあるんだと言っている。職を見つけたそうなの。わたしはそれを聞いて大喜びしている。だって、わたしの子どもが人に雇われるなんて思ったことがなかったんですものね。息子はいつになく満面の笑みを浮かべているわ。どんな仕事なの、と訊くと、町の中心にある博物館で働くことになったと言うのよ。蠟人形館ですって。そこで蠟人形のふりをしてじっと立っているために雇われたんですって。つまり、わたしの息子は人に笑われるために雇われたにちがいないわ。きっと底意地の悪い雇い主は、フランシスは客寄せになる、白い手袋をはめているので話題になる、と思ったのじゃないかしら。わたしの息子は珍しいから、変人として見せ物になるんだわ。息子はわたしが意気消沈したのがわかっている。息子はわたしの夫らしき人物を見て、父さんは笑っているよと言うのよ。わたしは、そんなの別にたいした意味もないのよ、その人はいつも笑っているんだから、その笑いに意味はないの。それから、そんな屈辱的な仕事に就くのはおやめなさいと言ったわ。そうしたら驚いたことに、あの子は、はい、それが母さんのお望みならば、と言うの。わたしたちはその日はそれ以上それについて触れなかった。翌日、フランシスは朝早くに家をでて、蠟人形館とやらで仕事を始めた。夕方になって、帰ってきたフランシスをなじったら、あの子は、やめさせられるものならやめさせてごらんよ、と言うのよ。

　わたしにはできない。館の住人には息子の就職のことは黙っていることにするわ。仕事のことも、息子のことも、わたしは恥じている。わたしはとうとう6号室でたったひとりで毎日を過ごさなくちゃならなくなった。それで決めたのよ。友だちをつくらなくちゃ。そのためにはたくさんプレゼントを買ってこなくちゃ、と。

## 偽涙館

4号室で。オーム家の歴史が書かれた本が盗まれたんだよ。私が読んでいた巻なんだ。なかに写真が挟まっていた巻だ。夜のうちに盗まれたんだ。召使いに訊いても、知らない、と首を振るばかりだ。フランシスに訊くと、さあ、知らないよ、と言うんだ。私は家捜しをはじめた。

## 望楼館

玄関ホールで。望楼館の住人にわたしは挨拶をしている。みんな荷物をもってやってきたのよ。小型トラック一杯の荷物。わたしたちの部屋のすぐそばに、新しい家庭を作るつもりなの。わたしはとても満足している。ひとりひとりと握手をする。ようこそ、ようこそ、望楼館に。フランシスはわたしの後ろにいる。真剣な表情をして彼が見ているのは、新しい住人たちではなくて彼らの持ち物のほうみたい。フランシスはだれとも握手をしないのよ。

## 偽涙館

24号室で。ここが屋根裏部屋なんだが、どういうわけか妙にすっきりしているね。以前もいまのように埃だらけではあったが、いろんな物がぎっしり詰め込まれていた。私がここに来たのは、消えてなくなった、写真のはさまった本を探すためなんだ。しかし本は見つからない。でもほかにも消えてなくなっているものがあるぞ。いまこの目で見ている。あの隅にはなにもない。偽涙館で使われなくなったさまざまなものがしまってある木箱があったはずなんだ。そのなかに、ロのとれたテディ・ベアもあったんだがな。

## 望楼館

6号室のいちばん広い部屋で。今日、わたしの夫は公園にいるとき脳卒中を起こしたのよ。医者は、回復しますよ、ここにいてもいいし、入院してもらってもいい、と言うの。わたしたちはどっちにするか決めなくちゃならない。夫は口がきけず、ただ茫然と目を開けているだけ。その顔には表情というものがない。ああ、どうして死んでくれなかったのかしら？

わたしは医者に、かまいません、どうぞ病院に連れていってください、わたしの前から連れ去ってください、と言っている。でもフランシスは、だめだ、絶対にだめだ、ぼくが父さんの面倒を見ると言い張るの。好きにしなさい、でもわたしは手伝いませんからね、とわたしは念を押すのよ。

わたしは、夫は死んでしまい、未亡人になったと思うようになったの。喪服を着て、ときどきさめざめと泣くのよ——悲しくなんてないのに、どうして涙が流れるの？　わたしは泣きやんでは自分を責めるの。

## 偽涙館

6号室の母の部屋で。司祭がわたしたちのところにやってきているんだ。恐ろしいことが、言葉にできないことが起こった。口にするのがはばかられるものが盗まれたんだ。おもちゃでもないし、オーム家の歴史の本でもない。写真でもテディ・ベアでもない。もっと別の大事な物だ。フランシスは知らないと言い張っているが、あの子が犯人だということはわかっている。私たちは家中を探したし、庭も掘り返した。しかし、捜し物はまったく見つからない。私は息子を鞭で打った。息子は、ぼくを愛していないの、父さん、と言った。その後で、少し落ち着いてから私はこう言う。おまえを愛すべきなんだろうな、だが、もう二度と、おまえを好きになれないという気がしている。

いったいどうしてこんな怪物のような子どもを創りだしてしまったのだろう、私たちは。この子はどうしてこんなことをしでかすことができるのか。なぜあんな物を盗んだりするのだろう？私はそれについてなるべく考えないようにした。また鞭で打ちたくなるといけないので、息子をなるべく見ないようにしている。私は息子をあえて見ない。見るとたまらなくなるのだ。

私が妻にフランシスのしたことを告げると、妻はその場で吐いたよ。妻をベッドにつれていった。しかしそれ以来、妻は自分の部屋から出ようとしないんだ。しかも、言葉も話さなくなった。ベッドに横になったまま、動かないんだよ。

## アンナ・タップとぼくとの短い会話

両親と過去へ旅しているあいだ、アンナ・タップとぼくはたいてい、父と母のしたいようにさせておいた。ふたりの話に疑問を抱いたり、その後でふたりと話し合ったりしなかった。と言っても本当は、アンナがなにかを言いそうになるたびにぼくが必ずそれを押しとどめたからだ。ところが今回ばかりは、父の話しぶりに衝撃を受けた。父が涙を流している姿を目の当たりにした彼女は、頼むからもう訊かないでくれとぼくが言っても、しつこくぼくに問いただした。

盗まれたものはなんなの、フランシス？
知らないね。
あなたは何を盗んだのよ？
だれもほしがらないものを盗んだりはしないものさ。
あなたのお母さんとお父さんはどうしてあんなに動転したの？　何があったのよ？
とても傷つきやすい質《たち》なんだよ、ぼくの親は。
フランシス、何をしたの？
忘れてしまったみたいだ。
フランシス。
もう行ったほうがよさそうだ。母さんが呼んでいる。

## 望楼館

母は廊下を歩き回ってはいろいろな部屋を出たり入ったりしていた。明日になればペンキ塗りはおしまいになるそうよ。あの羽目板を見てごらんなさい、あの窓枠を見てごらんなさい。そして、新しい天井を。わたしといっしょに2号室に来てちょうだい。応接間として使っていた部屋よ。無駄な空間だったわ。ほら、あそこ。あの天井はすべすべしていて真っ白。あそこには以前、なんともいえない醜悪な薔薇と葉っぱの浮彫りがあったのよ。それがすっかり見えなくなった。見違えたでしょう？　清潔で真っ白。ようやく新しくなって、すてきな人生が始まるって感じがしない？

## 偽涙館

6号室の母の部屋で。子犬が今日届いたんだ。子犬を飼おうと思いついたのは私でね。妻の回復にはどうしても必要だと判断したんだ。医者も、犬を飼うのはいいことだと言った。近い将来、妻はこの犬に散歩をさせたり、餌をやったり、抱きしめたりするにちがいない。妻の新しい生活が、この喜び勇んで尻尾を振っている生き物のおかげで楽しくなるのが目に見えるようだよ。

思いつきとしては最高の部類のものだったんだ。それがうまくいくことを願っていた。一刻も早く妻がベッドを離れ、普通の生活に戻るのを願っていた。だから、その犬にホープという名をつけたんだ。首輪も買った。希望《ホープ》という名を記した首輪だ。ホープは細い首の回りに希望《ホープ》を着けて、妻の寝室に入っていき、彼女の手を舐めた。しかし妻はまったく反応しないんだ。見ようともしない。キャンキャン吠える声も聞いていない。

私はホープを寝室のなかにいれたままドアを閉めた。

## 望楼館

望楼館の階段で。建築業者は、あと二日もしたら完成しますよと言っているわ。どの部屋にもみなドアがつけられ、電気の配線とガスがつけられた。なんて素晴らしいんでしょう！　明日になれば、錠前屋がくるわ。すべてのドアに鍵をかけてくれるわ。わたしたちの部屋にも。本当にすごいことになるわ！　人がここに集まってくるのよ。本当に、本当に。

## 偽涙館

犬は満たされない思いから凶暴になっていった。乱暴な犬に育ち、もう人間を信用していない。部屋のなかにとり残されたんだ。ひとりぼっちではなかったが、すさまじい孤独という点では同じだった。犬は手がつけられないほど凶悪になった。部屋中に排便し、ドアに爪をたて、妻のシーツの端を嚙んだ。吠えるのはやめたが、餌も受けつけなくなった。手強そうな人間を目にすると、怖れおののいて尻込みするか、近づいてきて嚙みつくんだ。

今日、その生き物が妻の手をかじっているのがわかった。

私は犬を外に放した。二度と妻の部屋に戻れないようにね。

## 望楼館

母は廊下を行ったり来たりした。電気工たちがそこらじゅうに電線を張り巡らしているのよ。

配管工はラジエーターを取り付け、栓をしめた。それに、ほら！　エレベーターの昇降路よ！　それにエレベーターも！　わたしはボタンを押して耳を澄ませるの。動いているわ！

## 犬のホープの歴史

父は図書室だった4号室に戻った。長い間、あの犬のことは忘れていたんだよ。ところがある日、ホープが戻ってきた。長い放浪生活の果てに、毛はこんがらがり、痩せさらばえた姿で。もう嚙みつくことも、逃げ出すこともせず、臭いをかいでも興味なさそうに離れて行くんだ。何か大事なものを探しているのだが、自分が何を探しているのかわからないというふうだった。なにをやっても見向きもしなかった。私たちが差し出す餌も食べなかった。何かを必死で思い出そうとしていたんだ。だがそのことが、どんどんあの犬を追いつめていった。

最初は、あの犬が探しているのは私の妻ではないかと思ったんだが、後になって、犬が死んでから、探していたのは手に入れられなかった幸せだったんだと思ったよ。あの犬は手に入れるはずだった生き方を探していたんだね。家族に愛され、散歩をし、餌をもらい、保護され、喜びに満ちた犬としての生き方をね。ホープはいまや無惨な犬になり果てていた。外面のことを言っているのではないんだ。何か別のところだ。内側の無惨さというようなね。フランシスがホープのからだを梳《くしけず》り、洗い、分厚くからまった毛を切ってやったが、眉をひそめるような、見間違えようのない絶望の色、体に染みついて離れない孤独感は、どうやっても消すことはできなかった。私たちはホープを愛さなかったし、愛せなかった。そう思うとたまらない気持ちになる。

ホープは何ヶ月も何かを探し求めていたが、ようやく諦めた。そして死のうとしたんだ。公園の人気《ひとけ》のないところに横たわって、私の妻のように眠り続け、目を覚まそうとしなかった。しかしフランシスに見つけられてはむりやり口の中に餌を押し込まれて、不気味に物憂げに生き長らえていた。ところがある日、ホープは最後の恐ろしい苦難を味わうことになった。

ホープは死にそうになるまで体を掻きむしるようになったんだよ。首輪がそもそもの始まりだった。ホープの首輪は緩んで首から垂れ下がっていた。それを自分で嚙んだんだ。首輪は固い革でできていたので、嚙んだ痕がぎざぎざになって、それが皮膚を傷つけた。いちばんひどいのは耳の裏側だった。その切り傷を見つけたので、早く治るようにと首輪を外した。ところがホープは、掻きむしりだすととまらなくなった。前足の鋭い爪で引っ掻くたびに新しい傷ができた。傷はどんどんと広がり、とうとう顔の両側の毛はすっかり抜けて、ピンク色の肉が露出するまでになった。後ろ脚も前脚の動きに呼応するかのように体を引っ掻き、胸のところにてらてら光る傷がつぎつぎにできていった。間もなくこの哀れな生き物、犬のホープは、角のある物や、きめの粗い煉瓦や凹凸のある樹皮に手当たり次第、体をこすりつけだしたんだ。このひどい病気は人にも感染するものだったらしい。というのもこうやってホープが我を忘れて自分の体をずたずたにしていたときに、フランシスも自分の体を引っ掻くようになったんだ。初めのうちは、人がいないときにこっそり引っ掻く真似をしていたらしく、私たちはまったく気づかなかったんだが、あの子がよごれた白いシャツを洗濯に出したとき、襟の部分に茶色い血痕がついていたのでわかったんだ。医者に連絡をとって、フランシスの首を包帯でぐるぐる巻きにした。しかし毎晩かさぶたの様子を調べていると、日中のあいだは包帯が外されていて、それで傷口が炎症を起こしていることがわかった。フランシスは別の部分も引っ掻くようになった。風呂に入るときはメイドが監視して、皮膚の様子を逐一報告した。フランシスは医者のところに連れていかれ、ホープは獣医のところに連れていかれた。医者は、空気に触れさせて、一日三回白い塗り薬を患部に擦り込むように、と言った。獣医は、空気が傷にはいちばんよく効くので、ホープに包帯を巻かず、塗り薬を一日三回傷口に擦り込むように、と言った。毎晩フランシスは私におやすみの挨拶をするためにパジャマ姿で階段を下りてきた。そして、裸に剝かれて快復状態を調べられた。しかし、まったくよくなっていなかった。フランシスがとりわけ熱心に掻きまくったのは肌についているほくろや痣や吹き出物だった。まるで自分であるための特徴を取り除こうとしているかのようだった。犬は相変わらず自分をずたずたにしていた。フランシスは犬に同調しすぎて犬の真似をしていたのだと思う。

獣医は抗生物質を処方した。瓶に入った白い錠剤をチーズのなかに押し込んで、ホープに気取られずに与えるようにと言った。医者はフランシスにステロイドを処方した。このステロイドのおかげでフランシスは眠くなり、一日の大半をベッドで過ごすようになったが、ベッドカバーを剝いでみると、シーツには血痕が点々と着いていた。ホープは漏斗《じょうご》のように肩先まで広がっているランプの笠のような首輪をはめられた。ホープはその首輪に怯えてパニック状態におちいったが、体を掻くのはやめなかった。医者はフランシスに白い木綿の手袋をつけた。しばらくのあいだだよ、フランシス、と医者は言った。きみが触った物は全部わかってしまうよ。きみが触った物の痕跡がこの手袋につくからね。だから、きみが体を掻けばすぐにわかってしまうよ。フランシスは、一日中、昼も夜も手袋をはめているように言われた。真っ白いままにしておかなくちゃならない、少しでも血がついていたら、どんな言い訳をしようがだめだ、ぶたれると思いなさい、と。手袋をとって痒いところを掻いて、また手袋をはめる、ということをさせないために、手袋の手首を紐で固く結んだ。フランシスには絶対にほどくことができないよう、入り組んだ結び目をいくつも並べるという手の込んだことをしたんだ。おかしな格好の首輪をした犬と染みひとつない白い手袋をしたフランシスは、苛立ちとやるせなさをともに味わいながら、私の指示にしたがって家のまわりを歩き回った。私は館のまわりを歩くだけにして、遠くまで行ってはならない、行ってもせいぜい離れ家と馬小屋くらいまでだ、と命じた。そこまでなら不幸なこのふたり組の姿は外からは見えずにすんだからだ。しかし散歩の時間も、ハンドベルの音がして終わりになると、フランシスはホープとともに家のなかに駆け込み、階段を駆け上がっていき、こっそり椅子の背もたれや本棚の角や固いへアブラシに背中を押しつけたんだ。

十三歳の誕生日の日に、この引っ掻き傷の騒動はすっかり終わった。フランシスがつま先だって誕生祝いのケーキの方へ身を乗り出し、まさに蠟燭の火を吹き消そうとした瞬間、召使いのベルが鳴った。配膳室の廊下に立っていた農夫の腕のなかには、新聞紙に包まれたものがあった。

かわいそうな血塗れのホープだった。ホープはふらふらと鶏小屋のなかに入りこんで鉄条網に体をこすりつけていたんだよ。だが、鶏たちはその光景と血の臭いにすっかり興奮して、ホープの体を死ぬまで突つき続けた。

フランシスは、召使いと料理人と雑用係とこの私を従え、ホープを裏庭に埋めた。ぼろぼろにささくれた古い首輪と、新しいランプの笠の形をした首輪を子ども部屋にしまった。刺激を与えるものがいなくなると、フランシスは体を掻かなくなった。手首の紐は切られ、手袋はもう外してもいい、ということになった。ところがフランシスは、外すのはいやだと言うんだ。白い手袋のおかげで人生というものがとてもよくわかるようになった、と彼は言った。ホープの死に方はひどいもので見られたものじゃなかった、白い手袋のおかげで、苦しみを味わわないですむ方法がわかったんだ、とね。それに、手袋をしているとかっこよく見えるしね、とも言った。白い木綿のものがいちばん心が安らぐんだよ。自分が何を触ったのかちゃんと調べるのが好きなんだ、そうすればこの先もっと用心するようになるからね、と。

私の息子が手袋をするようになったのはそういうわけだ。私は子ども部屋で次のような紙切れを見つけた。

## 白い手袋の十箇条

第一条　白い木綿の手袋は皮膚そのものである。したがって自分の皮膚のように扱うこと。手袋が破れたら、皮膚が破れたことと同じである。

第二条　手袋が、片方でも汚れたら、それは一生消えない傷跡がついたことと同じである。二度と治らない。

第三条　手袋を洗うことは許されない。

第四条　最高の気配りをしていれば手袋を汚すことはぜったいにない。しかし万が一そのようなことが起きても落ち着いてそれを受け入れること。しかし……（第五条を見よ）

第五条　手袋をなくすことは犯罪行為である。手袋をなくしたとき（なくすことは汚れたり破れたりすることとは違う）、それによって感じる苦痛は、不注意な使用者が手首から先をちょん切られたときに味わう苦痛と同じである。（実際、同じように痛いのだ）

第六条　死んだ手袋は、静かに永遠の眠りにつかせること。誠意溢れる友に対するように、心のこもった葬儀をとりおこない、安らかな眠りにつかせること。汚れた手袋をして歩き回ってはならない。

第七条　死んだ手袋はなにもできない。その下にある手も、物を拾ったり触れたり動かしたりはできない。手袋が死ねば手も死ぬ。

第八条　死んだ手袋は直ちに新品の生きた手袋と交換されなければならない。

第九条　手袋を交換する際には、醜い状態にある素手を絶対に見てはならない。新しい手袋をはめたとき初めて、誇りをもって、その白くて新しい肌を見ることができる。

第十条　素手はいかなる者にも見せてはならない。

## 望楼館

玄関ホールで。ここには昔、オーム家の人たちの肖像画が掛かっていたのよ。でもいまは、ほら、青と白の縞模様の壁紙が張られているわ。床に敷かれていた白と黒の大理石はすべて剝ぎ取られて売られたのよ。その代わりに新しい床板が貼られて、その上に青い絨毯が敷かれることになっているわ。どこもかしこも新しいものばかり！

## 偽涙館

6号室の母の部屋で。私は毎日必ず、一日の出来事を妻に語ってきかせたが、妻はベッドのなかで心ここにあらずというふうだった。目を閉じていた。身動きもせずに横たわっていた。

しかし今日は、私は妻のベッドに腰かけて、オーム家の土地を少し売らなければならなくなった、と話している。ほかにどうしようもないんだ。作男はどんどん減ってきている。若い者は仕事を探しに町にでていってそこで高い給料で雇われたほうがいいと思っている。田舎になどいても仕方がないと思っているんだ。若い者は親を恨み、親の古い生き方に腹を立てている。彼らは早起きして働くことよりずっと楽しいものを求めている。この屋敷には金がかかるし、どうしてこんなひどいことになったのかわからないんだ。修理しなければならないところがたくさんあるし、こんな支配構造は恐ろしく時代遅れなんだ。それに作男のひとりから聞いたんだが、うわさでは、こうなったのもみんな私のせいらしいよ。私に農場を経営する能力がなかったということらしい。どうしてこんなことになったのかわからないが、こうなってしまった。しかも、負債まてかかえている。

先祖の肖像画に顔向けできないよ。土地を買った相手は、この土地には建物を建てないと約束したんだ。しかし、それについての契約書はかわさなかった。そうですな、紳士協定ということにしましょう、と相手は言った。私はおのれを恥じているよ。私は妻の手を握りながらそう言ったんだ。アリス、愛しいアリス、土地を売らなければならなくなったよ。

そう言い終わった瞬間に、妻の目がぱちりと開いた。私の言葉が彼女の錠を開く鍵ででもあったように。

私は玄関広間にはもう行かない。あの肖像画を見ることなんかできないからね。私は台所や配膳室に通じる横の扉を使って出入りしているんだよ。

## 望楼館

壊れた天文台で。夫は建築業者が来るとずっとここに隠れているのよ。大工のたてる音がうるさくてたまらないと文句を言ってね。夫は、ラジオの音を消せ、とここから怒鳴っているの。大工たちはそんな彼を嘲笑って、音量をもっとあげるのよ。夫はこう囁いている。私は草地の感触も其の匂いもよく知っているんだ。手すりから身を乗り出して呟いているわ。楢《なら》の木、鈴懸《すずかけ》の木、梣《とねりこ》の木、橅《ぶな》の木。

## 偽涙館

かつての客間の一部だった1号室で。私の妻は外国の天候について書かれた本を読んで過ごしているんだ。土地を全部売るのよ、何もかも売ってしまいましょうよ、フランシス、そして一から出直すのよ、と妻は言う。わたしはここでは暮らせないわ！　息が詰まって死んでしまうもの！　あなたも、わたしたちの息子も、みんな老けて見える！　ここにいるとわたしまで老けてしまう。見てちょうだい、もう皺ができている！　わたしが醜いおばあさんにならないうちになにもかも売ってちょうだい。わたしに息抜きをさせて。離婚して。わたしを殺して！

妻が、私の息子が私の母の磁器の人形と裸で遊んでいるのを見つけたんだ。妻はその人形を取り上げている。それから何日か経って、手袋を取りなさい、と妻は息子に命じている。息子は逃げ出していき、その後何ヶ月も母親とは口をきかないんだ。息子が新しい手袋を買ってくれと頼みにきたので、私は悲しい思いで息子を見て頷く。私は弱い男なんだよ。召使いに付き添わせて町まで手袋を買いにいかせる。あの子を私から遠ざけておくためなら、私はなんだってするつもりでいるんだ。

今日、フランシスは車寄せのところで領収書を見つけた。それは町からの警告なんだ。やってきたぞ、とそれは告げているんだ。

## 望楼館

玄関ホールで。今日、門番が到着したわ。彼は地下の部屋に落ち着いて、誇らしげに制服を身につけている。まだ住人はひとりもやってきていない。わたしと夫と息子だけ。でも、門番はもう仕事にとりかかる準備をしている。彼は大きな鍵のたばを持っている。お名前は？　とわたしが聞くと、彼はこう答えるのよ。門番《ポーター》。門番と呼んでください。

## 偽涙館

3号室の窓から外を眺めながら。今日、召使いたち全員が暇《いとま》をとっていった。この窓から、みんなが去っていくのを見ている。彼らは振り返らなかった。あの者たちは私を非難している。非難しているのが私にはわかっている。あの者たちは私に別れの挨拶さえしようとしなかった。

妻が全員をクビにしたんだ。妻のまわりに弁護士が大勢集まっている。弁護士のお抱えの医者までいる。妻は、私が無能でなにも管理できない、と訴えている。だから、自分が代わりにここを管理する許可を与えてほしいと言っている。私は弁護士たちからいろいろ訊かれた。私は泣き出してしまった。弁護士たちのいる前で、妻は私を偽涙館の玄関広間までひっぱっていった。肖像画がかかっているところに、だ。私はその場から逃げた。弁護士たちは医者を呼んだ。医者たちがばかげた質問をするので、私は質問に答えずに泣き出した。すると医者たちは私をむりやり玄関まで連れ戻した。私は悲鳴をあげた。医者は帰り、弁護士も帰った。妻は私の預金通帳を全部管理することになった。

## 望楼館

玄関ホールで。建築業者は、改装するには半年くらいかかりますよ、と言っているわ。わたしが自分の部屋のことを話そうとすると、彼らは、あの部屋は改装してはいけない、あのままにしておくよう命令をうけている、と言うのよ。あの部屋は寝室のままにしておくという計画なんですよ、と彼らは言うの。そのままにしておくのがいちばんいい、と。でも、わたしは変えたいのよ！　とわたしは叫んだ。すっかり変えなくちゃだめよ。いいえ、そこは変えません、とあの人たちは言うの。あのまま、何一つ変えてはいけないんです、って。このひどい緋色の壁紙も結局もとのままになるんだわ。

## 母と壁紙のダンス

それで、母は躍起になってその壁紙を爪で剝がそうとしはじめた。何年も前に、同じ理由で引き剝がそうとした古い傷のそばに、いま新しい傷を作っていった。しかし、何年も前と同じように、そんなことをしたところで、指先の皮膚を傷つけるだけだった。それから母は壁に唾を吐きかけて、足で強く蹴りあげたが、結局床の上にしりもちをつくはめになった。ぼくは母が壁紙を剝がそうとすることがわかっていた。前にも見たことがあったからだ。そのときはびっくりして口もきけなかったが、今回は心の準備ができていたので、母が動かなくなると、こんなときに備えて引出しにしまっておいたハンカチを母に渡してから、父を捜しにいった。

## 偽涙館

4号室で。この窓から外を眺めるのが習慣になったんだ。目に双眼鏡を押しつけながらね。私は木々を観察しているんだ。楢《なら》の木、鈴懸《すずかけ》の木、梣《とねりこ》の木、橅《ぶな》の木、ポプラ、樅《もみ》、櫟《いちい》、ライム。屋根裏部屋に登ってそこの窓から眺めると、町が見える。いまやすぐそこまで迫ってきている。ティアシャムの木立の間近まで。もう村ではなく、大きな町になっている。

## 望楼館

母は望楼館から駆けだしていき、ティーバッグとインスタントコーヒーの缶をビニールの買い物袋に山ほど買って帰ってきた。午後のあいだ、母は想像のなかにいる大工たちのためにお茶とコーヒーを淹れては、人のいない空っぽの部屋を走り回り、そのカップを石膏板の前や、煉瓦で作られた暖炉の横や、地下室の新しいボイラーのそばや、エレベーターの横に置いた。ぼくらの部屋にあったカップを全部持ち出し、クレア・ヒッグのところからも借りてきた。やかんでお湯をわかし続けた。夜になってから、アンナ・タップとぼくはカップを全部回収し、飲まれずに冷たくなったお茶やコーヒーを流しに捨てた。

　母は眠りに就く前にこう言った。大工はわたしの使っていた化粧室のとなりにドアを取り付けて、6号室の札を貼った。でも、わたしの寝室には手をつけなかった。それでも、直してちょうだい、とまだわたしは頼んでいる。

## 偽涙館

　4号室の窓から外を眺めながら。楢の木、鈴懸の木、栲の木、橅の木……みんななくなっている。

## 望楼館

玄関ホールで。わたしは大工たちのラジオから流れてくる音楽に合わせて踊っているのよ。ときには大工といっしょに踊るの。大工たちは巻き煙草を吸っている。地下には石膏板や合板がたくさん置いてあるの。それで偽涙館の部屋を仕切るんですって。本当なら、仕切は煉瓦で作ったほうがいいに決まっているが、上からは、板を使えというお達しだ。しかし、板は持ちが悪いんだよ、と言っている。板は簡単に取り外しができるし、かなり安く仕上がるのよ。

大工たちはわたしの古いエナメルの浴槽をとりはずし、バスルームをふたつに仕切った。一方は、とても狭い浴室になり、もう一方は狭苦しい寝室になるのよ。それから、わたしの化粧室が台所と居間に変わったわ。何もかも新しいの。でもわたしの寝室だけが手つかずのまま。

## 偽涙館

4号室の窓から外を眺めながら。楢の木。

## 望楼館

玄関ホールで。夫はこの家が悲鳴をあげている、と言うのよ。それは大工が鋸をひいたりドリルで穴を開けている音よ、と言っても、ぜんぜん信じようとしないの。離れ家と馬小屋が打ち壊されはじめた。なんてあっさりと壊れてしまうの。まるで壊されるのをいまかいまかと待ちわびていたみたいに。

## 偽涙館

天文台で。私はここにいると幸せだよ。これまでかなり大金を使わせてもらってきたから満足している。妻は、このまま金を使い続けていけばそのうちとんでもないことになる、と言うんだが、私はなるべく考えないようにしている。ここにいるときはね、この天文台にいるときは。望遠鏡のそばにいるときは考えない。夜には、恒星や惑星を眺め、昼には眠ったり天文図を調べたりする。それがあるから私は正気でいられるんだよ。だから上だけを見ているんだ。なるべく下は見ない。下では、古いオームの土地に家を建てている。下では、牧草地の上にアスファルトを敷いている。

## 望楼館

玄関ホールで。建物鑑定士が来ているのよ。堂々と胸を張るのよ！　わたしたちがこの家に住めるようわたしは手をつくした。新しい家――なんてすてきな響きなんでしょう！　わたしたちはオーム家の歴史の匂いのするところに住むことになるわ。もちろん、長年暮らしてきたところだけど、わたしの共同住宅でもあるわ。狭い寝室は息子のフランシスのものになるのよ。わたしの夫は、私はどこで寝るんだね、と訊くので、わたしといっしょに寝るのよ、と言ったら、急にぶるぶる震えて泣き出したわ。

## 偽涙館

天文台で。今日ここに登ってみたら、天体望遠鏡が取り外されていた。

父は階段を下っていった。偽涙館の部屋はからっぽだ。家のなかで残っているのは二台のベッドだけだ。ほかの物はみな消えてしまった。あいつらは私の家を腑抜けにしてしまった。一族のコレクションはほんの少し残った草地に引き出されている。

父は偽涙公園のベンチに座っている。まわりにあるのはみな私の一族のものだ。まわりを見てみる。私の天体望遠鏡だ！　肖像画もある。**私の先祖の肖像画だ！**　先祖たちは泣いている。陶磁器類もある。マホガニーのチェストやローズウッドのテーブルも。計量器のそばには本がある。オーム家の年代記だ（一巻だけ欠けているが）。鏡とタペストリー、母の人形や父のショットガン、寄せ木細工のテーブルに化粧台、台所のポットや鍋、庭園用のテーブルや椅子、日時計。私の服まである。**あれは私のパジャマだ!**

すべてのものに小さな札がついていて、品目と番号が記されている。向こうの方に、男が机を前にして立っているのが見える。手には木槌を持っている。数字を読み上げている。人々がその男に頷いている。そこらじゅうに人が溢れている。人と品物ばかりだ。人は私の物を買っている。

一脚のテーブルのうえに386という数字をつけた双眼鏡がある。私はそれを手に取る。だれも見ていないときを見計らってコートのなかに滑り込ませる。自分の双眼鏡を盗んで逮捕されることはないだろう。

私は、図書室から持ってきた赤い革張りの肘掛け椅子に腰を下ろした。その札をひきちぎる。肘掛けのところをコートと上着で覆う。こうしておけばだれもこの椅子には気づかない。だれも買うことはできない。

こんなことが現実にあるはずがない、きっと夢を見ているんだ、と私は思っている。木槌を持った男が声をはりあげて歴史を売っている。私は耳を澄ませてみたり、なにも聞かないようハミングしてみたりする。

ロット番号　1945　高さ五十五センチの壮麗なブロンズ製の壺
ロット番号　1956　みごとな額に入った、騎士の描かれた家族の肖像画
ロット番号　2432　表面が革張りのマホガニーの両袖机、引出しが九つ

ロット番号　２９７８　彫刻された黒檀の箱に入った素晴らしい象牙の駒とチェス盤
ロット番号　３６７１　青と白で統一された朝食用食器、一〇四点
ロット番号　４６４８　ガス器具付きエナメル製スティームバス
ロット番号　６０４３　パラフィン・ランプ、陶器の足温器、鋏とブラシのセット
ロット番号　６７４３　非常に貴重な、プラットの天文時計
ロット番号　７０２１　H・マンシー作製の優れた望遠鏡、直径十二センチで六脚付き
ロット番号　７３４７　１　ラランドの記した恒星と皆既日蝕のカタログ
２　フィリプスの実地天文学
ロット番号　７９８６　豪華なモロッコ革装幀のギルマンの『宇宙の世界』

ようやく最後の品物になった。

ロット番号　８０２９　サボテン八本と椿の木一本

人々は帰り始める。ああ、人が立ち去るのにどうしてこんなに時間がかかるのだろう。しかし

沈んでいく太陽に急かされてようやく帰っていった。突然、妻が私に覆い被さるようにしているのに気づく。妻はこう言う。わたしたち、すっからかんだったのよ、フランシス。だから全部売るしかなかったの。銀行の命令だったのよ。でもようやくまとまったお金が手に入ったわ。どこかに部屋を見つけましょう。それほど遠くないところでいいのよ。なにもかも解決したわ。一からやり直しましょうよ、フランシス、もう一度、初めから。

でも私は初めからまたやり直すなんてごめんだよ。

私が腰かけている赤い革張りの肘掛け椅子とコートに隠しておいた双眼鏡以外はすべて売られてしまった。私のパジャマだってだれかが買っていった。今夜、何を着て寝ればいいんだ？

私は残ったわずかな草地でたったひとり、肘掛け椅子に座っている。人々は草地にゴミを捨てていった。私の息子がやってきて私にこう言うんだ。家のなかで母さんが裸で踊っているよ。

## 望楼館

望楼館の外に立っている母。わたしは夫の手を引いているの。これはとても聖なる瞬間だわ。わたしたちの前には、金属製の柱が二本、地面にしっかりと突き刺さり、その上に大きな大理石の看板があるんだけれど、いまはシートで覆われているわ。わたしは夫の顔を見るの。夫はなんにもわかっていない。わたしは勝ち誇ったようにそのシートを引き下ろすと、そこには……

## 偽涙館

玄関ホールから外に歩き出した父。妻はとても興奮している。私をからっぽの家の外へと引っぱり出そうとしているんだ。正面玄関のドアの外は、金属製の柱が二本、地面にしっかりと突き刺さっていて、その上にどうやら、看板のようなものがあるんだな。妻は私の顔を見ている。私にはどういうことなのかさっぱりわからない。妻は、看板を覆っていたシートを引き下ろした。するとそこには……

## 望楼館

質の高い設計による広々とした集合住宅

## 母と父

望楼館の薄汚れた塀の前に立ったぼくの両親は、汚くて安っぽい偽の大理石に、下手くそな字で刻まれたわが家の名前をそろって見あげた。次いでその看板を見てから互いの顔を見た。ようやく、ふたりは口を開いた。その声は行き交う車の騒音の上を抜けていった。

あなたなの！
きみか？
フランシスなの？
アリスなのか？
ほんとうにあなたなの、フランシス？
アリスなのか？　アリス！
あなたは死んだものとばかり思っていたわ。
きみを見失っていたよ。私の妻だ！
私の夫なのね！

どこにいたんだね？
望楼館の二階の6号室よ。
どこを探せばいいのか知らなかったんだよ。
じゃあ、あなたは？　どこにいたの？
そりゃあ、偽涙館のなかだよ。
いいえ、フランシス、あの建物はもうないのよ。
じゃあ、アリス、あれはどこへいってしまったんだね？
この世にはないのよ、フランシス。

長い沈黙。

ほんとうになくなってしまったのかね？
跡形もなく。
私はあそこで生まれたんだよ、わかっているだろうが。
わたしたちは先に進まなければならなかったのよ。

ふたたび長い沈黙。父は理解しようと努めていた。頭のなかにある出来事をつなげようとしていた。

天文台から天体望遠鏡がなくなってしまったんだ。

だいじょうぶよ、星はどこにもいかないわ。

それはよかった。


また長い間《ま》ができた。母の最後の言葉で父は少し元気になったが、それでも不安そうな顔つきをしていた。父はなにやら独り言を言っていたが、やっと口を開いた。


アリス?

なあに、フランシス。

アリス? アリス! アリス!

しーっ。フランシス、なんなの?

アリス。ねえ、アリス、偽涙館にいなかったのなら、じゃあ、私はどこにいたんだろう?

そういえば、あなたは、わたしの部屋の隣の部屋にいたんだわ。あんまり静かなものだから、死んでいるものと思ってたのよ。


そして、またまた間があいた。父は長いあいだ望楼館の外塀を眺めていた。不思議そうな顔で落書きを見ていた——**これであなたも愛される人に**、さらに、**この風味を楽しんで**——が、正面玄関のポルチコを支える円柱を見た瞬間に顔色がさっと変わった。そして次に口を開いたときは、ずっと見失っていた考えの手がかりをつかんだようだった。

私はずっと病気だったのかね？
いまではすっかりよくなったわ、フランシス。
少し寒いんだ。
じゃあ、なかにはいりましょう、フランシス。
寒いよ、アリス。
フランシス、いまは夏よ。暑い夏なのよ。
そうか、私が気温を感じられなくなっているだけなのか。

母はゆっくりと、気遣いながら、優しく父を望楼館の階段へと導いていった。二、三段あがってはときを止めて休みながら、6号室へ入っていった。母は父をいちばん広い部屋へと連れていくと大きな赤い革張りの肘掛け椅子に座らせた。

少し眠るといいわ、フランシス。きっと気分がよくなるから。
ちょっと休むよ、アリス。この旅はかなりくたびれた。

そして父は目を閉じた。

# 第五章　聖ルチアの祝日

# 解体業者

ある秋の日、解体業者がまたやってきた。母は公園のフェンスごしに、解体業者がファイルに何かを書き込んでいるのを見た。散歩から戻ってきた母は、夕食を食べてから友人のクレア・ヒッグのところを訪ね、いっしょにテレビを見ながら時間を過ごし、自分の部屋に戻ってきて寝間着に着替えたあとで、あくびをしながらこう言った。解体業者がまたきてたわよ。ぼくらといっしょに6号室にいたアンナ・タップは、それはだれですか、と訊いた。ほんとうはよく知らないのだけれど、半年ごとにやってきてはファイルに何か書き込んでいるだけで、ほかにたいしたことはしないんだ、とぼくは説明した。あの解体業者はまったく温厚な人たちだとぼくらは思っているんだよ。しかし、アンナ・タップはこう言った。

ここでなにをしているのか、尋ねようと思ったことはなかったの？

なかったね。

## 父の思い出　一

ぼくらはティアシャム教会のオーム家の礼拝堂に父を埋葬した。司祭がやってきて礼拝堂の門の鍵を開けた。何日か前、いつもよりずっと早く起きた母が身なりを整え、銀器を抱えて望楼館を後にしたのをぼくは目にしていた。銀器は燭台と食器と盆だった。みな偽涙館にあったもので、幼いころに見た覚えがあった。競売にかけられなかったのはどうしてなのだろう。これほど長い間いったいどこにしまわれていたのだろう。母の部屋に入ってみると、母のベッドは引き裂かれ、マットレスには穴が開き、なかが見えていた――母は、ぼくに知られずに銀器を隠しておける場所をだれよりもいちばんよく知っていたのだ。母はずっと銀器の上に横になっていたわけだ。そこなら、ぼくが探そうなどと考えつきもしないことがわかっていたのだ。母は、偽涙館の思い出として唯一残ったその銀器を売ってお金を作り、それで父を納めるとても美しい棺を買ってきた。ピーター・バッグを納めた棺よりはるかに立派なものだった。

オーム家の礼拝堂に入ったとき、ぼくは司祭が間違った墓の蓋を開けてしまい、地下道への入り口がそこに現れて、展示品が見つかってしまうのではないかとどきどきした。しかし、司祭は間違えずに父が入る墓の蓋を開けた。そこには父の両親やそのまた両親が眠っていた。もちろん、他の墓もたくさんあった。そのなかにはすべてオーム家の死者が、立派な埋葬品とともに納められていた。

母とアンナ・タップとぼくが葬儀に参列した。司祭以外、だれも喋らなかった。母はふたたび喪服に身を包んだ。クレア・ヒッグは家にいた。教会までの道のりはとても遠いし、わたしはとても忙しいし、とクレアは言った。それでかまわなかった。彼女は父に会ったことがなかったし、彼女にとって父は荒唐無稽な小説の登場人物のようなものだった。

父の棺を入れるために大きな鉛の縁どりのある石棺の蓋を引き開けたとき、ぼくは神が人間をすべて蒐集していることがわかった。父が暗闇へと下ろされていったとき、ぼくはようやく気づいた。ほかの選択肢なんかないのだ。ぼくらは死んだら神のもとへ行かなければならない。結局、最後には神に捧げられる身なのだ。善良な者であれ悪人であれ、行くところが地獄であれ天国であれ、あるいは棺のなかで腐っていくにせよ、ぼくらの重い死体は十字架のしるしの下に押し込まれるのだ。大きなゴミ容器となんら変わらない。神は、がらくた蒐集家なのだ。

## 父の思い出　二

　父が亡くなって何週間も経つのに、町の通りを歩いていると、父の後ろ姿をよく見かけた。しかし、ぼくが、父さん！　父さん！　と叫びながら近づいていくと、振り返ったのは父ではなく、まったく知らない老人だった。

　ぼくは父のことをよく話した。ほかに話すことがなかったからだ。父と星のことを。血球のあいだにうかぶ父のことを。樹木くらいの大きさの父のことを。いっぽう、母は父のことは一切話さなかった。母が話すことといえば日々の出来事や天気のことばかりで、ほかのときはクレア・ヒッグとテレビを見て過ごした。母は、いわば、父のことを考えない工夫を凝らして日々を忙しく過ごしていたのだ。

　ぼくは6号室の広い部屋から赤い革張りの肘掛け椅子を運び出し、両手で抱えて階段を下りた。そして館の外まで引きずっていくと、コンクリートで囲まれたところに置いた。ガソリンの缶を買ってきて、椅子に振りかけ、火を付けた。椅子は悲しげな唸り声を発し、ぱちぱち音をたてて燃え、二度と人が腰を下ろすことができない姿になった。

## 父の思い出　三

しばらくのあいだ、６号室の食卓の上に置かれた水の入ったコップのなかに、父の入れ歯が沈んだままになっていた。ぼくらは――アンナ・タップと母とぼくは――ときどき、その入れ歯を見ては顔を見交わした。三人で食事をしているとき、入れ歯を見ないでいるのは難しいことに気づいた。水の入ったコップのなかから入れ歯がにたにた笑いかけていた。食欲が一気になくなった。

結局、みんなが寝静まった真夜中、ぼくはそれを取り除いた（ロット番号９９４）。

## 父の思い出　四

父がいなくなって、急にこの世界があやふやなものになった。世界を支配していた父の内なる不動性がなくなって、ぼくはどうしたらいいのかわからなくなった。この世界はいまにも壊れそうだった。父を亡くしてからぼくらは用心しながら暮らした。まるでなにもなかったかのように世界が動いていくことが、ぼくらにはどうしても受け入れられず、天変地異——日蝕や嵐や地震——が起こるはずだと思っていた。ところが、なにも起きないので、だまされているような気がした。父が死んだのだから、大惨事が勃発しなければおかしい。ぼくらの悲痛な思いに見合うだけの何かが起きなくてはならない。今日か明日には、太陽が真っ逆さまに落ちていくはずだ。しかし、なにも起こらなかった。

間もなく、父の死を大事件と感じているのはぼくらだけだということに気づいた。死はだれにでも訪れる。親しい人を亡くすと、体が震え始めたり、数歩進んで急に歩けなくなったりするようなことがあるのは前から知っていた。しかし、父の死によって初めてぼくらはそれを実際に体験したのだ。底知れぬ悲しみと怒りと恐怖を味わった。人類最初の死者からずっと、人はえんえんと死に続けていたわけだけれど、そんなものは父の死という本番の前の予行練習、リハーサルにすぎなかった。父の死に比べたら、所詮他人事だった。

しかし、父の死に対する母の思いがぼくのとはまったく違うことを知り、ぼくのように悲しみに暮れている者はほかにひとりもいないことがわかった。ぼくらが味わっていると思っていたものは、ほんとうはぼくが味わっていたものだったのだ。

## 父の思い出　五

ぼくはその晩、天文台へ登った。父がいっしょだったときには魔法を使ってドームの上にガラスを蘇らせることができた。父の双眼鏡で見ながら、大きな天体望遠鏡の後ろにいるのだと想像することができた。でも、父がいないと、天文台はすっかり寂れてしまった。金属のドームの形を残した枠には錆がうき、鳩の糞がいたるところにあった。入り口付近には鳩の死骸もあった。

アンナ・タップと天文台に登ったとき、ぼくは惑星と恒星を教えてあげた。アンナはもうぼくの両親の世話をする義務はなかったが、6号室にしばしばやってきては煙草を吸ったり、ふたりで短い散歩をしたりした。ぼくらは友だちになったのだと思う。ぼくは彼女に父のことを話してきかせた。

ある夜、アンナは泣き出した。かわいそうに、アンナには父親がいなかった。父親というものを知らなかった。しかし、彼女が泣いたのはそのせいではなかった。フランシス、わたしが見える？　と彼女は言った。わたしがここにいるのがわかる？　ああ、よく見えるよ、ぼくらは天文台にいて、きみはぼくのそばに座って星を見ているよ、とぼくは言った。そういうことを言っているんじゃないのよ、とアンナは言った。ぼくはいま、父さんのことしか考えられないんだよ、と言うと、彼女は、それはわかっているわ、だってここ何週間もずっとあなたはお父さんのことしか話さないんですもの。ほかの人が入り込む隙間を作ったほうがよくはない？　ほかの人が入れるようにしておいたほうがいいのじゃないかしら？　だって、もしかしたら、入りたいと思っている人がいるかもしれないでしょう？　フランシス、だれが入りたいと思っているか、考えてごらんなさい。彼女はそう言って帰っていった。

## 父の思い出　六

その夜、6号室に戻ると、母の部屋からやかましい音が聞こえてきた。歯ぎしりの音だ。ぼくの父の歯の音。ぼくは夢中でドアを開けた。もしかしたら母の部屋に父がいるのではないか、父は死んではいなかったのではないか、と思いながら。母はよく眠っていた。ベッド脇のテーブルの上に置かれたナイト・スタンドの横にテープレコーダーがあり、それが父の歯ぎしりの音を再生していた。

これが母の習慣になった。母はベッドに入るときには、テープレコーダーのスイッチを入れて父の歯ぎしりの音を聞きながらではないと、眠れなくなってしまったのだ。

## アンナとの日々

そして、短くて幸せな《アンナとの日々》がやってきた。アンナとの日々というのは、秋の陽差しのなかで、ぼくがアンナとともに過ごした日々のことだ。ぼくは父のことはもう話さなかった。アンナは、話してもいいのよ、たまになら、と言った。でもぼくは、話さないほうが無難だろうと思った。アンナはとても幸せそうに見えた。ぼくが言うことによく笑った（しかも、彼女を笑わそうとやっきになっていないときに）。ときには目を閉じてこう言った——太陽の光が顔に注いでいるのがわかるわ。

その秋、ぼくといっしょにいる彼女はいつもそんなふうだった。だから、ぼくがひとりで公園に行くと、体重計の男がいつもこう言う理由がわからなかった。

あの子は痩せてきたね。

ぼくはアンナの友だちだった。友情について話し合ったことはなかったが、そんなことは必要なかった。ぼくらはときどき町の中心を歩いた。そんなとき、アンナはこう言った。わたしたちの知らないところがたくさんあるのね。わたしたちの知っているところといえば、住んでいる場所や友人のいるところや、仕事場くらい。通い慣れた道や、小道や、特定の通りは知っているけれど、それ以外のところは知らないわ。ここには一度も来たことがない。あなたとこうして散歩をしなかったら、絶対にここに来ることはなかった。ここがあることすら知らなかった。それはわたしの生活には組み込まれていないから。ここに住んでいる人やここで働いている人はひとりも知らないけれど、でも、少なくとも、ここを見ることができたわ、フランシス。

ぼくは彼女と教会に行った。そしてアンナが聖ルチアの目と顔にそっと触れるのを見ていた。アンナはぼくに、目がひどく痛みだしたら、目が固まりだしたら、きっと聖ルチアの目は柔らかくなると思うの、と言った。この時期、ぼくらはともに時間を過ごしていた。それなのに、ぼくがひとりで公園にいくとかならず、体重計の男はきまって、

あの子は痩せてきたね。

と言うのだった。アンナは門番といっしょに外に出ることはなくなった。ぼくといっしょに出かけるのを好んだ。そして門番は、ふたたびきれい好きになって、ぼくがそばを通るときはかならずシッと言うようになった。

アンナは、ぼくのことをすべて話すようにぼくに言い、ぼくがいやだと言うと、彼女は目をそらした。彼女は、地下には何があるの、と訊いた。ぼくが答えないでいると、何度も同じことを

尋ねて、その話題から離れなかった。ある日、あまりにしつこく尋ねるのに腹を立てて、ぼくは彼女にこう言った。愛だよ、アンナ、地下には愛があるんだ。９９５点の愛の品が大事にしまわれているんだよ。だったら、それを見せてよ、フランシス。だめ、だめ、それはできない。

彼女は、手袋を取るようにぼくに言った。いや、絶対にそれはできない、とぼくは言った。間もなく、彼女は散歩にいくことはやめたが、６号室の広い部屋でぼくらといっしょに過ごした。でも、そういうときでもぼくらは言葉を交わさなかった。突然、ぼくらには話すことがまったくなくなってしまったのだ。ぼくは自分の手袋を見たり、床を見たりしていたが、彼女はぼくから目を離さなかった。そしてぼくひとりで公園に行くたびに、体重計の男はかならずこう言うのだった。

あの子は痩せてきたね。

彼女の身になにが起きているのか、ぼくにもわかっていたが、それをとどめる術をぼくは知らなかった。彼女はぼくらと同じように悲しみに包まれていたのだ。

ある日の午後、６号室にいるとき、アンナがぼくに尋ねた。

手を握ってくれない、フランシス？

しかしぼくは彼女の手を握らなかった。当たり前だ。すると彼女は、

わたしにキスしてちょうだい、フランシス。

と言った。思ってもみない言葉だった。心臓が喜びで飛び上がった。だから、だからなんだ。ぼくの心臓を飛び上がらせた言葉を聞いたから、だからこう言ったんだ。心の奥の奥でかすかにさざ波を立たせた言葉、しかもその言葉がとても気に入ったものだから、だからぼくはこう答えたのだ。

帰ったほうがよさそうだ。

## 秋から冬へ

冬がすぐそこまで来ていた。ぼくが冬が好きなのは当然のことだ。人々は冬になると手袋をする。ただ、白い木綿の手袋をする人はいない。冬になると、子どもたちは明るい色の五本指の編み手袋か、ミトンをはめる。大人たちは、黒、赤、緑、青、ピンクといったウールの手袋だ。あるいは柔らかなウールやシルクが裏張りされた革の手袋。そう、ぼくはそんな冬の手袋好きの人たちが大好きだ。人間に親しみを感じることができる。

## アンナ・タップの愛の服

アンナとの日々が薄れていき、しだいにフランシスだけの日々になり、とうとう完全にフランシスの日々になった。この時代には、時間が過ぎるのをじっと待っている人たちしかいなかった。もちろん、アンナはたびたび6号室にやってきた。だが、ぼくとつきあうことに及び腰になり、話すときもこちらの目を見ようとしなかった。一度、彼女がドアの下の隙間からメモ書きを滑り込ませたが、そこに書かれた言葉の意味がぼくにはわからなかった。

今がだめなら、いつならいいの?

と書いてあった。彼女は、いつも着ている青いワンピースと、針と黒い木綿の糸をもってやってきた。最初、ぼくは綻《ほころ》びでもかがるのだろうと思ったのだが、そのうちワンピースに文字を刺繍していることに気づいた。最初の言葉は、ピーター、だった。次の言葉は、クレア、だった。三番目の言葉は、愛した。アンナは目を執拗に酷使していた。

何週間か経つと、黒い木綿の糸で綴った文章が完成した。

クレアはアレクを愛した
アレクはクレアを愛した
門番はクレアを愛した
オーム夫人は独身男を愛した

オーム氏はオーム夫人を愛した

これがわたしの愛の服よ、フランシス、と彼女は言った。愛の文章を書いているの。そうすれば絶対に忘れないでしょう。だから、もし目が見えなくなっても、この服を着れば、この言葉に触って読むことができるわ。

## フランシスと恋人たち　一

恋人たちが手をつなぐというのはよく知られている。ぼくが手袋をしているというのはよく知られている。ぼくが汚れているもの（人間の体などがそうだ）に決して触らないというのはよく知られている。したがって、ぼくは恋人とは絶対に手をつなげないわけだ。だからぼくには恋人がいない。

## 段ボール箱の中身

ある日、望楼館に大きな段ボール箱が宅配便で届いた。その箱には《フランシス・オーム様宛》と記してあった。それを門番が6号室まで届けにきた。瞬く間に、望楼館の住人全員にこの箱のことが知れ渡った。門番が箱を届けにきたのを見た母は、すぐにクレア・ヒッグとアンナ・タップのところに駆けつけた。しかしぼくはその箱を自分の部屋に持ち込んで、ドアを閉め、だれも近寄らせなかった。テレビを見過ぎていてまともにものを考えられなくなっていたクレアは、箱の中身はお金か、切断された人の頭だと思ったらしいが、忙しかったのでわざわざ見に来て確かめようとはしなかった。母とアンナはぼくの部屋のドアを叩いた。入っていいでしょう、フランシス、その箱の中身はなんなの？　ほっといてくれよ、アンナ。ほっといてください、母さん。ひとりにさせてくれ。

箱のなかには保護用のポリエステルのチップがたくさん詰まっていた。手袋をはめた手で用心深くそれを取り去ると、しだいに髪が、そして顔、首、肩が現れた。蠟で作られた頭部だ。初めてその顔を見たとき、その精巧さに心底びっくりした。彼女をじっと見つめても、彼女は顔をしかめもしなければ、目をそらしもしなかった。

箱のなかには葉書が入っていた。ぼくらの創設者の蠟人形が写っている絵葉書だ。その裏側に言葉が記されていた。

フランシス、
お望みの頭部を送る。
くれぐれも蠟にキスをしないように。
人の肌はもっと柔らかいよ。
ウィリアム。

どこもかしこもそっくりだ。ただひとつ違ったところがあった。目だ。目は健康で美しく、見事な緑色をしていた。ウィリアムは完璧なアンナを作り上げたのだ。

アンナが、本物のアンナがぼくの部屋の外で、台所にいる母に何か言っている声が聞こえた。さもなかったら、いま手にしているのが本物の彼女の頭だと思っただろう。彼女の頭はこの世にふたつあって、そのひとつを独り占めにできたのだ。そのことが最初は信じられなかった。ぼくは顔に触れた。目に触れた。髪を撫で、唇にキスをした。顔をしげしげと見つめた。まさにアンナだ。ぼくは思い通りに彼女に触れることができた。髪を手で梳くことができた。アンナは絶対にこんなふうにぼくに触れさせてはくれない。たとえそうさせてくれたとしても、手袋を汚すことになるにちがいないので、そんなことはできるはずがない。でも、このアンナなら、触れても手袋は無傷のままだ。

蠟のアンナは文句を一言も言わなかった。蠟の頭はぼくの愛情溢れる行為を気に入っている、と思った。ぼくが触れているのは本物のアンナだと思いこもうとした。木綿の指が触れているのは本物の彼女の肌なのだ。しかしこんなことをするために蠟の頭が必要だったのか？　ぼくが求めていたのは、二度と孤独を味わわないことだった。

母とアンナに、新しい手袋が届いたんだ、と言った。ふたりはぼくの言葉を信じたようだが、どうしてぼくが前よりずっと長いあいだ部屋に閉じこもるようになったのか、その理由が見当つかないようだった。

蠟のアンナをひとり残して立ち去ることができなかった。

一瞬たりとも。

## 展示品を救うために

しかし、本物のアンナのことを考えずにはいられなかった。蠟のアンナを見れば、ますます本物のアンナのことを考えた。部屋の外に出て生身のアンナといると、彼女の目や唇や髪を見ているうちにどうしても触れたくなり、早く部屋に帰って蠟のアンナに触れたいと思うのだった。

フランシス、とぼくは自分に言い聞かせた。すぐにでも結論を出さないとだめだ。地下の展示品が苦しんでいるからな。いいか、フランシス、この蠟のアンナを使うことで、本物のアンナなんか子どものおもちゃや新しい遊び道具と同じだと思うようにならないとだめだ。人と関わりを持つ苦痛を味わいたくないのなら、いらだたしさの募るやっかいな愛（生身のアンナ）の入りこまない、愛の品（蠟のアンナ）を大切にしたいのなら、物を愛せ。人物は無視せよ。できるだけ長く蠟のアンナといっしょに過ごせ。そうすればそのうち飽きが来る。そうなれば、そんなものを身近に置きたくなくなる。この言い聞かせはしだいに効力を発揮してきた。ぼくは、蠟のアンナにも生身のアンナにもだんだん飽きてきた、と思うようになった。

## ある夜のこと

ある夜のこと、アンナがぼくらの部屋にやってきた。彼女は涙ぐんでいて、ぼくらのそばにずっといたいようなそぶりだった。彼女は食卓の横に立ったまま、母かぼくが、椅子に座ってコーヒーでもいかが、と言い出すのを待っていた。しかし母もぼくもなにも言わなかった。母は寝入ってしまっていたし、ぼくはアンナに椅子を勧めなかった。彼女は体重を片脚からもう一方の脚に移動させながらしばらく立っていた。ひどく落ち込んでいるように見えた。ようやく彼女が話し出した。

酒石酸ジヒドロコデインと書かれた薬の瓶をじっと見ていたの。こんなに目が痛んだのは今日が初めてだった。それで、その瓶を手に取ったらとてもほっとしたのよ。薬なんかに頼っちゃいけないのはわかっている。ルチアを信頼しなければいけないのよ。でもね、瓶を下に置いたら、痛みが戻ってきた。ルチアに試されているんだと思うの。ルチアは、わたしに信頼してもらいたいのよ、そうじゃない？

望楼館を立ち去る頃合いじゃないかな？

フランシス？

ずいぶん長い間ここにいたんじゃないかな？　ぼくらがきみに飽きたとは思わない？

わたしは聖ルチアの祝日を待ってるの。

なぜ？　なにも起こらないのに？

起こるわよ、ぜったい。

そうかな。きみの目は見えなくなるよ。もうじき見えなくなる。そうなったらどうする？

そうはならないわ。

ぼくらに面倒を見てもらおうなんて、期待しないでもらいたいね。とんでもないことだ、ぼくらはそんなことしない。いまのうちにここから出ていって、故郷なり、面倒を見てくれるどこかの施設なりへ行ったほうがいいと思うよ。

見えなくならない。
きみのためを思って言っているんだ。ここを出ていくべきだよ。できるだけ早くね。タクシーを呼んであげる。きみのためにそれくらいしてあげるよ。

一枚の葉っぱを手にとって、それを太陽に透かしてみるといい。葉のすべてが見える。葉の内側にある葉脈の一本一本が見える。すべてがさらけ出される。ぼくと話をした直後のアンナは、まさしくそんなふうだった。彼女の顔には不安がありありと現れた。その表情から、彼女が何を考え、その体がどうなっているか、ことごとく言い当てられそうだった。彼女はとても具合が悪かった。いまなら彼女を持ち上げたり、放り投げたりするのはたやすいことだった。

## フランシスと恋人たち　二

間もなくアンナはぼくらの部屋にやってきても愛の服に刺繍しているだけで、一言も喋らなくなった。彼女は新しい文を刺繍していた。服を身につけるときにボタンを留める場所に、服の背中のところに。

フランシスはだれも愛さない

と。

## 十二月十二日

クリスマスが近づき、人々がきたるべき休暇のことで頭をいっぱいにしていたこの日、十二月十二日に、不思議なことが起きた。その日は、6号室に入ってきたアンナの言葉で始まった。明日よ、フランシス、聖ルチアの日よ。明日になれば、またちゃんと目が見えるようになるわ。フランシス、見ててごらんなさい。

夕方、アンナは自分の蠟の胸像を発見した。ぼくは留守にしていた。地下道にいて、下唇を舐めていたのだ。アンナはぼくの母といっしょにいたが、あいにく母は寝入っていた。アンナは6号室のなかを歩き回り、とうとうぼくの部屋に入った。彼女は蠟の頭を見つけた。そして台所に行ってナイフを取ってくると、蠟の顔をずたずたにした。目をえぐった。それから自分の部屋に戻ると、ドアに鍵をかけた。

彼女はぼくに会ってはくれなかった。ドア越しに話もしてくれなかった。だから、ぼくはその翌日、十二月十三日の当日、聖ルチアの目を盗んで蠟の顔にはめ込むことにした。

## 聖ルチアの祝日

聖ルチアの祝日の朝、窓から外を見ただけで、素晴らしいことはなにも起こらない日だということがわかった。冬の大気のせいで、その日はいっそう重苦しかった。すぐさまベッドに舞い戻って、深い眠りのなかに潜り込み、十四日になるまで目を覚まさないでいたい、というような日だった。しかし、目を覚まして外へと出ていかなければならない人にとっては、この日も寒くて憂鬱な、嫌な冬の一日にすぎなかった。

目を覚ましたぼくは、めちゃめちゃにされた蠟の胸像を見た瞬間、今日すべきことを思い出した。胸像の蠟の皮膚は深くえぐられ、かつては見えていたにちがいない目には穴が穿たれていた。ぼくは急いで着替えをすまし、しっかりした足どりで、ティアシャム教会に向かった。自分の計画がまことにもって公平なことだと確信していた。だからこそ、自信みなぎる足どりで教会に向かったのだ。この日、望楼館を出て教会へと向かうぼくを見た人がいたら、きっと法のもとで行動を規定されている公務員だと思っただろう。だからあんなにさっさと歩いているのだ、と。通りを行く人々がぼくを見たら、自分たちが通行の邪魔をしているのではないかと思い、急いで道を譲ってくれたはずだ。しかし、教会へ行くまでのあいだ、ぼくに追い抜かれたりぼくに道を譲ってくれた人がいたとしても、ぼくはだれひとり覚えていなかったし、通る人など眼中になかった。聖ルチアの木の目のことしか考えていなかった。

教会に足を踏み入れた瞬間は、埃がたちこめていて、なかがよく見えなかった。扉を開けてその埃を舞い上がらせたのはほかならぬこのぼくだ。教会にはだれもいなかった。だが、木像の祭壇へ近づいていくと、かすかな息づかいが聞こえた。

聖人たちは、前と同じ姿勢で立っていた。その厳《おごそ》かな姿を目にするや、ぼくの心は引き締まり、気分がすっと落ち着いた。ぼくがこれからしようと思っていることはそう複雑なものじゃない。聖ルチアのお盆から目を取って、ここから出ていくだけだ。必要以上に教会にとどまるつもりはない。だが、ぼくにはここにいる権利がある、あの目を盗む権利があるということだけは忘れてはならないのだ。ぼくの目、蠟の顔にあったガラスの目は壊されてしまった。だから、ルチアの木の目をぼくの物にするのはきわめて公平なことなのだ。それでおあいこだ。教会側だって理解してくれるに決まっている。

聖ルチアはいつもの場所に、お仲間の聖人と殉教者と聖母と幼子イエスとともに立っていた。高く掲げた手でお盆を差し出していた。ところがその盆には、予想に反して、なにも載っていなかった。物がおいてあった証の小さな傷（糊の痕だ）がふたつあった。しかし、一対の目はなかった。

当然ながら、この不当なる所業を目にしてぼくは思わず悲鳴をあげた。その豊かな金髪を摑んで木像を祭壇から引きずりおろし、壁に投げつけてばらばらにしてやろうかとさえ思ったくらいだ。しかし不満をぶつけたくて口を開こうとしたとき、会衆席に横たわっている若い女性の体に気づいた。青いワンピースを着て、黒いコートを身につけている。アンナ・タップが安らかな寝息をたてていた。両手が体にそって伸ばされているところを見ると、その手にはぼくの大事な宝が握られているにちがいない。ぼくは会衆席の横を足音をたてないように歩きながら、彼女のそばまで行った。屈み込んで彼女の手のところに顔を近づけた。汚れていて、埃だらけだ。ぼくは白い木綿の肌を保護するために父の革手袋をはめて、アンナの右手をこじ開けようとした。それでもびくともしないので、ぼくは力任せに指を引き剝がした。アンナは目を開けた。痛々しく充血した、醜い目だった。その眼球は痛みでぎらぎらと輝き、強くこすったらしく、瞼は赤く腫れあがっていた。痛みをなんとかしようと、めちゃめちゃに搔きむしったのだ。どんな痛みだった、アンナ・タップ？　泣いたのかい？　悲鳴をあげたのかい？

ぼくは彼女のそばに屈み込んで、必死で目を取り戻そうとした。彼女はそんなぼくをただ見つめていたが、最初は、見るも無惨な状態になったその目でものを見ているとは思わなかった。ようやく彼女は静かにこう言った。

どうしてこの木の目は柔らかくならないの、フランシス？

ぼくはそれでも、彼女の指と格闘していた。

わたしの目が固くなっていくのなら、どうして木の目は柔らかくならないの？
ここに長くはいられないんだ。
柔らかくならなきゃ、おかしいのに。
こいつをぼくによこすんだ。そうしたらすぐに消えるから。
痛みがぜんぜんおさまらないの。
薬を飲めばいい。
もう飲んだ。
だったら、すぐに楽になるさ。
ひどく痛むのよ。
だったら、もう一錠飲めばいい。
こんなに痛むものだとは思わなかった。気分が悪い。
もう一錠飲むんだよ。
ポケットに入ってる。

ぼくは彼女のコートのポケットに手をつっこんで、薬を探し当てた。そして彼女に、掌を出してくれ、そうすればそこに薬をおくから、と言ったが、彼女はぼくの言うとおりにせず、上半身を起こすと口を大きくあけた。ぼくは口のなかに薬を一錠落とした。薬はぼくの手を離れて、彼女の口のなかに落ちていった。手と唇は接触しなかった。彼女は薬を呑み込んで目をきつく閉じた。

木の目はぼくのだ、アンナ。
なんの威力もないわよ。
きみはぼくの目を壊した。だからそれが必要なんだ。
こんなのなんの足しにもならないわ、フランシス。使い道なんかないのよ。
ぼくによこしてくれ。

アンナは笑った。愚かで臆病なのはあんたよ、と言いたげな、意地悪そうな笑みだった。ぼくはその笑みを見てかっとなった。彼女がぼくの木の目を握りしめてさえいなければ、こんなところからさっさと引き揚げたかった。

どうしてわたしの蠟人形を持っているの、フランシス？
目をよこしてくれ。
本物に触ることができるってこと、知らなかったの？

目だよ。頼む。
わたし、あなたに触ってもらいたいのに。
目を、早く！
わたしに見つかって、さぞや困ったことでしょうね。かわいそうな坊や。
帰ったほうがよさそうだ。

するとアンナは笑うのをやめて泣き出した。彼女は手首で強く、まるで叩くように自分の目をこすった。そして少し落ち着くと、非常に簡潔に、なんの疑いも抱いていないような口調でこう言った。

わたし、目が見えなくなってきてる。

それから、もう一度言った。

わたし、目が見えなくなっているわ。

そしてため息をついた。
突然、木の目などどうでもよくなった。そして、ぼくは突然自分のすべきことを悟った。いまなら彼女を地下道まで連れていって、展示品を見せることができる。彼女はそれを見なければならない、目が見えなくなる前にどうしても見せておかなければならない、最初の品から最後の物まで。《物》まで。ぼくはこれまで人に展示品を見せたいと思ったことは一度もない。しかし、この瞬間、見せなければならない、それこそがいちばん大事なことだと確信した（ひょっとしたら、目の病気に苦しむアンナを哀れに思ったからかもしれない。それなら例外として認められる。哀れに思うことくらいかまわないだろう。哀れに思ったから、ほんの少しのあいだ見せてあげようと思ったのだ。そういう解釈は成り立つ。しかし、そのときのぼくを支配していたのは哀れみではなかった。ぜんぜん別の感情から、ぼくはほんのわずかな間にせよ、たったひとりの人間にせよ、ぼくの展示品を見せようとしたのだ）。

彼女はいっしょに行くと言った。最初、彼女は笑みを浮かべて――いまはだめだわ、と言ったけれど、すぐにこう言い直した。でもあなたがいますぐと言うのなら、いまがいちばんいい時なのかもしれない。目を閉じて、とぼくは言った。目をしっかり閉じていなければ、ぼくはなにも見せられない、正しい順番で見なくてはならないんだ。そう見るように並べられているんだ。そのまえに目をあけたなら、すぐに引き返すことになる。ぼくはアンナのコートで彼女の頭を覆った。見えるかい、とぼくは尋ねた。なんにも、なんにも見えない、と彼女は答えた。それならいい、ぼくが案内するから。

革手袋をはめたまま、ぼくはアンナの手首をつかんで引っ張りながら、口で指示をだした。オーム家の礼拝堂の門の鍵を開けた。墓の蓋をずらし、ゆっくりと階段を下りていった。気を付けて、ゆっくりと下りていくんだ、とぼくは言った。気分はどう？　また痛くなった？　なんにも見えないわ、と彼女は言った。それでいいんだ、いっとう初めにたどり着いたら、きみは右へ向かって進むことになる。もう一方の出口、望楼館の地下室の扉までたどり着くと、ぼくは蠟燭に火をともした。

これがぼくの展示品だよ。だれにも見せたことがないんだ。目をあけていいよ。さあ、見てごらん。ぼくは彼女に展示品目録をわたし、すべての物に加えられたぼくの説明を読むように言った。ぼくは彼女にすべての物を見てもらいたかった。最後の一点まできちんと見てほしかった。彼女は木の目をコートのポケットに入れた。そして眼鏡をとりだすと、それを服で拭ってから読み始めた。

**ロット番号1　領収書**

次のいずれかが所有していたもの――①バスの車掌　②発明家の助手　③妊婦　④警察官　⑤スチュワーデス　⑥鼠捕獲人　⑦道路清掃夫　⑧トランペット吹き　⑨幼稚園の先生　⑩携帯品預かり所の係員　⑪鳩愛好家　⑫図書館長　⑬ジュークボックス製作者　⑭母親を殺した少年

（上記の者がこれを所持していた可能性がもっとも高い）

アンナは説明書を読みつつ、展示品を見ていった。

**ロット番号49　ラブレター**

女の召使いが男の召使いに出したひどい内容の手紙。もともと彼の部屋のドアの下に滑り込ませてあったものだが、彼がそれを発見する前に救いだした。さもなければ、彼に対する彼女の愛は存在することになった。

アンナは足を止めて、ふたたび屈み込んだ。

**ロット番号110　トンチンの盆**（銀）

もともとはオーム家のもの。かなり前に亡くなったフランシス・オームとその友人とのあいだで賭けが成された証拠である。それは、だれがいちばん長生きするかというものだった。フランシス・オームが勝った。長生きの家系であるという証拠として祖父が大事にしていたものだ。自分の父親がそれを愛したという理由で、ぼくの父さんもこれを大事にしていた。

アンナは目をこすり、眼鏡を拭きながら先を続けた。

**ロット番号163　モロッコ革の本**（『オーム家の歴史』の一巻）

オーム家の者たちはいまも生きていることを思い出させるために父さんから盗んだ。

アンナは、ちょっと休ませてほしいと言った。しかしぼくは、読み進んでいってほしいと頼んだ。彼女は笑みを浮かべてこう言った。これを見せてくれてありがとう、フランシス。いや、先に進んで。最後までいかなければならないんだよ。

**ロット番号238　バレエシューズ**

1号室に住む痩せた両親と暮らす肥った小さな娘（バレリーナになることを夢見ている）の物。

アンナはふたたび眼鏡を拭った。さあ、先を。休んじゃだめだ、とぼくは言った。

**ロット番号301　ステッキ**

ジョージのカフェにいた男の持ち物。この男はこれなしではどこへも行けなかったので、ジョージに店から電話をかけてもらい、同じように老いさらばえた妻が迎えにくるのを二時間も待っていた（妻は歩行器を使ってようやく到着した。その歩行器には予備のステッキがかかっていた）。

アンナは、目が燃えるように痛むと言った。少し休みましょう、と言った。しかしぼくは先へ進むんだと言った。そしてもう一錠薬を飲ませた。

**ロット番号353　真珠のイヤリング**

直角さんと呼ばれている7号室の住人の持ち物だった。彼の母親が生きていた証拠として。

アンナは言った。フランシス、暗がりにいるのはやめて、明るいところに出てきてちょうだい。明るいところにいるよ。あなたの姿が見えないのよ、いったいどうしたんでしょう。戻ったほうがいいかい？　とぼくは尋ねた。いいえ、全部見終わるまで、と彼女は言った。

**ロット番号380　テレビのリモートコントロール**

16号室のクレア・ヒッグのもの。彼女が見ていなかったときに、彼女がぼくに紅茶を淹れていたときに失敬した。

アンナが、すこし休まないと、もう集中できない、と言った。ぼくらは地下道の終わりまでいき、そこから階段を登った。

さあ、また教会にもどってきたよ。そしてぼくらは教会の外に出た。アンナはぼくの背中をつかんだ。

偽涙公園のベンチで座っているときにアンナが言った。本当に昼間なの？　本当に明るいの？　空は悲しげに青く澄み渡っているよ。見えないわ、なにも見えないわ。

アンナの目が見えなくなったことをぼくらは認めた。

アンナはぼくの腕をとった。ぼくらは館のなかに入った。

# 第六章　小さな人々

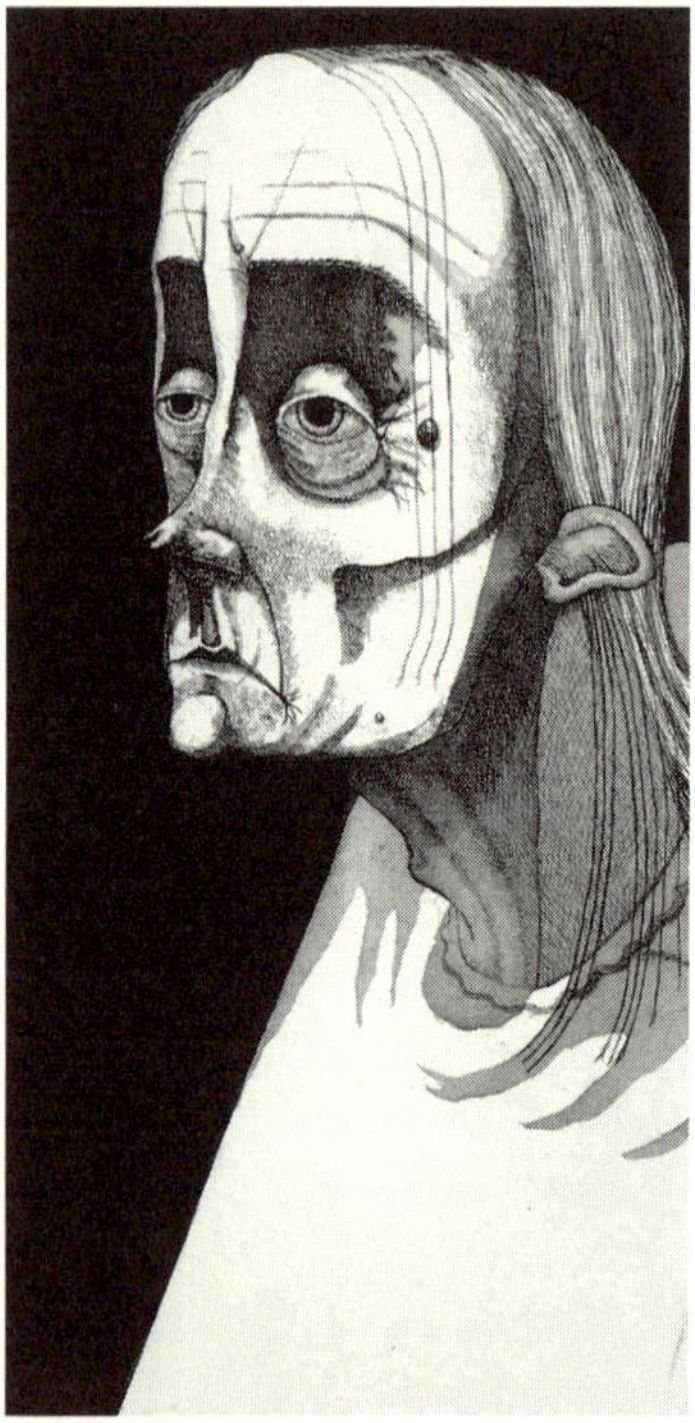

## マーク・ダニエル・クーパーの哲学

それから数日間、ぼくはアンナに近づけなかった。クレア・ヒッグと母が彼女の面倒を見ていたからだ。ふたりでアンナに服を着替えさせ、食事を与え、髪を梳かし、風呂に入れ、眠る前にはおとぎ話を読んで聞かせた。ふたりの老女は盲目の女性と人形遊びをした。盲目の女性が言葉を喋らなくても、盲目の女性が笑みを浮かべることしかできなくても、ふたりはそれで満足した。しかしときどき、この盲目の女性は悲鳴をあげた。いったんあげると止めることができなくなった。

だれかがぼくのアンナの胸像を盗んだ。聖ルチアの祝日に盗んでいった。ぼくは母が盗ったと思った。胸像を見て血相を変え、すぐに捨ててしまったのだ。もし犯人が母であれば、そのことは口が裂けても言わないだろう。ぼくは、とても驚いたので、返してくれとは言いだせなかった。アンナの胸像がなくなってから、ぼくはアンナの顔を忘れかけてきた。思い出そうとしてもうまく思い出せなくなった。

ときどき夜になると、ぼくは町を散策した。望楼館のまわりを通る道路を横切り、アンナのことを考えながら、アンナの顔を思い出しながら歩いた。煙草を吸っている人とすれ違うたび、彼女の匂いを思い出そうとした。

ある晩、いつもより遅い時間に、偽涙公園とティアシャム教会の間を歩いていると、だれかがすぐそばにいるのに気づいた。とても近くに立って、荒い息をしている。門番かと思って振り向いた。

汚れたトレーナーを着た、顔にあばたのある若者がスプレーで壁にペンキを吹きかけていた。ものすごい勢いで噴き出す言葉が、壁にむかって荒い息を吐きかけているようにも、囁いているようにも聞こえた。それは次のような言葉だった。

柔らかな肌
白い歯、かぐわしい息
これであなたも愛される人に
時計の時間を戻し、皺に別れを告げましょう
あなたにはそれがふさわしいから

ようやく、町じゅうにペンキで言葉を記していた男を見つけた。夜になると町じゅうの壁に言葉をスプレーし、メッセージを残すのだ。朝になると、だれもがその言葉を読んだ。

ぼくは彼と友だちになりたいと思ったが、彼の方は、緊張が解けるまで少し時間がかかった。彼はおそろしいまでのどもりだった。ぼくが理解した限りでは、彼はマーク・ダニエル・クーパーといって、スプレー缶片手に夜の町を徘徊しながら過ごしていた。望楼館の壁の言葉も彼の仕業だった。彼の説明によれば、人とうまく話せないので、みんなから相手にされないということだった。その寂しさを紛らわせようと、初め彼はノートに自分の思いを書きつけた。しかし、彼が言うには（というより、言葉より身振り手振りの助けを借りてぼくが理解したところでは）、感情が高ぶってくることがよくあって、そうなると文字も暴れてしまって、書き付ける言字が大きくなるので、あっという間にノートを使い切ってしまう。それに、ノートに書いても、それを読んでくれる人はひとりもいないから、いったんノートを閉じてしまえば、無用のものになるだけだ。そんなある日、スプレーの落書きがある校庭の壁を見て、急にぼくもそうしなければと思い立った。深く心に秘めた思いを町じゅうに書くのが楽しくてたまらず、いまでは心の痛みや不満はすっかり消えてなくなったそうだ。そうこうするうち、彼は自分に自信が持てるようになって、言うべき言葉がなくなった。それでも町の壁に落書きするのはやめられなかった。落書きしていると生きているという実感を持てた。彼は商品の宣伝文をそこいらじゅうに書くようになった。ああいう宣伝文は自信満々だからね。あんなに自信満々な言葉はないよ。町にあるコカコーラの看板はもの心ついたときからずっとあそこにあって、それを見るとぼくらも捨てたもんじゃないと思えるんだ。もしコカコーラ会社がここに看板を出しておくのが効果的だと思っているとすれば、それはぼくらを信頼しているからにほかならないわけで、だからぼくらも自分に自信を持つことができる。コカコーラ会社の看板が外されたら、ぼくらの価値はなくなる。あの看板があるからこそ、ぼくらはこの世界に繋がっていられるんだよ。そう彼は言った。
自信に満ちた宣伝文をスプレーしていると、自分にも自信がわいてくるのさ。彼は、壊れた言葉のあいまに笑いながら、微笑みながら、そこまで話すと、こう書いた。

この風味を楽しんで

彼がぼくにスプレー缶をひとつ貸してくれたので、ぼくは煉瓦の壁にこう書いた。

アンナ

しかし、彼は、だめだよ、と言った、というか手振りでそう示した。それじゃあ小さすぎるよ。彼は通りいっぱいに、アンナという巨大な文字をスプレーした。アンナ通り、とぼくらはその通りを呼んだ。
彼は帰る時間になると、壁に、さようなら、と書いた。神経質にぼくに笑いかけながら、しかし絶対にぼくの目を見ようとはせず、彼は明るくなりかけてきた朝のなかを駆けていった。

## アンナを観察する

もちろん、ときには母たちも注意を怠ることがあった。盲目の人形に対する母たちの愛はしだいに薄れていった。母はアンナの部屋の鍵を持っていたが、ときどきそれをテープレコーダーの横にうっかり置き忘れた。それでぼくは、みんなが寝静まったころ、6号室をそっと抜け出して階段を登り、アンナの部屋にこっそり入った。そしてアンナの寝室にはいり、彼女の寝顔を見ていた。長い間じっと見つめているだけだった。前にはなかったのに、そばかすができているのを見つけた。ぼくは彼女に触れたかったが、どうしてもできなかった。アンナの閉じた目(その瞼のしたでは何が起きているのだろう)、アンナの鼻、アンナの小さな耳。シーツの下に隠れている体のことを思い描いた。アンナの隠れている脚と腕、アンナの隠れているお腹、アンナの隠れている胸。しかし彼女が目を覚まさないうちにそっと部屋から抜け出した。

《彼女に会うことを禁じた時代》、彼女の部屋の外で立ちつくすことすら自分に禁じていた時代のあいだは、ほかに熱中できるものを探さなければならなかった。ときたま台座の上に立ってはみたけれど、まったく集中できなかった。展示品を見て何時間も過ごした。アンナが見た品々を見た。なかでもいちばん大事な物、展示品のいちばん最後にいつもあって、アンナがたどり着けなかった物、そしてもう二度と見ることもない《物》に、ぼくはそっと語りかけた。

## 《ミスター・ベーレンス手袋店》に行く

たいていの人は、意気消沈したときや自分を元気づけようとするとき、買い物をする。衣類を買う人もいれば、食料品を買う人もいる。ぼくは、自分を慰撫するために手袋を買うことにしていた。白い木綿の手袋だ。《ミスター・ベーレンス手袋店》で。ベーレンスは小柄な男で、やはり手袋をはめていた。しかし彼のは革製の黒い手袋だった。彼が手袋をしているのは、戦争中にひどい火傷を負った手を隠すためだったが、そのことについては決して語ろうとしなかった。ミスター・ベーレンス手袋店はあらゆるタイプの手袋愛用者に商品を提供していた。あらゆる色の手袋、あらゆる素材でできた手袋を売っていたのだ。ウール、革、ゴム、木綿、フォックス、カーフ、キッド、土竜《もぐら》、針金などなど。ぼくはいちばんのお得意だった。何年も彼の店にやってきては手袋を買ったし、しかも必ず何組もまとめて買った。ミスター・ベーレンスが言うには、彼の顧客はたいてい同じ手袋を何年も使う、ときには何十年も使い続ける。ところが、私の顧客のなかで、きみだけだよ、フランシス、定期的に、忠実に私の店にきてくれて、薄紙で包んで箱に詰めてある伝統的な白い木綿の手袋を大量に買ってくれるのはね。

その日、ぼくは予定の時期より何ヶ月も早めに店にいき、新しい手袋を十組買って店を出た。きちんと積み重ねられた十組の新しい薄い皮膚は、ぼくに命を吹きこまれるときをじっと待っている。指が動きだして、おずおずとこの世界を知る日をおとなしく待っているのだ。

## クリスマス・プレゼント

間もなくアンナは目の見えない状態に慣れてきて、介添《かいぞえ》があれば散歩に出られるようになった。母といっしょのときもあれば、ぼくに介添を許可してくれるときもあった。ミス・ヒッグとは一度も行かなかった。クレア・ヒッグは屋外を好まなかった。アンナの目はすっかり雲に覆われ、いまでは目が見えていたころの名残はなにもなかった。虹彩も瞳孔もすべてがミルク色に固まっていた。じっとしているときの彼女は、目を入れられていない蠟人形のようだった。彼女は白い目を手で触り、押し込み、搔きむしった。ぼくは彼女に、それでどんなふうに物を見ていたか覚えているかい、と尋ねた。ええ、記憶と感触で、と言った。そしてアンナはぼくにこう言った。

あなたの手に触らせてくれる? そうしたらわたし、とても嬉しい。

クリスマスの季節だった。クリスマスの時期には、人々は物を包装紙で包む。アンナ・タップがぼくの手に触れたいのなら、クリスマスの時期だ、彼女にプレゼントしよう。ぼくの手をきれいな包装紙に包んで。

ぼくは衣装に身を包んだ（蠟人形館に勤めていたときに着ていた衣装だ）。タイツと留め金のついた靴をはき、袖口にフリルのついたシャツを着て、長い上着を羽織り、頭には長い巻き毛の鬘をかぶった。そして半蠟半人のときに使用していた蠟人形館の通用口のダイアル錠を解除してなかに入った。そこに住み着いている者たちが静かに、それこそ蠟のようにひっそりと立っていた。彼らは夢を見るのだろうか。彼らの蠟の内部には感情があるのだろうか。蠟人形のガラスの目から世界はどんなふうに見えるのだろう。蠟人形のなかには、蠟人形館が公開される昼間だけ、電気で体が温まるとぎこちない醜悪な動きをしてみせるものもいた。しかし、クリスマス・イヴには彼らは動かない。ぼくはそのあいだを通っていった。

若くして亡くなった有名な映画スターの前で足を止めた。若々しい蠟の手にそっと触れた。階上で警備員が歩き回っている音が聞こえる。見回りをしているのだ。静かにぼくは映画スターの手首をひねった。蠟の手は、ゆっくりとゆっくりと回転した。蠟の手の回転の仕方にはどこか心騒ぐものがある。どうして、この蠟人形は口を大きく開けて悲鳴をあげないのだろう？

ぼくの手型から取った二本の蠟の手をぼくは手に入れた。

そこへ、警備員が階段を下りてやってきた。ぼくは、スーツを着た男たちや舞踏会のドレスに身を包んだ女たち、王族の衣装を身にまとった肥った王と肥った王妃のなかにまぎれて不動の姿勢をとった。評判の高い、あるいは悪名高い者たちの仲間に入り込むと、ぼくはみんなから歓迎された。

懐中電灯の明かりが部屋を照らし、続いて警備員が入ってきた。ぼくらのなかをゆっくり歩きながら、ぼくらの顔に懐中電灯をあてていく。ひとりひとりの前で立ち止まった。彼はぼくらを見破ろうとしているのだ。しかし、だれも動かない。いや、ひとりだけ、動いた。でもそれはぼくではない。展示場の隅に、身長百八十センチくらいの茶色い髪の痩せた男の人形がピンストライプのスーツを着て立っていた。その展示物の目が動いたのだ。その目はひたすらぼくを見据えていた。視線がまっすぐにこちらに注がれていた。あの展示物には見覚えがある。アイヴァンだ。蠟人形ではなく、生身の人形だ。彼は、ぼくがここに雇われる前から半蠟半人として働いていたが、ぼくがクビになった同じ日に、解雇された。

その彼が、身動きせずに静かに立っていたが、目だけを動かしたのだ。警備員はその目の動きに気づかなかった。固まったように動かない人形たちに異常はないと思っていた。蠟人形の手がなくなっていることにも気づかなかったし、その取られた手を別の人形が持っていることにも気づかなかった。ぼくらに懐中電灯を当てながら、その表情はまったく変わらなかった。すると、彼は懐中電灯をしたに置いて、服を脱ぎ始めた。

ぼくは外面の不動性は達成できたものの、内面は、あえて告白すれば、千々《ちぢ》に乱れていた。警備員は真っ裸になり、一体の蠟人形のほうへ近づいて行ったかと思うと、いきなりその人形を抱きしめた。人形の体を引き寄せ、唇にキスをし、両手で人形の髪をまさぐった。彼はため息をつき、うめき声をあげた。ポリエステルの胸を撫でまわし、服の下に手をいれてファイバーグラスでできた両脚に指を這わせた。その人形はとても有名な美人歌手だった。彼は自分の体を彼女の体に、そのファイバーグラスとポリエステルの肌にこすりつけた。

マスターベーションをしたあと、彼はすすり泣いた。服を着ると、自分が蹂躙した蠟人形のところに近づいていき、額にキスし、丁寧に謝罪の言葉を述べた。

愛しているよ。ごめんな。びっくりしただろう。きみのこと、愛しているんだ。でも、おれはきみに愛される価値なんかない。

そして懐中電灯を拾い上げた。その光がぼくらを照らし出した。とりわけ、彼の愛する歌手を。そして静かに階段を下りていった。

彼がいなくなると、ぼくは外面の不動性を放棄して、蠟人形の手を持ったまま、アイヴァンのところまで歩いていった。そして彼の前でとまると、笑みを浮かべて囁いた。

ハッピー・クリスマス。

だれにも言わないでくれ、フランシス。頼む。悪いことはしていないんだ。ここで、彼らといっしょにいるだけなんだよ。彼らに触れてもいないし、傷つけてもいない。だから、だれにも言わないでくれ。頼むよ。

わかった。毎日来てるのかい？

一日おきだ。

食事はどうしている？

サンドイッチと飲み物をもってきている。夜、警備員が見回りをしているときに通用口からそっと入って来るんだ、きみがしたようにね。そして丸一日、ときには夜だけここにいて、家に帰る。それから一日寝てから、また戻って来るんだよ。ここにいると幸せなんだ。危害を加えたりするつもりはない。

これから帰るところかい、それともいま来たばかり？

来たばかりなんだ、きみがくる直前に。クリスマスに彼らを放っておくことができなかったんだよ。

かわいそうに。

フランシス、ところでその手をどうして盗んだ？

クリスマス・プレゼントさ。

もとに戻せよ。さもなきゃ、きみのことを言いつけることになる。

そうすれば、どうしておまえにそれがわかったと訊かれるぜ。どうして盗みの現場にいたんだ？　それでおまえがその説明をすると、妙なものを見る目つきで見られて、医者が呼ばれ、おまえは閉じこめられる……。新しい手はすぐに見つかるさ、アイヴァン。どの手でも同じように見える。

しかし、おれにはわかる。

ハッピー・クリスマス。

フランシス、行くな。

行かなくちゃ。警備員が戻ってくる。

恐ろしいんだよ。あの若者には手がないんだぜ。人間には手があるもんだ。手がなければ人間に見えない、ただの人形にしか見えないよ。そうなるとここにいるみんなが人形に見えてくる。だから、その手を戻してくれよ。

ハッピー・クリスマス。

だったら、全部もっていってくれ。

ぼくが欲しいのは手だけなんだ。

怖いんだよ。ほら、見ろ。おれの手、震えている。手が、切ってくれって言っている。切ってあの若者にあげてくれって言っている。

アイヴァン、彼は蠟でできているんだ。

おまえはおれたちを裏切っている。

いっしょに帰らないか？

おれたちといっしょにここにいろよ。昔のようにさ。

ぼくは家に帰る。これを届けなければならないからね。

ある日、だれかが、役人かなんかが、ここにやってきて、おれをここから引きずり出すんだ。

おれを持ち上げて、放り投げるんだよ。そして冷たい部屋に押し込んで鍵をかける。それでもおれは動かない。動いちゃいけないんだ。それから何日か、あるいは何週間か経って、やつらがその部屋にやってきて、おれの両腕と両脚を引き抜いて、他の者たちにつけてやる。そして、おれの胴体は燃やされるんだ。燃えながら、おれの体は蠟のように溶けていくにちがいない。

ここには来ないほうがいいと思う。きみがいないほうがここのためだ。帰ろう。

嫉妬しているんだな。

そんなことないよ、アイヴァン。

アイヴァンは不動の姿勢にもどり、もう二度と話そうとはしなかった。

## クリスマスの朝

クリスマスの朝、ぼくは18号室に行った。アンナ・タップとテーブルを挟んで座った。

アンナ、ぼくの手に触っていいよ。

ぼくはジャンパーの袖口から蠟の手を突きだした。手袋をした本当の手は袖のなかほどにあり、蠟の手を持つ格好になっていた。彼女はぼくの肘をまず摑み、それからゆっくりと指をしたたに下ろしてきた。そしてぼくの手に触れた。

とても冷たいわ。

彼女は手をなぞった。

とても固いのね。

彼女は指を摑むと、優しく自分のほうへ引っ張った。蠟の手は自由になった。その手の重みを感じ取って、アンナはテーブルの上に音をたてて蠟の手を落とした。アンナは悲鳴をあげた。

それがぼくの手だ。ぼくの指にぼくの手の甲。友だちのウィリアムがぼくの手で型を作ったんだよ。

それもあなたが頼んだの？

いや。蠟人形館の仕事でね。蠟人形のために作ったんだ。でもきみのものだよ。ぼくからきみへのプレゼントだ。ハッピー・クリスマス。

そしてアンナからぼくへのクリスマスのプレゼントはなんだったか？　そう、眼鏡だ。でもその眼鏡は前からぼくのものだった。展示品だったものを、貸し出していたのだ。それでもハッピー・クリスマスと言えるだろうか。いや、そんなことはない、絶対に。

## タップという名の影

アンナ・タップは盲目で、歳は三十歳前後で、青いワンピースを着て黒い靴をはいている。その彼女が、ぼくのそばにいつもいたいと言った。ぼくがそばにいないと不安になると言った。ひとりにしないで。6号室の広い部屋にひとりで取り残されていると、あなたを捜してうろうろしてしまうの、と言った。彼女はぼくの後をついて地下へ下りてきて、地下道へ通じるドアを見つけ、ぼくが彼女をなかに入れるまで執拗にドアを叩き続けた。

いま、忙しいんだ。上にいってなよ。

邪魔しないから。ここに座っているだけだから。物音も立てないし、わたしがここにいることを気取《けど》らせないから。

ぼくは自分の仕事に戻った。

わたし、あなたの展示品、好きよ、フランシス。たいていのものは。でも、その意味がよくわからないのよ。あなたは、愛の品だと言ったけれど、わたしにはそうは思えなかった。捨てられた物や、盗んだ物ばかりのように思えた。わたしが見られなかった物のことを話してくれない？さもなければ、あなたの展示品目録を読んでくれないかしら。

いいや、だめだ。

町に行って台座の上に立って仕事をしているときも、彼女はそばにやってきた。台座のかたわらに立っていて、硬貨が投げられる音がするたびに、笑みを浮かべた。

ぼくはひとりになれなかった。

彼女は相変わらず瘦せていた。体重計の男は、アンナとぼくが公園にいくたびに、そう指摘した。ぼくはときどき、チョーク画家のそばにアンナを置きざりにしようとした。壊れた噴水まで行き、チョーク画家の近くのベンチにアンナを座らせ、すぐに戻ってくるからねと彼女に言って立ち去る。すると彼女はぼくの名を呼び、ひどく怯えた顔になる。聖ルチアの目をポケットから取りだして、神経質そうに右手と左手で交互にそれを持つのだ。しかし、四六時中ぼくのそばにいる彼女に腹を立てているにもかかわらず、ぼくは彼女をひとりぼっちで長いあいだ放っておくことができなかった。その場に彼女を残して立ち去るとき、彼女が不安そうな表情を浮かべたり、木の目を神経質に擦《こす》るのを見ると、とても後ろめたい気持ちになった。とりわけ、彼女のところに戻り、さあ、もういいよ、行こう、と言うときは罪人になったような気持ちがした。でも、またすぐに彼女に腹を立て、どこかのベンチに彼女を座らせ、すぐに戻ってくるからね、と言った。彼女はまたぼくの名を呼ぶ。するとぼくは、後ろめたい思いに胸がつぶれそうになった。そして彼女のところに戻り、またまた彼女に腹を立てるのだった。

ぼくは孤独を好む人間だった。ひとりでいてもぜんぜん寂しくなかった。むしろ幸せだった。しかしいまや、彼女がそばにいるせいで、展示場のなかにあるいちばん大事な物と話をすることができなくなったのだ。彼女がいるせいで、内面の不動性を達成することもできなくなった。彼女がいつもそばにいるせいで、ぼくはゆっくりと考えることができなくなった。沈黙はいつも——フランシス、何をしているの？——という言葉で遮られた。

彼女は以前、地下道にいたときにこう言ったことがあった。わたしはあなたの生活を愛で満たしているところなのよ、フランシス。そのうち慣れるわ。だからそれまでの辛抱よ。

ぼくは彼女によくこう尋ねた。アンナ、きみはその白濁した目の向こうでちゃんと息をしているのかい？　まるで死んでいるように見えるよ。わたしは生きているわよ、フランシス。もっと近くに寄ってみて。

彼女は絶えず煙草を吸った。そのせいですべてが汚れた。彼女と長くいっしょにいればぼくの手袋には煙草の煙で染みがついてしまうにちがいない、と思った。

ぼくは彼女の歯ブラシを失敬して捨てた（そんなもの、展示する価値もない）。そして、ぼくは、きみの息は臭いよ、と文句を言った。もっと離れてくれよ、と。彼女がぼくの母といっしょにいるとき、ぼくは彼女の部屋に行って、持ち物を動かした。煉瓦を入り口に置いて、彼女がそれに蹴躓《けつまず》いて転び、怪我をするのを見た。彼女を町へ連れ出してそのまま置き去りにして、彼女が大声でぼくの名前を呼ぶのを聞いた。そして彼女が必死になって人々に助けを求めるのを見ていた。彼女が家にたどり着くまでずっと後ろからついていった。彼女は曲がり角にくると、どうしていいかわからずに立ちつくし、望楼館の前を行き交う車の音を聞いていた。そこに一時間ほど立って、通り過ぎる人に声をかけ、道路を渡らせてほしいと頼んでいた。

彼女はこうしたぼくのいやがらせによく耐えた。そして、ぼくがあんなことを言ったのは疲れていたせいであって、本気なわけではない、と思いこもうとした。彼女はぼくをいつでも許した。許してあげるわ、フランシス。しかしぼくは、彼女が許してくれなければいいのに、ぼくを罵って、ぼくに怒りをぶちまけ、そしてほっておいてくれたらありがたいのに、と思っていた。ぼくの毎日にはアンナ・タップの空気が充満し、ぼくはなんとか新鮮な空気を吸おうとあがいていた。彼女がぼくにプレゼントをくれた。眼鏡ケースと愛の服（この服はながらく盗みたいと思っていたものだ。ロット番号９９５）だ。

あなたにとって大変なことだってわかっているわ、フランシス。時間がかかるってこともわかっている。でも、心配しないで。わたしは辛抱強いのよ。

## 目と杖

ぼくはアンナを目の病院へ連れていった。そこで、先にゴムのついた白い金属の杖をもらった。病院でアンナはその杖の使い方を習った。彼女が地面を杖で叩くやり方や、地面を叩くことで道の様子を知る方法などを教わっているあいだはぼくはひとりになれた。でも、不思議なことに、彼女がその教習のためにぼくから離れていくと、早く戻ってきてほしいと思うのだった。彼女がいないと退屈で仕方がなかった。彼女が目の病院で一日を過ごすようになると、ぼくは教習が済んで戻ってくる彼女をひたすら待つようになった。教習を受けるにつれて、彼女はどんどん自信をつけていった。

医者は彼女に合うガラスの目を注文した。それが届くまで何週間もかかるということだった。しかし、彼女は自分の顔に木の目を埋め込みたがった。そして目医者たちがそれを拒むと怒鳴り声を発して足を蹴り上げた。医者たちは、非衛生だ、悪趣味だ、言語道断だと言った。

## タップはひとりで歩く

何週間も目医者と過ごしてからは、アンナは嬉々としてひとりで歩くようになった。そして、ぼくの付き添いを拒否した。かつてはぼくの腕につかまり、ぼくの手を握りしめていたのに、だ。彼女はひとりで歩き出した。ぼくは彼女の後をついていった。しかし、少しでも近くに寄ろうものなら、彼女の杖がぴしりと飛んできた。ふたたび、アンナ・タップは自信満々になった。彼女はもうぼくにプレゼントをくれなくなった。

アンナ・タップが地下道まで訪ねてくることもなくなった。招待しても来なかった。アンナは自分と同い年くらいの女性の杖の指導員たちといっしょにいることが多くなった。これは陰謀だ。

## 外出

一月のある日、その日はぼくの誕生日だった。その特別な日に、ぼくのもらったプレゼントはつぎのごとし。

一　門番から――シッ
二　クレア・ヒッグから――なし
三　母から――赤い木綿の手袋一揃い
四　アンナ・タップから――外出

アンナ・タップとの外出は、想像を絶するものだった。彼女が言うには、白手袋をした人物が、もうじき誕生日だと思わせぶりに言ってからというもの（もちろんこの発言は、いろいろな会話のなかにさりげなく紛れ込ませておいたのだが）、ずっとその準備にかかりきりになっていたという。その外出はバスに長い間乗ることから始まった。ぼくはいちばん前の席にアンナといっしょに腰を下ろした。このバスがいつものように町に向かっているのではなく、町から遠ざかっていることに気づいたとき、ぼくはかすかに怯えた。ぼくらが向かっているのはこれまでに馴染みのないところ、つまり田舎だった。偽涙館が名前を変えてからというもの、ぼくはこうした田舎がまだ残っていることをすっかり忘れていた。三十分ほどで目的地に到着した。バスはぼくらを下ろすと走り去った。

どんな匂いがする？　フランシス。

腐った臭い。腐臭だね。
いい匂い？
いや。
空を見て、フランシス。鳥が飛んでいる？
鳩と鷗だ。
あなたの目の前には何がある？
金属の塀が何マイルも続いている。
入り口はある？
金属製のドアがある。
開けてちょうだい。なかに入れるわ。

汚れたオーバーオールを着て長靴をはき、分厚いゴム手袋をはめ、ヘルメットをかぶり、口と鼻を紙マスクで覆った男が急いで駆けてきた。アンナはポケットから紙を一枚とりだしてその男に渡した。男はそれを読むと、安全のために、境界線から外には出ないでくださいよ、と言って去っていった。

何が見える？　フランシス。
さあね……。いろんなものがいたるところにあるよ。古ぼけたマットレスや古い自転車、壊れたテレビ、壊れた車、絨毯、スーツケース、古新聞、古雑誌、バッグ、カーテン、本、骨、段ボール箱、腐った食べ物、がらくた……

泣いているの？

いや。

そう、ならいいわ。続けて。

壊れた椅子、床板、窓枠、ねじれて潰されているマネキン、服、領収書、梁、電灯、缶、レコードプレイヤー……みんな押しつぶされて……

泣くのはやめて、先を続けなさい。

泣いてない。

さあ、続けて。

三本脚のテーブルがある。皿と時計がある。コップ、ガラスの破片、瓶、絵、ポスター、タイヤ、ボール紙、ワイヤ、靴、眼鏡、鬘、衣類、箪笥、ドア……

やめちゃだめ。

もういいだろう。

続けるのよ。

帰ったほうがよさそうだ。

続けなさい！

万年筆、スーツケース、ブリーフケース、ファイル用キャビネット、シーツ、毛布、バックル、鋸、電柱、石膏板、頭のない女性像、タイル、コート、鏡、人形の脚。

もっと！　もっとよ！

ベッドの枠、ドレス、プラスチック製のネックレス、電話、写真、黒板、三輪車、犬小屋、暖炉、スヌーカーのテーブル……歩行器……もう、やめたい。

そういう物のほかに、何が見える？

その上を人が歩いている。すごく高いところ。まるで山みたいだ！

その人たちは何をしているの？

集めているのかな？

いいえ、汚れ仕事をしているのよ。

これはどういうことなんだ？　アンナ。

これは全部、町から出たゴミよ。

いや、ゴミじゃない。ゴミなんかじゃない。

この臭いはどんな臭い？

言えない。

腐った臭い。腐臭。そうでしょう？　みんなが捨てた物を積み上げた、その臭い。わたしたちが要らなくなったすべての物の臭い。

なんて悲しいんだ。

死んでいく物の臭いよ、フランシス。

物は死なない。

ここはね、フランシス、死んでしまった物を見えないように隠しておくところ。死んだ人や生きている人が捨てた物すべてがあるのよ。わたしたちが見向きもしなくなった物が。わたしたちの物もいつかここに送られてくるんだわ。

ぼくの物は送られてこない。どうしてこんなところにいるんだ?

あなたなら、ここを面白いと思うだろうと思ってね。あなたの展示品とちょっと似ている。そうは思わない? もちろん、規模はだいぶ違うけれど。

似てない!

よく似ているわよ。

ぼくの展示品は愛に溢れている。吐きそうだ。

だったら吐きなさい。

あれを見ろよ。あんまりだ。あんまりじゃないか。

わたしは見えないの。わたしには見えないのよ。

家に帰りたい。

それに触ってごらんなさい、フランシス。ものすごく汚いわよ。触るのよ! 触って、その手袋をよく見なさい。

やめてくれ。頼む、お願いだから、やめて。

これは町から出た糞よ。

鼠があそこに！　吐きそうだよ。

その鼠を見るのよ、フランシス。よく見なさい。鼠は白い手袋をしている？

帰りのバスのなかで彼女は、あのゴミの山を見せたのはぼくのためを思ってのことだ、と語った。そしてもう一度、手袋を取ってちょうだい、と言った。ぼくはなにも言わなかった。ぼくは彼女から離れて、バスのいちばん後ろの席に座った。

以上がぼくの誕生日の外出だ。

それ以来、アンナが6号室にやってくると、ぼくは部屋を出た。地下道に行くときは、ドアを閉めたら必ず鍵をかけることにした。

解体業者がまたやってきた。彼らは門番と話をしていた。ぼくはなにもかも無視した。アンナも、母も、クレア・ヒッグも、門番も、解体業者も。

あの白。

あの木綿。

あの展示品。

あの大好きな《物》。

それがすべてだ。

それはすべてぼくのためにある。

## 門番

門番はひたすら磨きをかけ、埃を払い、モップをかけ続けた。ときには絨毯の小さな染みを、金属タワシでごしごしこすった。そのため、彼が去った後の絨毯はすっかり剝げてしまい、下の床が透けて見えた。それでも彼は、ぼくらのゴミ箱を片づけ、ぼくらにシッと言い続け、ぼくらは彼とは目を合わさなかった。

## ヒッグ

いまやヒッグの買い物担当はぼくになった。料理は母が作って上まで運んだ。母は、ミス・ヒッグはすっかりぼけてきたと思っていた。母はこう言った。

クレアがあんなになったのは自業自得よ。一日中、夜も昼もテレビを見ているのよ。寝るときもベッドで寝ないのよ。夜の番組が全部終わってしまうと、どのチャンネルを回しても甲高いピーっていう音しか流れなくなるでしょう？　クレアはそんな状態のなにも映っていない画面をじっと見ていて、一晩中ピーっていう音に合わせて歌っているのよ。

ミス・ヒッグはある朝、こう文句を言った。うとうとしていたら、だれかが部屋にこっそり入ってきて、テレビを消してしまったのよ。それに、そいつはわたしのヘアブラシを盗んでいったわ。みんながぼくを見た。しかしぼくはヘアブラシなんか盗んではいない。ぼくがクレア・ヒッグのヘアブラシなんかをほしがるわけがないだろう？

## 母

母はできるだけ自分の部屋にはいないようにしていた。そしてぼくを呼んで、自分の物をシーツで包ませた。彼女は朝、だれよりも早く起き出して、いつもすっきりした服に着替えたが、外に出ようとはしなかった。公園にすら行かなかった。

## タップ

ぼくはアンナ・タップを無視していた。白い手袋をはめた男がある晩彼女のところを訪問する夜までは。

## 白い手袋の男

深夜のことだ。みんなが寝静まったころ、何者かが自分の部屋を抜け出して四階まであがっていった。その男は18号室のドアの前で止まると、白い手袋をはめた手でドアの取っ手を回した。ドアには鍵がかかっていた。男は鍵を取りだした。そしてドアの鍵を開けると、18号室に入っていった。

ベッドに横たわって安らかな寝息をたてていたのは、アンナ・タップだった。熟睡していた彼女は、何者かが部屋に忍び込み、寝室に入り込んでベッドへ近づいて来るのを知らなかった。

訪問者はベッドにたどり着くと、そこに跪《ひざまず》いた。そのまましばらく目の前にあるアンナ・タップの顔をじっと見つめた。手袋をした両手で彼女の顔にそっと触れ、黒い髪を優しく撫でた。彼女を起こしたくなかったので、そっとそっと撫でた。しだいに訪問者は大胆になっていった。彼女の肌に触れた。彼女の頬を撫でた。指で鼻の形をたどり、閉ざされた唇に触れた。睫に触れた。睫に触れたとき、その下にある傷ついた眼球が動き始めた。目が見開かれて眼球が現れたが、なにも見てはいなかった。

だれ？　だれなの？　あなたなの？　フランシス。
訪問者はもう一度アンナ・タップの顔に触れた。アンナがその手を摑んだ。
フランシス、フランシスね。
訪問者の手袋をはめた手がアンナの頬を摑んだ。頬をつねった。
そんなに強くしないで、フランシス。優しくして。
手袋をはめた手が髪を撫でた。
そうよ。
すると急に髪を引っ張った。
やめて、フランシス。優しく。
手袋をはめた手が優しく彼女の唇に触れた。
それでいいわ、フランシス。

手袋をはめた手が、アンナの口に一本の指を押し込んだ。それからもう一本入れ、三本、とうとう四本押し入れた。アンナ・タップはそれを払いのけて激しくむせた。

フランシス、やめてちょうだい。

訪問者がアンナ・タップの額にキスをし、それから頬に、唇にキスをした。強く。強烈なキスを。

優しくして、フランシス。優しくしなくちゃいけないのよ。

訪問者の唇がアンナの唇に優しいキスをした。そしてアンナはそれに答えてキスを返した。アンナは訪問者の顔に触れた。両手で調べた。訪問者の唇に触れた瞬間、アンナの手が止まった。訪問者の下唇は腫れていなかった。訪問者にはフランシスの匂いがなかった。

だれ？

訪問者がアンナの顔を両手で挟み込んだ。

だれなの？

訪問者がアンナにキスをした。

やめて。お願い。

訪問者がアンナにキスをした。

叫び声をあげるわよ。やめて、出ていって。

訪問者がアンナにキスをした。

アンナは悲鳴をあげた。

訪問者がシッと言った、優しく、とても優しく。そのシッは、あっちへ行け、という意味ではなかった。そのシッは、おれだよ、ここにいるのはおれだよ、おれを待っていたんじゃないのかい？　だから、来たんだ、という意味だった。

アンナは悲鳴をあげた。訪問者は手袋をした片手でアンナの口を覆い、もう片方の手で毛布を剝ぎ取った。

アンナの悲鳴が館中に響き渡り、みんなが目覚めた。ぼくは母とともに、母に背中を押されるような格好で、18号室のドアを叩いた。ドアが開くと、そこに門番がいた。彼がしている手袋は間違いなく、手袋ハルマゲドンのときに盗まれたものだった。彼の欠点であるあざが、顔のなかでぶるぶると震えていた。彼は体を震わせていた。彼はシッと言うと、ぼくを払いのけ、母を押しのけて地下へ下りていった。悲鳴は続いていた。母がアンナの寝間着の裾を整え、彼女を抱きしめ、なだめ、ともに泣いて慰める間もずっと悲鳴はやまなかった。

あいつ、わたしを……わたしを……、あいつ、……

## アンナがやってきた

アンナはその晩ぼくらの部屋に移って来て、二度と18号室で眠らなかった。彼女はぼくの部屋で寝た。最初の晩、彼女は一睡もできなかった。母は彼女の手を握りしめていた。ぼくは、もう片方の手を握っていようか、と申し出たかったが、言い出せなかった。母に、向こうへいっていなさい、と言われた。

ぼくは眠れなかった。朝が来て寝室のドアを開けると、母は椅子に座ったまま眠っていて、アンナはぼくのベッドで眠っていた。ふたりともしっかり手を握りあったままで。

ぼくは自分の無力さを痛感しながら公園まで歩いた。木を蹴飛ばして足を痛めた。そのせいでいっそう自分を不甲斐ないものに感じた。公園から戻ると、門番が望楼館の塀のなかにいるのが見えた。たき火をしている。彼は自分のデッキブラシとちり取りと箒を燃やしていた。ちり取りと箒の柄はプラスチック製だったので、熱で溶けていた。そのプラスチックの滴が落ちるたびに、門番のシッととてもよく似た音がした。怒りの音だ。

門番は、家に戻ってきたぼくに目もくれなかった。彼は鬱々とした顔つきで、炎をじっと見ていた。泣きながら。

服の真鍮のボタンがひとつなくなっていた。

## 小さな人々

ぼくらは、アンナの身に起きたことを警察に知らせようとは考えなかった。もし考えたとしても、電話ではなにも話せなかっただろう。望楼館の向こう側の世界からだれかに話しかけられた瞬間に、ぼくらは受話器を戻してしまっただろう。ぼくらはめったに動かず、動くときは前もってそのことを口に出して知らせた。

ちょっとトイレにいってくるわ。ちょっといってくるだけで、すぐに戻ってくるから。
やかんの火を消してくるわね。それでお茶を淹れましょう。
少し横になるよ。

アンナは神経質に煙草を吸った。彼女が座っているときはいつもその手に煙草があった。母は絶えずアンナを見守り、彼女が泣き出すと、ぼくに向こうへ行ってらっしゃいと言った。望楼館から外に出るのはぼくだけになった。食料品と煙草を買いに行くのはぼくの役割だった。いちど、店で万引きをしたことがある。ぼくが名うての連続窃盗犯フランシス・オームだということを自分に証明するために、黒パンを一斤《いっきん》失敬した。それで捕まった。店主はぼくを嘲笑った。こんな不器用な万引き野郎は見たことがないぜ、と言った。それで警察に通報されずにすんだ。ぼくはパンの代金を払った。

そのころのぼくらは、とても小さかった。危険をかぎつけたちっぽけな鼠みたいな存在だった。

## クレア・ヒッグがやってきた

アンナが門番の訪問を受けたあと、住人全員が6号室で暮らすことを母が決めた。それで母はクレア・ヒッグを6号室に連れてきたが、すぐにまた階上に戻ってテレビ一式を運んできた。クレア・ヒッグはそのころはもう、クレア・ヒッグの半分でしかなかった。残りはどこかへ消えてしまっていた。あるいは置き忘れてしまったのかもしれない。彼女は、顔も半分なら体も半分しかなかったけれど、テレビを見ているときだけは両目をらんらんと輝かせていた。だれかが話をするとひどく苛だち、アンナが泣き出すと必ず自分の体を引っ掻いた。アンナは突発的に凶暴になるときがあった。ガラスを割ったり、本を書棚から引き落としたり、床に唾を吐いたりした。そんなとき、クレア・ヒッグは自分の体を掻きむしり、髪の端を嚙み、途方に暮れた表情をしていた。この世で最後となったたったひとりの人類のように、松材の固い椅子に所在なげに腰を下ろし、自分の髪を嚙み、体を掻き、ぼくら全員が待ち望んでいるなにかとんでもなくすごいことが彼女の身に起きて、こう言うのを待っていた。ブー！

アンナを落ち着かせるのはいつも母だった。そしてぼくが手を貸そうとすると、母はぼくを追い払うのだった——触らないで、フランシス。向こうへ行ってらっしゃい。向こうへ行って眠りなさい。

アンナはそのままぼくのベッドで寝て、ミス・ヒッグは母といっしょに母のダブルベッドで寝た。ぼくは6号室のいちばん広い部屋で、クッションを並べて即席のベッドを作り、肘を枕にして眠った。

全世界は、望楼館の6号室の大きさにまで縮んでしまった。ぼくが口を開くと、テレビの邪魔をしないでと言われ、料理を手伝おうとすると、向こうへいって、あるいは寝ていなさい、あるいは向こうへいって寝ていなさいと言われ、どこかに座っていようものなら、立ちなさいと言われ、立っていようものなら押しのけられた。他の人たちが話していても、ぼくに話しかけようとしなかったし、ぼくを見ようともしなかった。

ぼくができることと言えば、ドアの外にゴミ袋をだすことくらいだった。しかしそのゴミ袋は、片づけられることはなかった。そのため、ゴミ袋は山のように積み上がっていた。

## 幽門狭窄

そして幽門狭窄《きょうさく》が起こった。6号室のドアの前には十五個以上のゴミ袋が片づけられないままたまっていた。そればかりか、ひどい臭いを発するようになった。ある朝、買い物に出ようと一階に下りていくと、一階の窓が全部粉々に割られていた。絨毯は汚れ放題だった。館全体が食物の腐った臭いに満ちていた。だがそれだけではなかった。敗北の空気も、そこには漂っていたのだ。ぼくらは、この館が、ここでの生活が崩れ去ってしまったことに気づかないふりをするのはやめにした。そしていろいろな形の松材の椅子に腰を下ろしてうめきながら、本当の痛みがやってくる瞬間を待っていたのだ。

もう何日も、だれも門番の姿を見かけなかった。彼を最後に見たのはぼくだった。買い物から帰ってきたときのことだ。6号室の鍵を取り出そうとしていると、空室の8号室から門番がひょいと出てきた。ぼくが帰るのを待っていたのだろう。彼は買い物袋を引きちぎると、なかの物を全部階段へ放り投げた。それからぼくを足で蹴り始めたのだ。ぼくの髪を摑んで引っ張り、ぼくの腹を殴りつけると、床にくずおれてなんとか呼吸しようともがいているぼくを残して去っていった。門番の姿を見たのはあれが最後だ。そして6号室から人が外に出たのも、あれが最後だった。

幽門狭窄の恐ろしい無力感のなかで、ぼくらは必要なとき以外は一切動かなかった。身を動かすことは、ぼくらにとってもはや苦痛以外の何ものでもなかった。ぼくらにとっても、館にとっても苦痛だった。素早く身を動かそうとすると、その場に倒れ伏してしまいそうだった。床が崩壊してしまいそうだった。もしこの館が死んでしまうのなら、ぼくらも館とともに死ぬべきだ、そうでなければならない。ぼくらははっきりそう思っていた。望楼館のない人生なんて、想像すらできなかった。

ある日、6号室の広い部屋の窓から外を見ていると、まだ門番がいるのがわかった。彼は解体業者と話をしていた。その日以降、彼が解体業者と話をしているのをしばしば見かけた。しかし何を話しているのかわからなかった。解体業者は彼に頷いていた。そして門番に何かの書類にサインをさせると、みんなで握手をした。ぼくらはその様子を上から見ていたが、なにも言わなかった。そしてある日、望楼館の敷地に一台のヴァンが走りこんできた。車は何時間もそこに停まっていた。その日、はるか下のほうから小さな爆発音が聞こえた。短い間だったが、建物全体が振動するのがわかった。でも、ヴァンが何の説明もなしに走り去ってしまうと、ぼくらはまた置き去りにされた。

ぼくらは円陣になるように座って、なんとか息をしていた。もう間もなく、最後の時がやってきて、ぼくらを連れ去ってくれるだろうと思っていた。ほんのわずかしか残っていない缶詰を等分に分けて食べた。食べ物を保存しておく必要はなくなった。もういいのだ。ぼくらはじきに食べ物などいらない身になる。テレビを見るのもやめた。画面に映る生き物たちは、ぼくらと似たような格好をしてはいたが、まるで異星人だった。それに、ぼくらが求めていたのは静けさだけだった。ぼくらは耳を澄ませながら何かが起きるのを待っていた。

その時はすぐにやってきた。ゴミを外に出せなくなったので、ぼくらのいる6号室の広い部屋にもゴミがたまっていった。その同じ部屋でみんなで眠った。ついにアンナは煙草を吸いきった。それで、灰皿に山盛りになった吸い殻から、めぼしいものを拾い出してきて吸った。吸い殻を吸いきってしまうと、火のついていないフィルターを口に挟んで、静かにしゃぶった。

門番が6号室のドアの向こう側で、何かを打ちつけている音がした。ぼくらはこう思った。もうじきその日がやってくる。

そしてとうとう、その日はやってきた。

# 第七章　解体

## その日がきた

待ちに待ったその日の朝、目が覚めると不思議なくらい静まり返っていた。なにもかもが申し分ないほど穏やかだった。ぼくらはいつものように円形に座って待った。一時間半過ぎたとき、アンナが凶暴な発作に襲われた。まず、口に挟んでいたフィルターを吐き出した。次に、椅子から立ち上がって椅子を蹴り上げ、流し台のなかにある洗っていない皿を全部、床の上にまき散らした。

もうじっとしてなんかいられない。みんなどうしちゃったの？　立ちなさいよ！　煙草が欲しい。音を聞きたい。何でもいいから、音と煙草。もうこんなところにいられないわ。我慢なんかできない！　わたしを自由にさせて！　わたしにさわらないで！　わたしは生きている！　死にたくなんかない！　そんなところに座っていないで、動いてよ、お願い。人間だってところ、見せてよ。フランシス、動いて。話すのよ。だれでもいいから！　こんなこと、やってられないわ。どうしてそんなところに座ってるの？　わたしはいや。まだ終わってやしないのに。まだ終わってないのに、どうしてもう終わりだなんて思うの？　終わらせちゃいけない。わたしは外に出る。必要なら、門番と一対一で戦う。だれもわたしに手を貸してくれないの？　だれも？　アリス？　クレア？　フランシス？　ほらほら、フランシス！　どうしてそんなにびくびくしてんのよ？　ドアを開けるだけよ。外気を入れたら気分もよくなるわ。あなたも来てくれる？　ねえ、フランシス、来てくれる？

ドアに触るな！

座っていなさい。

静かに。

動くな。

ちょっとドアを開けるだけよ。

ドアに近づくな。

このちっぽけなドアを開けるだけよ。

ドアに触れてはいけないわ。

静かに。

椅子に戻れ。

取っ手を回すのよ！

こっちへ来るんだ。

回しちゃだめ！

回しちゃだめよ！

ほっといてよ！　お願いだから！

こっちに来てお座りなさい。いい子だから。

こっちへ来てクレアのそばに座りなさい。

こっちに来てアリスのそばに座りなさい。

よかったら、フランシスの手に触ってもいいのよ。

ああ、取っ手を回している！

ああ、なんてことを！

回って！　回りなさい！

取っ手を回してる、回してる！

回らない！　このドアには鍵がかかっている。開かない。だれかが鍵をかけたのよ！　錠みたいなのがかかっている。閉じこめられたんだ！　閉じこめられてしまったのよ！　助けて！

座るんだ！

助けて！

じっとして！

助けて！

ドアから離れなさい。人に聞かれるでしょう！

助けて！
あの子を座らせて！
椅子に戻れ！
お願い、助けてちょうだい。
椅子に戻るんだ！
しー、静かに。しー、後もう少しなのよ。
我慢するのよ。
あと少しでなにもかも終わるわ。
そうよ、静かに座っていればいいのよ。
窓を開けてもらえないかしら？　新鮮な空気が吸いたいの。
差し支えないかな？
ほんのちょっとだけなら。
ほら、開けたよ。さあ、これで静かに待っていてくれよ。
窓のそばにいってもいいかしら？
差し支えないかな？
声を出さないと約束するなら。
約束する？
静かにしているわ。空気を吸いたいだけなのよ。

しかしアンナ・タップは、窓のところに行ったとたんに、大きく窓を開け放って、身を乗り出し、こう叫んだのだ――**助けて！　だれか、助けて！　ここに閉じこめられているの！　助けて！**

彼女は叫びたいだけ叫ぶと落ち着いたようだった。自分の椅子に腰を下ろして、ほんのちょっと笑みを浮かべた。ぼくらは彼女のまわりに座ったまま、互いの激しい息づかいに耳を澄ませた。新鮮な、冷たい空気の匂いがした。窓を開けて大声で助けを呼んだだけなのに、アンナはぼくらの内面の平和を壊した。ぼくらはようやく怒りを感じ始めた。ようやく、ぼくらは大きくなりはじめた。アンナの悲鳴がわずかな希望を与えてくれたのだ。彼女の声はとても大きかった。あれほど大きな声を出せる者がこの四人のなかにいたとは、まったく気づかなかった。あまりにも長い間口をきかずにいたぼくらは、ここにきて急に、静かにしていることなんて、もうできなくなった。クレア・ヒッグはテレビ番組がすべて終わった後に流れる音をハミングし始めた。母は歌いだし、ぼくは手袋の十箇条を暗唱し始めた。そしてアンナは大きな声で笑い出した。間もなく、全員が窓から身を乗り出して叫び、歌い、口笛を吹き、笑った。

しかし、ぼくらは急にびっくりして口を閉ざした。遠くの方からドアを叩く音が聞こえてきたのだ。

## ぼくらの救世主たち

ぼくらの救世主は、複数で、ドアの向こう側にいた。しかしその声は、別の建物から聞こえてくるのかと思うほどかすかなものだった。救世主たちは、大声で、そこにだれかいますか、と尋ねていた。ぼくらは大声で怒鳴りかえした。います、全員ここにいます。アリスとクレアとアンナとフランシス・オームが。

救世主たちは、ドアをたたき壊すので、ドアから離れていてください、と言った。離れていてくださいよ、ずっと向こうに行っててくださいよ。

ドアが粉砕された。ドアは唸り、ひび割れ、ようやく屈した。そして、なにが起きていたのかわかった。何者かが鍵穴にパテを押し込み、ドアの上から石膏板を打ちつけ、さらにその上から壁紙まで貼り付けていたのだ。そこはただの壁しかなく、6号室などこの世には存在しないように見せかけていたのだ。救世主たちは、壁紙がほかのところよりいやにきれいになっているのを不審に思い、その向こうにあるドアを発見することができたのだ。門番だ。ぼくらを閉じこめたのは門番だ。

ぼくらは救世主の姿を見た。四人の男だった。四人とも同じ白いオーバーオールを着てプラスチックのヘルメットを被っていた。そのまびさしの上にはラベルが貼ってあり、そこにはっきりと、解体業者、と記されていた。四人は困り果てたようにぼくらを見た。ぼくら四人も困り果てて彼らを見た。

階下に下りてきてもらえます？

なぜ？　と母が訊いた。

そのほうがいいと思うんですよ。

だったら、行きましょう。

ぼくらは四人に導かれて階段を下り、玄関ホールまで来た。望楼館のまわりには、**危険**、**立入禁止**と書かれたテープが張り巡らされ、**解体中**と書かれた看板が立っていた。まわりの道路には鉄条網が敷かれ、近隣のビルの窓という窓には、板が打ちつけられていた。道路には車一台通っていなかった。

人々はバリケードの向こうから、孤島の望楼館を遠巻きに取り囲んでいた。市の職員が監督にやってきていた。ぼくらが出てくるのを見て、人々は歓声をあげた。ぼくらは困惑の極みにいた。ぼくらのために、あんなに大きな歓声があがるとは。群衆はぼくらを一目見ようと押し合いへしあいしていた。テレビカメラとマイクを持った人たちが、人気のない道路を渡ってきた。そしてぼくらに質問の雨を浴びせかけた。ぼくらは質問に答えられなかった。わきあがった歓声にびっくりして、なんと言えばいいのかすっかりわからなくなっていた。しかしカメラに向かって笑みを浮かべた。茶色のスーツを着て、クリップ・ボードを持った男がぼくらの方へやってきた。すぐに彼がだれなのかわかった。いつだったか門番と話していた解体業者の責任者だ。彼はぼくらにこう言った。館のなかはくまなく調べたんですよ。だれもなかにはいなかった。あなたがたはどこに隠れていたんです？　ぼくらは言った。隠れていたのではないんです、門番がぼくらを隠しておきたかったんですよ。責任者はもう望楼館には戻れませんよ、もう二度と、あそこには戻れないんです、と言った。予定を変更することはできないし、警察も待機しているし、道路を通行止めにして車を迂回させているんです。この段取りをつけるのにどれくらいの費用がかかったか、知っていますか？　すべては予定通りおこなわなければなりません。もちろん、この償いはいたしますよ、と彼は言った。非難されるべきなのはわが社ではないとわかっていても、です。でも、予定を変更することはできません。

門番はどこにいるんだ？　だれも知らなかった。朝早くここにいたことはわかっていた。地下に導線を張り巡らす手伝いをしていて、決して作業員のそばから離れなかったという。母はこう尋ねた。

あなたがたは何をなさるつもりなの？

支柱を取り外すんですよ、奥さん。重力があとの仕事を引き受けてくれます。

どういうことかしら？

つまり、地下の柱を破壊するんですよ、奥さん。そうすれば、必然的に、建物の重みで勝手に壊れてしまうんです。いちばん簡単な方法で、しかも時間もかからない。ですから、バリケードの向こうへ行って、野次馬たちといっしょに見物なさっててくださいよ。

でも、ぼくはこんなふうにしてあれを置き去りにするわけにはいかない。そんなことができるはずがないんだ。ぼくにはやらなければならないことがあるんだ。

だったら、手遅れにならないうちに、急いで。

ぼくは群衆のあいだを通り抜け、偽涙公園をつっきり、ティアシャム教会へ向かった。**フランシス？　フランシス？　フランシス！**　とぼくを呼ぶアンナ・タップのものらしい声がしたが、そのまま進んでいった。

## 地下での出来事

あの展示品をこのまま置き去りにするわけにはいかない。オーム家の重みで押しつぶされてしまうなんて、望まれずに生まれた子のように、捨てられてしまうなんて、そんな終わり方があるだろうか？　そんなことはできない。そんなことをしたら、ぼくはもう生きていかれない。愛の品を守りとおせなかった者として、この先生きていくことはできない。ぼくの人生における大切な瞬間を留《とど》めるものがすべてあそこにある。それを壊されたら、ぼくはフランシス・オームのままではいられない。ぼくの唯一の生きる目的が失くなってしまったらどうなる？　生きている意味がない。なんにもなくなる。

ぼくはオーム家の礼拝堂の門の鍵を開け、偽の墓の蓋をずらし、地下道へ下り、蓋を元に戻した。マッチを擦って先を照らすと、荒々しく影が踊った。狭い通路を進んでいく——進んでいくにつれ、町の歴史が前へ前へと戻っていく。ぼくは若返っていき、ぼくのすべての過ちとすべての勝利がそこにあった。まだ目が見えていたころのアンナの思い出の前を通り過ぎ、父の死の前を、ピーター・バッグのネクタイの前を通り過ぎ、望楼館の始まりのところを、偽涙館の終焉のときを通り過ぎ——一歩一歩進むごとにぼくの人生は短くなっていく——ぼくの勉強時代の前を、エマの前を通り過ぎ、ようやく、ロット番号1領収書のところまでやってきた。時間はある。急げば、これをぜんぶ集めるくらいの時間はあるはずだ。すべての時間がここにある。この地下道のなかに。記録として。一年一年の年月が確かに存在したという証であるこの物たち、ぼくのとても大切なコレクションを——一年分くらいなら残してもいいから——救い出すための時間を、あと少しだけでいい、与えてくれないものだろうか？

擦り切れた領収書のそばに屈み込んだとき、地下室のほうから男の声が聞こえてきた。だれかがまだなかにいる。**アンナ、アンナ！**　と呼んでいる。ぼくは領収書を取り落とした。アンナが地下にいるのか？　ここにいてはいけない。彼女も聞いたはずだ。解体は今日おこなわれる、と。彼女はここから出ていかなければならない。地下道の扉を開けようとしたが、外側から鍵がかかっている。自分がかけた鍵のために、ぼくは向こう側には行かれないのだ。彼女の名を呼びながら、ぼくは地下道の扉を蹴った——**アンナ！　アンナ！**

するとぼくの呼びかける声が、扉の向こう側の地下室から聞こえてくる男の声と重なった。

**アンナ！　アンナ！　アンナ！**　とその声は呼んでいた。

ぼくは地下道の扉をどんどんと叩き、肘と肩を思い切り扉にぶつけた。**アンナ！　アンナ！**　とぼくの声が応じた。

ぼくは地下道の扉をどんどんと叩き、肘と肩を思い切り扉にぶつけた。**アンナ！　アンナ！**という声がまた聞こえた。何度も何度も強く激しく、肩を扉にぶつけ続けた。するととうとう、木食い虫に喰われて腐っていた木の扉がはずれた。

ぼくは望楼館の暗い地下室に立っていた。床には導線がそこらじゅうに張り巡らされている。柱には穴が開けられ、その穴のなかには、なんとも無害に見えるシリンダーがパテで取り付けられ、ワイヤはそこにつながっていた。瓦礫がひとかたまりになって置いてある。一本の柱を試しに破壊したものだ。おそらく、前日に6号室の監獄で聞いた遠くの爆発音の正体だ。あれはこの柱が崩壊した音だったのだ。**アンナ！　アンナ！**——悲しげな呼び声がまた聞こえた。この場所は、ワインを取りに下りてきた執事たちのことをよく知っている。ボイラーに火をたくためにやってきた洗濯女を、薪を取りにきた配膳係を見守ってきた。ぼくはそこを通り抜けながら、混乱する意識のなかで、いまのぼくのように混乱しながら右往左往している彼らの姿を一瞬見たような気がした。時を超え、ぼくと彼らの靴音が、同じ冷たい煉瓦の床に響き渡る。召使いのひとりひとりが危険を察して蘇ってきたのか、それとも柱に穿たれた穴が時間の扉をあけてしまい、過去が一気に流れ出してきたのか。その瞬間、客間のランプ係が階上でランプをともそうと躍起になっている姿が瞼に浮かんだ。埃がないかと走り回っている掃除婦の姿、一刻も早くお湯がいっぱいになりますようにと祈りながら風呂の用意をしている奥付きの召使いの姿が浮かんだ。また、ぼくの祖先たちが急に不安な思いに駆られ、そのわけを確かめようとして部屋から部屋へと走り回ったり、家中のベッドで身を起こしたり、呼び鈴を鳴らしたりしている姿が浮かんできた。一大事が出来《しゅったい》して慌てふためく召使いや主人たちに混じって、望楼館のかつての住人たちの影が現れた。彼らは一様に青ざめた顔をし、目の下には青黒い隈を作り、驚いたような不安に満ちた表情をしている。ピアノ弾きは練習している最中にふと手を止めた。死にかけている母親をもつ姉妹は、それぞれ同じ本能に導かれて隣のドアへと駆けつけた。独身男は、昼下がりの愛の行為の最中に動きを止めた、物音が聞こえたからではなく、ある種の感覚に促されて。若い母親は、望楼館の塀のすぐ向こうで車がブレーキをかける音と、幼い娘がはねられて地面に叩きつけられる音を聞いた。アレク・マグニットはエレベーターに脚を踏み入れるところだ。彼らはみなはっとして、なんだろう、どうしてこんな胸騒ぎがするのだろう、と思っている。何が起ころうとしているの？　何が起ころうとしているんだ？

　ぼくは呼び声のするところまでやってきた。整理整頓の行き届いた三室からなる収容室の前だ。門番がいた。身につけている制服はすっかり汚れ、相変わらず真鍮のボタンがひとつはずれたままだ。彼はベッドのそばに置かれた金属のトランクに腰を下ろしていた。彼の人生と思い出のすべてが詰まっているはずのトランクに。そしてベッドに横たわっているのはアンナ・タップだった。静かに横たわったまま、別に驚いているふうでもなく、ぼくが部屋に入っていったときもなんの感情も示さなかった。アンナはベッドカバーをかけていて、首から上しか見えなかった。門番は彼女の髪をブラシで梳かしていた。クレア・ヒッグのヘアブラシだ。そして門番は、アンナ、というたったひとつの言葉を叫んでいた。アンナはひどく具合が悪そうで、顔が縮んでしまったように見えた。肌につやがなく、生気がなかった。どうしてそんなにじっとしていられるんだ？

アンナ、起きろ！

門番はアンナの髪を摑んだ。そして手で髪をくしゃくしゃにすると、髪を摑んだままゆっくりと、アンナをベッドからもちあげた。アンナの首が取れた。門番はその首を高々と持ち上げてぼくに見せた！　いったい何をした？　アンナ！　ぼくは悲鳴をあげた。ぼくが悲鳴をあげると、門番は喜びで体をぶるぶると震わせながら笑いだした。しかし、よく見るとアンナには目がなかった。顔には大きな傷がついていた。そして彼女の体は、肩の下でまっすぐ切断されていた。彼女の体は枕でできていた。門番はアンナ・タップの蠟の頭を掲げていたのだ。

門番はシッと言うと、非常に穏やかに話し出した。

だれに出してもらった、フランシス・オーム？

ここはいま吹き飛ばされようとしている。

まさかおまえがここに来るとはな……

全員ここから立ち去らなくてはならない。

しかしおれたちは例外だ、そうだろう？　アンナ。

もう時間がない。

アンナはおまえに腰を下ろしてほしいとさ。なかに入ってそこに座れ。

おまえだって逃げなくちゃ。もう時間がない。

いつでも時間はある。さあ、こっちへこい、フランシス。アンナのことはもうよく知っているだろう？

ここにいてはだめだ。

ボタンをなくしてしまってね。見かけなかったか？

すぐに出たほうがいいぞ。

ドアを閉めよう。そうすれば、だれにも邪魔されない。

ぼくは行くよ。ぼくはおまえに忠告はした。ぼくは行く。


門番はシッと言った。


なかに入れ！　ドアを閉めろ！

ここから出ろ！

ぼくは地下道へ向かって走り出した。ぼくの足音はすぐに別の足音と重なった。その音は耳元近くでハンマーのように響いた。そして声がした——おれのボタンはどこだ？　だれかおれのボタンを見なかったか？

走りながら、ぼくは自分にこう言い聞かせていた——おまえはもっと速く走れると思うがな、そうじゃないのか？　フランシス。できればもうちょっと速く走ってもらえないかな、フランシス。なんとかがんばれないか？　なんとかやってみるよ。どうだ、このくらいの速さで。しかしこれが限界だ。だめだ、これではだめだ。もう少しだけ速く走らないと。これでどうだ？　もう少しだ。これでは？　もっと、もっと速く。やってはいるんだ、しかしこれでだいじょうぶという保証はない。もういいだろう？　ああ、でももう少しだ、フランシス、もう少し。まだ走るのか？　もちろん、がんばってはみるが、しかし……

そして完全に足が止まった。壊れた地下道の扉からちょうど一メートル離れたところで。門番はぼくに追いついた。彼はぼくの髪をひっつかんで頭を壁に力任せに叩きつけた。

地下の別の入り口から爆発音が聞こえてきて、彼はぼくから手を離した。地下を通り抜けてきた爆風に当たって、門番の頰が震えた。つぎの瞬間に埃が一斉に吹き込んできた。ぼくは自分の白い木綿の手が汚れて醜い姿になり、死んでいるのを見た。

これを見ろ！　おまえの仕業だ！　おまえのせいで。おまえのせいで。

門番はぼくの顔に唾を吐きかけて、言った。

あばよ、フランシス。

また爆発音がした。今度はさらに大きな音だった。今度の爆風には石膏板と煉瓦が混じっていた。それが、望楼館と呼ばれていた建物の地下の、ちょうど門番とぼくのいるところに降り注いできた。真上から、全世界が軋みだす音が、そしてとうとう持ちこたえられなくなった音が響いてきた。

## 時間のそとで

門番は動かない。といっても、彼の姿はまったく見えない。いや、彼のほとんどが。一部は見える。彼の右手が。薄汚れている。埃だらけだ。瓦礫の下から右手が飛び出していた。

地下を見渡してみた。半分は瓦礫に埋まっているが、もう半分はまだ柱とドーム状の天井があって、なにごともなかったような顔をしている。ぼくは立ち上がった。汚れた服が気になって腕で埃をはたき、気持ちを楽にして、不安に襲われないようにした。抜き差しならない危険に直面したとき、人は普段通りの行動をとることで慰めを見いだそうとするらしい。以前聞いた話だが、あと少しで自分は死ぬ、と悟った男が、目が見えなくなるのは嫌だから眼鏡を買うと言い張ったという。それと同じように、ぼくは体についた埃をすべて払いのけ、それからゆっくり慎重に、落ち着いて足を前に運びながら、押し寄せてくる恐怖を隠しつつ、地下道のなかへ入った。それから展示品を集めはじめた。ひとつ残らず持ち出そうと、ポリエチレンの袋のなかに展示品をひとつひとつ入れていった。どんな物も残しておきたくないけれど、ロット番号を記したボール紙は残しておくしかない。あとで目録を作り直すことはできる。でも、手が使えないので、この作業はとても難しいものになった。展示品を手首で掬わなくてはならなかったからだ。大事な物を下に落としては、これはわざわざ拾わなくてもいいじゃないか？　なんだったっけ？　ロット番号9、ビネガーの空き瓶だ。そうだ、思い出した。ロット番号9はいい品だ。拾わなくちゃならない。おや、なにかなくなっているぞ。なんだ？　ロット番号6？　使いかけの鉛筆か。これはこのまま置いておこうか。だめだ、できない。拾うんだ。ロット番号18が落ちたぞ。小さな茶色の段ボール箱だ。すぐ拾え。取り落とすな、フランシス。いまは取り落としている場合じゃないぞ、という具合だった。そして、物を落とすたびに、半狂乱状態が戻ってきた。

展示品の回収をしはじめたとき、三度目の、そしていちばん大きな爆発音が聞こえ、気がつくとぼくは地下道の地面に投げ出されていた。

## 地下道のなかの出来事

目を開けてみると、なにも見えなかった。地下室から漏れていた明かりが地下道をかすかに照らしてくれていたのだが、いまやすっかり消えていた。脚に何かが乗っていて、動かすことができない。地下道の天井を支えていた古い梁と壁が落ちて、それで地下道が埋まり、ぼくの脚まで埋まってしまったのだ。頭を少し上げると、梁に触れた。前の方まで瓦礫で埋もれている。どうやら前にも後ろにも進めない状態にいるらしい。自分の手のことは考えないようにした。そのことはいっさい、考えないようにするのだ。いまぼくの手はどんな状態になっているのだろう？汚れて動かなくなり、死んでしまった手と手袋。いったいどのくらい汚れているのだろう？

そのうち、手以外の体の部分に意識がいくようになった。ぼくは展示品の上に横たわっていた。顎の下には煙草の缶がある。目の前には塊となった展示品があり、ポリエチレンの袋が頰に押しつけられている。初期の展示物だ。倒れたときにぼくが落としてしまった物だ。

なんとか立ち上がらなければならない、というのはわかっていた。そうすることがいちばんいいことなのだ。瓦礫の下から脚を抜き出し、地下道をなんとか抜け出し、教会への出口を探すんだ。そうしなくてはだめだ。でも、脚に怪我を負っているなら、脚を動かすのは嫌だ。どんなものであれ、痛いのはごめんだ。肺のなかは埃だらけで、口のなかは血の味がし、頭は朦朧としていて、自分のものとは思われない。走るんだ、フランシス、走れ、とぼくは自分に言い聞かせた。そうしなくちゃならない。しかし、ぼくは目を閉じたまま、眠りのなかに引きずり込まれていった。

目が覚めた。脚が痛くて目が覚めたのだ。瓦礫をどけようとした。体をねじって這い出そうとした。できなかった。蹂躙された手がずきずき痛むので、手を口にもっていき、唇を押しあてた。美しい白は永遠に損なわれてしまった。指が一本、木綿の生地から飛び出している。

深呼吸して、脚と足首と足のことだけを考えよう。それがぼくとどんなふうに繋がっているか、脚がどんな感じだったか、どんなふうに動いていたかを考えよう。だが、足の格好を思い描いたとたん、激痛が体中を貫いた。体を動かし、脚を動かそうとした。体の位置を変えれば変えるほど、激痛が脚を襲った。しかし、少しずつ少しずつ体を動かし、ゆっくり前へ這い出していくと、一センチずつ確実に前進し、ようやく瓦礫から抜け出して腰を下ろすことができた。しかし、頭の上に太い梁があるので、屈み込んだ姿勢のまま、傷だらけの膝を抱きしめた。

マッチに火をつけよう。何かが見えたほうがいい。暗くわびしいところだとわかっても、このぬめるような闇を、たとえ一瞬であっても追い払いたい。子どもみたいだが、ぼくは暗闇が恐いのだ。永遠の闇に抱きすくめられてしまったアンナは、どんな気持ちでいるのだろう。ポケットのなかにマッチはあるが、手を使わなければマッチは擦れない。とにかく、やってみよう。肘を使ってズボンのポケットからマッチ箱を押し出す。箱はぼくの足のあいだに落ちた。開けることができない。両手首のあいだにマッチ箱を挟み、舌で箱の引出しを押し開けようとした。しかし、おかしな格好でマッチ箱を挟んだため、舌を突きだした拍子に強く押しすぎて、マッチ棒がばらばらと下に落ちた。腹立たしさに大声をあげ、靴でマッチ棒を踏みつけ、ぐしゃぐしゃにした。暗闇のなかでひとりだ。明かりをつける唯一のチャンスを台無しにしてしまった。地下道の地面にチャンスをぶちまけてしまったのだ。

自分が恐い。口から呟きが漏れている。ここから出られなかったら、おまえは死ぬんだよ。ここにいれば、あの有名な肥った痩身の騎士のお仲間になってしまう。ぼくの幽霊は、このあたりをさすらい、ぼくを捜しに来る人をびっくりさせるのだ。そしてその捜索者たちは二度と光ある世界に戻れない。いくら八〇デシベル級の悲鳴をあげても、彼らを捜しに地下道までやってくる者はいない。だって地下道には肥った痩身の騎士と、白い手袋をした幽霊がいるのだから。だれもそのふたりに会いたいとは思わない。ぼくは目の前にある瓦礫を動かすことができなかった。不可能なのだ。白い手袋の十箇条がそれを禁じているのだから。

第七条　死んだ手袋はなにもできない。その下の手も、物を拾ったり触れたり動かしたりはできない。手袋が死ねば手も死ぬ。

ぼくは助けを求めて大声を出そうとした。それで人が助けにやってきてくれるのなら、こんなに都合のいいことはない。助けにきてくれた人たちが総出で瓦礫を取り除いてくれるあいだ、ぼくはただここに座って指にキスをしながら、早くしてよ、と言っていればいいのだ。そうだ、そういうこともあり得る。そのためには口を開け、勇気を総動員し、大声をだすだけでいい。残っている地下道の壁でもきっと声は響き、二倍に反響していけば、だれかの耳に必ず届く。そうなれば、すぐさま瓦礫は取り除かれ、ぼくは救出されるはずだ。そのほうがずっといい。しかし、口を開けて大声を出そうにも、まったく声がでない。喉がひからびてしまい、出てくるのは蚊の鳴くような声ばかりで、しかも出た瞬間に消えてなくなった。

ぼくは、大事な埋葬品とともに埋葬されたファラオみたいだ。しかしまだ死んではいない。瓦礫を肘で押してみると、ぞっとするような音がした。ぼくはやけくそになって瓦礫を押しのけようとした。びくともしない。瓦礫を手首でどんどんと叩く。びくともしない。足で蹴飛ばす。それでもびくともしない。

手を使ったら、なんとか……。しかしそれは許されない。第七条には絶対的効力がある。だったらやはり、崩れ落ちた地下道の壁のあいだに挟まって、じっとしていたほうが無難だ。最後の時がくるまで、なんとか眠るようにして、静かに、内面の不動性を達成しよう。内面の不動性こそぼくが愛したものだ。消滅は恐るるに足らず、ということを教えてくれるだろう。だが、これほど恐怖感にとらわれていて、果たして内面の不動性が獲得できるものなのか。気持ちを落ち着かせるには、まず外面の不動性をなんとしても手に入れなくては。しかしそれすらぼくにはできない。ぼくは絶え間なく動いていた。血の流れている足は小刻みに震え、手はぶるぶる震え、頭のなかには第七条の文面がひっきりなしに浮かんでくる。だが、その文面はしだいに読めないくらい小さくなり、ほとんど見えなくなった。だめだ！　掟を破るわけにはいかない！　もし掟を破ったらどうなる？　もちろん、一巻の終わりだ。ほかの人と同じになってしまう。人とお喋りするようになってしまう。物を集めることもやめてしまうだろう。町の中心にある台座は空っぽのままになる。ぼくは動きのある仕事につく。動きのある仕事についたら、上司にきっとこう言われるにきまっている。手袋をはずせ、フランシス。そしてここに座れ。よし、立派な男だ。ぼくは立派な男になり、手袋をとる。しかし、その後はどうなる？　だめだ、ぼくは手袋をはめた男だ。それだけは譲れない。手袋をした人は魔法使いだ。手袋をして、人が触ったものをすべて調べる魔法使いは、この世界の上を漂いながら、下界の人々を見守り、苦しみをすべて見届け、世界を監視しつつ、だが、絶対にそれに触れようとはしないのだ。手袋の十箇条を破ることなど考えてはいけない。このままこのおぞましい闇のなかで静かに死んでいくほうがはるかにましだ。

しかし、ほかにできることが、あるにはある。最後の手段が。ぼくはそのことをできるだけ考えまいとした。でもそれは難しい。星の名前を思い出そう。でも父の助けがなければとても思い出せない。いくらうち消してもうち消しても、その最後の手段が頭のなかに立ち現れてくる。それを思う気持ちが高じて、とうとうぼくの口は開き、こう囁いた。

第十一条　ある特定の、尋常ならざる状況下では、死んだ手はそのまま使える、ということが最近決定された。手袋をはめた者が地下道に閉じこめられ、出血し、瓦礫に北と南を塞がれて進退窮まった場合のみ、白い木綿の手袋が破損し、手袋がなくなってもなお、手は動かせ、作業に携われるものとする。

ぼくの手は瓦礫を移し替えはじめた。瓦礫を一個一個動かすうちに、いちばん壊れやすい部分に穴があいてきた。作業が進むにつれて動かし終わった瓦礫は増えていき、ぼくの傷も増えていった。かわいそうな手は取り返しがつかないほど台なしになってしまった。傷ができてずきずき痛んだが、それでも手は働く。ぼくの後ろにしだいに瓦礫の山ができていき、三、四回の休憩をはさみつつ、さらにゆっくり瓦礫を移動させ、いっこうになくならない瓦礫に悪態をつきながら、地下道にそって前へ前へと進み、壊れた梁を押しやり、それを足がかりにし、地下道の天井に体を押しつけながら、やっとの思いで瓦礫のてっぺんによじ登った。埃まみれになり、血だらけになって瓦礫の山を下り、地下道の床にたどりついてその場に這いつくばった。

しばらくして、とうとう地下道の階段にたどり着き、墓の蓋をずらして開ける。光がぼくの目を射る。真っ先に目に入ったのは、醜く恥辱にまみれた無惨な手だ。爪からは血が噴きだし、手袋のなくなった指からはぎざぎざに剝けた皮が垂れ下がっている。手袋のある指先は全部赤く染まっている。半身を教会に、半身を地下道に置いた状態で、ぼくは墓に腰を下ろし、足をぶらぶらさせて喘ぎながら涙をこぼし、いま来た闇のほうを振り返った。ちょうど光が射し込むぎりぎりのところに、悲しい静物が見える。ほんのわずかに残ったぼくの大切な展示品が無惨にばらまかれ、粉々に潰されていた。

ぼくの最後の展示品、ぼくのいちばん大事な宝物、ロット番号９９６の丸い形のてっぺんだけがかろうじて見えた。この宝物のために、この博物館ができたのだ。永遠に移動する物、いつでも展示品の最後に名を連ねる物、いつもいちばん新しい位置に置かれる物。ぼくは墓から滑り降りて薄暗い地下道に戻った。

この地下道には、大勢の人の人生と愛が展示されていた。そのなかには父もいた。トウェンティ、クレア・ヒッグ、かわいそうなピーター・バッグ、エマ、そしてアンナ・タップもいた。しかしなによりもここには、とても大事な、かけがえのない人がいた。そしてその人の愛こそ、ぼくにとってはほかのだれの愛より大切なものだった。それは、ロット番号996、一体の骸骨だ。ぼくは、それを抱え上げた。透明な三枚の袋に分けていれてある。ポリエチレンの肌に触れる。一瞬、ぼんやりした光のなかで、彼が生きているように思えた。彼の髑髏に肉がつき、眼窩に眼球が入り、口に大きな笑みを浮かべている姿が見えた。彼の息がポリエチレンのバッグを曇らせた。しかしすぐに生命の光は薄れ、ふたたび、あんぐり口をあけているただの髑髏に戻った。髑髏の丸味をおびた頭頂部はとてもよく磨かれ、輝いている。ぼくはこの髑髏の面倒をよく見てきた。このすてきな丸味を大事にしてきた。ぼくはそれにキスした。それから、大事な手が入った袋をよく調べた。三つの袋を教会まで運んでいき、冷たい石の床に置いた。ひとつの袋の中身を開けて、骨を慎重に並べた。この袋のなかには手根骨と中手骨と指骨——繊細な骨の仲間——が入っている。なんて小さな手なのだろう。かつては物に触れ、物を集めていた手。お祈りをするときには掌と掌を重ね合わせていた手。その手がいま、人の手を握っている。ぼくの手を握っている。兄さんの手とぼくの手。兄さんの頭とぼくの頭。兄のフランシスと弟のトーマス。ぼくの兄さん。兄さんの骨はどの物より大事だ。この骨の代わりに、ぼくはずっと愛されてはきたけれど、決して好かれることはなかった。

墓の蓋をずらす。数ヶ月前に父を埋葬するときに動かされた蓋だ。半分ほど開けて、ぼくはその父の棺の上に兄の骨を並べはじめた。ポリエチレンの袋の中身を全部空けて、兄の骨をひとつひとつ並べる。かつてあったとおりの姿に戻すために。たったひとつ、少なくとも、たったひとつの物はもとあった場所に戻されることになる。それでじゅうぶんだ。少なくとも父は寂しい思いをせずにすむ。父はそれで思い出すことだろう。ぼくが長男だと、どんなに強く父さんが思いこもうとしても、たとえそれが肖像画の意思であっても、父さんには本当は息子がふたりいたんだよ。ぼくの兄さんの小さな体の、どんな小さな破片も、どんな小さなかけらも、骨はすべてもとあった場所に戻った。石のベッドにすべての骨が。ようやく髑髏の番だ。その前に、磨くことにしよう。これが最初にして最後になるのだから。

フランシス、フランシス？

だれかが呼んでいる。

フランシス？　フランシス？

ここだよ、アンナ。

あなた、見逃したでしょう。どうしてちゃんと見ておかなかったの？　すごい壊れようだったのよ、フランシス。あなたのお母さんはこう言っていたわ。かつて畏れられた巨大な象が倒れ伏す前に膝を折って唸り声をあげているみたいね、って。ぜったい見ておくべきすごい光景だって、みんな言ってた。あそこにいるべきだったのに。あなたの名前を呼んだのよ。何度かすごい爆発音がしたでしょう。あれは是非とも聞くべきだったわね。

聞いたよ。

崩れ落ちたとき、みんな歓声をあげていたわ。写真を撮って大騒ぎしていた。まだ大勢残っている。瓦礫の上に乗ったり、わたしたちの家の残骸の上で遊んだりしている。ここまで来るの、大変だったのよ。チョークの画家がここまで連れてきてくれたの。

門番は死んだよ。

だれも彼の姿を見なかったわ。

彼は本当に死んだ。展示品もなくなってしまった。

やっぱり。そうだと思ったの。残念だったわね、フランシス。

門番は押し潰されたんだ。そして展示品も潰れてしまった。

今夜、わたしたちどこで寝るのかしらね？

すべて、なにもかも、消えてしまった。

でも、解体業者が場所を探してくれるわね。きっと手配してくれるわ。

ぼくのところから五歩ほど離れていたアンナは、もっと近くに来たいようだった。彼女は進み出た。今日の午後の出来事で、すっかり大胆になったのだ。彼女は手をさしのべた。手がぼくを求めて空をさまよった。礼拝堂の鉄格子にぶつかった。門が開いているのを知ると、彼女は足を前に踏み出した。そして、前に伸ばされた指がぼくの抱えている物の上に置かれた。彼女の手はそれを確かめるように動いた。髑髏に触れ、その歯に触れた。そして指が眼窩のなかに入った。

**フランシス！**
だいじょうぶ。
**これはなに？**
展示品だよ。もとの場所に戻そうと思ってね。
**これはなんなの？**

ふたりとも口を開かなかった。そして、アンナは荒い息遣いが静まると、そっと言った。

頭蓋骨ね。
もとに戻そうとしていたところだ。
あなたが盗んだものなのね。
でも、いまもとのところに戻そうとしている。

あなた、頭蓋骨を盗んだのね。

だから、もとに戻るところなんだよ。いま戻るんだ。

だれの頭なの、フランシス。

父さんが慌てふためいたというのは、これだったんだよ。みんな忘れたがっていた。でも、ぼくは忘れたことがない。ぼくの兄さんだ。

もとにもどしてあげて。

もとの棺に戻すよ。


髑髏をなかに入れた。蓋を閉めた。明かりを消した。礼拝堂の鍵をかけた。アンナは会衆席に腰を下ろした。もしも彼女の目が見えていたら、聖ルチアが見えただろう。ぼくはアンナのとなりに座った。

アンナ、手袋が台無しになってしまった。

ぼろぼろになった手袋を彼女が脱がし始めても、ぼくはとめなかった。彼女がぼくの手を彼女の顔に押しつけたときも、文句も言わなければ、手を払いのけもしなかった。肌と肌。肌と肌。

# 第八章　シティ・ハイツ

## 門番

本名が最後までわからなかった門番は、自分が手を下す格好になった望楼館の解体工事中に死んだ。ぼくらのかつての館の瓦礫を漁《あさ》っていた子どもたちが、金属のトランクを見つけたそうだ。その特徴は門番が住んでいた地下の部屋にあったトランクのものと一致していた。門番が望楼館で働くようになる前の彼の人生が、彼の私生活が入っているものと思われていたトランクだ。そのトランクは爆発でひどくゆがみ、ふたつあった錠前のひとつはちぎれていたが、それでもひとつは残っていた。ぼくが聞いた話によれば、子どもたちはその錠前を壊して蓋をあけ、なかを覗いてみたが、なにも入っていなかった。トランクは空っぽだった。これは憶測だ。噂だ。本当か嘘かはさだかではない。

## クレア・ヒッグ

クレア・ヒッグもいまはもういない。あの日、門番が死ぬ少し前に、彼女は亡くなった。ぼくらのかつての館が解体されるあいだ、何台ものテレビカメラが、解体の始まりを待って押しあいへしあいし、大声をだしている大勢の群衆の様子を撮《うつ》していた。そのなかの一台がミス・ヒッグをとらえた。テレビ局のスタッフは、たくさんのカメラが撮している場面を見るためのモニターを設置していた。そのモニターがちょうどミス・ヒッグのそばにあったので、ミス・ヒッグは喜んでそれを見ていた。モニターがあったせいで、彼女は屋外にいてもリラックスできた。ミス・ヒッグは、一台のモニターをとりわけじっくり見ていた。すると突然そこに、テレビのモニターを見ているひとりの女性の姿が映し出された。ミス・ヒッグは、見たことのある女性だと思ったが、だれなのかまったく思い出せなかった。彼女はモニターに映っている老婆を見た。あぶらじみた髪の毛をしたその老婆は、ひどく痩せていて、顔は青ざめ、まったくもって汚らしかった。この人はだれかしら？　必死で思い出そうとしながら、ミス・ヒッグは額を掻いた。クレア・ヒッグが額を掻くと、モニターに映った老婆も同じように額を掻いた。なんとも厭わしいその老婆は、何十年も靴箱のなかにしまわれていたような格好をしている。しかもミス・ヒッグと同じような寝間着を着ているように見える。彼女は自分の姿を見てから、またモニターに目を移した。するとなんとも不思議なことに、老婆の着ている寝間着にも、同じ形の汚れがこびりついている。ようやく、かつての16号室の住人にして（故）アレク・マグニットのかつての恋人、（間もなく故人となる）門番にほんのわずかなあいだ横恋慕されたクレア・ヒッグは、その醜い老婆がほかならぬ自分であることに気づいた。クレア・ヒッグがその老婆の正体に気づいた瞬間、自分がどんな姿になっていたか知った瞬間、彼女の意識はたちまちとぎすまされ、あっという間に恐怖感と嫌悪感に襲われ、息ができなくなり、その場で心臓発作を起こした。当然のことながら、彼女は亡くなった。だが、彼女の最期の瞬間が、貴重な映像になったことを知ったのは、彼女にとってせめてもの慰めだったかもしれない。これは憶測ではない。本当にあったことである。

## 母

ぼくの母はいまも生きているが、もういっしょに暮らしてはいない。母は町のはずれにある大きな白い建物に住んでいる。その建物は老人介護のために特別に作られたものだ。解体が終わって群衆が帰り始めたとき、母はその人々の波に押されて身動きがとれなくなった。母の老いた体ではとてもついていけないくらい速く群衆が動いたため、母はその群からはじき出され、脇に押しやられ、壁にしたたかぶつけられた。母はくずおれた。最後の人たちが去っていき、倒れた母を発見した人が救急車を呼んだ。母は担架に乗せられ、救急車に運ばれ、そのまま姿を消してしまった。居場所をつきとめるのに一週間もかかった。ぼくらは町じゅうの病院に電話をかけたが、母らしき人が収容された病院はなかったし、母の噂を聞いた病院もなかった。ようやく、人に言われて、大きな養護施設に電話をかけた。救急車の運転手は母をすぐに小さな病院にかつぎ込んだのだが、その病院の隣には老人の徘徊する大きな養護施設があったので、誰もがそこを養護施設の敷地内にある療養所だと思いこみ、病院だとは考えていなかったのだ。母は腰骨を折っていた。病院で母は新しい骨を入れたが、杖なしでは歩けなくなった。

養護施設には十八人の看護婦と三人の医者がいるが、そのほかの全員が老人だ。老人たちはみんなでかたまり、思い出話や昔の人のこと、どこにいっても絶対に手に入れられない昔の品物のこと、だれもが料理法を思い出せない昔の料理の話ばかりしている。母はそんな老人たちを許せずに、看護婦にくってかかった。どうしてひっきりなしに粗相をして自分がだれなのかもわからないこんなにおいぼれて愚かな人たちといっしょに暮らさなくてはならないの。わたしはほかのおいぼれとは違うのよ。わたしの頭はまだはっきりしているもの。看護婦は母に笑いかけて薬を与える。母はその薬を飲まずに隠している。それで薬は大量にたまっている。その薬を母は小さなビニール袋に入れて、トイレのタンクのなかに沈めている。ぼくは母を誇りに思う。これはぼくらがじかに聞いたことだから本当のことだ。

看護婦が父の歯ぎしりのテープを流すのを許してくれないので、まったく眠れないと母は文句を言っている。母は毎日髪を梳かしている。

## アンナ・タップ

アンナ・タップはぼくの面倒を見ることに決めた。望楼館が崩壊した後、彼女が言うには、ぼくは自分のことがなにもできないくらい無気力だったそうだ。ぼくらは町の中をずいぶん長いこと歩き回った。長いあいだ歩いてようやく望楼館があった場所にたどり着くこともあった。瓦礫はとっくに取り除かれていた。偽涙公園に行くこともあった。体重計の男はまだそこにいて、ぼくらを見るたびに、アンナは太ってきたね、と言った。実のところ、アンナはとても太ってきた。服を着ていてもお腹がせり出しているのがわかるほどだった。間もなく、彼女は、自分の体とせり出してくるお腹のなかにいるものを保護するため、伸縮自在の素材で作られた新しい服を買った。しばらくのあいだ、煙草をやめた。しかし、いまではすっかりもとの体つきにもどっている。もとの、と言っても、危険なまでに痩せていたころのではなく、望楼館に初めてやってきたころの体つきに。

彼女の目には変化があった。目の病院にガラスの義眼が到着したが、彼女は特別に作ってもらった別の義眼をつけたので、結局ガラスのほうは使わなかった。彼女のつけている目はガラスと木でできている。蠟人形館の目の製作者オッティラが作ってくれたものだ。そしてその手はずを整えてくれたのはウィリアムだった。

結局、アンナは聖ルチアの目をつけることができた。聖ルチアの木の目のまわりにガラスを貼り付けた非常に精巧なものだ。アンナの眼窩に合うように調整されている。彼女はそれを着けているととても美しい。彼女もそれに満足している（ときどき、アンナが木で作られた目をあけたままじっと動かないでいると、アンナが物になってしまったような気になる。しかし、いったん口を開くと、生身の本物のアンナ・タップだとわかる）。

## シティ・ハイツ

アンナとぼくは偽涙公園の真向かいにある建物で暮らしている。暮らし始めてひと月足らずだ。とても現代的な建物だが、ぼくらにはぴったりだ。この新しい建物は、ちょうど偽涙館にして望楼館のあったところに建っていて、シティ・ハイツと呼ばれている。二十階建ての集合住宅で、すべての部屋に人が住んでいる。

シティ・ハイツから偽涙公園まで繋ぐ地下通路もできた。コンクリート製の通路で、新しい住人たちは交通量の激しい通りを渡らずにすむので、もう車を恐がることもない。この地下通路は長細い蛍光灯で黄色く照らされている。そのせいで閉所恐怖症になりそうでなんとも不愉快だ。ここにも落書きがある。マーク・ダニエル・クーパーの仕業に決まっている。

しかし、望楼館がなくなり、シティ・ハイツが建っても、静まり返った夜には昔の建物に満ちていた音が聞こえてくる。ミス・ヒッグのテレビの音、トウェンティの吠える声。そしてときには、ピーター・バッグの百種類の臭いが漂っているような気がする。もしじっと動かず、心臓の鼓動が止まるくらい静かにしていられたら、偽涙館の音だって聞くことができるかもしれない。ホープが体を引っ掻く音、父が星々に語りかける声、エマがお話を語る声が。そして、ひょっとしてぼくと同じように内面と外面の不動性を獲得できるほどの達人がいれば、聞こえるかもしれない。かすかではあるが、ぼくの兄、もうひとりのフランシス・オームの苦しげな息づかいが。

## フランシス・オーム

ぼくは白い手袋をはめていた。両親と暮らしていた。下唇がいつも腫れていた。いまはもう、白い手袋はしていない。暮らしている相手はミス・アンナ・タップだ。下唇も腫れていない。

町の中心の台座で仕事をしていない。シティ・ハイツを所有している会社から、うちで働かないかと誘われ、承諾したからだ。金の肩章のついたとてもすてきな青い制服をもらった。そしてアンナとぼくには、寝室がふたつある地下のすてきな部屋をあてがわれた。アンナは、ぼくは立派な門番になると言う。この建物の住人全員を、ぼくは知っている。

アンナとぼくはほとんどの時間、新しいものにかまけて過ごしている。この新しいものは、内面の不動性も外面の不動性もまったく理解できず、四六時中動き回り、とても大きな音をたてる。ぼくらは夜もひっきりなしに起こされている。新しいものは生きている。それは女の子で、フランセスという名だ。

最初にこの赤ちゃんを見たとき、ぼくは泣いた。あまりに小さな手をしていたからだ。でもいまではかなり大きくなった。物を摑んだら、絶対に離さない。

いま、新しい住居の壁を白く塗っている。ときどきその白いペンキのなかに手を浸してみる。鏡のところまでいって白い手をした自分の姿を眺めると、とても悲しい気持ちになる。

# 付録　フランシス・オームの愛の展示品

（ロット番号1－996）

1　領収書　一点
2　使用済みの封筒（白）　一点
3　使用済みの封筒（青）　一点
4　白いビニール袋　一点
5　ワインの空き瓶　一点
6　使いかけの鉛筆　一点
7　プラムトマトの空き缶　一点
8　赤いビニール袋　一点
9　ビネガーの空き瓶　一点
10　輪切りパイナップルの空き缶　一点
11　空の段ボール箱（白）　一点
12　錆びて曲がった釘　一点
13　茶色い紙袋　一点
14　見事な形の鉛筆の削りかすの塊　一点
15　鶯鳥の羽　一点
16　電球（茶）　一点

17　古いモップヘッド　一点
18　空の段ボール箱（茶）　一点
19　魚の骨　コレクション
20　古いカレンダー　一点
21　爪切りで切られた足の爪　コレクション
22　さまざまな形をした犬の糞、ガラス瓶入り（密閉）一点
23　木綿のハンカチ（未洗濯）　一点
24　使用済みの風呂のお湯の入った容器（密閉）　一点
25　暖炉の灰　コレクション
26　曲がったヘアピン　一点
27　剝いたじゃがいもの皮　多数
28　新聞紙　一点
29　折れた金属のコートハンガー　一点
30　林檎の芯　一点
31　取っ手のとれた磁器のティーカップ　一点
32　使用済みの脱着可能な剃刀　一点
33　導火線（茶）　一点
34　コルク（ワインの瓶のもの）　一点

35　葉巻の吸い殻　一点
36　曲がったホッチキスの針　一点
37　穴が三つ空いている靴下　一点
38　テディ・ベア（小）　一点
39　ブリキの兵隊（歩兵）　一点
40　時計仕掛けのロボット　一点
41　狐のぬいぐるみ　一点
42　ビニール製の蛙　一点
43　粉々になったガラス　コレクション
44　煙草の缶　一点
45　黒い煙草の巻紙の束　一点
46　象牙の小像　一点
47　結婚記念の小箱（鼈甲と寄せ木細工）　一点
48　ディナー用ベル（錫と銅）　一点
49　ラブレター　一点
50　百科事典の第八巻　一点
51　真鍮のドアの取っ手　一対
52　マホガニー製の物差し　一点

53　黒いインクの入った大きな瓶　一点
54　ヘアネット　一点
55　木製のドアの取っ手　一対
56　スープ用杓子　一点
57　カーテンの紐　四点
58　狩猟パーティの写真　一点
59　狩猟の写真　一点
60　東洋風の木彫の鳥　一点
61　地球儀　一点
62　古い箱型冷蔵庫の脚　一点
63　ピアノの椅子　一点
64　人相学の本　一点
65　金の認め印のついた指輪　一点
66　四体の案山子《かかし》から取ってきたさまざまな部分
67　パンチ・ボウル（銀と鼈甲製）　一点
68　二本柄の剣（スティール製）　一点
69　松材の水切り板　一点
70　乗馬用鞭　一点

71　象牙の靴べら　一点
72　家系図（羊皮紙）　一点
73　肉切りナイフ　一点
74　爪切り（銀）　一点
75　蒸気機関車の模型　一点
76　タペストリーの端切れ（ウールとシルク）　一点
77　すりこぎ　一点
78　たくさんの磁器の人形に囲まれた女性の写真　一点
79　洋服用ブラシ　一点
80　茶色の革靴（男用、右のみ）　一点
81　黒い革靴（男用、右のみ）　一点
82　胡椒入れ　一点
83　磁器製の白鳥　一点
84　鍍金《めっき》された楡材の蠟燭立て　一点
85　茶色の中折れ帽　一点
86　蓋付き深皿（磁器製）　一点
87　木製のクロケット・ボール（赤）　一点
88　シャンデリアについていたクリスタル・ガラス　二点

89　現金出納帳　十二点
90　銀鍍金の水差し　一点
91　禿頭の紳士の大理石胸像　一点
92　椅子の脚（松材）　一点
93　轡《くつわ》　一点
94　嗅ぎ煙草入れ（象牙）　一点
95　『聖体』という題の本（黒い山羊革の装幀）　一点
96　ティアラ（金、銀、エメラルド）　一点
97　灰受け皿　一点
98　蛾と蝶のイラスト画集　一点
99　鮭用フライフィッシングの竿　一点
100　銀とダイアモンドのイヤリング　一対
101　世界の主要都市の地図　一点
102　小さな古代の人物像（柘植《つげ》）　一点
103　わら人形　一点
104　車輪式引き金のマスケット銃　一点
105　大きなテラコッタの植木鉢　一点
106　女性の胸を描いたステンドグラスの窓　一点

107　銀のレターナイフ　一点
108　孔雀石でできた卵　二点
109　大きな家を描いた木炭画　一点
110　トンチンの盆（銀）　一点
111　パラソル　一点
112　銀のナプキン・リング　三点
113　新聞紙掛け　一点
114　エプロン　一点
115　銅のやかんの蓋　一点
116　門のかんぬき　一点
117　顕微鏡のネジ　一点
118　リュージュ　一点
119　磁器のティーカップ　二点
120　木製の便座　一点
121　瓶にコルクの栓をする機械　一点
122　じょうろ　一点
123　クリケットのベイル　二点
124　彩色写本　一点

125　刺繡絵付きクッション　一点
126　針箱　一点
127　調理用温度計　一点
128　植物画の挿画のある本　一点
129　闘鶏の版画　二点
130　解剖図のある本　一点
131　金属のボルト　一点
132　園芸用手袋　一点
133　二世紀前の美人の水彩画　一点
134　砂時計　一点
135　古いポートワインの瓶（未開封）　一点
136　銀鍍金とガラスの塩入れ　一点
137　風向計　一点
138　蔵書票（紋章図）　多数
139　噴水のポンプ　一点
140　サイコロ（象牙）　二点
141　バックギャモンの木の駒　二点
142　チェスのルーク（象牙）　一点

143　チェスのルーク（木製）　一点
144　ショットガンの掃除用の棒　一点
145　オーブン用手袋　一点
146　雑巾　七点
147　グランドファーザー時計のネジを巻く鍵　一点
148　グランドファーザー時計のネジを巻く鍵　一点
149　グランドマザー時計のネジを巻く鍵　一点
150　旅行用携帯時計のネジを巻く鍵　一点
151　置き時計のネジを巻く鍵　一点
152　虫眼鏡のレンズ　一点
153　ターメリック　大量
154　ガーリック塩　大量
155　ローリエの葉　二点
156　モルト・ウィスキーの入ったカットグラスのデキャンター　一点
157　銀の砂糖入れ　一点
158　船乗り用短剣　一点
159　ふいご　二点
160　火かき棒　一点

161　磁器の壺　一点
162　詩篇　一点
163　モロッコ革の本（オーム家の歴史の一巻）　一点
164　テディ・ベアを抱えた少年の写真（白黒）　一点
165　杖　一点
166　銀鍍金とガラスの胡椒入れ　一点
167　鉄の炉格子　一点
168　石炭入れ　一点
169　本のカバー　十二点
170　人を生け捕りにする鉄の罠　一点
171　煮魚用鍋　一点
172　黒い革の乗馬靴　一点
173　クリスタル・ガラスの果物皿　一点
174　口の取れたテディ・ベア　一点
175　木の独楽《こま》　一点
176　木のヨーヨー　一点
177　クリケットのバット　一点
178　操り人形（鼻の長い少年）　一点

179　三輪車　一点
180　出生証明書　一点
181　死亡証明書　一点
182　木に釘で打ちつけた鼠の残骸（ラベル付き）　一点
183　木に釘で打ちつけた鼠の残骸（ラベル付き）　一点
184　電気のスイッチ　一点
185　腰掛け付き杖　一点
186　名札付きのぎざぎざになった犬の首輪（名前入り）　一点
187　ランプの笠の格好をした犬の首輪　一点
188　ついたての蝶番《ちょうつがい》　八点
189　ベッドサイド用ランプ　一点
190　辞表　一点
191　ベル用引き紐　一点
192　裸の磁器の人形　一点
193　カーテンの片側のみ　一点
194　細い蠟燭　多数
195　別れの手紙　一点
196　謝罪の手紙　一点

197　召使い（女）に当てた主人の手紙　一点
198　召使い（女）の鍵　一点
199　召使いの制服　一点
200　製氷皿　二点
201　子ども用ブロックのセット　一点
202　解雇通知　六点
203　水煙管《みずぎせる》　一点
204　時計仕掛けの玩具の汽車　一点
205　床用ワックスのチューブ　一点
206　ボイラーのネジ　七点
207　ちり取りと箒のセット　一点
208　外国からの絵葉書　四点
209　召使いの通路の鍵　一点
210　アンティークの箱形カメラ　一点
211　銀の磨き粉の缶　一点
212　金属製ドアマット　一点
213　涙の染みのある告白書（紙にインク）　一点
214　契約終了を告げる手紙　一点

215　モノクル　一点
216　テニス・ラケットの柄　一点
217　化粧室の取っ手　一点
218　ミイラになった猫　一点
219　東洋産の絨毯　一点
220　犬の餌入れ　一点
221　地球儀　一点
222　緑色の生地（ドアのもの）　多数
223　アスピリン錠の入った瓶　一点
224　競売の出品目録（ブックレット）　一点
225　オークショナーの木槌　一点
226　競売会社宛の小切手　一点
227　壁紙　二点
228　ひと巻きの電線　一点
229　弓鋸《ゆみのこ》　一点
230　電気ドリル　一点
231　オーバーオール　二点
232　腰板の長さに切られた板　一点

233　工業用床磨き粉　一点
234　電話の内部　一点
235　道具箱　一点
236　ヒューズ箱　一点
237　ペンキ用ブラシ　十三点
238　バレエシューズ　一点
239　新しい住人の最初の鍵束　一点
240　引っ越し祝いパーティの招待状　七点
241　未使用のドアマット　一点
242　包帯　一点
243　太陽彩層の写真　多数
244　旅行の本　一点
245　メトロノーム　一点
246　遺書　一点
247　カシミアのマフラー　一点
248　勲章（銀、リボン付き）　一点
249　西ヨーロッパの地図　一点
250　東ヨーロッパの地図　一点

251　結婚式の写真　一点
252　テニスのラケット　一点
253　木靴　一点
254　角笛　一点
255　両肺のX線写真　一点
256　プラスチックの男の人形　一点
257　干からびた河豚《ふぐ》　一点
258　石油ランプ　一点
259　トランペット　一点
260　眼鏡　一点
261　小石　一点
262　吸入器　一点
263　革のボクシング・グローブ　一点
264　長い襟（司祭用）　一点
265　聖餐のホスチア　多数
266　おとぎ話の本　一点
267　レースのボンネット　四点
268　軍刀　一点

269　缶切り　一点
270　説明書（子供用プラモデル）　一点
271　文字が書いてあるボール紙（浮浪者のもの）　一点
272　パスポート　一点
273　ギターの弦　多数
274　円盤　一点
275　デスマスク　一点
276　手書きの地図　一点
277　買い物かご　一点
278　傘　一点
279　航空券（返却不可）　二点
280　横引きの鋸　一点
281　せむしを描いた鉛筆画　一点
282　ウールのミトン　一点
283　十字架像　一点
284　金のメダル　一点
285　ひと巻きの有刺鉄線　一点
286　タップダンス用の靴　一点

287　革のサンドバッグ　一点
288　犬笛　一点
289　カーフスキンの長手袋　一組
290　レコードプレイヤー　一点
291　芝刈機の刃　一点
292　殺しの脅迫状（新聞紙の文字を切り抜いて白い紙に貼りつけたもの）　一点
293　階段の絨毯の端切れ　一点
294　公判記録　一点
295　乾燥したお茶の葉入り缶　一点
296　税金の払い戻し（小切手）　一点
297　鋏（二十六点）　コレクション
298　モールスキンのズボン　二点
299　ジュークボックスのレコードリスト　一点
300　マッサージオイルの瓶　一点
301　ステッキ　二点
302　ネイルブラシ　一点
303　青いシャツ　一点
304　予約帳　一点

305　鍵環つき鍵　多数
306　道路標識　一点
307　ゾエトロープ　一点
308　唐辛子の莢《さや》　多数
309　鳥の巣　一点
310　買い物リスト　一点
311　棒付きの操り人形　一点
312　子ども用おまる（エナメル）　一点
313　聖書（革装）　一点
314　人間の親指の頭部（脱脂綿に包まれている）　一点
315　ブリキの足洗用容器　一点
316　学校の集合写真　一点
317　公営食肉処理場のガイドブック　一点
318　洗濯機の部品　一点
319　哲学の本　一点
320　ガラス吹き職人の鉄パイプ　一点
321　童話　一点
322　犬の脚型の鑿《のみ》　一点

323　黒い革のベルト　一点
324　住所録　一点
325　ミシンのペダル　一点
326　マイクロホン　一点
327　銀のティースプーン　一点
328　干からびた海星《ひとで》　一点
329　ダイエットの本　一点
330　羽ペン　一点
331　ノアの箱船（動物が二十頭に人間がふたり　木製）　一点
332　おねしょをするプラスチックの人形　一点
333　オーボエのリード　一点
334　尿のサンプル（試験管に密閉）　一点
335　聖水盤の蓋　一点
336　船の舵　一点
337　子どもの太鼓　一点
338　電気トースター　一点
339　エプロンドレス　一点
340　止血器　一点

341　縁に口紅のあとが残るワイングラス　一点
342　賭け率表　一点
343　文字修正液の瓶　一点
344　口琴《こうきん》　一点
345　吹き矢　一点
346　プラスチックのおもちゃの戦車　一点
347　政治声明文　一点
348　標的の中心円（ダーツボードから）　一点
349　メリケンサック　一点
350　映画スターのポスター　一点
351　麦わら帽子用ニスの缶　一点
352　電報　一点
353　真珠のイヤリング一対　一点
354　木の棒につけられた紙の旗　一点
355　金属探知器　一点
356　恐竜のプラモデル　一点
357　暗号の本　一点
358　図書館の本　一点

359　図書館のカード　一点
360　榴散弾《りゅうさんだん》の破片　一点
361　パジャマのズボン（未洗濯）　二点
362　格子縞模様の生地　一点
363　展示目録　多数
364　旗　一点
365　歯磨き用コップ　一点
366　にきびクリームのチューブ　一点
367　カズー　一点
368　医学事典　一点
369　一角の牙　一点
370　懐中電灯（ゴムのケースつき）　一点
371　墓の場所の手書き地図（紙）　一点
372　ブーツ一足、片方には高いかかとと金属の支柱あり　一点
373　紙芝居　一点
374　絵本　一点
375　ガラスの容器に入った大量の砂　一点
376　イヤホン　一点

377　チョッキ用懐中時計　一点
378　兵士の銃剣　一点
379　血の染みのついた紅茶ポットの保温カバー　一点
380　テレビのリモートコントロール　一点
381　点滴液　一点
382　安物宝石（記名入り）　一点
383　ローラースケート　一点
384　シルクハット　一点
385　煙警報機　一点
386　コーデュロイの上着　一点
387　真鍮のドアノッカー　一点
388　指のない射撃用手袋　一点
389　医療用腕バンド　一点
390　卵形かがり台　一点
391　ブーメラン　一点
392　ビール用コースター（電話番号が書いてある）　一点
393　ラジエーターの蓋　一点
394　雇用契約書（蝋人形館に就職するにあたって）　一点

395　就業規定のリスト　一点
396　市街地の地図　一点
397　帽子用ピン　一点
398　蠟製の耳の一部分　一点
399　木の環　一点
400　スタンプ台　一点
401　ゴムスタンプ　一点
402　青い靴下　一点
403　絵の具箱　一点
404　看護婦の制服　一点
405　ダンスキャップ　一点
406　ハーモニカ　一点
407　仏陀の小像　一点
408　聖クリストフォルスのメダル　一点
409　キャンディストライプのズボン吊り　一点
410　駝鳥《だちょう》の羽　一点
411　兵士のヘルメット　一点
412　砒素《ひそ》の瓶　一点

413　画家の習作スケッチ　一点
414　丸い鋸の刃　一点
415　彫刻家のヘラ　一点
416　銀のシャープペンシル　一点
417　蠟人形の頭部の型　多数
418　金髪　多数
419　蠟製の足　一点
420　ガラスの眼球　一点
421　シルクのスカーフ　一点
422　紙幣計算器　一点
423　茶色の髪　多数
424　蠟人形館の創設者の絵葉書　一点
425　万華鏡　一点
426　白黒の写真（家族集合写真）　一点
427　黒い革手袋　一点
428　煙草の箱（未開封）　一点
429　金属の歯車　一点
430　湯たんぽ　一点

431 設計図　一点
432 マッチ箱（すべて空）　コレクション
433 生姜色の髪　多数
434 萎《しお》れた薔薇　一点
435 トロフィー　一点
436 銀のブレスレット　一点
437 弓矢　一点
438 蠟でできた梨　一点
439 鼈甲の眼鏡　一点
440 子ども用レインコート　一点
441 犬のリード　一点
442 ピアノの鍵　一点
443 水泳用ゴーグル　一点
444 聖歌隊員用衣装　一点
445 耐風ライター　一点
446 三角定規　一点
447 分度器　一点
448 コンパス　一点

449　先の尖っていない鉛筆　一点
450　小学生の宿題　一点
451　銀のタイピン（記名入り）　一点
452　ライフルの照準レンズ　一点
453　赤いリボン　多数
454　肩章　一点
455　黒い綿のベスト　一点
456　革のスリッパ一足　一点
457　病院のベッドの車輪　一点
458　石鹼（レモンの匂い）　一点
459　コンソメ・スープの缶　四点
460　らっぱ型補聴器　一点
461　卓上ランプ　一点
462　鉄球と鎖のついた足かせ　一点
463　人の歯の焼き石膏　一点
464　ビニールの袋に入ったミルクセーキの粉　一点
465　ペニスの形をしたチョコレート　一点
466　亀　一点

467　クローヴ油の瓶　一点
468　こびとのドレス　一点
469　クラブの会員証　一点
470　撃鉄　一点
471　組み合わせ錠を開けるための数字リスト　一点
472　警察のファイル　一点
473　子どもの絵　多数
474　最初の聖体拝領の写真　一点
475　禁煙の看板　一点
476　携帯用フラスク（ブランデー入り）　一点
477　宝くじの札　一点
478　老女の写真　一点
479　人間の肋骨（聖人のものだと信じられているもの）　一点
480　スヌーカーの突き棒　一点
481　ミートパイ　一点
482　小型ステレオ　一点
483　シルクの下着　一点
484　床板　二点

485　レコード　一点
486　ヘアカーラー　多数
487　真鍮のライター　一点
488　防虫剤モスボール　多数
489　切手帳　一点
490　ブリーフケース　一点
491　死者の遺品を入れる容器（プラスチック製）　一点
492　死者の遺品（灰）　一点
493　ネジまわし（取っ手がプラスチック製）　一点
494　赤いサテンのブラジャー　一点
495　磁石　一点
496　コンタクト・レンズ　一点
497　フェンシング用の剣　一点
498　サングラス　一点
499　子どもが初めて履く靴　一点
500　耳当てつき毛皮の帽子　一点
501　歯医者の臼歯　一点
502　鏝《こて》板　一点

503　革のジャケット　一点
504　外科用ドリル　一点
505　母から息子へ宛てた手紙　一点
506　孔雀の羽　四点
507　犯罪戦略の本　一点
508　指紋の本　一点
509　車椅子（壊れたもの）　一点
510　青と緑の毛糸帽　一点
511　六分儀　一点
512　六歳の誕生日パーティの写真　一点
513　チョコレートエッグ　多数
514　風鈴　一点
515　月間優秀雇用者のバッジ　一点
516　物干し綱　一点
517　古代の土器の一部　一点
518　未洗濯の肩掛け　一点
519　暗箱　一点
520　猫のオーナメント（磁器、陶器、プラスチック、ゴム、ガラス）　コレクション

521　小さな時計仕掛けのバレリーナの脚　一点
522　少年が盗んだブラジャーのコレクション（十二点）
523　マッチ棒で作った橋　一点
524　箱に入った豚の心臓　二点
525　ストーンウォッシュしたジーンズ　一点
526　子ども用の百科事典　一点
527　大きなサボテン　一点
528　電気ファンヒーター　一点
529　銀の煙草入れ　一点
530　補聴器　一点
531　水上スキーをしている女性の写真　一点
532　虎の歯　数点
533　芥子《からし》の壺　一点
534　錠剤の瓶（ラベルあり）　一点
535　署名入りリトグラフ　一点
536　道化師の化粧ボックス　一点
537　タイプライターのリボン　一点
538　サングラス　一点

539　映画撮影機　一点
540　映画フィルム（感光済み）　一点
541　映画フィルムのリール（現像済み）　一点
542　ポロネックのジャンパー　一点
543　絵葉書　多数
544　スキンローション　一点
545　鋼とプラスチックでできた万年筆　一点
546　処女の血と思われるものが入っている小瓶　一点
547　譜面台　一点
548　竹馬　一点
549　テラコッタ製の灰皿　一点
550　擦り切れたドアマット　一点
551　修道女の頭巾　一点
552　外国の地図　一点
553　アヘン用パイプ　一点
554　ドライクリーニングの回収表　一点
555　歯列矯正器　一点
556　点火プラグ　一点

557　よだれかけのピン　一点
558　陶磁器のインク壺　一点
559　子どもの民話の本　一点
560　ハンドバッグ（中身入り）　一点
561　十年分の書簡の半分（479通）　一点
562　ジグソーパズルのピース　一点
563　袖無し肩衣《かたぎぬ》（布）　一点
564　大学の卒業証書　一点
565　空気ポンプ　一点
566　十代の女の子の写真　一点
567　線香花火　多数
568　結婚許可証　一点
569　歌謡曲の楽譜　多数
570　ハードカバーの小説　一点
571　政治集会の写真　一点
572　チューインガムの包み紙　コレクション
573　マンホールの蓋　一点
574　小学生の詩（三十枚　完結）　一点

575 睾丸摘出についての論文（手書き）　一点
576 きめの粗い毛布　一点
577 木製の神像　一点
578 籐椅子　一点
579 ホテルの備え付けの書簡用紙　コレクション
580 キルトのベッドカバー　一点
581 ハシシ　一オンス　一点
582 銃の空薬莢　多数
583 マニ車　一点
584 ポケットベル　一点
585 バナナの詰まったスーツケース　一点
586 女学生の日記　一点
587 ドールハウス　一点
588 靴下留め　一点
589 蛾の標本　コレクション
590 素人詩人の、手書きによる愛の詩集　一点
591 サーカスのポスター　一点
592 目隠し用の布　一点

593　調理法の書かれたワンピース　一点
594　ボースンの呼び笛　一点
595　老女と娘の写真　一点
596　メニュー　コレクション
597　裁縫セット　一点
598　栓抜き　一点
599　賛美歌の本　一点
600　真珠のネックレス　一点
601　医療用手袋の箱　一点
602　弁護士からの手紙　一点
603　絶滅した言語の辞典　一点
604　聖母マリアの小さな絵　一点
605　射撃の的（使用済み）　一点
606　医者の夜間用ベル　一点
607　テレビ　一点
608　ぶらんこの腰掛け板　一点
609　木製の手すりの棒　一点
610　漫画雑誌　コレクション

611　電動蠟人形の内部のモーター　一点
612　プラスチック製の黄色い歯ブラシ　一点
613　大群衆に向かって演説をしている男の写真　一点
614　交通整理の警官の笛　一点
615　十二枚のエッチング　一点
616　レモン・シャーベットが入っている紙袋　一点
617　殉教者の掌（プラスチック製）　一点
618　キャビアの缶（開封済）　一点
619　大安売りの看板　一点
620　ホルマリンに漬けた人間の小脳　一点
621　自家醸造のビールの瓶　十二点
622　日よけ帽　一点
623　会計監査員の報告書　一点
624　アイパッチ　一点
625　言語習得教材（カセット四点　教本一点）　一点
626　黒いマッチ　一点
627　映画のポスター　一点
628　解雇通告書　一点

629　蠟人形館の展示目録　一点
630　最後の給料の小切手　一点
631　紫色のリボン　一点
632　上着　一点
633　留め金つき黒靴　一点
634　義足　一点
635　便器の破片　一点
636　真鍮の笊貝《ざるがい》　一点
637　卓上ガスコンロ　一点
638　珊瑚のネックレス　一点
639　探偵小説　十七点
640　牛乳瓶（未開封）　一点
641　有名な手品師の白い手袋　一点
642　同窓会の集合写真　一点
643　ラジオ　一点
644　ノート（人の体重が記されたもの）　一点
645　スライド（現像済）　多数
646　スライド映写機　一点

647　書留郵便（未開封）　一点
648　トランプ一組　一点
649　乾性コレラの本　一点
650　戦争記念碑にあった戦没兵士の名前　一点
651　スタート合図用ピストル　一点
652　ウェディング・ドレス（サテン）　一点
653　自転車の空気入れ　一点
654　糊の瓶　一点
655　シュノーケル　一点
656　芝居の台本　一点
657　貧民層住宅供給のための建築計画書　一点
658　コンパクト　一点
659　格子柄のズボン　一点
660　猫の耳　一点
661　ぬいぐるみの鮭（ガラス容器入り）　一点
662　刺繡されたナプキン（木綿）　一点
663　牛乳瓶（未開封）　一点
664　性の発見マニュアル　一点

665　さまざまな花火が入った箱　一点
666　黒髪一房　一点
667　口紅（バーミリオン）　一点
668　溝のついた鉛とニッケルの銃弾　多数
669　正餐用上着とズボン　一点
670　ヴァイオリン　一点
671　シャワーヘッド　一点
672　つけ胸毛　一点
673　銀の額縁（中身なし）　一点
674　クラバット（シルク）　一点
675　名刺　一点
676　くるぶし丈の革のブーツ　一点
677　ニキビ面の思春期の少年の写真　一点
678　青いペルシャ猫の油絵　一点
679　牛乳瓶（未開封）　一点
680　傷のある金槌　一点
681　女性用バイブレーター　一点
682　鳥の餌台　一点

683　時計の振り子　一点
684　天宮図　一点
685　裁ちばさみ　一点
686　精神病院の患者の写真　コレクション
687　象牙のルーレットの球　一点
688　腹話術師の人形　一点
689　潮位表　一点
690　人造の翼　一点
691　人工肛門の袋（空）　一点
692　おもちゃの笛　一点
693　シャンプーの瓶　一点
694　ビスケットの缶　一点
695　譜面台の譜面置き（灰）　一点
696　白い麻のスーツ（スリーピース）　一点
697　エタニティリング（ダイアモンド、銀）　一点
698　紙と木で造られた扇子　一点
699　ぺろぺろキャンディー　一点
700　スカルキャップ　一点

701　糸くず除去機　一点
702　コートハンガー　一点
703　自画像　一点
704　革製の栞　一点
705　木綿のナイトドレス（白）　一点
706　碇《いかり》　一点
707　オーブンの扉　一点
708　スキン・モイスチャライジング・クリーム　一点
709　紙巻き煙草の巻紙　一点
710　蠟燭　一点
711　ラガー・ビール　四点
712　十六枚の刃のついたペンナイフ　一点
713　チューリップの残骸　一点
714　飛行士の羅針盤　一点
715　簞笥の引出しの鐶《かん》（真鍮）　一点
716　お金の入った財布　一点
717　ジョギング用パンツ　一点
718　映画のチケット　二点

719　パイレックスのコーヒー・ポット　一点
720　ガソリン缶　一点
721　株券　コレクション
722　巻き尺　一点
723　牛の鼻輪　一点
724　作業服　一点
725　牛乳瓶（未開封）　一点
726　黒板ふき　一点
727　杖　一点
728　教室の腰掛け　一点
729　カメラのレンズ　一点
730　犬の骨　一点
731　指先に顔が編んである子ども用手袋　一点
732　消火器　一点
733　スーツケース　一点
734　ヘアドライヤー　一点
735　外国旅行のガイドブック　一点
736　カンバス地のバッグ　一点

737　壊れた計算機　一点
738　爪やすり　一点
739　浮玉弁　一点
740　救急箱　一点
741　ドアの蝶番　一点
742　糊のきいたカラー　一点
743　革製のスポーツバッグ　一点
744　絵筆入れ　一点
745　金属製のトランク　一点
746　つけまつげ　一組
747　茶色の革製学生かばん　一点
748　サンタクロースの衣装　一点
749　象の足の形をした傘立て　一点
750　蛍光塗料の缶　一点
751　敗北した軍隊の制服　一点
752　教会の膝あてクッション　一点
753　滑車つきスーツケース　一点
754　ダンベル　一点

755　ヘアスタイリング・フォームの入れ物　一点
756　コンドームの箱　一点
757　蚊帳　一点
758　コルク栓抜き　一点
759　糊のきいたショートパンツ　一点
760　烏麦《からすむぎ》の粥の瓶　一点
761　鼻のない男の写真　一点
762　香水の瓶　一点
763　土産用の古代教会の石膏像　一点
764　集団虐殺の本　一点
765　乾燥したタツノオトシゴ　一点
766　礼状　一点
767　日時計の棒　一点
768　コーヒー挽き器　一点
769　練り歯磨きのチューブ　一点
770　証明写真（裏側に記名）　一点
771　日焼けローションの瓶　一点
772　麦わら帽子　一点

773　つけ髭　一点
774　胡桃《くるみ》割り器　一点
775　簡易カメラ　一点
776　縁なし帽　一点
777　温度計　一点
778　シルクの部屋着　一点
779　弁護士からの請求書　一点
780　サイン帳　一点
781　ウォッカの瓶　一点
782　チョコレート・バニー　一点
783　妊娠テストの結果報告書　一点
784　小切手帳　一点
785　小切手保証カード　一点
786　剃刀　一点
787　鉄道の駅入場券　一点
788　婚約指輪　一点
789　挽いたコーヒー豆の包み（真空包装）　一点
790　ミキサーの刃　一点

791　結婚指輪（金）　一点
792　ホース　一点
793　チョコレートの未開封の箱　一点
794　軍帽　一点
795　胆石（ガラスの瓶入り）　一点
796　船の写真　一点
797　シャンパンの瓶のコルク　一点
798　アリス型ヘアバンド　一点
799　車のナンバープレート　一点
800　赤いドレス　一点
801　行進している少年たちの写真　一点
802　掃除機　一点
803　真鍮のボタン　一点
804　男物の腕時計　一点
805　ワイングラス　六点
806　有名な政治家のブロンズ像　一点
807　アマチュア演劇の写真　一点
808　咳止め薬の瓶　一点

809　医師の手書きの日誌（七巻）　一点
810　靴　もともとは巨人のもの　一点
811　異星人目撃記事　一点
812　切手（消印あり）　一点
813　石膏の天使　一点
814　聴診器　一点
815　白手袋　軍楽隊のトロンボーン奏者のもの　一点
816　ブルドッグの写真　一点
817　液体洗剤のプラスチックの瓶　一点
818　気圧計　一点
819　刺青のデザイン画　一点
820　指揮棒　一点
821　ガスマスク　一点
822　ヴァレンタイン・デーのカード　一点
823　シルクのペティコート　一点
824　クリーム入りチョコレートの箱（未開封）　一点
825　サッカーボール　一点
826　転居通知　一点

827　ポーカーダイス遊び　一点
828　デジタルの腕時計　一点
829　名簿　一点
830　芝居のチケット　二点
831　男性用かつら　一点
832　赤ん坊のマネキン　一点
833　非常に古いワインの瓶　一点
834　裸の子どもたちの写真　多数
835　外国の貨幣の入った財布　一点
836　黒いネクタイ　一点
837　自転車のサドル　一点
838　ギムレット　一点
839　スロットマシーンのチップ　多数
840　いぼ用靴下　一点
841　留守番電話の録音テープ　一点
842　風呂用泡立て液の瓶　一点
843　花嫁の花束　一点
844　大蝙蝠《オオコウモリ》の骸骨　一点

845　洗礼式のドレス　一点
846　ヴァニラ・エッセンスの瓶　一点
847　黴の生えた水が入ったビニール袋の中の金魚の死骸　一点
848　灰色のオーバーコート　一点
849　ホルムアルデヒドの瓶　一点
850　名札　一点
851　プラスチックの櫛　一点
852　凧　一点
853　剝製技師の使う先の丸い鋏　一点
854　女性用水着　一点
855　病人用呼び鈴　一点
856　水玉模様の蝶ネクタイ　一点
857　囚人服　一点
858　ロゼット　一点
859　有名な殺人者の使ったナイフ　一点
860　古代の百足《むかで》の化石　一点
861　兎の檻（空）　一点
862　プラスチックのドームに入ったスノーストーム（土産品）　一点

863　水準器　一点
864　新聞の切り抜き　多数
865　ターバン　一点
866　拘束衣　一点
867　袋に入った植物の種　多数
868　オール　一点
869　プラスチックのゴミ箱　一点
870　未来の化学者の最初の周期表　一点
871　紐のついた栃の実　一点
872　歴史書　一点
873　プラスチックのおもちゃの宇宙飛行士　一点
874　病院の患者のカルテ　一点
875　運転免許証　一点
876　ハンカチ（イニシャル入り）　一点
877　ヴィタミン剤の瓶　一点
878　鼠捕り　多数
879　衛星放送のアンテナ　一点
880　プラスチックの水鉄砲　一点

881　ラップトップ・コンピューター　一点
882　雨樋の欠片　四点
883　乾燥した飛蝗《ばった》　一点
884　ハイファイの左スピーカー　一点
885　建築労働者用ヘルメット（プラスチック）　一点
886　車用アンテナ　一点
887　赤いベレー帽　一点
888　シンバル　一点
889　風呂の栓　一点
890　骸骨の形をした鍵　一点
891　陶製のティーポット　一点
892　クリスマス・カード　多数
893　裸の女性と馬の写真　一点
894　ある家族のアルバム　十七点
895　子どもの臼歯　一点
896　設計者のペン　一点
897　ドアの錠前のかんぬき　一点
898　芝居のプログラム（サイン付き）　一点

899　浣腸器　一点
900　エレベーターの遠心調速機　一点
901　コンピューターのキーボードのスペース・バー　一点
902　手錠　一点
903　小切手　一点
904　呼び鈴　一点
905　錬金術師の表　一点
906　梟の頭の白亜彫像　一点
907　古代の不正確な世界地図　一点
908　海軍の海図　多数
909　コンサート・ピアニストのレコード　一点
910　演劇用仮面　三点
911　爆撃された直後の町の写真　一点
912　死亡記事（新聞からの切り抜き）　一点
913　ロザリオ　一点
914　法螺《ほら》貝の貝殻　一点
815　ストップウォッチ　一点
916　油絵の由来書（紙にインク）　一点

917　死者の写真　一点
918　小型テレビゲーム　一点
919　変性アルコールの瓶　一点
920　木製ヨットのミニチュア　一点
921　ラジオのインタビュー（テープ）　一点
922　死者のためのミサ（紙に印刷）　一点
923　標識　一点
924　白鳥の卵　一点
925　毛皮の襟巻き　一点
926　色チョークの箱　一点
927　ルネッサンス絵画の絵葉書　一点
928　兎の足　一点
929　伸び縮みするアームバンド　一点
930　キルトの上着　一点
931　リモコン式おもちゃの車　一点
932　小学生の宿題の終わり部分　一点
933　空気を入れて膨らます女性の人形　一点
934　電話をする人形　一点

935　病院の予約カード　一点
936　服装倒錯者のかつら　一点
937　作家のノート　一点
938　紙吹雪　多数
939　へそ用リング　一点
940　古代の硬貨　一点
941　ある作家についての研究論文　一点
942　タロット・カード　一点
943　野球帽　一点
944　汽車の時刻表　一点
945　テレホンカード　一点
946　ビデオテープ　一点
947　リボルバー　一点
948　ホテルのベッドルームの鍵　一点
949　エッチング用のペン先　一点
950　ポルノ雑誌　コレクション
951　修道士の衣　一点
952　制服を着た男の写真　一点

953　コンピューターのプラスチック製マウス　一点
954　握手した手の彫像（大理石）　一点
955　銀行の収支報告書　一点
956　車のシガレット・ライター　一点
957　心霊写真　一点
958　アコーディオン　一点
959　ある老人が一生のあいだに征服した女性の写真　コレクション
960　未使用の風船　多数
961　オープンリール式テープレコーダー　一点
962　行方不明者のポスター　一点
963　おもちゃの手榴弾　一点
964　自動車電話機　一点
965　建築辞典　一点
966　死んだ蠅（大きなマッチの箱入り）　コレクション
967　温度計　一点
968　まったく同じデザインの黒と黄色のドレス（双子のもの）　二点
969　原稿の一ページ　一点
970　火傷を隠すためのフェイスマスク　一点

971　飲酒検知器　一点
972　香水の匂いのするラブレター　一点
973　ヌーディスト・グループの一年に一度の集まりの写真　一点
974　訪問者名簿（革製）　一点
975　ペーパーバックのロマンス小説　多数
976　コンピューターのフロッピー・ディスク　十七点
977　ふたりの裸の女性の写真　一点
978　シルクの白いネグリジェ　一点
979　車輪付き木馬、リード付き　一点
980　音叉　一点
981　乾燥した井守《いもり》　一点
982　誕生祝いのケーキ　一点
983　蠅取り紙　多数
984　薬箱（多数の薬入り）　一点
985　洗礼式のドレス　一点
986　おもちゃのコンコルドの飛行機　一点
987　セーブルのストール　一点
988　スティール縁の眼鏡　一点

989　名札付きの犬の首輪（名前入り）　一点
990　中学生のネクタイ　一点
991　手書きの手紙　一点
992　かゆみどめの缶　一点
993　リップクリームのチューブ　一点
994　入れ歯　一点
995　青いワンピース（名前付き）　一点
996　《物》

# 謝辞

本書を書くための場を提供してくれたエリザベス・カーター、パスカル・モリセット、ソーニャ・ミューラー、クラウディア・ウルガーの方々に深く感謝する。また、本書執筆にあたって貴重な助言を与えてくれたロバート・クーヴァー、イゾベル・ディクソン、アン・パティ、リチャード・ミルナーにもお礼を申し上げる。

# 訳者あとがき

## 『望楼館追想』について

――読み終えた方へ

これだけは断言できるが、作品を読み終えた人は、この「訳者あとがき」を読む必要はまったくない。ひたすら、作品の余韻に浸ってほしい。作家について知りたい方は、この後にある「エドワード・ケアリーについて」に進んでいただきたい。訳者がこうしてあとがきの読み方を指示するなど傲岸不遜もきわまりないことだが、この物語の圧倒的な力、語りの巧みさ、登場人物の抗《あらが》いがたい魅力、過去と現在が交錯する世界の大きさを堪能した人にとって、これから訳者が述べることは、蛇足以外のなにものでもないからだ。

訳者、担当編集者はもちろん、この作品を読んだ人たちがひとり残らず体験したことがある。「望楼館」にからめとられた瞬間に、この作品についてだれかと、できればこの物語を読んだ人と、無性に語りたくなるのだ。この作品の素晴らしさをとことんまで語り合いたくなる。だから、すぐにでもこの物語を読んだ人を探し出し、あるいはこの物語を友人知人に読ませて同じ体験を味わわせ、心ゆくまで語り合うことをお勧めする。

――これから読む方へ

これだけは断言できるが、あなたがたいていの名作話題作を読んでいる読書家、もしくは読書の達人で、めったな作品では驚きもしないし感動もしないというのであれば、まずこの作品を読むべきである。これまでにない陶酔感、物語を読む喜びに浸れるとともに、物語の毒（じわじわと効いてきて、その解毒剤はいまのところない）に侵されることは間違いない。「永遠にこの物語が続いてほしい、終わらないでほしい」という感覚、体中がぞくぞくする感覚はもちろんのこと、自分もまた物語の一部になってしまったような感覚を抱くはずである。

そしてあなたが、あまり本は読まないがたまたま本書を手に取ったのであれば、この作品はあなたの今後の読書体験を決定づけるものになるだろう。だがこの作品の豊かな世界を知ったあとでは、これ以降どんな作品を読んでも虚しさを感じるようになるかもしれない。優れた作品を読むという行為には、そのようなリスクが必ずつきまとう。これを凌ぐ作品にこの先一生出会えなかったらどうなるのだろう、という恐怖も含めて。

本書は『*Observatory Mansions*』（二〇〇〇年刊）の全訳である。

カフカの『変身』の冒頭さながら、唐突であるがゆえに印象的な最初の数行を読んだ瞬間、あなたは強い力でなぎ倒されたような衝撃を受けるだろう。「ぼく」はなぜ「白い手袋」をはめているのか。「両親」はどんな人なのか、どうして「ぼく」の「下唇」は腫れているのか、９８６

点の「展示品」とはなにか、どんな博物館なのか、なぜ「素手」で「物」に触れてはいけないのか、自分の「手」を見てはいけないとはどういうことなのか――ここで投げかけられたいくつもの謎は、主人公の生活習慣や仕事の内容、古い館に暮らす人々を知るにつれて、魅力に満ちた世界へ扉を開ける鍵であることがわかってくるだろう。

この作品はヨーロッパのとある国の小さな町にある古い館が舞台となっているが、内容はゴシック・ロマンでもミステリでも歴史小説でもない。いや、そのすべてを包含した、これまでのどのジャンルにもあてはまらない小説、としか言いようがないのだ。あえて言葉にすれば、ディケンズとカフカとカルヴィーノとセルバンテスをかけあわせ、ユーモアとアイロニーの香りを振りまいたような趣き、とでも言おうか。

主人公で語り手のフランシス・オームがいささか偏屈で反社会的な人物であることは最初の数ページでわかるが、主人公に優るとも劣らないその他の人物のおかしさはどうだろう。シュールレアルでとても一筋縄ではいかないような人たちだ。独自の世界に閉じこもったきり他者の交わろうとしない彼らは、時間が停止した館にひっそり暮らしている。とこが「新しい住人」の登場によって、死んでいた館の時間が動き出し始める。プルーストの『失われた時を求めて』での「マドレーヌ」的なるものを、あるいは『市民ケーン』での「薔薇の蕾《つぼみ》」的なるものを、人は心のどこかにしまっているものだが、「新しい住人」はそれを刺激し、かつ大胆に揺り動かしたのだ。

独創的でありながらリアリティ溢れるこの作品には、伏線がいたるところに敷かれている。どうか、ディテールを楽しみながら、注意深く読んでいってほしい。注意深く読めば読むほど、「望楼館」の全体の姿がくっきりと浮かびあがってくるはずだ。そして、最後の「展示品目録」は、書かれなかった物語として是非とも時間をかけて読んでもらいたいと思っている。

なお、原作の「*Observatory Mansions*」はそのまま訳せば天文館となるが、あえて望楼館とした。天文館という文字には写し取れない多くの意味をこめたつもりである。エドワード・ケアリーにも意見を求めたところ、望楼館の音が好きだということで、この名前に決定した。いささか古めかしい名前かもしれないが、本書を読み終わったころには、「望楼館」以外にふさわしい名前はないと感じられるはずである。

## エドワード・ケアリーについて

エドワード・ケアリーは、一九七〇年に四人兄弟のひとりとして、イングランド東部のノーフォークで生まれた。寄宿制の私立学校を卒業後、祖父も父も学んだパングボーンの海軍学校に入学したが、軍人になってほしいという家族の期待を裏切って、イングランド北部にあるハル大学の演劇科に入る。その後、形成外科の記録係やロンドンの劇場の楽屋の守衛、マダム・タッソー蠟人形館の警備員(!)といった職に就き、演劇関係の仕事をするようになる。画家か俳優になりたかったが、自分に向いていないことを悟り、小説家を志した。

本書は彼の処女作であるが、これまでにテレビ用の脚本を数作、芝居を二作ほど書いている。イラストレーター、彫塑家でもある。この作品を発表したとき弱冠三十歳だったことを考えると、彼の豊かな才能に瞠目せざるを得ない。マダム・タッソーの蠟人形館で見聞きした多くのことがこの作品に反映しているのは想像にかたくないが（彼からのメールでは、この蠟人形館で「不動」のなんたるかを学び、蠟人形にとても親しみを感じたという）、この作品のコアとなったものはアンナ・タップの語る孤児院での話であり、そこから書き始めて七年をかけて本書を完成させたそうだ。「まったく違った世界を創りだしたかった。芝居の関係でルーマニアに半年滞在したことが、この小説を書くうえでのヒントになっている」という。

好きな作家は、ブルーノ・シュルツ（ポーランド）、トーマス・ベルンハルト（オーストリア）、イタロ・カルヴィーノ（イタリア）、ブルース・チャトウィン（イギリス）、ナギーブ・マフフーズ（エジプト）、カーソン・マッカラーズ（アメリカ）、詩人のフェルナンド・ペソア（ポルトガル）、そして、わが日本の村上春樹だという。これは社交辞令でもなんでもなくて、村上春樹は尊敬する作家であり、翻訳された小説はほとんど読んでいるそうだ。とりわけ『ねじまき鳥クロニクル』が気に入っているとのことである。

こうして並んだ作家を見ると、彼がエキセントリックな人物の登場する、物語性の強い作品を好んでいることがよくわかる。そして彼の文学の基盤にあるものも浮かび上がってくる。「想像力こそ小説にとっていちばん大切なものだ」と彼は述べている。

なぜ小説を書こうとしたのか、という訳者の問いに、「芝居も舞台での仕事も大好きなのだが、約束事が多すぎる。ところが、小説ではどんなことでもできるし、なにを書いても自由で、このような形態はほかの芸術表現にはないからだ」という答えが返ってきた。

本書には人物の会話を示す引用記号（日本語ではカギ括弧「　」）が一切使われていない。さらに、状況描写を一切排して会話のみでその場の臨場感、緊迫感を表現している箇所がある。それによって時空の境界線を超えて物語の世界が広がっていくのを見ると、彼の試みがみごとに成功していることがわかる。

また、イラストレーターの影山徹氏によれば、この作品の随所に、構築することを楽しみ、細部にこだわる芸術家ならではの視点、色合いや建物の構造に対するイラストレーターならではの敏感さが現れていて、「この作品の魔力にまいってしまいました」とのことだった。望楼館と偽涙館を描くために、ケアリーが詳細な見取り図を作成しているのは間違いないことだろう。

ケアリー自身はコレクターではないが、物を蒐集する人物にとても惹きつけられるという。

さて、彼の第二作目は実はもう完成している。先日原稿が手元に届いたばかりだ。タイトルは『*Alva & Irva*』。アルヴァとイルヴァという双子の姉妹を主人公に、かつて地震で崩壊し、やがて再建されたエントラーラという町を紹介していくガイドブックのような物語で、イギリスでは来年出版されることが決まっている。

（ちなみに、カバー袖にある著者近影は今年六月に撮られたもので、『*Alva & Irva*』のために双子の彫像を制作しているところである）。

忙しいなか、メールで訳者を気遣い励まし、多様な質問に明快に答えてくれたケアリー氏に本当に感謝している。

## 評価について

本書が二〇〇〇年にイギリスで出版されたとき、「タイムズ・リテラリー・サプルメント」「ガーディアン」「ロンドン・タイムズ」「デイリー・メイル」といった主要なメディアはこぞって、主人公フランシス・オームをはじめとする登場人物たちの風変わりさ、「望楼館」の特異性、高度に構築された物語性、著者の卓越した才能、独特な文体と表現力の豊かさ、などに焦点をあて、この類い稀れな物語を絶賛した。この作品は日本を含む十一カ国で翻訳されたが、とりわけフランスではかなりの好評を得たという。

また、『コレクター』や『魔術師』のジョン・ファウルズ、『閉鎖病棟』のパトリック・マグラアはエドワード・ケアリーの資質をいち早く見抜いた作家である。マグラアは、「エドワード・ケアリーの想像力には限界というものがない。人生におけるありふれた話をまったく奇妙で驚嘆すべきものに一変させた。この作品はみごとなまでにオリジナリティ溢れる小説である」と褒め称えた。

だが、その年の主な文学賞にノミネートされなかったことは、この小説をめぐる謎のひとつである。いや、いくら素晴らしいものでも賞に縁がない作品は限りなくあり、それは日本でもイギリスでも同じことなので、謎とは言えないかもしれない。ただ、昨年には、「本年のベスト10」に本書を取り上げた書評家や、「読んだあと、いつまでも心に残って、忘れられない作品」としてベスト1に挙げた新聞のコラムニストもいた。また、今年になって本書がアメリカの出版社バーンズ・アンド・ノーブルの Discover Great New Writers の最終候補になり、惜しくも受賞は逃したが、以来彼は本国イギリスにも増してアメリカで注目される作家になっている。

## 扉の詩について

冒頭にある詩の一部は、ルーマニアの詩人マリン・ソレスクの詩集『世界一大きな卵（*The biggest egg in the world*）』におさめられた「用心」からの引用である。この詩が本作品と相通ずるものがあるのは当然だが、とてもウィットに富んで美しいので全訳を載せておきたい。

### 用心

水にさらされてなめらかになった
小石でできた鎖帷子《くさりかたびら》を
私は身につけた

後ろからなにが近づこうと
すぐわかるよう
首筋に
眼鏡を
うまく載せた

手甲をはめ　脚覆いをつけ
心に鎧をまとったので
触れられたり
毒をかけられたりするところは
体のどこにも残っていなかった

さらに　八百年生きた亀の
甲羅でできた胸甲を
着た

すべての準備ができたところで

私は優しくこう答えた
——私もあなたを愛している、と。

この世で口に出すのにいちばん勇気のいる言葉が「あなたを愛している」であるとこの詩人は語っている。フランシス・オームの傷つきやすい性格と、愛を求める切ない心を反映している詩である。

最後に、「この作品にはものすごい力があります。読む者を巻き込んでしまってこの本の中を満たす空気を伝染させてしまうような力が」と述べ、最善の状態で出版できるよう骨を折ってくださった文藝春秋の永嶋俊一郎氏と、フランシス・オームの魅力と登場人物のおかしさに「すっかりやられてしまいました。こんな小説を読んだのは初めてです。彼の想像力がこちらに乗り移ってくるような感じがしました」と言って、素晴らしいカバーイラストを描いてくださった影山徹氏にお礼を申し上げたい。

二〇〇二年九月

古屋美登里

望《ぼう》楼《ろう》館《かん》追《つい》想《そう》

二〇〇二年一〇月一五日第一刷
著者　エドワード・ケアリー
訳者　古屋美登里
発行者　白川浩司
発行所　株式会社文藝春秋
〒一〇二―八〇〇八
東京都千代田区紀尾井町三―二三
電話＝〇三―三二六五―一二一一
印刷所　凸版印刷
製本所　大口製本
万一、落丁乱丁があれば送料当社負担でお取替えいたします。小社営業部宛お送りください。
定価はカバーに表示してあります。
ISBN4―16―321320―1

スコット・トゥローの作品

推定無罪　上・下

スコット・トゥロー
上田公子　訳

女性検事補の強姦殺人事件を手がけた同僚が、一転容疑者として告訴された。法曹界の黒い霧をあばいた傑作法廷小説　〈文春文庫版〉

立証責任　上・下

スコット・トゥロー
上田公子　訳

妻の自殺と、義弟に届いた大陪審の召喚状。「推定無罪」の事件で名をなした弁護士スターンは法廷の内外で謎を追う　〈文春文庫版〉

有罪答弁　上・下

スコット・トゥロー
上田公子　訳

五六〇〇万ドルとともに消えたパートナーの行方を隠密裡に追う元警官。弁護士事務所の内部の犯罪を描くサスペンス　〈文春文庫版〉

われらが父たちの掟　上・下

スコット・トゥロー
二宮　磬　訳

女性判事ソニアの担当した殺人事件裁判は、被告、弁護人はじめ知人だらけだ。公判の進展とともに60年代の諸相が甦る　〈文春文庫版〉

文藝春秋の翻訳書

囮《おとり》弁護士
スコット・トゥロー
二宮　磬　訳
裁判所判事に収賄の疑いが。FBIはある弁護士を囮に大がかりな作戦を計画する。文学的主題をサスペンスに仕立てる名手の真骨頂

ボーン・コレクター
ジェフリー・ディーヴァー
池田真紀子　訳
首から下が麻痺した元刑事と彼の目、鼻、手足となる女巡査が稀代の殺人鬼を追う。ハンデをも武器にする、ニューヒーローが大活躍

コフィン・ダンサー
ジェフリー・ディーヴァー
池田真紀子　訳
武器密売裁判の重要証人が航空機事故で死亡。NY市警は殺し屋〝ダンサー〟の仕業と断定。犯人追跡の協力をあのライムに依頼する

ゴールド・コースト　上・下
ネルソン・デミル
上田公子　訳
マフィアのボスと隣同士となることもある高級別荘地、その奇妙な交友を通じて〝古き良きアメリカ〟との訣別を描く〈文庫版もあり〉

ジェイムズ・エルロイの作品

ブラック・ダリア
ジェイムズ・エルロイ
吉野美恵子 訳
第二次大戦直後のハリウッドを背景に、カリフォルニア史上最大の美女殺害未解決事件を描く〈暗黒のLA四部作〉の一 〈文春文庫版〉

ビッグ・ノーウェア 上・下
ジェイムズ・エルロイ
二宮 磬 訳
赤狩りの五〇年代。野望の網にからめとられた三人を主人公に、重厚な筆致で時代相を捉える〈暗黒のLA四部作〉の二 〈文春文庫版〉

LAコンフィデンシャル 上・下
ジェイムズ・エルロイ
小林宏明 訳
賄賂、密告、拷問、虐殺……悪のるつぼで明暗を分けた三人の警官。五〇年代のロスを描く〈暗黒のLA四部作〉の三 〈文春文庫版〉

ホワイト・ジャズ
ジェイムズ・エルロイ
佐々田雅子 訳
新ドジャー・スタジアム建設用地買収をめぐり市警内部の暗闘もますます激化する。〈暗黒のLA四部作〉ついに完結 〈文春文庫版〉

# ジェイムズ・エルロイの作品

## アメリカン・デス・トリップ　上・下

ジェイムズ・エルロイ
田村義進　訳

ＪＦＫの死、泥沼のヴェトナム。エルロイだけが描ける壮絶な暗黒の全体小説。01年度ベスト・ミステリ第二位に輝く、新三部作第二弾。

## クライム・ウェイヴ

ジェイムズ・エルロイ
田村義進　訳

悪徳の都、ＬＡ。そこに蠢く人間たちを「文学界の狂犬」が書き尽くす。露悪、諧謔、暴虐。エルロイのすべてが詰まったショーケース

## わが母なる暗黒

ジェイムズ・エルロイ
佐々田雅子　訳

十歳の時、何者かに殺された母——この事件を徹底的に再捜査しつつ、自らの妄執の源を暴露する、異形の天才エルロイの凄絶な自伝

## アメリカン・タブロイド　上・下

ジェイムズ・エルロイ
田村義進　訳

ＪＦＫ暗殺。アメリカ最大の殺しを生む政治の闇を通じ、悪党どもの神話を紡ぐ〈アンダーワールドＵＳＡ三部作〉開幕〈文庫判もあり〉